1 Es heißt, wenn sich eine Tür schließt, öffnet sich eine andere. Wenn sich im Gefängnis Albany eine Tür öffnet, schließt sich eine andere.

Wirklich entmutigend.

Wenn ein Verurteilter von einem Richter gesagt bekommt, daß lebenslänglich in seinem Fall wahrhaftig bis ans Ende seines Lebens bedeuten soll, und wenn er von jeder Berufungsinstanz abgeschmettert wird, dann wird sich dieser Mann vielleicht andere Möglichkeiten überlegen, um seine Strafe zu verkürzen. John Mountjoy wurde in die Kategorie A eingestuft: große Gefahr für die Öffentlichkeit, die Polizei und die Staatssicherheit. Und er dachte daran, seinen Wohnsitz zu wechseln.

Diese Türen. Sie funktionieren nach einem uralten Prinzip. Man geht durch eine hindurch und steht gleich darauf vor einer anderen, die einem den Weg versperrt. Bevor sich die zweite öffnen kann, muß sich die erste hinter einem schließen. So wurden vor tausend Jahren Burgtore gebaut. Aber im Zeitalter der Elektronik funktioniert der Mechanismus automatisch.

Den Neuankömmlingen in Albany wird mitgeteilt, daß sie nicht in einem Hochsicherheitsgefängnis sind, sondern in einem Ultrasicherheitsgefängnis. Sämtliche Tore und Türen sind mit einem Computer in einem Kontrollraum voller Monitore verbunden. Wenn sich jemand irgendwo in Albany einer Tür nähert, ist er auf dem Bildschirm zu sehen. Der Kontrollraum ist das Herz der Anstalt. Abgesehen von den Monitoren befinden sich dort die Übersichtstafel, ein Funkverbindungssystem, der Generator und natürlich das Team der diensthabenden Aufsichtsbeamten. Das Paradoxe daran ist, daß diese

Wärter sicherer eingesperrt sein müssen als irgend jemand sonst im Gefängnis, ein Umstand, der unter den Insassen immer wieder für Belustigung sorgt. Stahltüren, Hunde, Flutlicht und ein Sicherheitsdrahtzaun rundherum. Bräche jemand in den Kontrollraum ein, würden sich Szenen abspielen wie beim Showdown in einem James-Bond-Film.

Mountjoy saß im D-Trakt, wo die meisten Lebenslänglichen untergebracht waren. Wenn sie vom D-Trakt zu den Werkstätten gingen, wurden sie durch die computergesteuerten Doppeltüren in den Hauptkorridor geschleust, wo sie stets von einer ganzen Reihe von Wärtern beobachtet wurden.

Der D-Trakt hat Glastüren. Lächeln Sie ruhig, aber die Insassen finden es nicht lustig. Das Glas ist bruchsicher und mit Stahlmaschendraht verstärkt. Diese Türen bewegen sich keinen Millimeter, wenn nicht der entsprechende Schalter im Kontrollraum betätigt wird. Zwischen dem Schließen der einen und dem Öffnen der anderen Tür vergehen sieben Sekunden. Wer den D-Trakt betreten oder – was wahrscheinlicher ist – ihn verlassen möchte, steht eingepfercht in dem hermetisch verriegelten Zwischenraum und wird genauestens inspiziert. Wenn das Überwachungsteam auch nur den geringsten Zweifel hat, läßt sich das zeitliche Intervall beliebig verlängern.

Nachdem John Mountjoy diese Prozedur eine Woche lang beobachtet hatte, kam er zu dem Schluß, daß die Elektronik unmöglich auszutricksen war. Einen Menschen kann man vielleicht täuschen. Einen Mikrochip nicht. Das System ist so ausgelegt, daß selbst bei einem Stromausfall eine der Türen stets verschlossen bleibt.

Eine andere Fluchtmöglichkeit gab es nicht. Die Wände sind einen halben Meter dick, die Fenster haben Gitterstäbe aus gehärtetem Stahl, und jede Fensterbank und jeder Mauersims sind mit rasiermesserscharfem Draht bespannt. Einen Tunnel zu graben kam für Mountjoy schon deshalb nicht in Frage, weil Lebenslängliche in Zellen untergebracht werden, die oben und unten und rechts und links jeweils Nachbarzellen haben. Überall sind Überwachungskameras angebracht. Wenn er aus dem Hauptgefängnisblock herauskäme, hätte er immer noch die Hundepatrouillen vor sich, die Bewegungsmelder, einen fünf

Meter hohen Maschendrahtzaun und eine gewaltige Mauer, ausgeleuchtet von Flutlichtlampen an hohen Masten. Albany war als Ersatz für Dartmoor erbaut worden. Man nennt es auch das britische Alcatraz, weil es auf der Isle of Wight liegt. Selbst wenn also jemandem der Ausbruch gelänge, müßte er sich noch immer allerhand einfallen lassen.

Mountjoys erster Schritt zur Flucht war ungeplant. In dem Gang vor dem Aufenthaltsraum, wo die Insassen herumhingen, fand er einen Knopf, einen silbernen Knopf mit eingeprägtem Kronmotiv, einen Knopf von einer Wärteruniform. Da man nie wissen kann, wofür etwas gut ist, versteckte er ihn achtzehn Monate lang in seiner Zelle, bevor er sich einen zweiten beschaffen konnte.

Die Gelegenheit bot sich an einem Sommerabend, als die Wärter ihn zum ›Tresor‹ schleppten, einer der Strafzellen für Störenfriede. Mountjoy war in eine Prügelei geraten, einen gerechten Entscheidungskampf, wie die alten Knackis es nannten, und zwar wegen eines Briefes, den irgendein Idiot ihm weggeschnappt hatte, einen Brief von seiner Mutter. Mountjoy fand das gar nicht lustig. Er wehrte sich, als die Wärter ihn auszogen und in die Zelle stießen. Er bekam blaue Flecke und eine blutige Nase ab, aber es hatte sich gelohnt. In der Faust hielt er die Entschädigung, eine glänzende Silbertrophäe, abgerissen von einer schwarzen Baumwoll-Uniform. Als er schließlich wieder in seine Zelle gebracht wurde, steckte er den Knopf zu dem ersten in sein Versteck unter dem Rücken eines Wörterbuchs.

Wärter hassen es, als nachlässig entlarvt zu werden. Die kleinste Charakterschwäche, die jemand im Gefängnis zeigt, wird gleich um ein Vielfaches verstärkt, und die Wärter fürchten jede Bloßstellung genauso wie die Männer, die sie bewachen. Nach dem, was man sich im Gefängnis erzählt, liegt der Gedanke nahe, daß sie noch schlimmer sind als die Insassen, wenn es darum geht, sich gegenseitig zu verpfeifen. Statt zuzugeben, daß er einen Knopf verloren hat, und danach zu suchen, was ja jeder mitbekommen würde, behält ein Wärter den Verlust für sich und läßt sich von seiner Frau einen neuen Knopf annähen. Gefängnisgepflogenheiten funktionieren nicht immer im Interesse des Systems.

Allmählich erkannte Mountjoy darin seine Chance. Er machte sich emsig daran, die Knopfsammlung zu erweitern. Als er ein oder zwei Monate später in der Schneiderei arbeitete, lernte er einen neuen Häftling kennen, einen Achtzehnjährigen, den man von Parkhurst nach Albany verlegt hatte und der ganz wild auf Tabak war. Sie machten ein Geschäft. Im Gefängnis herrschte ein reger Tauschhandel. Mountjoy bot dem Jungen Zigaretten für einen Brusttaschenknopf an und erzählte ihm wahrheitsgemäß, daß er, falls er mit den Wärtern in ein Handgemenge geriet, beim ersten Mal milde behandelt werden würde. Innerhalb eines Monats hatte er den Knopf, und der Junge hatte fünf selbstgedrehte Glimmstengel, ein Streichholz und die Drohung im Kopf, daß er kastriert werden würde, wenn er nicht den Mund hielt.

Geraume Zeit danach bot sich Mountjoy an einem sonnigen Nachmittag eine unverhoffte Gelegenheit. Wieder war es aufgrund einer Fehde zu Handgreiflichkeiten gekommen, und Mountjoy landete gemäß Vorschrift 48 erneut in Isolationshaft. Wenn man im Y-Trakt, wie der Isolationsbereich genannt wird, überhaupt Sport treiben darf, dann nur allein. Der Hof ist in eine Reihe von schmalen Fitneßbereichen unterteilt. Der Wärter, der Mountjoy baufsichtigte, hatte gerade seine Uniformjacke über die Lehne eines Plastikstuhls gehängt, als er zu einem Zwischenfall in der Nähe gerufen wurde. In den wenigen Sekunden, die Mountjoy nur durch eine Kamera überwacht wurde, vervollständigte er seine Knopfkollektion. In den drei Jahren, die er bereits im Gefängnis war, hatte er gelernt, wie man einem Kameraobjektiv ausweicht.

In der Gefängniswelt sind einige Ausbrüche legendär geworden. Noch heute spricht man mit Ehrfurcht davon, wie der Spion George Blake 1966 aus Wormwood Scrubs befreit wurde und wie zwei Insassen in Gartree 1987 mit einem Hubschrauber aus dem Gefängnishof rausgeholt wurden. John McVicars Flucht aus Durham lieferte die Vorlage für einen Film. Auch John Mountjoy wollte sich seinen Platz in dieser Ruhmeshalle verdienen. Viele Leute meinen, es war ein erstaunlich gewagtes Glücksspiel. Ganz und gar nicht. Es war eine nüchterne Kalkulation, der wohlüberlegte Einsatz eines Pokerspielers in einer Partie von unbegrenzter Dauer.

Wie plant man einen Ausbruch, wenn man einen kompletten Satz Knöpfe hat? Mountjoy verwarf das Naheliegende. Er machte sich keine Gefängniswärteruniform in der frommen Hoffnung, mit einem Bluff durch die Türen zu schlüpfen. Wärter mögen zwar nicht gerade für ihren hohen IQ bekannt sein, aber sie sind durchaus imstande, einander zu erkennen und die Mängel an einer selbstgeschneiderten Uniform wahrzunehmen.

Er belegte einen Kunstkurs. Das heißt, er verschaffte sich einen Grund, mit Bleistift und Papier zu arbeiten, wobei er abstrakte Formen zeichnete und sie schattierte. Nichts sonderlich Anspruchsvolles. Wie der Lehrer bemerkte, erinnerte sein Stil eher an Mondrian als an Picasso. Nur schwarzweiße Quadrate. Kleine, von gleichmäßiger Größe. Der Lehrer vermutete, Mountjoy wolle sich ein Miniaturschachbrett anlegen, statt ein abstraktes Bild zu zeichnen, was zwischen ihnen immer wieder zu Witzeleien führte.

Er arbeitete auch mit anderen Materialien. Heimlich experimentierte er damit, wie sich Stoff färben ließ. Er suchte nach einer Methode, um T-Shirts einzuschwärzen. Sein Ziel war reines Schwarz. Es war ein mühseliges Unterfangen, und zunächst gelang ihm nur eine Serie von Grautönen. Er war geduldig. Er hatte reichlich Zeit und einen stattlichen Vorrat an Lumpen, die er entlang des Sicherheitszaunes um den Hof herum einsammelte, wo der Müll landete, der regelmäßig aus den Zellen geworfen und am nächsten Tag von Putzkolonnen beseitigt wurde. Erst als er mit dem Schwarz seiner gefärbten Lumpen zufrieden war, tauchte er zwei T-Shirts aus Gefängnisbeständen ins Färbebad. Dann machte er sich nachts an die schwierige Arbeit – mit Nadeln aus der Schneiderei und einer Klinge, die aus dem an der Zellenwand rasiermesserscharf geschliffenen Griff einer Zahnbürste bestand –, eine passable Uniform zu schneidern und zu nähen. Die Uniform eines Polizeibeamten.

Schwarz hat zwei Vorteile. Erstens läßt es sich leichter färben als das Mitternachtsblau einer Wärteruniform. Zweitens sind die Nähte nicht so auffällig. Die Wirkung ist um so besser, wenn glänzende Knöpfe das Auge ablenken.

Die Polizeimütze war kurioserweise leichter herzustellen als die Jacke, aber schwieriger zu verstecken, deshalb wartete er damit bis zum Schluß. Er bereitete die Materialien vor, ohne sie zusammenzulegen. Aus Streifen kariertem Papier, das er mit Pappe verstärkte, würde er die Krempe formen. Das flache Oberteil würde aus gefärbter Baumwolle bestehen, die er über eine Pappscheibe spannte, und den Schirm wollte er aus dem glänzenden schwarzen Deckel einer Schachtel Schreibmaschinenpapier schneiden, die er aus dem Mülleimer des stellvertretenden Gefängnisdirektors stibitzt hatte.

Blieben nur noch das Mützenabzeichen und die Silberknöpfe und Rangabzeichen an den Epauletten. Als Grundmaterial dafür verwendete er das Staniolpapier einer Tiefkühlpackung aus dem Küchenabfall. Das Abzeichen wurde zu einem kleinen Meisterwerk der Fälscherkunst; er bildete genau das Emblem der Polizei von Hampshire nach, das er von einem Blatt Briefpapier kopierte, das er ebenfalls aus dem Abfalleimer des stellvertretenden Direktors hatte.

Verglichen damit waren Hemd und Krawatte ein Kinderspiel.

Aber natürlich mußte er seine Fluchtausrüstung verstecken. Zellendurchsuchungen finden in der Regel am frühen Abend statt, wenn die Gefangenen noch nicht in ihren Zellen sind. Daher nahm er alles mit, was Verdacht erregen konnte, und trug es unter seiner Anstaltskleidung. Einige Sachen werden von den Wärtern toleriert. Sie melden niemanden wegen des Besitzes von Nadel und Faden oder Stoffstücken. Sie suchen eher nach Drogen.

Nachdem alles bereit war und nur der genaue Zeitpunkt noch nicht feststand, faßte Mountjoy sich in Geduld. Er durfte seine Flucht nicht übereilen. Das Timing würde von äußeren Faktoren abhängen. Acht Monate vergingen, ohne daß ihm irgend etwas zu Ohren kam, das ihm hätte Mut machen können. Damit war er inzwischen drei Jahre und acht Monate in Albany. Dann kam ein neuer Gefangener in den D-Trakt. Manny Stokesay war ein Mörder, was an sich nichts Ungewöhnliches ist; ungewöhnlich war jedoch, daß er angeblich einem Mann mit bloßen Händen das Rückgrat gebrochen hatte. Beeindrukkend. Stokesay war Bodybuilder, über ein Meter achtzig groß und zwei Zentner schwer. Und er hatte einen bösen Charakter.

Binnen einer Woche nach Stokesays Einlieferung fing Mountjoy an, sich für die Flucht bereitzumachen. Er hatte schon andere kräftige, gefährliche Gefangene erlebt, hatte beobachtet, wie sie von den Wärtern systematisch fertiggemacht wurden. Stokesay, so vermutete er, würde sich nicht kampflos unterwerfen. Der Ausgang würde blutig sein, wenn nicht sogar tödlich. Für Mountjoys Plan war ein größerer Tumult im D-Trakt unabdingbar, und jetzt vergrößerte sich die Chance, daß es dazu kam, von Tag zu Tag. Er nähte seine schwarze Hose fertig. Er setzte seine Polizeimütze zusammen. Jetzt war er gefährdet. Eine Zellendurchsuchung, und er war erledigt.

Aber er hoffte zuversichtlich, daß etwas passieren würde. Der neue Insasse sorgte für Spannungen unter den Gefangenen. Alte Allianzen waren bedroht, und es bildeten sich neue Bündnisse. Im Gefängnis gibt es keine Bande der Freundschaft, nur der Angst. Einige der alten Hasen fanden, daß Stokesay zu gefährlich war, um es sich mit ihm zu verscherzen, und ließen ihn wissen, daß sie ihn unterstützen würden. Andere, die nur deshalb überlebten, weil sie clever waren, fungierten als Unterhändler. Die Gefängnishierarchie wurde durch soviel Unsicherheit in ihren Grundfesten erschüttert.

Mountjoy war ein Einzelgänger. Er hatte sich nie von der einen oder anderen Gruppe vereinnahmen lassen. Er kam niemandem in die Quere und erledigte unauffällig seine Aufgaben. In drei Jahren, acht Monaten und dreiundzwanzig Tagen hatte er jeden Körperkontakt mit Mitgefangenen ebenso wie mit Wärtern erfolgreich vermieden. Außer in Kampfsituationen.

Eine Reihe kleinerer Streitereien ebnete über mehrere Tage hinweg den Weg zum ganz großen Krach. Dreimal täglich werden die Toiletten in Albany stark frequentiert, das letzte Mal um halb neun Uhr abends, kurz vor der Zellenschließung. Mountjoy sollte nie erfahren, was genau an dem Abend gesagt wurde, weil er sich bereits gewaschen hatte und in seine Zelle gegangen war, aber dem Geschrei nach zu urteilen, das über die Treppen hallte, hatte Stokesay sich beleidigt gefühlt und einen Mann namens Harragin geschlagen. Das geschah in dem Gebäudeteil, wo sich die Toiletten, Waschbecken und Mülleimer befinden. Harragin war Stokesay zwar körperlich nicht gewachsen, aber er war einer von der zähen Sorte, ein westindischer Exboxer, der für seine Aggressivität bekannt war. Und er hatte eine starke Gefolgschaft. Zwei seiner Anhänger waren auch dort und kamen ihm zu Hilfe. Der große Neuling schleuderte einen von ihnen so heftig gegen ein Waschbecken, daß er einen Schädelbruch davontrug. Mountjoy konnte von seiner Zelle aus hören, wie der Knochen brach. Eine karibische Stimme schrie: »Du hast ihn alle gemacht, du weißes Arschloch!«

Mountjoy trat nach draußen auf die umlaufende Rampe vor den Zellen. Irgendwer schleuderte eine Mülltonne, und das Chaos brach aus. Die beiden Wärter, die die Aufsicht hatten, wurden von Harragins Leuten überwältigt. Mindestens ein Dutzend Gefangene preschten aus ihren Zellen; wer nicht mithalf, würde später bestraft.

Mountjoy sagte sich, jetzt oder nie.

Sein Zeitpunkt war gekommen.

Der Alarm wurde ausgelöst, ein schreckliches Geräusch, das alles übertönte. Weitere Wärter eilten herbei, doch ihnen war der Weg durch den Berg Mülltonnen auf dem Gang versperrt. Die Gefangenen wollten ihren Streit ungestört austragen. Und wenn Mountjoy etwas über Gefängnisinsassen gelernt hatte, dann würden sie nach einem blutigen Kampf mit vereinten Kräften die Wärter fernhalten. Es sah ganz nach einer Revolte aus.

Mountjoy hatte nicht viel Zeit. Die Wärter würden bald jeden in seiner Zelle einschließen, der nicht schon hinter der Barrikade war. Sie würden aus allen Teilen des Gefängnisses kommen. Falls nötig, würde man Verstärkung aus dem Nachbargefängnis Parkhurst herbeirufen.

Er trat zurück in seine Zelle, als der Alarm losschrillte, holte seine Polizeiuniform aus den verschiedenen Verstecken und stopfte sie in die Waschschüssel aus Gefängnisbeständen. Er schloß die Zellentür hinter sich. Er würde nicht zurückkommen. Doch kaum hatte er ein paar Schritte auf der Rampe gemacht, rief ihm ein Wärter von unten zu: »Wo zum Teufel willst du hin?«

»In meine Zelle.«

Mountjoy dankte Gott, daß der Wärter normalerweise nicht im D-Trakt arbeitete. Er hatte nicht gesehen, woher Mountjoy gekommen war, und wußte nicht, welches seine Zelle war. Er rief: »Dann aber mal dalli.«

»Ja, Sir.«

Natürlich ging Mountjoy nicht in seine Zelle. Er ging auf das Ende der Rampe zu, das von dem Krawall am weitesten entfernt lag. Die letzte Tür stand offen. Hier war das Büro der Wärter, und dort würde niemand hineinkommen, solange der Tumult im Gange war.

Nachdem er sich mit einem Blick über die Schulter vergewissert hatte, daß niemand ihn beobachtete, betrat er sein Umkleidezimmer. Auf einem Tisch standen zwei Tassen mit noch dampfendem Kaffee. Eine Sexzeitschrift lag aufgeschlagen auf einem Stuhl. Eine Reihe Spinde. Eine Pinnwand voller Zettel mit Gefängnismitteilungen. In der Ecke ein tragbarer Fernseher, in dem gerade eine Folge von »Inspector Morse« wiederholt wurde.

Jetzt wird es verdammt brenzlig, dachte er. Ich kann mich erst raustrauen, wenn sie die Polizei in den Trakt reingelassen haben – was sie zwangsläufig tun werden, wenn Grund zu der Annahme besteht, daß ein Gefangener jemanden getötet hat. Ich schätze, ich werde mindestens zwanzig Minuten warten müssen, und kann nur hoffen, daß die Meute da unten so lange durchhält. Die am schwersten erträgliche Zeit meiner Haftstrafe. Bis dahin kann ich nicht riskieren, mich umzuziehen.

Er konnte darauf bauen, daß niemand in den Raum kam, solange der Krawall andauerte. Revolten sind in unseren Gefängnissen mittlerweile an der Tagesordnung, so daß man sie nach einem Routineverfahren behandelt. Dabei gilt es vor allem zu vermeiden, daß jemand vom Gefängnispersonal als Geisel genommen wird, daher spielt heutzutage niemand mehr den Helden. Die Wärter stürmen nicht sofort die Barrikade. Sie schließen sämtliche Zellen, die sie gefahrlos erreichen können, und machen dann ihrem Vorgesetzten vor Ort Meldung. An einige wird die minimale Einsatzausrüstung ausgeteilt: Schutzhelme, braune Overalls, Plexiglasschilde, Schlagstöcke und

Tränengas. Genau das passierte vermutlich gerade, dachte Mountjoy.

In der Hosentasche hatte er einen falschen Schnauzer aus eigenen Haaren, die mit Klebeband, das er von einem Brief entfernt hatte, zusammengehalten wurden. Um die Klebefähigkeit zu erhalten, hatte er ihn nicht ein einziges Mal anprobiert. Falls er nicht richtig fest saß, würde er ihn nicht benutzen, was bedauerlich wäre, denn die Attrappe war gut gelungen, ein hübsches dunkles Bärtchen, wie Polizisten es gern trugen. Leider klebte eine Seite nicht. Fluchend steckte er den Schnurrbart wieder in die Tasche.

Ein rhythmisches Schlagen setzte ein. Einen Moment lang dachte Mountjoy entsetzt, die Schilde wären bereits im Einsatz, viel früher, als er erwartet hatte. Dann riß er sich zusammen und kam zu dem Schluß, daß der Krach vom anderen Ende der Rampe kam. Das mußten die tobenden Gefangenen sein. Sie hatten sich wohl inzwischen genug geprügelt und versuchten nun, im Kampf gegen die Autorität vereint, sich Mut zu machen. Bestimmt hatten sie die halbe Installation aus der Wand gerissen und sich mit Schrubberstielen bewaffnet.

Er versuchte es erneut mit dem Schnurrbart. Ein noch kläglicherer Versuch. Zumindest könnte er sich die Koteletten kürzen. Jede noch so geringe Veränderung seines Aussehens war von Vorteil. Er machte sich mit der Zahnbürstenklinge an die Arbeit und hatte dabei das Gefühl, mehr Haare auszureißen als abzuschneiden, aber es war der Mühe wert, und es vertrieb ein wenig die Zeit.

Nach fünfzehn Minuten im Zimmer der Wärter zog er sich die Sachen an. Sie waren so geschneidert, daß sie über sein normales Hemd und die Jeans paßten. Sie hatten keinen Futterstoff. Er zog sie vorsichtig an, aus Angst, daß eine Naht reißen könnte. Sie fühlten sich ungewohnt an. Er rief sich in Erinnerung, daß sie auf einem Kontrollmonitor überzeugend aussehen mußten, mehr nicht. Er mußte Vertrauen in ihre Wirkung haben, sonst war er geliefert. Zuletzt setzte er die Mütze auf. Sie paßte wie angegossen und schien perfekt zu sein. Niemand in Albany hatte ihn je mit einer Mütze gesehen. Er stand aufrecht da, die Schultern nach hinten. Polizeibeamter 121.

Weitere zehn Minuten verstrichen. Zehn leere, entnervende Minuten. Er wünschte, er hätte die Gorillas da hinten dazu bringen können, mit dem Trommeln aufzuhören. Er hatte keine Ahnung, was die Wärter machten. Er wagte nicht, nach draußen zu gehen, bis er einigermaßen sicher war, daß Polizisten im Gebäude waren. Er öffnete die Tür einen Spaltbreit und lauschte.

Irgend jemand sprach durch ein Megaphon.

Die Meute achtete nicht darauf.

Mountjoy lauschte angestrengt, was gesagt wurde.

»... braucht dringend ärztliche Hilfe. Wenn Sie sich weigern, den Arzt zu ihm zu lassen, könnte das für Sie alle schwerwiegende Konsequenzen haben.«

Damit konnte man einen Haufen Lebenslänglicher nicht beeindrucken.

Er drückte die Tür ein bißchen weiter auf und spürte das T-Shirt kalt auf der Haut. Er konnte sehen, wie ein Stoßtrupp in Kampfausrüstung die Rampe entlang auf die Barrikade zuging. Er zog die Tür zu. Das alles ging schneller, als er erwartet hatte. Sie würden doch wohl nicht da reingehen? Vielleicht wollten sie nur die Lage peilen.

Ein Metallgegenstand klapperte auf der Rampe. Wahrscheinlich war der Stoßtrupp gesichtet worden. Es folgte ein Hagel von Flüchen. Und das Geräusch von weiteren Wurfgeschossen, die das Metallgeländer trafen.

Er mußte unbedingt wissen, was unten vor sich ging. Seit Ausbruch des Krawalls waren bestimmt schon fünfundzwanzig Minuten vergangen – eigentlich doch Zeit genug? Er mußte sich beeilen, ehe es auf der Rampe von Wärtern nur so wimmelte. Die nächste Treppe war etwa vier Schritte von der Tür entfernt. Er hoffte darauf, es bis unten zu schaffen, ohne auf sich aufmerksam zu machen.

Wieder spähte er hinaus. Die Wärter hatten sich offenbar zurückgezogen. Der stellvertretende Direktor – Mountjoy konnte seine Stimme hören – sprach eine Warnung durchs Megaphon.

»... Grund zu der Annahme, daß ein Mann schwer verletzt ist, womöglich getötet wurde. Ich habe keine andere Wahl, als diesen Zwischenfall rasch zu beenden. Das Gefängnispersonal wird ab sofort von einigen Polizeibeamten unterstützt ...«

Mehr brauchte Mountjoy nicht zu wissen. Nach einem weiteren prüfenden Blick trat er nach draußen und ging rasch auf die Treppe zu. Es war eine Doppeltreppe mit einem kleinen Absatz auf halber Höhe. Acht Stufen bis zum Absatz, eine halbe Drehung und acht Stufen bis nach unten. Und dann war es an der Zeit zu beten.

Die erste Treppenhälfte war teilweise vor Blicken geschützt. Die zweite bot keinerlei Schutz. Er erinnerte sich an eine Szene in dem Film »Der letzte Kaiser«. Wie der kleine Junge aus dem Kaiserpalast trat und sich einer riesigen Menschenmenge gegenübersah. So werde ich mich gleich fühlen, dachte er. Wie auf dem Präsentierteller.

Während er die Treppe hinunterging, verließ ihn sein Selbstvertrauen. Was mache ich hier eigentlich, zum Donnerwetter noch mal, mit Klamotten aus gefärbten Lumpen und Pappe als Polizist verkleidet? Wie konnte ich mir nur einreden, daß dieser Plan gelingen könnte?

Er erreichte den Absatz und ging um die Kehre. Weiter, sagte er sich. Wer auch immer dich da erwartet, geh weiter.

Unten waren zig Beamte in dunkelblauen Uniformen. Zum Glück blickte niemand in seine Richtung. Im Mittelpunkt der Aufmerksamkeit stand die Rampe mit der Barrikade. Ein Scheinwerferstrahl glitt über das Metallgitter. Mountjoy ging weiter nach unten. Links von sich, am Rande seines Gesichtsfeldes, gab jemand der Sondereinsatztruppe Anweisungen. Mountjoy schaute geradeaus, versuchte, Blickkontakt zu vermeiden, rechnete jede Sekunde damit, erkannt zu werden.

Er erreichte den Fuß der Treppe und hoffte, in der Menge untertauchen zu können. Die Lampen hier unten waren zum Teil ausgeschaltet, wohl um die Randalierer zu verwirren, was für ihn von Vorteil sein müßte. Er schätzte, daß es bis zur ersten Sicherheitstür fünfzehn Schritte waren, doch bei dem Gewimmel von Menschen war es unmöglich, in gerader Linie darauf zuzugehen. Es war, als würde er ein Minenfeld überqueren. Gott, dachte er, werde ich einem Wärter über den Weg laufen, der mich kennt?

Rücken geradehalten, sagte er sich. Geh wie ein Cop. Was ich jetzt gebrauchen könnte, wäre ein Walkie-talkie, um es mir vors Gesicht zu halten und reinzusprechen, falls jemand auf mich zukommt. Für einen solchen Gedanken war es jetzt reichlich spät.

Er war wie betäubt vor Angst. Die Dinge liefen wie in Zeitlupe ab, als wäre er bloß Zuschauer. Das mußte der Zustand sein, bevor eine fürchterliche Panik einsetzt. Obwohl es von Wärtern nur so wimmelte, hatte er noch keinen einzigen Polizisten entdeckt. Er wollte nicht unbedingt einem begegnen, aber zu wissen, daß die Polizei da war, wäre beruhigend gewesen.

Als er gerade um eine Gruppe herumging, ertönte das Megaphon, und er zuckte so heftig zusammen, daß er beinahe seine Pappmütze verlor.

»Zurück unter die Rampe«, sagte der stellvertretende Direktor. »Wir brauchen hier mehr Platz.«

Er sprach nicht nur Mountjoy an. Die Aufmerksamkeit wurde von oben abgelenkt. Alle setzten sich in Bewegung. Jemand neben Mountjoy fragte ihn: »Ist da oben einer getötet worden?«

»Ist noch unklar«, brummte er, während er versuchte, sich gegen den Strom zu bewegen, und von seinem Kurs abgedrängt wurde. Er kam sich allmählich vor wie ein Ertrinkender. Er haßte die Nähe von Leuten, und das hier waren Wärter. Er war mit ihnen Schulter an Schulter, unfähig, sich zu bewegen.

Er konnte bloß noch vor Angst zittern.

Hinter ihm sagte jemand: »Die rücken wieder vor.«

Offenbar war das Einsatzkommando auf genau der Treppe in Stellung gegangen, die Mountjoy gerade heruntergekommen war. Alles drängte vor, um den Stoßtrupp sehen zu können. Das Gedränge löste sich ein wenig auf, und Mountjoy schob sich nach rechts. Er hatte noch immer gut die Hälfte der Strecke bis zur Tür vor sich. Er war so darauf aus voranzukommen, daß er mit jemandem zusammenprallte und ihn beinahe umgestoßen hätte.

Der Wärter drehte sich um und starrte Mountjoy an. Es war Grindley, der in seinem Trakt arbeitete und den er jeden Tag sah. Er war einen Moment lang wie gelähmt, während Grindley die Augen zusammenkniff und ihn zu erkennen schien. Dann blinzelte Grindley zweimal. Es war ihm am Gesicht abzulesen, daß er sich nicht ganz sicher war. Er konnte nicht glauben, was er da sah, und nüchterne Überlegung sagte ihm, daß er sich täuschen mußte. Dann sagte er: »Tschuldigung, Kumpel.«

Mountjoy traute sich nicht, zu sprechen. Er nickte und ging weiter.

Er war jetzt der ersten Tür ganz nahe. Gott steh mir bei, sagte er sich – eine Gruppe Polizisten stand neben der Tür.

Er konnte jetzt unmöglich stehenbleiben. Die Kamera hatte ihn erfaßt, deshalb würde er seine Rolle wie geplant weiterspielen.

Zwei von den Cops drehten sich zu ihm um und blickten überrascht, was kein Wunder war.

Sie erwarteten, daß er etwas sagte, eine Erklärung lieferte, warum er hier war. Er sagte so glaubwürdig, wie er nur konnte: »Da oben hat's einen Toten gegeben. Der Direktor will, daß wir uns in Bereitschaft halten.« Dann ging er auf die Tür zu und hob eine Hand, um dem Wärter im Kontrollraum ein Zeichen zu geben. Zitternd wartete er.

Einer der Polizisten sagte: »Bist du aus Cowes, Kollege?«

»Shankling«, antwortete er, »Sondereinsatz«, fügte er hinzu.

»Du kamst mir gleich nicht bekannt vor. Wieso bist du vor uns hier gewesen? Wir sind doch gleich um die Ecke.«

»War ein Tip«, antwortete Mountjoy, und dann – Gott sei Dank – öffnete sich die Tür. Er trat in die Kammer.

Dieser Augenblick, der ihm über Jahre hinweg schlaflose Nächte bereitet hatte, war eine Art Antiklimax. Er mußte die sieben Sekunden lang dastehen, während der Beamte im Kontrollraum ihn genau unter die Lupe nahm. Doch nach dem Nervenkitzel, den er soeben durchgemacht hatte, war dieser Ort das reinste Refugium.

Nichts geschah.

Er wartete.

Er zählte im Geiste mit, den Blick starr geradeaus.

Sieben Sekunden waren vergangen. Mußten vergangen sein, dachte er. Der mustert mich aber genau.

Dann öffnete sich die zweite Tür, und er spürte die kältere Luft des Hauptkorridors im Gesicht. Er trat vor.

Er konnte jetzt den ganzen Weg über beobachtet werden, falls er jemandem verdächtig vorkam. Er ging forsch voran, mit erhobenem Kopf, vorbei an dem Eingang zum C-Trakt zu seiner Rechten und der Krankenstation zur Linken. Er kannte den Weg gut, weil er ihn oft gegangen war, wenn er zu den Kursräumen und zur Bibliothek wollte – natürlich stets in Begleitung. Der Haupteingang lag links hinter den Kursräumen.

Er näherte sich dem B-Trakt. Als er an der Tür war, öffnete sie sich, und eine Gruppe Wärter kam heraus. Sie liefen auf Mountjoy zu, und einen gräßlichen Augenblick lang dachte er, sie hätten Anweisung, ihn aufzuhalten. Aber sie rannten an ihm vorbei zu dem Trakt, den er gerade verlassen hatte. Er ging weiter und bog um die Ecke.

Der Haupteingang des Gefängniskomplexes ist durch ein dreifaches System von Schiebetüren abgesichert. Die Beleuchtung hier ist grell, und Mountjoy war überzeugt, daß jeder Stich an seiner zusammengenähten Uniform auf den Monitoren zu sehen war. Es gab einen Klingelknopf, der jedoch, da war er sicher, vollkommen überflüssig war.

Dann ertönte ein Knistern, und eine Stimme sprach ihn an. »Sie gehen schon, Officer?«

Er lieferte die Antwort, die er sich für den Fall zurechtgelegt hatte, daß er gefragt wurde: »Ist die Verstärkung noch nicht da? Ich soll die einweisen.«

Die erste Tür glitt auf.

»Danke.« Er trat vor.

Er wartete.

Die zweite Tür öffnete sich.

Und die dritte.

In der richtigen Welt war es inzwischen dunkel, aber die Flutlichtlampen an den Masten verwandelten den Gefängnishof in eine gleißende Wüste. Von seinen Füßen strahlten mindestens sechs Schatten ab. Vor dem Haupteingang standen zwei Streifenwagen. Da er wußte, daß er unter Videoüberwachung stand, blieb er kurz neben dem nächsten Wagen stehen und stützte sich ein paar Sekunden lang auf den Fensterrahmen, als würde er einen Funkspruch durchgeben. Dann ging er über den Hof auf das Wachhaus am Hauptportal zu.

Ein Hund bellte, und der Hundeführer brüllte etwas, um das Tier von seinem Irrtum abzubringen, daß John Mountjoy ein

Ausbrecher sei. Weiteres Bellen. Mindestens zwei Hundepatrouillen kontrollierten den ersten der beiden fünf Meter hohen Umgrenzungszäune vor der Außenmauer. Er mußte noch durch vier Tore hindurch.

Und jetzt glaubte er, daß er es schaffen würde.

2

»Mir ist heute ein Job angeboten worden.«

Stephanie Diamond senkte die Abendzeitung weit genug, um mit einem Blick über den oberen Rand hinweg zu prüfen, ob ihr Mann es ernst meinte. »Ein richtiger Job?«

»Darüber ließe sich streiten.«

Auf dem Küchentisch zwischen ihnen standen eine dreiviertel volle Flasche billiger Rotwein und eine Schüssel, in der Shepherd's Pie gewesen war. Der Korken war wieder in der Flasche, damit der Wein nicht sauer wurde bis zum nächsten Tag. Stephanie beschränkte ihrer beider Ration auf je ein Glas, nicht aus Gesundheits-, sondern aus Sparsamkeitsgründen. Die Diamonds hatten gelernt, in ihrer Souterrainwohnung an der Addison Road in Kensington bescheiden, ja anspruchslos zu leben.

Das Abendessen war ein kostbarer Einschnitt in ihrem Tagesablauf, die erste Gelegenheit, gemeinsam zu entspannen. Wenn irgend etwas Interessantes passiert war, so erwähnten sie es jetzt. Sie sprachen nicht immer. Stephanie löste gern das Kreuzworträtsel auf der Rückseite des »Evening Standard«. Sie brauchte etwas zum Abschalten, wenn sie am Nachmittag im Dritte-Welt-Laden gearbeitet hatte. Es war schwierig, nicht genervt zu sein, wenn wohlhabende Frauen aus Knightsbridge die Kleiderständer nach Designerklamotten zu Billigpreisen durchwühlten und dann noch einen Rabatt verlangten.

Peter Diamond warf zur Zeit nur selten einen Blick in die Zeitung. Das meiste, was er dort las, deprimierte ihn bloß. Auch im Fernsehen schaute er sich höchstens noch Rugby oder Boxen an. Es kam einfach viel zuviel über die Polizei – zuviel in den Nachrichten und zuviel in den Abendserien. Er versuchte zu vergessen.

»Aber du hast doch schon einen Job«, sagte Stephanie.

Er nickte. »Der wäre ein Abendjob, als Modell.«

Sie starrte ihn an. Sie dachte natürlich an die Modebranche. »Wie bitte?«

»Als Modell. Bei Sainsbury hat mich so ein Typ mit Fliege und Schottenkaroweste angesprochen. Sie sind knapp an männlichen Modellen im Chelsea College.«

Sie legte die Zeitung hin. »Als Künstlermodell?«

»Genau.«

»Bei deiner Figur?«

»Meine Figur schreit einfach danach, mit Zeichenkohle eingefangen zu werden – meint zumindest mein neuer Freund. Ich habe eine Rubensfigur und anspruchsvolle Konturen.«

»Hat er das gesagt?«

»Hast du mich jemals so reden hören?«

»Du willst doch wohl nicht nackt posieren?«

»Wieso nicht?« Das war ein beliebtes Spielchen; er begann mit einer provokanten These, die er dann mit großem Ernst weiterentwickelte. Noch besser war, wenn Stephanie es für bare Münze nahm. »Sie zahlen nicht schlecht.«

»Ich möchte aber nicht, daß mein Mann sich in einem Raum voller Studenten im Adamskostüm präsentiert.«

»Aus deinem Mund klingt das so, als wäre es ein Verbrechen.«

»Ein paar von denen kommen frisch von der Schule. Junge Mädchen.«

»Ich bin sicher, die reißen sich zusammen«, sagte er in dem gleichen vernünftigen Ton. »Mag sein, daß meine anspruchsvollen Konturen ihren Puls zum Rasen bringt, aber es ist ja ein Dozent dabei.«

Er hatte zu hoch gereizt. Stephanie sagte: »Du hast das erfunden.«

»Nein, Ehrenwort. Der Kerl hat mir seine Karte gegeben, und ich soll ihn anrufen.«

Stephanie schwieg einen Moment. Dann sagte sie: »Ein anderes Wort für ›merkwürdig‹ mit elf Buchstaben?«

»Ist das deine Meinung zu meinen Bemühungen, unser Einkommen aufzubessern?«

»Nein, das steht im Kreuzworträtsel.«

»Keine Ahnung. An deiner Stelle würde ich damit nicht meine Zeit vergeuden.«

Sie konterte: »Wenn du es tätest, hättest du vielleicht noch einen guten Job bei der Polizei.«

Er grinste freundlich. »Nein, mit Kreuzworträtseln allein ist es nicht getan. Man muß sich auch Opern im Auto anhören.« Es war fast zwei Jahre her, seit er überstürzt den Dienst als Detective Superintendent bei der Polizei von Avon und Somerset quittiert hatte. Es kam ihm länger vor. Zwischen Phasen ganz ohne Anstellung hatte er sich als Barmann durchgeschlagen, kurzfristig als Weihnachtsmann gearbeitet, als Wachmann bei Harrods, als Aushilfe in einer Schule für Behinderte, als Zeitungsausträger, und zur Zeit sammelte er für einen Supermarkt die Einkaufswagen vom Parkplatz ein. Die Zeiten waren nicht gerade günstig für einen Mann im mittleren Alter, der nach einer festen Anstellung suchte.

Stephanies Stelle als Kontrolleurin von Schulmahlzeiten war wegen Einsparungen in der Lokalverwaltung im Juli ausgelaufen. Seitdem hatte sie wiederholt versucht, einen Job zu finden. Sie sagte nachdenklich: »Da wir gerade von früher sprechen, neulich war nachmittags eine Sendung über den Kennet-Avon-Kanal im Fernsehen.«

Jetzt war er überrascht. »Ich wußte gar nicht, daß du dich für Boote interessierst.«

»Tu ich auch nicht. Sondern für die Landschaft. Den Blick auf Bath. Weißt du noch, wie schön es ausgesehen hat, wenn die Sonne auf diese langgestreckten georgianischen Häuserreihen schien? Dieser honigfarbene Schimmer, den ich nie irgendwo anders gesehen habe?«

Er wählte seine Worte mit Bedacht, denn einer der Gründe, warum er sie liebte, war der, daß sie ihn gelehrt hatte, so vieles zu sehen, das er zuvor nie wahrgenommen hatte. »Ehrlich gesagt, ich erinnere mich, daß ich immer ungeheuer erleichtert war, wenn ich an einem dieser warmen Nachmittage, an denen die Stadt wie eine Ansichtskarte aussah und heiß war wie ein türkisches Bad, aus dem Zentrum herauskam. Ich kann mir nicht vorstellen, daß wir je wieder dorthin zurückkehren, Steph, es sei denn für einen Tagesausflug. Es war eine Phase in unserem Leben, eine recht glückliche. Lassen wir es dabei bewenden.«

Sie sagte: »Es ist harte Arbeit. Härter, als du vielleicht meinst.«

»Was?«

»Als Modell posieren.«

Etwas in ihrer Stimme ließ ihn aufhorchen. »Woher willst du das wissen?«

Sie lächelte schwach. »Als ich noch allein war und was nebenher verdienen mußte, habe ich ab und zu an der Uni Modell gestanden.«

Diesmal hatte sie ihn richtig überrumpelt. Er war entsetzt. Sie sagte immer die Wahrheit.

»Du meinst, nackt?«

»Mhm.«

»Das hast du mir nie erzählt.«

Sie sagte: »So was erwähnt man nun mal nicht einfach so in einem Gespräch. Jedenfalls würde ich es jetzt nicht mehr machen.« Nach einer Pause fügte sie hinzu. »Aber man hat mich ja auch nicht gefragt.«

Er gewann die Fassung soweit zurück, daß er sagte: »Wenn du möchtest, kann ich am Chelsea College ein Wort für dich einlegen.«

»Untersteh dich.« Erneutes Schweigen.

»Befremdlich«, sagte Diamond schließlich.

Sie wurde rot, und ihre Augen verengten sich. »Was?«

»Das Wort mit elf Buchstaben, das du gesucht hast.«

Sehr viel später, als sie schon im Bett lagen, sagte er zu ihr: »Es ist reichlich spät, das zu sagen, Steph, aber es war idiotisch von mir, bei der Polizei aufzuhören. An dem Tag, als ich aus dem Büro des Assistant Chief Constable gestürmt bin, hatte ich keine Ahnung, daß wir einmal so enden würden, in einer schäbigen Souterrainwohnung in einer Seitenstraße.«

»Ich muß doch sehr bitten. Die Wohnung ist nicht schäbig. Ich halte sie sauber.«

»Dann eben bescheiden.«

»Und ich begreife nicht, wie du die Addison Road als Seitenstraße bezeichnen kannst. Hör doch. Ich meine, hör dir den

Verkehr an. Es ist nach Mitternacht, und es hört sich noch immer so an wie am Piccadilly.«

Er ließ sich nicht aus seiner Beichtstimmung reißen. »Wenn es nur um mich gegangen wäre, okay, aber es ging auch um dich, und du hattest bei der Entscheidung kein Mitspracherecht. Es war das Egoistischste, was ich je getan habe.«

Sie sagte: »Es ging ums Prinzip.«

»Ja, um meins, nicht um deins.«

»Wenn sie deine Qualitäten als Detective nicht zu schätzen gewußt haben, dann haben sie dich auch nicht verdient.«

Er lachte kurz und hämisch auf. »Die waren doch bloß froh, mich loszuwerden.« Er seufzte, drehte sich auf die Seite und sprach zur Wand. »Ich hatte es auch nicht anders verdient. Ich paßte nicht da rein.«

Stephanie rutschte zu ihm rüber. »Ja, man hält es kaum aus mit dir, du roher Kerl.«

»Rücksichtslos«, sagte er.

»Taktlos«, sagte sie.

»Ungehobelt.«

»Und voller Selbstmitleid.« Sie zog an seiner Pyjamahose und gab ihm einen Klaps aufs nackte Hinterteil. »Fühlst du dich jetzt besser?«

»Eigentlich nicht.«

»Spielverderber.«

»Wieso Spielverderber?«

Sie schmiegte sich an ihn und flüsterte ihm ins Ohr: »Rate mal.«

Offenbar wollte auch das Schicksal mitraten, denn in diesem innigen Moment war das Scharren von Schuhen draußen auf der Betontreppe zu hören.

»Was ist denn jetzt los ...?«

»Betrunkene, würde ich sagen«, murmelte Stephanie.

»Oder Kinder, die sich da rumtreiben. Hört sich an, als wären es mehrere.«

»Kinder um diese Uhrzeit?«

Sie lagen reglos da und warteten.

»Zu doof, die Klingel zu finden«, sagte Diamond.

Wie aufs Stichwort klingelte es.

»Wie spät ist es eigentlich?« brummte Diamond. »Wir haben doch bestimmt schon nach Mitternacht.«

»Ja. Willst du aufmachen?«

»Scheiße. Ich bin für niemanden zu Hause. Ich schau mal durch den Vorhang.« Er stand auf und ging zum Fenster. Zwei jüngere Männer in wattierten Jacken standen da, schwach erhellt von einer Straßenlaterne. Sie sahen nicht betrunken aus. »Das verstehe ein anderer«, sagte Diamond.

Stephanie setzte sich auf und schaltete die Nachttischlampe an.

»Licht aus!« zischelte Diamond.

Aber die Besucher mußten das Licht gesehen haben, denn sie klingelten erneut und betätigten auch den Türklopfer.

»Ich geh lieber mal nachsehen.«

»Meinst du wirklich? Die können doch nichts Gutes im Schilde führen um diese Uhrzeit.«

»Ich lasse die Kette vorgelegt.« Er griff nach seinem Morgenmantel. Das Klopfen hielt an, so laut, daß man es im ganzen Haus hören mußte, deshalb rief er: »Schon gut, ich komme ja.«

Er öffnete die Haustür, soweit es die Sicherheitskette erlaubte, und spähte hinaus.

»Mr. Peter Diamond?«

Er runzelte die Stirn. Zwei betrunkene Passanten würden seinen Namen nicht kennen. »Ja?«

»Ich bin Detective Inspector Smith, und das ist Sergeant Brown. Kripo, Avon und Somerset.«

»Avon und Somerset? Da sind Sie aber weit ab vom Schuß, was?«

»Dürfen wir reinkommen?« Der Mann hielt einen Polizeiausweis nahe an den Türspalt, und Diamond konnte sehen, daß er tatsächlich Smith hieß. Wenn jemand Namen erfinden wollte, würde er sich dann ernsthaft für Smith und Brown entscheiden?

»Es ist verflucht spät, wissen Sie«, beschwerte sich Diamond. »Worum geht's? Ist jemand gestorben?«

»Nein, Sir.«

»Worum dann?«

»Könnten wir drinnen darüber sprechen, Mr. Diamond?«

Er mußte sich eingestehen, daß es sich um die typische Art und Weise handelte, wie die Kripo mit einem potentiellen Zeugen sprach – oder einen gefährlichen Verdächtigen bei Laune hielt. »Ich war selbst mal bei der Kripo. Ich kenne meine Rechte.«

»Ja, Sir.«

»Wenn ich wegen irgendwas verdächtigt werde, möchte ich wissen, was gegen mich vorliegt.«

»Darüber brauchen Sie sich keine Gedanken zu machen, Sir. Wir sind nicht hier, um Sie zu vernehmen.«

»Aber Sie kommen extra aus Somerset, da darf ich wohl annehmen, daß Sie mir keinen privaten Besuch abstatten.«

Diamond löste die Kette, und um Stephanie zu beruhigen, rief er: »Alles in Ordnung, Schatz. Sie sind von der Kripo«, begriff aber im selben Moment, daß seine Worte wohl kaum die beabsichtigte Wirkung haben würden.

Er führte sie ins Wohnzimmer. Beide Beamten sahen sich mit einem Gesichtsausdruck um, der ihre Verwunderung darüber verriet, daß ein ehemaliger Superintendent so tief hatte sinken können.

»Kaffee?«

»Bitte rufen Sie sofort diese Nummer an, Mr. Diamond.« Inspector Smith reichte ihm einen Zettel und fügte nachträglich hinzu: »Sie haben doch ein Telefon?«

Diamond ging zum Apparat.

Er bemerkte, daß Sergeant Brown sich umdrehte und die Tür schloß, und das nicht, weil es zog. Sie wollten nicht, daß Steph mitbekam, was gesagt wurde. Diese Geheimniskrämerei war nervtötend.

Diamond wählte die Nummer.

Es klingelte nur zweimal. Eine Stimme sagte: »Ja?«

»Diamond am Apparat.«

»Ausgezeichnet. Farr-Jones ist mein Name, ich bin Chief Constable von Avon und Somerset. Ich glaube, wir sind uns nie begegnet.«

Falls doch, so hätten sie sicher nicht viel miteinander anfangen können. Farr-Jones' Stimme klang nach Golfclubs und vornehmen Dinnerpartys, die Diamond gemieden hatte wie die

Pest. Aber der Name sagte ihm etwas. Patrick Farr-Jones war achtzehn Monate zuvor zum Chef der Kripo von Avon und Somerset ernannt worden, nachdem er zuvor stellvertretender Leiter der Kripo in Norfolk gewesen war. Der Chief Constable war zu dieser späten Stunde noch auf, um einen Anruf entgegenzunehmen? Die Sache mußte von höchster Wichtigkeit sein.

»Sie können sich wahrscheinlich denken, was der Grund für dieses Telefonat ist, Mr. Diamond«, sprach die Samtstimme.

»Nein«, sagte Diamond.

Die knappe Erwiderung brachte Mr. Farr-Jones ein wenig aus dem Konzept. Er hatte offenbar Kooperationsbereitschaft erwartet, daher versuchte er es nach einer Pause mit einem Kompliment. »Schön gesagt. Ein guter Detective setzt nichts voraus.«

»Ich bin kein Detective mehr, Mr. Farr-Jones.«

»Stimmt, aber ...«

»Und man kann darüber streiten, ob ich je ein guter Detective war.«

»Soviel ich weiß, waren Sie ein sehr guter Detective.«

»Ein Jammer, daß das damals keiner so gesehen hat«, sagte Diamond. »Was müßte ich mir eigentlich denken können? Wenn es in der Zeitung gestanden hat – ich lese keine Zeitung, bis auf die Stellenanzeigen.«

»Dann haben Sie das mit Mountjoy noch gar nicht gehört?«

Ein Bild aus früheren Jahren flackerte vor seinem inneren Auge auf: ein Schlafzimmer, auf dem Bett eine Frauenleiche in einem blaßblauen Pyjama, mit Stichwunden übersät, blutüberströmt. Und es gab eine bizarre Besonderheit, die in allen Zeitungen Schlagzeilen gemacht hatte. In den Mund der Toten gestopft und auf ihrem ganzen Körper verteilt waren die Köpfe von einem Dutzend rotblühender Rosen. Diese an ein Ritual erinnernde Besonderheit des Mordes hatte damals Aufsehen erregt. »Was ist mit Mountjoy?«

»Ich bin überrascht, daß Sie es noch nicht gehört haben. Es stand letzte Woche in allen Zeitungen. Er ist draußen. Er ist aus Albany ausgebrochen.«

»Gütiger Himmel!«

Am 22. Oktober 1990 hatte Diamond John Grainger Mountjoy wegen Mordes, begangen an der Journalistin Britt Strand in ihrer Wohnung in Larkhall, Bath, verhaftet. Mountjoy hatte lebenslänglich bekommen.

Farr-Jones fügte hinzu: »Er hat es bis hierher geschafft. Es ist etwas passiert, etwas sehr Ernstes.«

»Und Sie glauben, es war Mountjoy?«

»Wir wissen es.«

»Was wollen Sie von mir?«

»Wir brauchen Sie hier. Dringend.«

»Moment mal, Mr. Farr-Jones. Ich habe vor zwei Jahren den Dienst quittiert. Ich gehöre nicht mehr dazu.«

»Würden Sie mich bitte ausreden lassen, Mr. Diamond? Wir haben es hier mit einem äußerst gefährlichen Ausbrecher zu tun. Er hat eine Krise heraufbeschworen, eine extreme Krise, und ich kann im Moment am Telefon nicht mehr sagen, als daß wir erfolgreich um ein Presseembargo nachgesucht haben. Als ehemaliger Superintendent wissen Sie, daß wir so etwas nur tun, wenn der Ernst der Lage es erfordert.«

»Und Sie meinen, ich könnte Ihnen helfen?«

»Das ist es nicht allein.«

»Was denn noch?«

»Sagte ich nicht, daß ich jetzt nicht ins Detail gehen kann?«

»Wieso nicht, wenn eine Nachrichtensperre verhängt wurde? Das heißt doch, daß wir gefahrlos reden können.«

»Machen Sie es bitte nicht komplizierter, als es schon ist. Es tut mir leid, Sie zu dieser unchristlichen Zeit zu stören, aber glauben Sie mir, es ist dringend erforderlich, daß Sie kommen.«

»Sie meinen, auf der Stelle?«

»Die Beamten, die bei Ihnen sind, haben Anweisung, Sie hierherzufahren. Sobald Sie hier sind, werden Sie ausführlich informiert.«

»Und wenn ich mich weigere?«

»Würde ich die Beamten auffordern, Sie zu bringen.«

Diamond lag die Frage auf der Zunge, welchen Zweck der Anruf hatte, wenn er ohnehin gegen seinen Willen nach Bath verfrachtet werden sollte, aber er schluckte sie hinunter. »Dann ziehe ich wohl besser rasch was an, aber ich verpflichte mich zu nichts. Sie berücksichtigen doch wohl, daß ich nicht mehr bei der Polizei bin?«

Er zeigte Smith und Brown, wo sie sich einen Kaffee machen konnten, und ging zurück ins Schlafzimmer, um Stephanie die Nachricht von seiner Abreise zu überbringen. Er erzählte ihr alles, was er wußte; schließlich hatte sie ein Anrecht darauf, und er unterlag nicht der Schweigepflicht. Sie konnte sich nur schwer vorstellen, daß die Polizei ihn zurückhaben wollte, nach dem bösen Auftritt, den er bei seiner Kündigung hingelegt hatte. Auf seine rauhe Art war er ein guter Detective gewesen, aber niemand ist unersetzlich. Sie fragte, wie lange er fort sein würde, und er erinnerte sie daran, daß es nach Bath nur zwei Stunden mit dem Auto waren. Er versprach, sie am Morgen anzurufen.

Um die Stimmung etwas aufzuheitern, sagte er: »Na ja, wahrscheinlich immer noch besser, als nackt zu posieren.«

Stephanie sagte: »Da bin ich mir nicht so sicher.«

3 Sergeant Brown fuhr, als wollte er vom Boden abheben. Vom Rücksitz des roten Montego aus gesehen, unterwegs in Richtung M 4, verschwammen die Straßen von West London. Diamond, der sich in Autos nie wohl fühlte, versuchte wiederholt, ein Gespräch in Gang zu bringen, aber seine Begleiter ließen sich nicht dazu verleiten, etwas über die »extreme Krise« zu verraten, die als Rechtfertigung für den nächtlichen Ausflug herhielt. Kurz vor der Autobahn kam Diamond zu dem Schluß, daß die beiden bloß Handlanger waren und keine Ahnung hatten.

Er wechselte das Thema und fragte, was es auf der Personalebene bei der Kripo von Avon und Somerset Neues gab. Wie sich herausstellte, hatte sich einiges getan, seit der neue Chief Constable da war. Von der einstigen Mordkommission – Diamonds Team – waren nur zwei dienstältere Detectives übriggeblieben. Nicht weniger als sieben waren in andere Abteilungen oder in den Vorruhestand versetzt worden. Die Überlebenden waren Keith Halliwell, charmant, aber ein Leichtgewicht, und John Wigfull, der ehrgeizige Karrierebeamte. Wigfull war zum Chief Inspector und Leiter der Mordkommission befördert worden.

Diamond schloß die Augen und sagte sich, daß er das alles hinter sich hatte. Was spielte es für ihn persönlich noch für eine Rolle, daß so ein Schleimer wie Wigfull jetzt an der Spitze stand?

»Gute Idee«, sagte Smith.

»Was?«

»Ein Nickerchen zu machen, solange Sie noch können.«

»Bei der Geschwindigkeit könnte es ein ewiger Schlaf werden.«

Trotzdem schlummerte Diamond ein.

Als er wach wurde, fest überzeugt, auf der Intensivstation eines Krankenhauses zu liegen, waren sie sechzig Meilen weiter, kurz vor einer Raststätte.

»Ich weiß nicht, wie es mit euch ist, aber ich hätte nichts dagegen, einen Kaffee zu trinken«, schlug er vor.

»Wir sind in knapp einer Stunde da«, sagte Smith.

»Dreiviertelstunde«, sagte Brown. »Trinken Sie einen Kaffee, wenn wir da sind.«

»Bis dahin brauche ich was Stärkeres als Kaffee.«

Das letzte Stück, auf der Landstraße über die Ausläufer der Cotswolds, gab Brown Gelegenheit, die Fahrt zu einem Finale zu steigern, bei dem einem das Herz in die Hose rutschte; unterbrochen von scharfen Bremsmanövern, so daß die Reifen Spuren auf dem Asphalt hinterließen, jagte er die kurvenreiche Straße von Cold Ashton hinab, neben der es, wie Diamond wußte, steil in die Tiefe ging.

Unter anderen Umständen wäre das nächtliche Panorama von Bath mit seinen unzähligen Lichtern, die von der hell erleuchteten Abteikirche abstrahlten, ein willkommener Anblick gewesen. Er sparte sich seine Freude für den Augenblick auf, als sie nach rechts in die ebene London Road einbogen.

»Gut.«

»Gut gefahren oder gut, hier zu sein?« sagte Smith.

»Wie spät ist es?«

»Kurz nach drei.«

»Alles in allem zwei Stunden. Wieso haben wir so lange gebraucht?«

Smith und Brown waren leichte Beute. Er freute sich schon auf härtere Gegner.

»Wen treffe ich im Polizeirevier an? Wer sind die von Schlaflosigkeit Geplagten, die heute nacht Dienst haben?«

Smith wußte es nicht oder hatte keine Lust zu antworten.

Der Wagen fuhr zum Haupteingang des Polizeireviers an der Manvers Street, und Diamond ging, nachdem er die Fahrt überlebt hatte, voller Elan zusammen mit Smith hinein, um Antwort auf seine Frage zu erhalten.

Der öffentliche Eingangsbereich war seit Diamonds Zeiten verändert worden, denn man hatte ihn durch Trennwände drastisch verkleinert. Die Silbertrophäen, die Beamte des Reviers gewonnen hatten, waren noch immer in einer Vitrine ausgestellt, praktisch eine Einladung an die jungen Burschen der Stadt, die gern Schaufenster ausraubten. Ein runder Spiegel war strategisch so angebracht, daß man jeden sehen konnte, der hereinkam. Der diensthabende Sergeant arbeitete hinter Sicherheitsglas, wie ein Bankangestellter. Er war einer von den alten Hasen, und sein Gesicht erstrahlte. »Mr. Diamond! Wie schön, Sie wiederzusehen.« Eine herzlichere Begrüßung, als nach dem Grad ihrer Bekanntschaft zu erwarten war. Diamond ließ sich nicht täuschen: Es sagte mehr über das neue Regime aus als über seine Beliebtheit.

Smith eskortierte ihn die Treppe hinauf zu dem Raum, den die hohen Tiere benutzten, wenn sie zu Besuch kamen. Die Ironie des Schicksals wollte es, daß es just der Raum war, aus dem Diamond bei seinem letzten Auftritt hier herausgestürmt war. An jenem unglückseligen Morgen hatte Mr. Tott, der Assistant Chief Constable, in Uniform, zugeknöpft bis zum Hals, am äußeren Ende des ovalen Mahagonitisches gesessen und Diamond davon in Kenntnis gesetzt, daß er von der gerade laufenden Mordermittlung abgezogen und durch Wigfull ersetzt werden würde. Der Vorwurf? Daß er angeblich einem stürmischen zwölfjährigen Jungen, der ihm in die Weichteile getreten hatte, eine Gehirnerschütterung beigebracht hatte. Dabei hatte er ihn nur beiseite gestoßen, gegen eine Wand. Der kleine Matthew hatte später zugegeben, daß er die Gehirnerschütterung nur vorgetäuscht hatte, aber da war Diamond schon nicht mehr bei der Polizei.

Die Tür stand offen.

»Gehen Sie rein«, sagte Smith. »Mr. Tott wartet schon.«

Diamond schlug mit der Hand gegen den Türrahmen. »Haben Sie gesagt, Tott? Das glaube ich einfach nicht.«

»Der Assistant Chief Constable«, flüsterte Smith ehrfürchtig.

»Ich weiß, wer er ist«, sagte Diamond so laut, daß man es in dem Zimmer hören mußte. »Ich wünsche nicht, mit ihm zu sprechen.« Er wandte sich von der Tür ab und ging den Flur entlang zurück zur Treppe. Er wußte selbst nicht genau, wo er hinwollte, bloß weg von diesem verfluchten Mann, den er haßte. Der Zorn, von dem er geglaubt hatte, daß er sich vor zwei Jahren gelegt hatte, flammte wieder in ihm auf.

Smith kam ihm nach und hielt ihn am Arm fest. »Was ist los? Was habe ich denn gesagt?«

»Gerade genug, um ein Blutbad zu verhindern.«

»Das verstehe ich nicht.«

»Macht nichts. Es hat nichts mit Ihnen zu tun.«

»Doch. Ich soll Sie in das Zimmer bringen. Sie warten dort, um mit Ihnen zu sprechen. Es ist mitten in der Nacht, zum Donnerwetter noch mal! Wo wollen Sie denn hin?«

»Möglichst weit weg von diesem Mistkerl. Ich bin Zivilist. Ich muß vor niemandem zu Kreuze kriechen.«

Er ging die Treppe hinunter.

»Ich kann Sie nicht gehen lassen, Mr. Diamond«, rief Smith ihm nach. »Sie dürfen das Gebäude nicht verlassen.«

»Versuchen Sie mal, mich aufzuhalten«, rief der Exdetective zurück. »Haben Sie einen Haftbefehl?«

Als er das Erdgeschoß erreicht hatte, ging er forsch in die Eingangshalle, vorbei an seinem Freund, dem diensthabenden Sergeant, den er nicht mal eines Blickes würdigte, durch die Doppeltür und hinaus in die Nachtluft.

Tott.

Er sagte laut: »Für wie blöd halten die mich eigentlich?«

Außer sich vor Wut marschierte er die Manvers Street hoch; sein Blutdruck schoß in die Höhe. Ein Stück die Straße hinauf begriff er, daß Punkte vor den Augen kein gesundes Zeichen waren und er besser daran tat, sich zu beruhigen. Zumindest hatte er den Mumm gehabt zu gehen. Eigentlich müßte er sich besser fühlen, weil er seine Unabhängigkeit bewiesen hatte. Er wollte es im Francis Hotel am Queen Square probieren; ein angenehmer Ort, um sein müdes Haupt bis zum Morgen zu betten, wenn er mit dem Zug nach Hause fahren würde. Früher war er manchmal in der Mittagspause, wenn im Revier alles ruhig war, auf ein Bier in die Roman Bar des Francis gegangen. In einer milderen Stimmung als jetzt hatte er die noble Atmosphäre genossen, die an weniger anstrengende Zeiten denken ließ. Dort konnte man sich ausmalen, wie hochgestellte Persönlichkeiten der Stadt, im Nadelstreifenanzug, mit Weste und Uhrkette, sich in Gesellschaft koketter junger Damen mit runden Hütchen amüsierten.

In der Innenstadt von Bath war es für einen Fußgänger weniger gefährlich als in London. Die einzigen Leute, die er sah, waren eine Gruppe Obdachloser, die sich um den Rost hinter dem Römischen Bad drängten, wo die warme Luft herausströmte. Er fühlte sich zwar sicher, aber die Aussicht, den Rest der Nacht auf der Straße zu verbringen, war nicht eben reizvoll. Wenn er um diese Uhrzeit kein Hotelzimmer mehr bekam, würde er zum Bahnhof gehen und auf den ersten Zug warten.

Vor sich sah er das Eingangsportal des Francis aus Glas und Eisen, gegenüber den imposanten Bäumen und dem unschönen Obelisken auf dem Queen Square. Er war nur noch wenige Schritte von der Drehtür entfernt, als ein Polizeiwagen mit Blaulicht und quietschenden Reifen um die Ecke der Chapel Row bog und auf ihn zukam, gegen die vorgeschriebene Fahrtrichtung.

Auf der Südseite des Queen Square ist nichts, wo man sich verstecken könnte. Keine Sträßchen, keine Passagen oder Geschäftseingänge. Dort ist nur das Geländer vor dem Hotel. Diamond hatte nicht die Statur fürs Laufen oder Springen, und er hatte keine Lust, mit der Polizei auf den Fersen ins Hotel hineinzugehen, also trat er an die Bordsteinkante und wartete.

Der Streifenwagen hielt, jemand in Lederjacke und Jeans öffnete die Beifahrertür und stieg aus. Zunächst registrierte Diamond, daß es eine Frau war, dann erst, daß er sie kannte. Sein Namensgedächtnis war doch nicht so schlecht, wie er befürchtet hatte. Julie Hargreaves war, als sie sich zuletzt gesehen hatten, Sergeant bei der Kripo im Präsidium gewesen. Er hatte sie als fähige und zuverlässige Beamtin in bester Erinnerung.

Er fühlte sich entwaffnet, nahm eine entspanntere Haltung ein und grinste. »Na schön, auf frischer Tat ertappt. Ich leiste keinen Widerstand.«

Sie lächelte zurück. »Ich wäre jede Wette eingegangen, daß Sie zum Francis wollten.«

»Meine alte Stammkneipe.«

»Smithie sucht Sie im Pratt's.«

»Man muß mich eben kennen«, erwiderte er. »Nehmen Sie mich jetzt in den Schwitzkasten, Julie?«

Sie sagte: »Müßte ich eigentlich. Sie sind der meistgesuchte Mann in Bath.«

Er spürte, daß sie vielleicht bereit war, mit ein paar Informationen herauszurücken, und sagte ernst: »Ich wünschte, irgend jemand würde mir sagen, warum. Mr. Tott scheint zu glauben, daß er noch immer das Recht hat, mich mitten in der Nacht aus dem Bett zu holen, mich hundertzwanzig Meilen mit dem Auto herbringen und vor seinen Thron schleifen zu lassen. Ich habe naiverweise angenommen, die Zeit der absoluten Herrscher sei vorbei.«

Sie sagte: »Entschuldigen Sie, Mr. Diamond. Wir haben hier eine echte Krise.«

»Das hat man mir schon gesagt.«

»Nicht Mr. Tott hat Sie holen lassen.«

»Nein, das stimmt«, räumte er ein. »Es war der große weiße Häuptling, Farr-Jones.«

»Mr. Tott hat in dieser Sache nicht die Fäden in der Hand. Er hat damit zu tun, aber nur als Opfer.«

»Als Opfer?«

»In gewisser Weise, ja. Genauer gesagt, nicht er ist das Opfer.« Zögernd sagte sie schließlich: »Aber seine Tochter.«

»Totts Tochter?«

»Hören Sie, vergessen Sie bitte, daß ich Ihnen das erzählt habe, ja?« Sie blickte über die Schulter zu dem Fahrer. Er sprach gerade ins Funkgerät, also fügte sie hinzu: »Sie wollen Sie selbst über alles informieren. Sie zählen auf Ihre Mitarbeit, absolut.«

»Was kann ich tun, was andere Leute nicht können?«

»Das müssen Sie sich von denen erzählen lassen, Mr. Diamond. Die ganze Sache ist streng geheim.«

Er verkniff sich die Frage: »Was für eine Sache?« Es wäre nicht fair, aus Julie Informationen herauszuholen, die er von offizieller Seite bekommen konnte. Er wußte, was zu tun war.

Der Widerwillen, den er bei der Vorstellung verspürte, Tott gegenüberzutreten, war eine persönliche Angelegenheit. Er mußte entscheiden, was wichtiger war: seine Selbstachtung oder das, was der Tochter dieses Mannes widerfahren war, und die Tatsache, daß seine Mitarbeit aus irgendeinem unerfindlichen Grund unabdingbar war.

Julie sagte ohne Umschweife: »Kommen Sie zurück zur Manvers Street und hören sich an, was die Ihnen zu sagen haben?«

»Also gut, Officer. Sie haben gewonnen.«

Im Auto erzählte sie ihm, man habe sie im letzten November zum Inspector befördert. Er sagte, das sei auch an der Zeit gewesen. Und das meinte er ehrlich.

Fünf Minuten später, vor Widerwillen dem Brechreiz nahe, stand er Tott gegenüber, diesem Relikt aus jenen Tagen, da hohe Polizeibeamte von Generälen aus dem Ersten Weltkrieg nicht zu unterscheiden waren. Die anderen an dem ovalen Tisch waren Chief Inspector John Wigfull, Inspector Julie Hargreaves und Inspector Keith Halliwell. Der Empfang, der ihm bereitet wurde, war beängstigend freundlich. Tott stand auf, kam um den Tisch herum und sagte, wie tief sie in seiner Schuld ständen, weil er hergekommen sei. Er ergriff nicht nur Diamonds Hand mit seiner Rechten, sondern hielt mit der Linken dessen Ellbogen und drückte ihn wie ein übereifriger Seelsorger.

Halliwell neigte zur Begrüßung den Kopf und grinste liebenswürdig. Wigfull brachte die Art von Lächeln zustande, das sich ein Tennisspieler abringt, der das Wimbledon-Finale verloren hat.

Diamond bedachte sie alle mit einem Naserümpfen und einem starren Blick.

Tott wandte sich an Wigfull. »Sehen Sie doch bitte nach, wo der Kaffee bleibt, den wir bestellt haben.«

Wigfull lief rot an und verließ den Raum.

Kaum hatte sich die Tür geschlossen, da sagte Tott auch schon: »Mr. Diamond, das hier wird für niemanden von uns leicht. John Wigfull ist jetzt der ranghöchste Beamte und leitet das Revier.«

»Da ich nicht mehr dazugehöre, ist mir das völlig egal«, sagte Diamond.

Tott senkte den Kopf und faltete die Hände unter dem Kinn. Die Körpersprache eines reuigen Sünders. »Ich ... ich möchte eine persönliche Erklärung abgeben. Es wäre erstaunlich, wenn Sie keinerlei Groll gegen mich hegten, aus Gründen, die wir hoffentlich heute nacht beiseite lassen können. Ich möchte Ihnen versichern, daß ich gewissermaßen ungebeten hergekommen bin. Aber ich dachte, daß ich hier sein sollte, wenn Sie eintreffen. Das bin ich Ihnen schuldig.«

»Mir? Wieso das?«

»Und meiner ... noch jemandem. Die Polizei von Avon und Somerset bittet Sie um Ihre Mitarbeit. Ich persönlich möchte an Sie appellieren – nein, verdammt – Sie inständig bitten, wohlwollend zuzuhören, und da wir nicht ganz so freundlich auseinandergegangen sind, als wir das letzte Mal in diesem Raum zusammen waren, so ist das mindeste, was ich tun kann ...«

»Schon verstanden, Mr. Tott«, sagte Diamond. »Ich habe damals gesagt, was ich empfunden habe. Ich habe nicht damit gerechnet, noch einmal hierher eingeladen zu werden, aber hier bin ich.«

»Danke.«

»Also, würde mir bitte jemand sagen, warum?«

Tott war überfordert. Seine Stimme zitterte. Er sagte: »Ich denke, ich überlasse das am besten Chief Inspector Wigfull. Er müßte jeden Moment wieder hier sein.«

Tott und Wigfull. Was für ein Team! Diamond konnte sich keine zwei Leute außerhalb eines Gefängnisses vorstellen, denen er lieber aus dem Weg gehen würde.

Ein Polizeischüler brachte Kaffee und Käse-Schinken-Sandwiches. Wigfull schlüpfte hinter ihm ins Zimmer und nahm wieder am Tisch Platz. Diamond registrierte hämisch, daß Wigfulls Beförderung zum Leiter der Mordkommission eine interessante Veränderung bewirkt hatte: sein Schnauzer war gestutzt. Jetzt sah er nicht mehr wie der smarte Kavalier, sondern eher wie der ehemalige Kapitän der englischen Kricket-Mannschaft aus.

»Wie ich höre, sollen Sie mich informieren, John.«

»Sofort.« Wigfull wartete, bis der Polizeischüler gegangen war. Nachdem sich die Tür wieder geschlossen hatte, warf er Tott einen Blick zu, aus Höflichkeit oder um sich bei ihm einzuschmeicheln, je nachdem, wie man es betrachtete, und erntete ein Nicken. »Wie Sie wissen, ist vor zehn Tagen, also am 4. Oktober, John Mountjoy aus Albany entflohen.«

»Sie sagen ›wie Sie wissen‹, aber ich weiß überhaupt nichts«, sagte Diamond.

Wigfull bedachte ihn mit einem ungläubigen Blick. »Es stand in allen Zeitungen.«

»Ich lese keine Zeitung. Ich bin ein freier Mann, John. Ich mache, was ich will.«

»Nun, er hat sich als Polizist verkleidet und es so durch Gott weiß wie viele elektronisch gesicherte Türen geschafft. Fairerweise muß man dem Gefängnispersonal zugute halten, daß es dort zu diesem Zeitpunkt in einem der Gefängnistrakte einen Zwischenfall gab. Es steht noch nicht fest, ob der Krawall nur inszeniert wurde, um den Ausbruch zu decken. Jedenfalls hatte Mountjoy gut zwei Stunden Vorsprung, ehe Alarm ausgelöst wurde. Er ist entweder tollkühn oder äußerst raffiniert, denn statt sich direkt auf den Weg zur nächsten Landstraße zu machen, ist er zum Nachbargefängnis Parkhurst gegangen, was ja bekanntlich nur einen Katzensprung querfeldein von Albany entfernt ist. Dort ist er zu einer der Personalunterkünfte und hat den Wagen der Frau eines Wärters gestohlen. Er wurde zwei Tage später verlassen in Bembridge aufgefunden.«

»Ein sonderbarer Fluchtweg. Liegt Bembridge nicht weit draußen an der Ostspitze der Insel?«

»Der Mann tut nichts Vorhersagbares. Während nördlich von Albany die ganze Gegend durchkämmt wurde, hat er aus einem Ferienhaus in der Nähe des Hafens ein Segelboot gestohlen.«

»Glück hatte er also auch noch.«

»Eigentlich nicht. Er konnte sich sozusagen eines aussuchen. Die Leute sind leichtsinnig mit ihren Booten auf der Insel. Der Besitzer hat die gesamte Ausrüstung an Bord gelassen. Mountjoy mußte das Boot nur im Schutz der Dunkelheit zum Strand schieben, die Abdeckung entfernen und Segel setzen.

»Wo hat er segeln gelernt?«

»Spielt das eine Rolle?« sagte Tott ungeduldig.

»Für ihn muß es eine Rolle gespielt haben, als er das Boot ins Wasser schob.«

Wigfull sagte, als wäre es eigentlich unnötig, das Offensichtliche auszusprechen: »Er ist in Eastbourne zur Schule gegangen. Privatschule.«

Diamond – der ein normales Gymnasium besucht hatte – weigerte sich hartnäckig, irgend etwas als selbstverständlich vorauszusetzen. »Kriegen die Jungs da Segelunterricht?«

»Normalerweise in kleinen Segelbooten.«

Wigfull besaß nicht nur Insiderwissen über das Privatschulsystem, sondern auch frisch erworbene Segelkenntnisse. »Er muß das Boot im Schutz der Dunkelheit zu Wasser gelassen haben und hart ostwärts gesegelt sein. Zu dieser Zeit war Flut, und sie wird ihn Richtung Portsmouth getrieben haben. Schließlich hat er es tatsächlich geschafft, das Boot über rund fünfzehn Seemeilen bis zum Festland, genauer gesagt, nach West Wittering zu steuern.«

»Woher wissen Sie das so genau?«

»Der Besitzer ist aus London gekommen, um sein Ferienhaus winterfertig zu machen, und dabei hat er festgestellt, daß das Boot nicht mehr da war. Teile vom Rumpf wurden am Strand bei West Wittering gefunden. Man hätte vielleicht annehmen können, Mountjoy sei ertrunken, wenn nicht ein Farmer das Segel und eine Schwimmweste zusammengerollt in einer Hecke gefunden hätte. In der Zwischenzeit hatten Suchtrupps die ganze Insel von Albany bis Cowes durchkämmt, jede Fähre wurde überwacht, und Hubschrauber patrouillierten.«

»Und Mountjoy hat es bis nach Bath geschafft?«

Wigfull nickte. »Alles, was ich Ihnen jetzt sage, unterliegt der Geheimhaltung. Die Medien werden warten müssen, bis wir eine Lösung gefunden haben. Fast eine Woche lang fehlte von Mountjoy jede Spur. Gestern abend dann ist in der Zentrale des Royal Crescent Hotel ein Anruf eingegangen. Der Anrufer klang gebildet. Er hat die Telefonistin angewiesen, sie solle alles mitschreiben, was er sagt, und es so schnell wie möglich an die Polizei weitergeben. Und das hier haben wir bekommen.« Er reichte Diamond ein Blatt mit dem Briefkopf des Royal Crescent.

Diamond warf einen flüchtigen Blick darauf, mit dem er eigentlich seinen Widerwillen demonstrieren wollte, überhaupt in die Sache hineingezogen zu werden, doch der Anblick sei-

nes Namens auf dem Zettel war unwiderstehlich. Er nahm das Blatt und las:
»Mr. Tott, im Interesse des Mädchens, sagen Sie Diamond, er soll sich morgen um neun Uhr mit einem Wagen bereit halten. Allein. Kein Funkgerät, keine Wanze, und niemand darf ihm folgen. Vergessen Sie nicht, ich habe nichts zu verlieren.«
»Das Mädchen? Es handelt sich also um eine Entführung?« sagte Diamond, und ohne Julie anzusehen, fragte er gleich darauf ausdruckslos: »Weiß man, wer sie ist?«

»Meine Tochter Samantha«, sagte Tott mit vor Aufregung brechender Stimme.

»Oh.«

Nach einer respektvollen Pause fügte Wigfull hinzu: »Deshalb sind wir ja so besorgt.«

»Bei jedem anderen wären Sie doch auch besorgt«, sagte Diamond barsch. »Oder etwa nicht, John?«

Falls Wigfull die Situation peinlich war, so überspielte Tott sie, indem er sagte: »Sie ist Musikerin. Sie wurde in der Menuhin School ausgebildet.«

»Eine ausgesprochen attraktive junge Frau«, sagte Wigfull.

»Ist das von Bedeutung?« sagte Diamond mit einem Seitenblick auf Julie, die wohl mit ihm einer Meinung war, daß der Sexismus soeben sein finsteres Haupt erhoben hatte.

»Ja, es ist von Bedeutung«, sagte Tott. »Alle Welt sagt, wie schön sie ist, und wenn ich mich jetzt wie ein vernarrter Vater anhöre, dann kann ich es auch nicht ändern. Vor etwa fünf Wochen hat der ›Daily Express‹ in seiner Wochenendbeilage einen Artikel über talentierte Musiker gebracht, die aufgrund der wirtschaftlichen Rezession gezwungen sind, als Straßenmusiker zu arbeiten. Es wurde ein Foto von Sam veröffentlicht, auf dem sie auf dem Platz bei der Abteikirche vor dem Pump Room Geige spielt. Ich bin sicher, daß der Fotoredakteur sich wegen ihres Aussehens für das Bild entschieden hat. Unglücklicherweise wird im Text erwähnt, daß sie die Tochter des Assistant Chief Constable ist. Wir gehen davon aus, daß Mountjoy die Zeitung im Gefängnis gelesen hat.«

»Wie lange wird sie schon vermißt?«

Wigfull antwortete: »Seit Samstag abend.«

»Offiziell vermißt, meine ich.«

Tott hustete und sagte: »Sam tut, was ihr paßt. Wir haben uns erst ernstlich Gedanken gemacht, als das hier kam.«

»Ihr Name wird nicht erwähnt.«

Wigfull sagte: »Es sind in den letzten Tagen keine jungen Frauen als vermißt gemeldet worden. Und die Nachricht ist so zu verstehen, daß wir wissen, wer gemeint ist.«

»Wie alt ist Ihre Tochter, Mr. Tott?«

»Zweiundzwanzig.«

»Was glauben Sie, wie wird sie mit so einer Krisensituation fertig?«

»Sie ist robust.« Totts Mund zuckte. »Aber es gibt Grenzen.«

Diamond drückte die Hände gegen die Tischkante und lehnte sich zurück. Die Rolle des Vernehmenden reizte ihn. Er nahm den Zettel erneut in Augenschein, als müßte er sich noch einmal vergewissern, was da geschrieben stand. »Wieso ich?«

»Sie haben ihn ins Gefängnis gebracht«, sagte Wigfull. »Er war die ganze Zeit in Albany. Er kann eigentlich nicht wissen, daß Sie vor zwei Jahren aufgehört haben.«

»Ja, aber was will er von mir?«

Tott sagte: »Hat er nicht damals seine Unschuld beteuert?«

»Wer tut das nicht?« sagte Diamond. »Er war schuldig. Der Mann war kein unbeschriebenes Blatt, was Gewalt gegen Frauen anging.« Er wandte sich an Tott. »Tut mir leid, aber wir wissen doch alle, daß das eine Tatsache ist.«

Tott nickte und schloß die Augen.

Wigfull sagte: »Dadurch, daß er hierhergekommen ist, statt sich zu verstecken, geht er ein großes Risiko ein. Wir glauben, er will mit Ihnen verhandeln.«

»Worüber verhandeln? Ich kann ihm nicht helfen. Ich könnte ihm auch dann nicht helfen, wenn ich noch bei der Polizei wäre. Ich bin nicht der Innenminister. Die Sache wurde gerichtlich entschieden, zum Donnerwetter noch mal.«

Wigfull sagte: »Peter, bei allem Respekt, aber ich glaube, Sie begreifen nicht, worum es eigentlich geht.«

Jetzt wurde er schon Peter genannt, rasch abgeschwächt durch »bei allem Respekt«. Es hatte sich einiges verändert in den letzten zwei Jahren.

»Dann erklären Sie's mir«, sagte Diamond.

»Die neue Taktik bei Entführungen ist, zunächst einmal auf die Forderungen einzugehen. Entscheidend ist, mit dem Kidnapper Kontakt herzustellen und, falls möglich, eine Beziehung aufzubauen. Ziel ist es, die Situation einzuschätzen. Nur dann läßt sich ein fundierter Plan zur Befreiung des Opfers erarbeiten.«

Was für ein aufgeblasener Heini, dachte Diamond. »Das heißt also, nach den Regeln des Entführers zu spielen.«

»Genau. Herausfinden, was er will, und ihn davon abhalten, Gewalt anzuwenden. Seine Forderungen mögen unerfüllbar sein – das wissen wir noch nicht –, aber wir müssen den Anschein erwecken, daß wir zu Verhandlungen bereit sind.«

»Und ich bin dabei der Köder?«

Wigfull zuckte die Achseln. »Er hat Sie verlangt. Wie ich eben schon sagte, oberstes Prinzip ...«

»Geschenkt«, fiel Diamond ihm ins Wort. »Sie wollen, daß ich John Mountjoy bei Laune halte. Da ich ihn in den Knast gebracht habe, halte ich das für ziemlich aussichtslos.«

»Er hat ausdrücklich Sie verlangt.«

»Ach, wie rührend! Seien wir doch mal ehrlich, er will sich das Vergnügen gönnen, mich wegzupusten. Wie könnten Sie mich schützen? Gar nicht. Das sehe ich Ihnen an den Augen an.«

»Wir wissen nicht, ob er bewaffnet ist«, sagte Wigfull.

Wohl weil er einsah, daß sie so nicht weiterkamen, sagte Tott zu Diamond: »Mein lieber Freund, ich streite nicht ab, daß es riskant ist. Natürlich ist es riskant. Ich weiß nicht, ob Sie selbst Vater sind ...«

»Nein«, sagte Diamond.

»Oh.« Darauf war Tott nicht eingestellt. Sein Überredungsversuch kam abrupt zum Erliegen.

Dann sagte Julie Hargreaves leise: »Es erfordert einigen Mut, die junge Frau zu retten.«

Diamond war zwar alles andere als ein Held, aber er hatte eine altmodische Abneigung dagegen, als Feigling dazustehen, schon gar nicht vor einer Frau. Statt eine definitive Absage zu erteilen, sagte er: »Ist Mountjoy von irgend jemandem hier in der Gegend gesehen worden? Wenn sein Foto in den Zeitungen war, muß ihn doch jemand gesehen haben.«

»Nicht in Bath«, sagte Wigfull. »Praktisch in jeder anderen Stadt in der Region, aber Sie wissen ja, wie Bath ist.«

Diamond brummte beipflichtend. Ob die Architektur der Stadt die Leute ablenkte, wußte er nicht, aber die Öffentlichkeit schien die Fähigkeit zu verlieren, Gesichter wiederzuerkennen. Manchmal kauften Mitglieder der königlichen Familie auf der Milsom Street ein, und kaum einer schenkte ihnen Beachtung.

»Sie können von der Bevölkerung nicht die geringste Hilfe erwarten, solange Sie die Nachrichtensperre aufrechterhalten. Haben Sie daran gedacht, sie aufzuheben?«

Tott umklammerte die Armlehnen seines Stuhls. »Ich halte das nicht für klug.«

»Wir möchten die Entführung aus vielerlei Gründen geheimhalten«, sagte Wigfull.

»Zum Beispiel um dem Ansehen der Kripo von Avon und Somerset nicht zu schaden?«

Wigfull war ein viel zu gewandter Diplomat, um zu kontern. Er bedachte Diamond mit einem eher gekränkten als wütenden Blick. »Der Hauptgrund ist, Mountjoy keine Gelegenheit zu geben, die Medien zu manipulieren. Er ist kein Narr.«

Tott fügte hinzu: »Und wir möchten nicht, daß die Presse oder die Öffentlichkeit die Operation behindert.«

»Dann handelt es sich also um eine Operation, ja?« sagte Diamond.

»Oder meinetwegen die Ermittlung. Nennen Sie es, wie Sie wollen.«

»Die Terminologie ist mir egal, Mr. Tott. Ich möchte lediglich klarstellen, daß ich, wenn Sie wollen, daß ich mitmache, einen Anspruch darauf habe, den Gesamtplan zu kennen.«

»Absolut«, sagte Tott zustimmend, richtete sich in seinem Sessel auf und griff nach dem, wie er meinte, rettenden Strohhalm.

»Was ist bisher geschehen?«

Mit einem Wink der rechten Hand forderte Tott John Wigfull auf zu antworten. »Wir gehen nach der bei Entführungen üblichen Verfahrensweise vor. Intensive Durchsuchungen möglicher Verstecke innerhalb eines Fünf-Meilen-Radius um das Stadtzentrum.«

»Das sind nicht wenige.«

»Wir haben sehr viele Leute im Einsatz. Im Moment überprüfen wir alle gemeldeten Einbrüche und Autodiebstähle.«

»Sie glauben, er ist in der Stadt?«

»Er muß in der Stadt gewesen sein, um Samantha zu verschleppen. Sie hat auf der Stall Street musiziert.«

»Was meinen Sie mit ›verschleppen‹? Man verschleppt nicht einfach so an einem Samstag nachmittag eine Frau von der Stall Street. Da wimmelt es von Einkäufern und Touristen. Hat sie allein Musik gemacht?«

»Ja.«

»Wurde sie gesehen?«

Wigfull nickte. »Eine Freundin von ihr hat sie gegen Viertel nach vier spielen sehen. Sie heißt Una Moon, dieselbe junge Frau, die uns am Montag erzählt hat, daß Miss Tott vermißt wird. Sie wohnt mit einigen anderen jungen Leuten in einem Haus in Widcombe.«

»Ein besetztes Haus, meinen Sie?«

Tott rutschte unruhig hin und her. »Ja, das Haus wird von arbeitslosen jungen Leuten besetzt. Samantha ist vor etwa einem Jahr von zu Hause ausgezogen, gegen unseren Willen, wie ich leider gestehen muß.«

Wenn Samantha sich gegen Mr. Tott aufgelehnt hatte, dann war sie in guter Gesellschaft, und es sprach einiges für sie. »Ihre Suchtrupps haben doch vermutlich ein Foto.«

Julie Hargreaves holte ein Schwarzweißfoto im 13 mal 18-Format hervor und reichte es über den Tisch. Das Original mußte aus dem Familienalbum der Totts stammen, denn es zeigte ein junges Mädchen in einem Taftabendkleid mit altmodischen Puffärmeln, wie sie gern von jungen Musikerinnen auf der Konzertbühne getragen werden. Neben ihrem linken Bein baumelte eine Geige und neben dem rechten ein Bogen. Sie hatte ein bemerkenswertes Gesicht mit großen, dunklen Augen und einem schön geformten Mund, der an den Seiten nach oben geschwungen war und so die etwas steife Pose in Frage stellte. Ihr Haar war aufsehenerregend – ein regelrechter Berg von Naturlocken, eine herrliche Version des Afro-Looks. Um so aufsehenerregender, wenn man es mit dem Haar ihres Vaters verglich, das hinten und an den Seiten kurz geschnitten war und flach am Kopf anlag.

»Vermutlich war sie am Samstag nicht so angezogen, oder?«

Julie Hargreaves antwortete: »Ein schwarzes Stricktop und Bluejeans mit einer schwarzen Strumpfhose darunter. Außerdem lange schwarze Socken. Es ist kalt auf der Straße. Dazu ausgetretene Reebok-Sportschuhe. Sie hatte natürlich ihre Geige dabei und den Kasten.«

»Und die Geige ist nicht gefunden worden?«

»Nein.«

Diamond griff nach einem Sandwich. Dabei stieß er, ob aus Versehen oder mit Absicht, zwei weitere an, die auf den Tisch fielen, und legte sie auf seinen Teller. Während die anderen ihm dabei zusahen, fragte er beiläufig: »Wie sieht der Plan aus, John?«

Der Schreck über diesen Blitz aus heiterem Himmel löste bei Wigfull einen Verzögerungsmechanismus aus. Er strich sich langsam mit einer Hand über das Gesicht, scharrte mit den Schuhen und räusperte sich laut. »Das hängt davon ab, ob Sie mitarbeiten«, sagte er schließlich.

»Nein, tut es nicht«, sagte Diamond. »Hören Sie, wir feilschen hier nicht wie auf einem ägyptischen Basar. Sie haben einen Plan, und ich habe einen Anspruch darauf, ihn zu erfahren.«

»Stimmt.«

»Also?«

»Äh ...«

»Ja?«

»Wir, äh, wir empfehlen, Sie gehen auf alles ein, was Mountjoy vorschlägt. Wir stellen Ihnen einen Wagen zur Verfügung, der mit einem Überwachungssystem ausgerüstet ist.«

»Das schlägt Mountjoy nicht vor. Er verbietet es. Ausdrücklich.«

Wigfull nickte. »Aber unsere Wanzen sind inzwischen so unglaublich klein, daß er sie unmöglich ausfindig machen kann, es sei denn, er zerlegt den Wagen in einer Werkstatt in alle Einzelteile. Wir können laufend Ihre Position feststellen und Sie unauffällig überwachen. Die Betonung liegt auf unauffällig,

Peter. Wir werden auf keinen Fall zuschlagen, solange Sie bei ihm sind. Ziel ist es, ihn anschließend verfolgen zu können.«

»Dorthin, wo Samantha festgehalten wird?«

»Hoffentlich, ja.«

»Ich bin froh, daß Sie hoffentlich sagen«, bemerkte Diamond. »Ich kann mir nämlich nicht vorstellen, daß Mountjoy darauf hereinfällt. Er ist nicht so naiv zu glauben, daß Sie keine Wanzen benutzen werden, nur weil er darum gebeten hat. Ich vermute, er wird mit einem gestohlenen Wagen am vereinbarten Treffpunkt auf mich warten und mich zu einem entlegenen Ort bringen, wo er mich dann umlegt, bevor ihr zugreifen könnt.«

Wigfull schüttelte den Kopf. »Er hat nicht vor, Sie zu töten.«

»Woher wollen Sie wissen, was in seinem Kopf vorgeht?«

»Damit würde er sich jede Chance auf eine Wiederaufnahme seines Verfahrens verderben. Er behauptet, er wurde reingelegt.«

Diamonds Blutdruck schnellte wieder in die Höhe. »Ich habe ihn nicht reingelegt. Wollen Sie damit etwa sagen, ich hätte nicht korrekt oder sogar niederträchtig gehandelt?«

Tott sagte: »Immer mit der Ruhe, Mr. Diamond.«

»Ich ziehe ›reingelegt‹ zurück«, sagte Wigfull. »Er behauptet, es läge ein Justizirrtum vor, er habe keinen Mord begangen. Das beteuert er schon seit seiner Verurteilung. Über seinen Anwalt hat er dreimal versucht, Berufung einzulegen. Der Direktor von Albany hat uns darüber informiert, daß er unentwegt seine Unschuld beteuert. Das ist kein Killer, der den Polizeibeamten umbringen will, der ihn ins Gefängnis gebracht hat.«

»Mountjoy ist ein Mörder«, sagte Diamond. »Das wissen wir doch alle, oder etwa nicht?«

»Abgesehen davon ...«

»Sie machen wohl Witze!«

Wigfull fuhr unbeirrt fort: »Er glaubt, er hat ein Recht auf Berufung. Sämtliche Anträge wurden bisher abgelehnt. Wir glauben, er möchte Ihre Unterstützung. Ich weiß, er lebt in Wolkenkuckucksheim. Wir erinnern uns alle an den Fall Britt Strand, und da gab es nicht den geringsten Zweifel. Aber Mountjoy setzt seine ganze Hoffnung auf die Berufung. Das Treffen mit Ihnen paßt in dieses Schema.«

»Er ist ein Mörder.«

Julie Hargreaves sagte: »Genau deshalb ist Samanthas Leben in Gefahr.«

Diamond bedachte Julie mit einem eher überraschten als vorwurfsvollen Blick. Er hatte nicht erwartet, daß sie sich einmischen würde. Auch sie war dem Druck erlegen. Man sollte nie die schwesterliche Verbundenheit unterschätzen, die eine Frau für eine andere empfindet, die in Schwierigkeiten steckt.

Tott versuchte, die Diskussion in eine allgemeinere Richtung zu lenken. »Es gibt so viele Urteile, die in den letzten Jahren aufgehoben wurden. Und was die für eine Publicity kriegen! Das muß doch jedem im Gefängnis Auftrieb geben.«

»Mountjoy hat nicht den Hauch einer Chance.«

»Zugegeben, aber darum geht es nicht«, sagte Wigfull. »Er glaubt, er hat ein Recht auf Berufung. Jeder, der ein paar Jahre in Albany sitzt, ist überzeugt, daß er ein Wiederaufnahmeverfahren verdient. Alle finden sie irgendwas, auf das sie ihre Hoffnung setzen. Sehen Sie, warum ist er sonst nach Bath gekommen, wo es passiert ist? Er hätte sich doch verstecken oder das Land verlassen können. Er ist hergekommen.«

»Das sind doch alles vage Vermutungen«, sagte Diamond. »Sie wissen nicht, was er vorhat.«

»Ich interpretiere seine Handlungsweise. Was er vorhat, werden wir später wissen.«

»Ich kann es Ihnen jetzt schon sagen«, sagte Diamond. »Gewalt.«

»Zugegeben. Wenn ihm dieses Treffen mit Ihnen verwehrt bleibt, wird er Samantha das Leben zur Hölle machen.« Wigfull legte Tott eine Hand auf den Arm. »Tut mir leid, Sir. Das hätte ich nicht sagen sollen.«

Ohne Wigfull anzublicken, sagte Tott: »Wir haben lange genug geredet. Werden Sie uns helfen, meine Tochter zu retten, Mr. Diamond? Stellen Sie Ihre Bedingungen. Wir werden sie akzeptieren.«

Diamond nahm den Sandwichteller und bot ihn Julie Hargreaves an. Sie schüttelte den Kopf, also stellte er ihn wieder hin und nahm sich noch zwei. »Habt ihr hier im Revier noch immer ein Zimmer mit einem Bett drin? Ich würde mich gern für zwei Stunden aufs Ohr legen. Wecken Sie mich um acht, mit Tee und Frühstück? Wenn wir Mountjoys nächste Nachricht erhalten, teile ich Ihnen meinen Entschluß mit.«

4 Als Mountjoy vom Einkaufen im Supermarkt zurückkam, lag Samantha Tott reglos unter der karierten Dekke. Tot? Nur einige rote Locken waren sichtbar, beängstigend reglos auf dem Kissen. Er stand in der Tür und überlegte, ob sie vielleicht erstickt war. Er hatte sie nicht mit Klebeband, sondern mit einem Stück Stoff geknebelt, das er von einem Bettlaken abgerissen hatte. Falls der Lappen bis zu den Nasenlöchern hochgerutscht war, hätte sie ihn nicht runterziehen können, weil ihre Arme gefesselt waren.

Er wollte gerade die Decke wegziehen und ihr den Knebel abreißen, als sie sich rührte.

Also doch kein Grund zur Panik.

Zieh dich zurück, sagte er sich, nach einer einschneidenden Änderung seiner Taktik. Laß sie schlafen. Nach dem Supermarkt lagen seine Nerven blank. Er brauchte mehr Zeit für sich, bevor er sich wieder auf ein Gespräch mit ihr einlassen konnte. Ehe er sich fortschlich, zog er die Schuhe aus, denn der Fußboden war wie ein gespanntes Trommelfell. Sachte stellte er die Einkaufstüte ab. Er hatte seit einer Ewigkeit nichts mehr gegessen, aber er würde warten. Warten war mittlerweile eine seiner Spezialitäten, eine Kunst, die er in Albany bis zur Meisterschaft vervollkommnet hatte.

Im Grunde war dieser Raum mit seinen Klappmöbeln einer Zelle nicht unähnlich. Sogar noch kleiner. An der Seite gegenüber ihrem Bett war eine schmale Bank, die man an die Wand klappen konnte. Er löste den Riegel, ließ die Bank herunter und nahm Platz, sehr sorgsam darauf bedacht, daß sie nicht quietschte.

Was für eine Wohltat.

Er saß unbeweglich in der Stille, wußte, daß er in Sicherheit war. Das Einkaufen war aufregend gewesen, und erst jetzt merkte er, unter welcher Anspannung er dabei gestanden hatte. Er hatte versucht, sich genauso selbstvergessen zu geben wie alle anderen im Supermarkt, und jedesmal, wenn jemand näher kam, hatte er angestrengt die Regale abgesucht. Zumindest war es sicherer, als in einem Tante-Emma-Laden einzukaufen. Das einzig größere Risiko waren die Kassen. Er hatte sich alle genau angesehen. An keiner war viel Betrieb, und so hatte er sich für eine junge Kassiererin entschieden, die mit einer Freundin an der Nachbarkasse plauderte, während sie die Waren über den Scanner schob. Er war durchgekommen, ohne ein Wort sagen zu müssen. Sein Gesicht hatte bei der Kassiererin keine Reaktion ausgelöst, da war er sicher. Und er war über einen Umweg zum Wohnwagenplatz zurückgefahren, obwohl das bedeutete, daß er das Motorrad über ein Feld schieben mußte; mühsam, aber notwendig.

Eine wirklich komische Freiheit, die er jetzt genoß. Wieder kam ihm der Gedanke, daß er die eine Zelle gegen eine andere eingetauscht hatte. Der einzige Unterschied war, daß er diese Zelle mit einer Frau teilte. Sei doch froh, du Glückspilz, würden die meisten in Albany sagen, wenn sie es wüßten. Bist du etwa schwul? Nein, bin ich nicht. Aber Sex gehört nicht zu meinem Plan. Ob ihr es glaubt oder nicht, ihr geilen alten Knackis, dies hier ist etwas Wichtigeres, um dessentwillen ich Samantha Tott mit Respekt behandeln muß. Ich kämpfe um Gerechtigkeit, und das andere kann warten.

Es war kalt hier drin, kälter als in Albany, und deshalb hatte er ihr die Decke gegeben. Vielleicht würde ihnen beiden wärmer, wenn sie etwas gegessen hatten. Er hatte mit dem Gedanken gespielt, Wodka oder Whisky zu kaufen, was lächerlich gewesen wäre, denn dafür hätte er sein ganzes Geld ausgeben müssen. Er hatte etwas über zwanzig Pfund dabeigehabt. Fünf, die er in Albany schwer verdient hatte, und fünfzehn aus der Gesäßtasche von Samanthas Jeans; schließlich verpflegte er sie. In den nächsten zwei Tagen würden sie sich von Corned beef, Brot, Tütensuppen, Bananen, Schokolade und Tee ernähren. Er hatte auch Milch und Zucker gekauft, und im Küchenschrank lag noch eine Packung Ingwerplätzchen, deren Verfallsdatum seit langem abgelaufen war. Außerdem gab es hier einen Kessel und einen Topf, die Gasflasche war Gott sei Dank nicht ganz leer, und er wußte, wo er Wasser herbekam. Wie ein alter Knacki einmal zu ihm gesagt hatte: Ohne Tee, ein Bett und ein Klo würden wir alle durchdrehen.

Ja, es war kein schlechtes Versteck für ein paar Tage, solange er auf der Hut war. Er hatte sich an den Platz erinnert, weil die Farm vor Jahren Erdbeeren verkauft hatte, die man selbst pflükken mußte. Die Wohnwagen, von denen keiner benutzt wurde, waren neben dem Erdbeerfeld aufgereiht gewesen. Die Besitzer zahlten dem Farmer eine Gebühr für den Stellplatz. Es hätte durchaus sein können, daß der Platz, seit Mountjoy in Albany war, anderweitig genutzt wurde, daher war er hingefahren und hatte sich vergewissert, bevor er Samantha entführte.

Samanthas Entführung. Es war wirklich ein hochriskantes Unternehmen gewesen, immer wieder die Stall Street entlangzulaufen, eine der belebtesten Straßen in Bath, und die Musiker zu beobachten, die dort in Quartetten, Trios, Duos und manchmal solo mit Orchesterbegleitung vom Band fiedelten. Die Stadt war überschwemmt mit klassischen Musikern. Alle zwei Stunden wechselten sie sich an den beliebtesten Standorten entlang der Fußgängerpassage ab. Schon am ersten Morgen hatte er genug Vivaldi für den Rest seines Lebens gehört. Als die gesuchte Dame nach zwei Tagen noch immer nicht aufgetaucht war, hatte er praktisch schon die Hoffnung aufgegeben. Dann, am Samstag nachmittag, hatte er sie entdeckt. Irrtum ausgeschlossen: Sie sah genauso aus wie auf dem Foto im »Express«. Blasses, ausdrucksvolles Gesicht, über das ein Lächeln glitt, wenn jemand eine Münze in ihren Geigenkasten warf. Tolles Haar – wirklich tolles Haar, ein Wust krauser Locken, die, was er nicht gewußt hatte, flammend rot waren; schließlich war in der Zeitung nur ein Schwarzweißfoto abgedruckt gewesen. Er hatte sich mehrmals angehört, was sie so geigte, und beschlossen, daß er sie am besten dann ansprach, wenn sie ihre Sachen zusammenpackte. Er hatte sich überzeugend als Besitzer eines neuen Restaurants in Batheaston ausgegeben und ihr zwölf Pfund die Stunde angeboten, wenn sie dort spielte. Es wäre vielleicht nicht ganz soviel, wie sie an einem guten Tag auf der Straße verdienen würde (wie er ganz richtig vermutete), aber im Oktober wäre es drinnen wärmer und angenehmer, und sie würde sicher Trinkgeld bekommen, wenn sie Musikwünsche der Gäste erfüllte. Er hatte seinem erfundenen Bistro einen französisch klingenden Namen gegeben, ihr erzählt, die Kellnerinnen wären alle Studentinnen, und sie eingeladen, es sich gleich anzusehen. Samantha war auf sein höfliches Getue hereingefallen und mit ihm zum Orange Grove gegangen, wo sie hinten auf sein Motorrad stieg, das sie in ihr Gefängnis brachte.

Jetzt bewegte sie sich wieder, drehte den Kopf auf dem Kissen und schob ihre rote Lockenpracht unter der Decke hervor. Die Augen öffneten sich, große blaugrüne Augen, die dunkel schattiert waren, aber nicht von Wimperntusche, sondern von Angst und Erschöpfung.

»Ja, ich bin wieder da«, sagte Mountjoy. »Ich mache Tee.« Und als sie ein Stöhnen von sich gab, offensichtlich damit er ihr den Knebel abnahm, erwiderte er: »Gleich.«

Er brachte ein paar Sachen in die Küche bzw. Küchenzeile, oder wie immer man diesen winzigen Bereich nannte, wo der Kessel und die Tassen standen.

»Hier ist frische Milch«, sagte er. »Die schmeckt wohl besser als das Zeug aus der Dose. Wenn Sie ein Sandwich möchten, kann ich Ihnen eines machen; ich habe Brot und Corned beef besorgt.«

Er ließ sich nicht aus Bosheit oder Sadismus Zeit damit, ihr den Knebel abzunehmen; er tat es, um sich auf die Situation einzustellen. Er war es nicht gewohnt, daß man mit ihm redete. Samantha war vermutlich nicht redseliger als andere Frauen ihres Alters. Aber ihm fiel es nun mal schwer nachzudenken, wenn jemand redete.

Als er das Teewasser aufgeschüttet hatte, ging er zu ihr und band den Knebel los, hielt dabei immer eine Armeslänge Abstand, um den unvermeidlichen Körperkontakt auf ein Mindestmaß zu beschränken. Das hatte er sich geschworen. Nach fast fünf Jahren Zölibat war das Risiko groß, daß irgendein unvorhergesehenes Ereignis seinen Plan zunichte machte. Jetzt schwach zu werden, wäre der reinste Wahnsinn.

Samantha rieb sich das Gesicht an der Schulter. Wo der Knebel gewesen war, zeichneten sich rote Striemen ab. »Wollen Sie mir nicht die Hände losbinden?«

»Dann drehen Sie sich um.«

»Ich weiß nicht, warum Sie mich geknebelt haben«, sagte sie, als sie mit dem Gesicht nach unten auf dem Kissen lag. »Hier ist bestimmt keiner in der Nähe, der mich schreien hören könnte. Wer wohnt im Oktober schon auf einem Wohnwagenplatz?«

Es war ein Trick, ein Versuch, ihm Informationen zu entlocken, und er antwortete nicht. Sie stellte ständig solche Fragen, wollte herausfinden, wo sie waren. Offenbar hatte sie die Angst überwunden, mit der sie verständlicherweise auf ihre Entführung reagiert hatte, und jetzt sprach sie in fast freundschaftlichem Ton mit ihm. Auch aus diesem Grund empfand er es als anstrengend, mit ihr zu reden. Er wäre besser klargekommen, wenn sie ihn mit anhaltender Feindseligkeit behandelt hätte. Aber sie war clever, entwaffnete ihn unablässig mit scheinbar spontanen Äußerungen.

Er goß ihr Tee ein. Sie setzte sich auf und umschloß die Tasse mit beiden Händen, um sich zu wärmen. »Haben Sie keine Zeitung besorgt?«

»In einem Supermarkt?«

Sie blickte ihn forschend an. »Die gibt es jetzt auch im Supermarkt zu kaufen. Gehen Sie denn nie einkaufen?«

Sie wußte nicht – oder konnte es eigentlich nicht wissen –, daß er aus dem Gefängnis ausgebrochen war. Aber schon ein paarmal wäre sie fast dahintergekommen.

Er sagte: »Zeitungen interessieren mich nicht.«

»Das sollten sie aber, wenn was über Sie drinsteht. Vielleicht haben sie ein Foto von mir abgedruckt. ›GROSSANGELEGTE SUCHE NACH VERMISSTER STUDENTIN‹.«

Mountjoy sagte: »Das hätten Sie wohl gern.«

»Mein Dad wird dafür sorgen. Er ist der Assistant Chief Constable, oder jedenfalls einer von ihnen.«

»Ich weiß.«

»Sie glauben wohl, bloß weil er ein hohes Tier bei der Polizei ist, schwimmt er in Geld, aber da täuschen Sie sich. Der Job wird nicht besonders gut bezahlt. Was machen Sie beruflich? Ich meine, abgesehen davon, daß Sie hilflose Frauen kidnappen?«

»Ich mache Ihnen Sandwiches, wenn Sie nicht allzu neugierig sind«, sagte Mountjoy.

»Okay.« Sie schlug die Decke beiseite. »Und ich muß jetzt die Beine frei haben.«

»Weshalb?«

»Seien Sie doch nicht so schwer von Begriff.«

»Schon wieder?«

Diese körperlichen Bedürfnisse waren für sie beide peinlich. Außerdem stellte das Losbinden ein zusätzliches Risiko dar. Sie war eine starke junge Frau, und jedesmal, wenn sie zum Klo ging, bestand die Gefahr, daß es nur ein Vorwand für einen Fluchtversuch war, daher mußte die Tür offenbleiben.

Er ließ sie das Kabel um ihre Knöchel lösen.

Sie sagte: »Was glauben Sie eigentlich, was ich machen würde, wenn Sie mich nicht fesseln? Ohne Schuhe würde ich wohl nicht weit kommen, oder?«

Er antwortete nicht. Öffnete bloß die Tür und hielt den Fuß dagegen, damit sie sie nicht schließen konnte. Bei seiner Planung war ihm der Wohnwagen für seine Zwecke ideal erschienen, ja komfortabel. Er hatte nicht vor, ihr unnötig Leid zuzufügen. Doch die Körperfunktionen hatte er nicht genug berücksichtigt. Jetzt erwiesen sie sich als zunehmend nervenaufreibend.

Als sie wieder rauskam, sprach sie fast genau das aus, was er dachte. »Wie lange soll das noch so weitergehen?«

»Kommt drauf an.«

»Worauf? Wie mein Vater reagiert?«

Er sagte: »Für mich kann es nicht früh genug aufhören.«

»Aber es muß so aufhören, wie Sie es möchten?«

»Natürlich.«

Nach einer Pause sagte sie: »Früher habe ich mir manchmal vorgestellt, gekidnappt zu werden, aber der Kidnapper war immer jemand wie Harrison Ford, und es waren auch genug Dekken da, und ich habe nicht mal darüber nachgedacht, daß ich etwas Warmes essen oder mir frische Sachen anziehen möchte. Eine Geisel zu sein ist entwürdigend und widerlich. Haben Sie schon mit meinem Vater telefoniert?«

»Nein.«

»Wie haben Sie denn dann mit ihm Verbindung aufgenommen? Per Brief? Woher soll er denn wissen, daß ich entführt worden bin?«

»Es läuft alles nach Plan.«

»Haben Sie bei jemandem eine Nachricht hinterlassen?«

»So ungefähr.«

»Und Sie sind sicher, daß er Bescheid weiß?«

»Absolut.«

Sie grübelte eine Weile darüber nach.

»Spricht nicht gerade für meine Eltern, was? Wenn sie nicht Himmel und Hölle in Bewegung setzen? Verlangen Sie ein zu hohes Lösegeld?«

Er sagte: »Wollten Sie nun ein Sandwich mit Corned beef oder nicht?«

»Ja, hab ich doch gesagt. Sie haben nicht zugehört. Oder wollen Sie mich bestechen? Kriege ich erst was zu essen, wenn ich mit der Fragerei aufhöre? Ich kann mir das Sandwich selbst machen, wenn Sie mich lassen.«

Er ließ sie nicht in die Küche. Er sagte, sie solle sich wieder aufs Bett legen. Während er ihr das Kabel um die Knöchel wickelte, zog sie einen Kamm aus der Hosentasche und machte sich an ihren Haaren zu schaffen, zog die Strähnen auseinander und kämmte sie so, daß ihre üppige Lockenpracht wieder zur Geltung kam.

Mountjoy wollte etwas Nettes sagen, während er die unerquickliche Aufgabe erledigte, sie zu fesseln, und fragte: »Wie lange tragen Sie die Haare schon so?«

»Seit etwa sechs Monaten. Es müßte eigentlich weicher sein. Ich sollte es waschen.«

»Es sieht gut aus.«

»Es ist fettig und zerzaust, und es fühlt sich schrecklich an.«

»Ist es Natur?«

»Natürlich nicht. Ich sitze eine Ewigkeit beim Friseur.«

»Ich meine die Farbe.«

»Ach so. Ja, von Geburt an. Ich habe sie gehaßt, als ich klein war. Ständig wird man gehänselt.«

»Wenn Sie nicht auffallen wollen, warum tragen Sie dann so eine Frisur?«

»Ach, das stört mich inzwischen nicht mehr. Es ist ein großes Plus, bemerkt zu werden.«

»Von Männern, meinen Sie?«

Sie wurde rot und starrte ihn an, beunruhigt durch die Frage. Die sexuelle Bedrohung, die sie größtenteils aus ihren Gedanken verbannt hatte, war plötzlich wieder da. Sie sagte rasch und gepreßt: »Als Musikerin, meinte ich. In der klassischen Musik ist die Konkurrenz fast schon genauso groß wie in der Popmusik, was das Image betrifft. Man muß sich verkaufen können, genauso wie sein Talent. Also habe ich mich für eine Frisur entschieden, die Eindruck macht.«

Um das Vertrauen wiederherzustellen, sagte er beiläufig: »Sie machen Eindruck, ich mache das Sandwich.« Das Sandwich zu machen war nicht sehr aufwendig – eine quadratische Scheibe Corned beef zwischen zwei Scheiben Brot. Keine Butter oder Mayonnaise. Etwas Feineres gab die Küche nicht her.

Sie kämmte sich weiter die Haare. Sie arbeitete daran wie eine Katze, seit er sie hierhergebracht hatte. Sie fragte: »Was machen wir, wenn uns das Geld ausgeht? Sie haben doch bestimmt schon fast alles ausgegeben?«

Er antwortete nicht.

Sie sagte: »Sie werden meine Geige nehmen und auf der Straße spielen müssen. Spielen Sie Geige? Wenn nicht, müßte ich Ihnen Unterricht geben. Wäre auch ein guter Zeitvertreib.«

Er reichte ihr das Sandwich auf einem Teller und fragte, ob sie noch etwas Tee wolle. Es war noch ein wenig in der Kanne.

Sie sagte, ja. »Ich bin überrascht, daß Sie losen Tee gekauft haben. Teebeutel sind praktischer. Ich kaufe nur Teebeutel. Man kriegt sie mittlerweile in allen möglichen Sorten – Orange Pekoe, Earl Grey, Lapsang Souchong.«

Das »mittlerweile« war wieder ein Seitenhieb. Sie hatte sich ausgerechnet, daß er auf der Flucht war, da war er fast sicher. Er regte sich nicht darüber auf. Es spielte eigentlich keine Rolle mehr. Nur zu Anfang hatte er sie nicht in Panik versetzen wollen.

Sie fragte: »Was haben Sie sonst noch in der Einkaufstüte? Haben Sie was zum Naschen besorgt?«

»Schokolade.«

»Davon krieg ich leider Pickel, aber wenn ich richtig Hunger habe, esse ich welche. Darf ich mal sehen?« Sie ließ den Kamm fallen und streckte die Hand nach der Tüte aus, die noch immer auf dem Boden lag, mit einigen Sachen drin.

»Nein.«

»Wieso nicht?« Sie klang richtig gekränkt. »Was ist denn dabei, wenn ich sie mir ansehe. Ich esse Ihnen schon nichts von Ihrer kostbaren Schokolade weg, versprochen.«

Er hob die Tüte auf und brachte sie in die Küche.

»Es war mein Geld«, stellte sie klar. »Ich habe ein Recht darauf zu erfahren, was Sie dafür gekauft haben.«

In der Küche fing er an, die Sachen in dem winzigen Schrank zu verstauen. Um sie nicht mehr als nötig zu provozieren, sagte er: »Zwei geschnittene Brote, vier Packungen Hühnersuppe, ein halber Liter Milch, acht Scheiben Corned beef, sechs Bananen, etwas Tee und Zucker. Zufrieden?«

»Und die Schokolade.«

»Und die Schokolade.«

Sie sagte: »Ich begreife nicht, warum Sie aus einer Einkaufstüte so ein Staatsgeheimnis machen.«

Er sagte: »Weil es langweilig ist.« Und außerhalb ihres Gesichtsfeldes nahm er den letzten Artikel aus der Tüte und verstaute ihn so auf dem Küchenschrank, daß er nicht zu sehen war.

Es war eine Packung Haarfärbemittel mit der Aufschrift »Mocha«.

5

Der Duft von gebratenem Speck lag in der Luft.

Aus der Tiefe des Bettes kam die kaum verständliche Äußerung: »Schmeißen Sie meine Sachen vom Stuhl und stellen Sie das Tablett ab.«

»Es ist fünf nach acht, Sir«, verkündete der Polizeischüler, als er hinausging.

Diamond hievte sich in eine sitzende Position.

Das Frühstück war eine ausgezeichnete Idee gewesen. Was den Schlaf betraf, war er nicht ganz so überzeugt. Drei Stunden hatten nicht gereicht. Ihm dröhnte der Kopf, und er hatte einen Geschmack im Mund, als hätte er damit den Teppich abgesaugt. Er griff nach der Tasse auf dem Tablett.

Der Tee schmeckte gut. Der war nicht aus der Maschine. Es war fast wie zu Hause.

Aus Neugier beugte er sich über das Tablett und hob die Warmhaltehaube an. Ein Engel in der Kantine hatte ein gutes Gedächtnis: zwei Eier, blaßrosa angehaucht, auf einer dicken Scheibe Toast, mehrere Streifen knuspriger durchwachsener Speck, ein Würstchen, Pilze, Tomaten und ein Berg Bratkartoffeln.

Dann fiel ihm ein, daß sich ein zum Tode Verurteilter vor der Hinrichtung angeblich seine Henkersmahlzeit aussuchen darf. Wollten sie ihm damit etwas sagen?

Keith Halliwell steckte den Kopf zur Tür herein. »Wie fühlen Sie sich, Chief?«

»Ich brauche ein Aspirin. Nein, bevor Sie es holen, was gibt's Neues?«

»Absolut nichts. Weder von Mountjoy noch von der jungen Frau. Ein Wagen steht bereit, falls Sie ...«

»... entwischen wollen?«

Halliwell lächelte so, als täten auch ihm ein paar Aspirin ganz gut.

Diamond fragte: »Ist Tott noch da?«

»Ja, und Mr. Farr-Jones ist gekommen.«

»Die ganze Prominenz, was?«

»Ich hole Ihnen das Aspirin.«

»Danke. Und, Keith ...«

»Ja?«

»Sorgen Sie möglichst dafür, daß die hohen Tiere draußen bleiben. Ich möchte in Ruhe frühstücken.«

Kurz nach zwanzig vor neun ging er mit klarerem Kopf und einem wohlgefüllten Magen in den nächsten Umkleideraum. »Könnte mir jemand was zum Rasieren leihen?«

Er hatte an eine Naßrasur gedacht, aber einer von den neuen Sergeants wollte ihm unbedingt einen Rasierapparat geben, ohne zu wissen, daß Diamond im Umgang mit elektrischen Geräten zwei linke Hände hatte.

»Hübsch. Wie funktioniert der? So?«

Er schob einen Deckel an der Seite herunter, und eine der Batterien fiel heraus und rollte unter einen Spind. »Und was ist das da? Dieses Pfeildings da an der Seite? Was soll man denn damit machen?«

»Sie drücken den Schalter.«

»Welchen Schalter?«

»An der Seite, Sir.«

»Es tut sich nichts.«

»Kann ja auch nicht. Es fehlt jetzt eine Batterie.«

»Es kann nicht zufällig sein, daß Sie mich verarschen wollen, Sergeant?«

»Nein, Sir.«

»Wo ist sie denn hin – und was passiert, wenn man hier an der Seite drückt?«

»Nicht!« Zu spät, sein Daumen löste den Scherkopfdeckel und schnippte ihn quer durch den Raum.

»Hoppla.« Er gab die Reste des Rasierers zurück. »Hat jemand einen, der funktioniert?«

Um zehn vor neun war er, dank einer freundlichen Leihgabe von Keith Halliwell, mit der Naßrasur fertig, zog Hemd und Krawatte an und erlaubte sich einen Gang durch alte Gefilde. Seine Ankunft im Haupteinsatzraum war beunruhigend, da drei oder vier Gesichter, an die er sich aus seiner Zeit vor zwei Jahren erinnerte, aufblickten und lächelten. Lächelten. Die Beamten der Manvers Street senkten normalerweise den Kopf, wenn er auftauchte, und versuchten, sich möglichst unauffällig zu verhalten. Irgend etwas in den Blicken, die er erntete, löste in ihm großes Unbehagen aus. Es war fast so etwas wie Bewunderung. Ihm schwante, daß das ganze Revier darüber im Bilde war, was man hier von ihm wollte. Er wurde behandelt wie Gary Cooper in »Zwölf Uhr mittags«, und er hatte sich noch nicht einmal zur großen Schießerei bereit erklärt.

Er ging wieder nach oben, wo der Chief Constable wartete. Farr-Jones war ganz eindeutig nicht einem Western entsprungen. Klein und adrett, mit einer Rose im Knopfloch, hätte er gut und gern als Double für John Mills in einer seiner Rollen als englischer Gentleman vom Lande einspringen können. Er schüttelte ihm die Hand, als wollte er ihm eine Aderpresse anlegen.

»Der Mann des Tages, was? Vernünftig, eine Mütze Schlaf zu nehmen.«

»Mit Vernunft hatte das wenig zu tun«, sagte Diamond. »Ich war hundemüde.« Auf den »Mann des Tages« ging er nicht ein.

»Ja, ich denke, Mr. Tott sollte sich auch bald mal aufs Ohr legen. Auch mit schwarzem Kaffee hält man nicht ewig durch.«

Tott, der an der Wand lehnte, den Hinterkopf gegen das Diagramm der Verbrechensstatistik gelehnt, sah tatsächlich erschöpft aus, doch er wollte unbedingt abwarten, ob Mountjoy die zugesagten Instruktionen schicken würde.

Farr-Jones sagte zu Diamond: »Darf ich Ihnen Commander Warrilow aus Hampshire vorstellen. Wir können von Glück sagen, daß wir ihn bei uns haben.«

Ein weißhaariger Mann an seiner Seite, der aussah wie der Leiter eines Golfclubs, nickte und sagte: »Ich koordiniere die Wiederergreifungsaktion.« Positives Denken. Wiederergreifung statt Jagd.

Farr-Jones sagte zu Diamond: »Der Mountjoy-Fall war natürlich vor meiner Zeit, aber ich habe mir die Akte angesehen. Sie wurden vom Richter belobigt.«

»Die Arbeit der Polizei wurde erwähnt, nicht ich«, berichtigte ihn Diamond bescheiden. »Es war die Leistung des ganzen Teams.«

Farr-Jones wandte sich an Wigfull, der trotz der über Nacht gesprossenen Bartstoppeln am Kinn einigermaßen munter wirkte. »Waren Sie damals schon dabei?«

»Nein, Sir. Da war ich noch in der Kripo-Verwaltung.«

»Nicht so medienwirksam, aber nicht weniger wichtig.« Farr-Jones war offenbar psychologisch geschult. Er hielt es für ratsam, jedem das Gefühl von Wichtigkeit zu geben.

»Es war jedenfalls eine nützliche Erfahrung«, sagte Wigfull. »Aber ich stehe lieber an vorderster Front.«

Ja, wo du dann zuguckst, wie ich zum Sturmangriff antrete, dachte Diamond.

»Abgesehen von seinem Strafregister, mit was für einem Menschen haben wir es zu tun?« fragte Farr-Jones.

Diamond begriff, daß die Frage an ihn gerichtet war. »Mountjoy? Intelligenter Mann. War auf der Universität. Hat ein eigenes Spracheninstitut gegründet. Redegewandt und gutaussehend, deshalb fallen die Damen auf ihn herein. Körperlich stark.

Hinter der glatten Fassade ist er gewalttätig, wie Sie wissen. Um 1980 herum wurde er verurteilt, weil er seine Freundin mißhandelt hatte. Schwer. Sie mußte in die Notaufnahme. Das Krankenhaus war so vernünftig, die Polizei einzuschalten. Irgendein idiotischer Richter hat ihn mit einer Geldstrafe und einem Jahr Bewährung davonkommen lassen.«

»Er hat auch seine Frau mißhandelt, wenn ich mich recht entsinne.«

»Mehrmals. Die Ehe hat nur ein halbes Jahr gehalten, und danach mußte sie eine einstweilige Verfügung erwirken, um sich ihn vom Leib zu halten. Sophie Mountjoy war nicht gerade gut auf ihn zu sprechen, als ich mit ihr geredet habe. Sie hat wegen körperlicher und seelischer Grausamkeit die Scheidung eingereicht. Er ist oft wegen völlig banaler Sachen ausgerastet und hat sie geschlagen.«

»Also eigentlich kein Sadist?« sagte Farr-Jones.

Diamond blickte ihn verdutzt an. »Was meinen Sie?«

»Ich meine, er hat sie nicht geschlagen, weil es ihn sexuell erregte.«

»Ist das eine Entschuldigung?«

»Ich glaube, Sie verstehen nicht ganz, worauf ich hinauswill«, sagte Farr-Jones und deutete mit den Augen auf Mr. Tott.

Jetzt verstand Diamond. Mit der Äußerung wollte Farr-Jones Mountjoy nicht verharmlosen, sondern Totts schlimmste Befürchtungen abschwächen. Er warf dem Assistant Chief Constable einen kurzen Blick zu, um zu sehen, welche Wirkung seine Zusammenfassung des Falles auf ihn hatte. Offenbar keine sonderlich große – falls er überhaupt noch etwas wahrnahm. »Nein, ich glaube nicht, daß es was mit Sex zu tun hat. Er hat die Beherrschung verloren und ist in Rage geraten, und so ist die unglückliche Britt Strand zu Tode gekommen.«

»Wie hat er sich beim Verhör verhalten?«

»Alles abgestritten.«

»Hat er die Beherrschung verloren?«

»Er hat getobt, als ich ihm sagte, wir hätten seine Exfrau und seine Exfreundin kontaktiert. Da habe ich erlebt, wie wütend er werden kann. Fairerweise muß ich sagen, daß er neunzig Prozent der Zeit zugänglich war.«

»Würden Sie sagen, daß Sie eine Art Beziehung zu Mountjoy aufgebaut haben?«

Diamond bedachte den Chief Constable mit einem Stirnrunzeln, das er durch ein Lächeln abmilderte, und antwortete nicht.

Farr-Jones nickte. »Na schön, das war ziemlich plump. Ich laß es. Wieviel Uhr ist es?«

Wigfull sagte: »Fünf nach, Sir.«

»Möchte jemand eine Wette abschließen?«

»Ich gebe ihm noch fünf Minuten«, sagte Diamond. »Mehr nicht.«

Farr-Jones blickte in die Runde. »Wie wär's, wenn wir uns alle hinsetzten? Ich wette, halb zehn. Er läßt uns noch etwas länger schmoren.«

»Wenn er neun gesagt hat, meldet er sich um neun«, sagte Diamond mit Nachdruck. »Die Verspätung liegt nicht an ihm, sondern an der Art und Weise, wie er uns die Nachricht zukommen läßt.«

Das Telefon auf dem Schreibtisch klingelte.

»Sie haben doch eine Beziehung zu ihm«, sagte Farr-Jones, während er den Hörer abnahm. »Farr-Jones ... Schön. Stellen Sie durch.« Er hielt die Sprechmuschel zu und sagte: »Er ist einfallsreich. Diesmal der Kundenservice von British Rail.«

Die anderen lauschten.

»Ja? ... Wann war das? ... Genau um neun? ... Das wäre nett. Den genauen Wortlaut.« Er nahm einen Stift und fing an zu schreiben. Nach einem Augenblick sagte er: »Danke. Ich lese es vor, und ich wäre Ihnen dankbar, wenn Sie jedes Wort noch einmal ganz genau überprüfen würden. ›J. M. an Diamond. Nehmen Sie sofort ein Taxi zum Grenville Monument und holen Sie sich dort weitere Instruktionen ab. Allein. Kommen Sie ohne Waffe, Telefon, Funkgerät oder Wanze. Wenn Sie mir eine Falle stellen, stirbt die Frau einen langsamen Tod, also halten Sie sich daran.‹ Stimmt das so? ... Kam der Anruf von einem Mann oder einer Frau? ... Einem Mann? ... Danke. Und – das ist wichtig – vernichten Sie die Nachricht bitte sofort und lassen Sie nichts darüber gegenüber der Presse oder sonst jemandem verlauten.« Er legte auf und breitete die Hände aus.

»Was ist das Grenville Monument?« fragte Warrilow.

»Da bin ich im Augenblick überfragt«, gab Farr-Jones zu.

Wigfull bot sich die Gelegenheit zu glänzen. »Ist das nicht an der Lansdown Road? Sie wissen schon, wo im Bürgerkrieg die Schlacht stattfand. Grenville war einer der Royalistenführer. Man hat eine Steinsäule errichtet, dort wo er gefallen ist.«

»Lansdown Road, sagen Sie?« Warrilow wandte sich einer Karte an der Wand zu.

»Ja, Sir. Einer der höchsten Punkte hier in der Gegend, hinter der Pferderennbahn.« Wigfull zeichnete den Verlauf der Straße mit dem Finger nach. »Ich bin einmal den Cotswold Way gegangen und dort ganz in der Nähe vorbeigekommen. Sehen Sie, das Monument ist eingezeichnet. Genau hier, östlich von Hanging Hill.«

»Offenes Gelände?«

»Ich kann mich vage erinnern, daß nicht weit davon ein paar Bäume oder Sträucher sind, aber sonst ist da oben nicht viel. Es sieht noch immer aus wie ein Schlachtfeld. Auf einer Seite der Straße sieht man die Gräben, die sie zu ihrer Verteidigung ausgehoben haben.«

»Noch immer tief genug, um sich dort zu verstecken?«

»Nicht da, wo das Denkmal steht.«

»Im Idealfall würde ich für so eine Operation einen Hubschrauber einsetzen«, sagte Warrilow nachdenklich, »aber in diesem Fall müssen wir natürlich besonders vorsichtig sein.«

Tott, der rosa anlief, sagte: »Ich lasse nicht zu, daß das Leben meiner Tochter aufs Spiel gesetzt wird.«

»Keine Frage, Harry«, sagte Farr-Jones. »Samanthas Sicherheit hat bei unserer Planung höchste Priorität.«

»Aus diesem Grund empfehle ich äußerste Zurückhaltung bei der Überwachung«, fügte Warrilow höflich hinzu.

»Überwachung von was?« sagte Diamond.

»Ihr Treffen mit Mountjoy.«

»Ich habe noch nicht zugestimmt.«

»Aber sicher ...«

»Nichts ist sicher«, sagte Diamond. »Nichts ist abgemacht. Ich bin Zivilist. Erinnern Sie sich?«

Eine beklommene Stille trat ein. Irgend etwas beunruhigte John Wigfull. Zögernd sagte er: »Die beiden Nachrichten von

Mountjoy weisen einen Widerspruch auf, nicht wahr? Gestern hat er verlangt, daß wir einen Wagen bereit halten. Heute sollen wir ein Taxi nehmen.«

»Und steht ein Wagen bereit?« sagte Diamond.

»Natürlich. Habe ich Ihnen doch schon gesagt.«

»Sind Wanzen drin angebracht – natürlich unsichtbar –, aber sind Wanzen drin?«

»Ja.«

Diamond lächelte. »Sie werden ihn nicht brauchen. Das war ein Trick. Mountjoy ist uns in diesem Spiel voraus. Er hatte Jahre Zeit, es zu planen.«

Warrilow sog geräuschvoll die Luft ein und verschränkte die Arme, als wollte er zum Ausdruck bringen, daß auch er diese plumpe List durchschaut hatte. »Sie müssen irgendwas mitnehmen«, sagte er zu Diamond.

Für Diamond war der Zeitpunkt gekommen, die Karten auf den Tisch zu legen. »Wenn Sie meine Mitarbeit wollen, Gentlemen, dann nur zu meinen Bedingungen. Meine Bedingungen sind genau die von Mountjoy. Keine Wanzen, keine Funkgeräte, Waffen« – er blickte Warrilow in die Augen – »und auch keine Überwachung. Ich fahre allein dorthin, um festzustellen, was er will. Ich bin Ihre Überwachung, ja? Wenn ich lebend zurückkomme, was ich fest vorhabe, kann ich Ihnen allerhand erzählen.«

»Kommen Sie, Mann, Sie waren doch mal bei der Polizei«, sagte Warrilow schroff. »Wir sind Profis, keine Pfadfinder. Mountjoy ist ein entflohener Sträfling, ein Lebenslänglicher mit einem Strafregister wegen Gewalttaten. Es ist unsere Aufgabe, ihn wieder einzufangen. Wir dürfen diese Gelegenheit nicht verpassen.«

»Und wenn Sie ihn tatsächlich schnappen, was passiert dann mit Mr. Totts Tochter?«

»Er wird uns sagen, wo sie ist.«

»So schätzen Sie ihn ein?«

»Er ist kein Idiot. Er ist ein gebildeter Mann. Er wird wissen, wann er ausgespielt hat.«

Diamond blickte die anderen an, forderte sie förmlich auf, Warrilows Argumentation zu unterstützen. Sie schwiegen. Mit ausdrucksloser Stimme, die seinen Worten nur noch mehr Gewicht verlieh, sagte er: »Vor ein paar Jahren gab es mal einen Räuber, der Postämter in den Midlands überfallen und drei Postbeamte ermordet hat. Man nannte ihn Schwarzer Panther, wegen der Kapuze, die er trug. Erinnern Sie sich?«

Warrilow nickte mürrisch. Der Fall war sehr bekannt und wurde häufig auf Schulungen zitiert, aber keiner würde Diamond davon abhalten, seine Bedeutung herauszustellen.

»Er wurde immer dreister. Entführte ein junges Mädchen aus einer gutbetuchten Familie in Kidderminster und verlangte fünfzigtausend Pfund Lösegeld. Plante das Ganze wie eine militärische Operation. Fand ein geniales Versteck für sein Opfer. Schickte seine Botschaften auf Klebebandstreifen. Gleich zu Beginn der Jagd nach ihm hatte die Polizei unglaubliches Glück. Es wurde ein gestohlener Wagen gefunden, in dem sich die Slipper des Mädchens und ein Tonband befanden, auf dem das Mädchen ihre Eltern darum bat, auf seine Forderungen einzugehen. Durch Laboruntersuchungen konnte eine eindeutige Verbindung zum Panther festgestellt werden, also wußten sie, daß sie es mit einem Mörder zu tun hatten. Sie boten bei der Suche alle zur Verfügung stehenden Kräfte auf. Das Mädchen wurde etwa acht Wochen vermißt. Als die Kleine schließlich gefunden wurde, war es zu spät. Sie hing nackt an einem Drahtseil in einem unterirdischen Abwassertunnel. Ein verdammter Sadist. Sie schnappten ihn per Zufall, neun Monate später, als er wieder ein Postamt überfiel. Die entscheidende Frage ist, warum mußte das Mädchen sterben? Die Antwort lautet: weil der Kerl schon gemordet hatte. Was spielt da ein Mord mehr oder weniger für eine Rolle? Wenn man den Panther geschnappt hätte, bevor das Mädchen gefunden wurde, glauben Sie, er hätte verraten, wo er es versteckt hielt?«

Warrilow sagte: »Das kann man nicht vergleichen.«

Diamond erwiderte: »Natürlich haben Sie recht«, und fügte sanft hinzu: »Ich frage mich, wo Mr. Totts Tochter wohl festgehalten wird.«

Alle schwiegen betreten. Mr. Tott hatte den Kopf gesenkt. So war es nicht möglich, seinen Gesichtsausdruck zu erkennen.

Abrupt sagte Farr-Jones: »Bei der bevorstehenden Aktion sollten wir, glaube ich, jeden Gedanken daran beiseite schieben, den Mann zu verhaften.«

Warrilow machte nur einen halben Rückzieher. »Ich sage ja nicht, daß wir ihn sofort ergreifen müssen, aber wir sind der Öffentlichkeit gegenüber verpflichtet, die Gelegenheit zu nutzen, seine weiteren Schritte zu verfolgen. Sie können sicher sein, Mr. Diamond, daß er davon nichts mitkriegen wird.«

»Schön«, sagte Diamond ruhig. »Dann führen Sie Ihre Verfolgung durch. Ich werde sicher sein, wie Sie es ausgedrückt haben – und zwar im nächsten Intercity zurück nach London.«

Tott sagte alarmiert: »Bitte nicht!«

»Das macht er nicht«, sagte Warrilow. »Er würde es bis an sein Lebensende bereuen.«

Warrilow sprach, als hätte er gerade erfolgreich einen Kurs in Selbstsicherheit absolviert; er war es ja nicht, der hier sein Leben aufs Spiel setzte. Und er war auch nicht der ranghöchste Beamte in der Runde. Farr-Jones räusperte sich. »Wir haben es hier mit einer ungewöhnlichen Situation zu tun, Gentlemen, und es wäre ratsam, einige Prioritäten zu setzen. Ihre Aufgabe ist es, Mountjoy wieder zu ergreifen, Mr. Warrilow, und wir werden alles tun, was in unserer Macht steht, um Ihnen dabei zu helfen. Dennoch müssen wir in erster Linie an die Sicherheit von Miss Tott denken.«

»Danke, Sir«, murmelte Tott, während Diamond für sich registrierte, daß über seine Sicherheit kein Wort gefallen war.

Farr-Jones fuhr fort: »Nach allem, was ich gehört habe, hatte Mr. Diamond zu seiner Zeit hier eine hohe Erfolgsquote.«

»Unübertroffen«, sagte Tott ohne eine Spur von Unaufrichtigkeit.

Wohl eingedenk der Widersprüche in den von ihm studierten Akten erklärte Farr-Jones: »Er hat sich zwar nicht immer strikt an die Vorschriften gehalten, aber er hat Ergebnisse erzielt. Er kennt Mountjoy. Er hat ihn ins Gefängnis gebracht. Er ist in diesem Notfall unsere größte Hoffnung. Ich bin bereit, ihn hundertprozentig zu unterstützen.«

»Ohne Überwachung?« sagte Diamond.

»Ja.«

»Keine Wanzen?«

»Keine Wanzen.«

Warrilow sagte brav: »Ich bitte darum, ins Protokoll aufzunehmen, daß ich mich dem nicht anschließe.«

»Wie Sie möchten«, sagte Farr-Jones, ohne ihn anzublikken. »Sind Sie bereit, sich sofort auf den Weg zu machen, Mr. Diamond?«

Der Augenblick der Entscheidung. Er hatte die Polizei halbwegs zur Vernunft gebracht. War er bereit, es mit Mountjoy aufzunehmen?

»Wenn mir bitte jemand ein Taxi rufen würde. Tut mir leid wegen des Wagens, den Sie bereitgestellt haben, John.«

Ein altgedientes Abbey-Radio-Taxi fuhr im gemächlich dahinfließenden Verkehr klappernd die Broad Street hoch, vorbei an vertrauten Orientierungspunkten wie dem Postmuseum, und Peter Diamond, der neben dem Fahrer saß, bemerkte die Veränderungen. Der häßliche Ruß am Mauerwerk von St. Michaels war entfernt worden und hatte eine überraschend hübsche Kirche zum Vorschein kommen lassen. Rossiter's, wo Steph immer ihre Glückwunschkarten gekauft hatte, war zwar noch da, aber verschwunden war das kleine Café zwei Türen weiter, wo sich früher die Studenten versammelt hatten und das für seine ebenso preiswerte wie gehaltvolle Gemüsesuppe berühmt gewesen war. Der Second-hand-Bücherladen hatte die Rezession irgendwie überlebt, denn im Schaufenster lagen noch immer die gebrauchten Bücher mit den netten handgeschriebenen Inhaltsangaben; hier hatte er einmal eine schöne Ausgabe von »Fabian vom Yard« gefunden, ein Buch, das er hütete wie einen Schatz. Wenn sich schon die Geschäfte in der City verändert hatten, um wieviel mehr dann erst die Polizeiarbeit. Und das nicht zum Besseren, fand Diamond; heutzutage waren die Detectives nur noch Klugscheißer und Bürokraten. Wieso war ihm das Polizeirevier, dieser barackenähnliche Bau an der Manvers Street, heute morgen wie sein zweites Zuhause vorgekommen?

Gut, daß Farr-Jones und die anderen seine Gedanken nicht hatten erraten können. Er wollte nicht, daß sie glaubten, er würde das alles vermissen. Sollten sie doch annehmen, er hätte seine wahre Berufung darin gefunden, Einkaufswagen vom Parkplatz eines Supermarktes einzusammeln.

Die Gefahr bei diesem Ein-Mann-Einsatz war real. Mountjoy konnte eine Pistole ziehen und ihn töten. Doch während sich Diamonds Puls beschleunigte und ihm vor angespannter Erwartung die Haut kribbelte, wußte er, daß er sich in den letzten zwei Jahren nach genau solchen kritischen Situationen gesehnt hatte.

»Wo soll ich Sie absetzen?« fragte der Taxifahrer. Sie hatten die Innenstadt hinter sich gelassen, und zwischen den Gebäuden erstreckte sich jetzt freies Land. Rechts tauchten die umzäunten Gebäude des Verteidigungsministeriums auf und zur Linken Beckford's Tower.

»Fahren Sie bitte etwas langsamer, ja? Es ist nur eine Viertelmeile hinter der Rennbahn«, sagte Diamond und dachte, als sich die Landschaft immer mehr weitete, daß Mountjoy eine gute Wahl getroffen hatte. Jeder Polizeiwagen wäre hier meilenweit zu sehen.

Allmählich zwangen sie immer mehr Autos hinter sich zum Langsamfahren. Außer an Renntagen konnte man als Autofahrer erwarten, auf diesem Straßenabschnitt bis zur M 4 schnell voranzukommen, doch Überholen war schwierig. Ein Drängler betätigte wiederholt die Lichthupe.

»Da vorn ist ein Schild, bitte noch langsamer.«

»Wenn ich noch langsamer fahre, können Sie gleich mit einer roten Fahne vorausgehen.«

Es war ein Wegweiser zum Cotswold Way. »Da vorn ist eine kleine Parkbucht. Da können Sie mich rauslassen.« Diamond hatte keine zweihundert Meter von der Straße entfernt ein Steingebilde erspäht.

Natürlich war die Haltemöglichkeit auf der anderen Straßenseite, und natürlich mußten sie fast eine Minute lang warten, bis sich eine Lücke im Gegenverkehr auftat. Die Schlange hinter ihnen wurde länger, und als das Taxi schließlich auf dem rettenden Platz unter dem Wegweiser zum Cotswold Way stand, starrte sie eine nicht enden wollende Reihe böser Gesichter mit funkelnden Blicken aus Autofenstern an. Falls in den nächsten paar Minuten irgend etwas Unvorhergesehenes geschah, waren jede Menge Zeugen da, die für sich in Anspruch nehmen konnten, Peter Diamond als letzte lebend gesehen zu haben.

Ohne ihnen Beachtung zu schenken, bezahlte Diamond das Taxi und beäugte den Zaun, den er würde überklettern müssen, um zum Grenville Monument zu gelangen. Ein Mann von seiner Größe mußte aufpassen, daß ihm keine Nähte platzten. Er schaffte es ohne Malheur und machte sich über einen ausgetretenen Graspfad auf den Weg zu dem steinernen Denkmal. Es war keine Menschenseele zu sehen.

Sir Bevil Grenvilles Monument ragte gut acht Meter in die Höhe und war vermutlich nicht häßlicher als andere Denkmäler, aber man konnte nicht behaupten, daß es eine Zierde der Landschaft war. Es bestand aus grauem, viereckigen Stein auf einem grauen, viereckigen Sockel. Oben war die Skulptur eines Greifs aufgesetzt. Umringt wurde es von einem über zwei Meter hohen Geländer. Diamond ging darum herum, unsicher, wonach er eigentlich suchen sollte. Die aus dem achtzehnten Jahrhundert stammende Inschrift an der Seite, auf die er zuerst zusteuerte, war ein Loblied auf den Royalisten, der an einem Julitag des Jahres 1643 nicht weit von dieser Stelle gefallen war. Falls die Inschrift eine geheime Botschaft enthielt, so konnte er sie jedenfalls nicht entschlüsseln. Falls das, was da geschrieben stand, tatsächlich auf den edlen Sir Bevil zutraf, dann hatte der nicht viel mit John Mountjoy gemein: »*Er war ein wahrlich edler Mensch ... sein Temperament und Naturell dem Gemeinwohl so zugetan, daß keine Unbill ihn anfocht und sein Vorbild auch andere anspornte, nichts zu verübeln oder es wenigstens nicht zu zeigen. Mit einem Wort, er war ein heiterer und freimütiger Geist, der glänzenden Mut und freundliches Wesen wie kein anderer in sich vereinte.*« Nein, das klang nicht nach einem Frauenmißhandler und Mörder.

Unter der Inschrift war eine moderne Gedenktafel angebracht, die ausführlich Sir Bevils heroische Rolle in der Schlacht von Lansdown schilderte. Gestiftet hatte sie eine Organisation namens »Armee des Königs«, eine jener Gruppen, die Schlachten nachstellten.

Allem Anschein nach waren die Leute, die Krieg spielten, auch für den Topf Chrysanthemen und den verwelkten Kranz am Fuße des Monuments verantwortlich, den jemand durch das Geländer geschoben haben mußte. Diamond war nicht dafür gebaut, sich zu bücken oder hinzuhocken, aber er war froh, daß er es dennoch tat, um, während er sich mit einer Hand am Geländer festhielt, genauer hinzusehen. Er erspähte die Ecke eines sauberen weißen Papierstücks, das sich als Kassenbon erwies, den jemand unter den Blumentopf geklemmt hatte. Er schob den Arm zwischen den Gitterstäben hindurch und hob ihn auf. Auf einer Seite waren Nahrungsmittel aufgelistet, die am Vortag bei Sainsbury gekauft worden waren. Auf der anderen stand eine in säuberlicher Druckschrift mit Bleistift geschriebene Nachricht: ›D. FOLGEN SIE DEM PFAD. EINE GUTE GELEGENHEIT ZUM ABSPECKEN. M.‹

Der Seitenhieb ärgerte Diamond, erst recht weil Mountjoy wußte, daß eine persönliche Beleidigung zu diesem Zeitpunkt nicht zum Abbruch der Mission führen würde. Er steckte den Bon ein und blickte nach rechts, um zu sehen, was ihn erwartete. Noch ein Zaun, was sonst. Selbst wenn er mal wieder frustriert von der Waage gestiegen war, hatte er nie auch nur im entferntesten an so drastische Maßnahmen wie einen Marsch über Land gedacht. Theoretisch unterstützte er den Wanderverein im Kampf um freien Zugang zur Natur. Er unterstützte auch den Seenotrettungsverein, aber er fuhr nicht bei Sturm aufs offene Meer hinaus.

Grollend bei jedem Schritt, trottete er auf den Zaun zu. Es könnte schlimmer sein, versuchte er sich einzureden. Schließlich regnete es nicht. Für Oktober war es sogar ein halbwegs schöner Morgen, mit einem blaßblauen Himmel und einer leichten Brise. Bei rauhem Ostwind wäre diese Gegend – wie hoch mochte sie gelegen sein, gut zweihundertfünfzig Meter über dem Meer? – äußerst unwirtlich. Ja, ich bin wirklich ein Glückspilz, dachte er, daß ich in dieser herrlichen Landschaft sein darf, um mich mit einem Mörder zu treffen, den ich ins Gefängnis gebracht habe. Von wegen Glückspilz!

Nachdem er sich über den Zaun gewuchtet hatte, ging er durch ein Wäldchen einen sanften Hügel hinauf und konnte durch die Bäume immer wieder den auf der Lansdown Road dahinfließenden Verkehr sehen. Sein Verstand sagte ihm, daß

Mountjoy ihn allein in offenem Gelände sehen wollte, ehe er sich aus seinem Versteck wagte. Allerwenigstens hatte er einen Zwanzig-Minuten-Marsch vor sich.

Vom Weg abzukommen war so gut wie unmöglich. Zahlreiche Schilder und Pfeile, die den Cotswold Way markierten, schickten ihn unablässig höher hinauf zu einem Punkt, an dem er schließlich den Wald verließ und dem Pfad weiter folgte, eine Steinmauer entlang, die mit gelben Flechten übersät war. Es ging noch immer sachte aufwärts, so daß er allmählich seine Beine spürte, aber das Gelände verwandelte sich in eine Wiese ohne Bäume oder Büsche, ein Streifen Dunkelgrün, der sich bis zum nahen Horizont erstreckte. Er mußte weitere drei Minuten gegangen sein, als sich rechts von ihm ein atemberaubender Ausblick über die Felder und das Lam Valley bis hin nach Charmy Down eröffnete. Der Anstieg war fürs erste geschafft. Und es war keine Menschenseele in Sicht.

Er hegte nach wie vor die schwache Hoffnung, daß sich irgendwann hinter der Mauer, die sich vor ihm hinzog, eine Stimme melden würde. Die Mauer war mehr als mannshoch, doch hier und da waren kleine Lücken, die ein Mann auf der Flucht vielleicht benutzen würde, erstens um hindurchzuspähen und zweitens als eine Art Beichtwand – nur war Beichten vermutlich das allerletzte, was Mountjoy vorhatte. Doch als plötzlich auf der anderen Seite eine Elster aufflatterte, blieb Diamond stehen, schlich näher heran und wartete, ein Ohr an die Wand gelegt, bereit, die Rolle des Priesters zu spielen. Ohne Ergebnis. Er kam sich albern vor und ging weiter, bis er bald darauf zu einer Lücke in der Mauer kam. Er trat hindurch, um nachzusehen, und sah sich darin bestätigt, daß er tatsächlich die einzige Menschenseele weit und breit war.

Dann blieb ihm nichts anderes übrig, als den steilen Hügel hinabzusteigen, über den bestimmt auch einige der nicht ganz so tapferen Soldaten in dem Gefecht vor dreihundertfünfzig Jahren geflüchtet waren. Geschichte hatte Diamond in der Schule nicht sonderlich begeistert, und auch hier verspürte er nur einen Hauch von Interesse, aber er empfand eine starke Affinität zu jedem unabhängigen Geist. Meist waren seine Gedanken weniger erhaben. Die Füße taten ihm weh. Bergab war anstrengender für die Füße als bergauf. Seine augenblickliche Sorge war, an welchem Punkt er aufgeben und umkehren sollte. Er war nicht bereit, den Weg endlos weiterzugehen, so schön die Landschaft auch war.

Im Tal waren Farmhäuser zu erkennen, also gab es sicher ein Sträßchen oder einen Feldweg mit direkter Verbindung zu der Straße, von der aus er losgegangen war. Er hatte keine Lust, sich wieder den Berg hinauf bis zu dem Denkmal zu quälen.

Irgendwann auf dem Weg nach unten fiel ihm ein, daß er Stephanie versprochen hatte anzurufen. Sie würde seufzen und es als eine weitere Nachlässigkeit vermerken. Im Laufe der Jahre hatte er eine dicke Akte mit nicht gehaltenen Versprechen angehäuft. Die meisten Fälle waren nicht wegzudiskutieren, aber diesmal hatte er wirklich daran gedacht. Warum ausgerechnet an einem so ungünstigen Ort?

Der Abstieg wurde allmählich flacher, je näher er der Talsohle kam. Vor ihm war ein Bach mit einer Furt, wo, wie er erfreut feststellte, ein Feldweg kreuzte. Gott sei Dank: Der Weg lag knapp über dem Wasserspiegel, so daß er trockenen Fußes hinübergelangte. Das nächste Hindernis war ein Viehgatter. Nachdem er auch dies überwunden hatte, ohne sich dabei einen Knöchel zu verrenken, blieb er stehen, um nachzudenken; er hatte bestimmt über anderthalb Meilen zurückgelegt. Eine Entscheidung war fällig. Ein Wegweiser forderte ihn auf, auf der anderen Seite weiter dem Cotswold Way zu folgen, aber das konnte bedeuten, daß er über Hunderte von Meilen die ganzen Cotswold Hills durchwanderte und mitten in Gloucestershire landete.

Seine Gutmütigkeit hatte Grenzen, und die waren erreicht.

Gegen ein Gattertor gelehnt, besah er sich die Gegend. Der Feldweg, der sich durchs Tal schlängelte, war zwar nicht der schönste Anblick, den er seit Beginn seines Ausfluges zu Gesicht bekommen hatte, aber der willkommenste. Man hatte versucht, den Weg zu befestigen, wahrscheinlich für Autos, denn auf einer Seite war eine Grasfläche eingeebnet und mit Kies bestreut worden. Ihm war ein Schild aufgefallen, auf dem stand, daß Angeln hier erlaubt war, doch heute waren weder Autos noch Angler zu sehen. Für ihn bedeutete das alles vermutlich nur, daß er eine Abkürzung zur Hauptstraße gefunden hatte.

Als er gerade dachte, daß er gern etwas trinken würde, und sich fragte, wie sauber der Bach wohl war, vernahm er aus Richtung des Bauernhofes, irgendwo zu seiner Linken, ein Motorengeräusch. Für einen Traktor oder Lastwagen war das Geräusch zu hoch. Einen erbitterten Augenblick lang fürchtete er, es könnte der Hubschrauber von Commander Warrilow sein. Dann sah er es den Feldweg entlanggerast kommen: ein Motorrad. Der Fahrer trug eine schwarze Ledermontur und einen roten Schutzhelm mit schwarzem Visier.

Ein Schwall von Gedanken stürmte auf ihn ein. Dann kam das Motorrad wenige Meter von ihm entfernt schlitternd zum Stehen. Ohne das Visier zu lüften, drehte sich der Fahrer um, löste einen zweiten Helm vom Soziussitz und warf ihn Diamond vor die Füße.

Diamond ignorierte ihn. Es war zwecklos, etwas sagen zu wollen. Der Motor übertönte jedes Geräusch.

Der Fahrer gab heftig Zeichen. Er erwartete allen Ernstes von einem zwei Zentner schweren Mann, daß er sich den Helm aufsetzte und auf dem Soziussitz mitfuhr.

Diamond verschränkte die Arme und sah in die andere Richtung.

6

Es paßte zu Mountjoy, Diamond auf ein Schlachtfeld zu bestellen. Die Strategie der Begegnung hätte einem Feldmarschall zur Ehre gereicht. Doch wie jeder Offizier weiß, müssen Schlachtpläne jeweiligen Entwicklungen angepaßt werden.

Es war nicht etwa so, daß Diamond den Feind überlisten wollte. Er hatte keine eigene Strategie; er weigerte sich einfach nur, auf das Motorrad zu steigen.

Schließlich gewann er das Geplänkel, denn das Motorrad mußte zum Schweigen gebracht werden. Der Fahrer stellte den Motor ab und hob das Visier. Vier Jahre Albany hatten das Gesicht hager werden lassen, aber die Züge waren so, wie Diamond sie in Erinnerung hatte, eher slawisch als angelsächsisch, tiefliegende dunkelbraune Augen, hohe, breite Wangenknochen, entschlossener Mund und Kinnlade.

Diamond bedachte John Mountjoy mit einem gleichgültigen Nicken, wie er es Fremden schenkte, die im Pub neben ihm an der Theke standen. Er hatte Dutzende von Fragen, die er bei der richtigen Gelegenheit loswerden wollte. Doch jetzt war Mountjoy am Zuge: Er würde ihn gewähren lassen.

»Hier unterhalten wir uns nicht«, rief Mountjoy.

Indem er nichts erwiderte, schien Diamond zuzustimmen.

Mountjoy rief: »Nehmen Sie den Helm und steigen Sie auf das verdammte Motorrad.«

Diamond schüttelte den Kopf.

»Was haben Sie gesagt?« fragte Mountjoy.

»Nichts. Ich habe nichts gesagt. Es wäre einfacher, wenn Sie Ihren Helm abnehmen würden.«

»Was?«

»Ich sagte ... Ach, vergessen Sie's.« Es war offensichtlich, daß Mountjoy kein Wort verstand.

Jetzt versuchte Mountjoy es mit Überredungskunst. »Es ist keine lange Fahrt.«

»Ich fahre nirgendwohin«, entgegnete Diamond, aber er sprach mit sich selbst.

»Sie wollen wohl Zeit schinden, bis das Sonderkommando hier ist, was?«

Diamond zuckte die Achseln und breitete die Hände aus.

»Eins sag ich Ihnen, Bulle, die Kleine könnt ihr vergessen, wenn ihr mich hochnehmt.«

Es hörte sich merkwürdig an, wie dieser gebildete Mann versuchte, den harten Burschen zu markieren. Die Jahre im Gefängnis hatten Mountjoy zäh gemacht, aber noch vor vier Jahren war er Leiter einer Sprachenschule gewesen, und das konnte er nicht verleugnen. Auch wenn er damals schon bösartig war, seine Gewalttätigkeit äußerte sich nur im privaten Umfeld, und seine Opfer waren ausschließlich Frauen. Er hatte sich nie auf irgendwelche Straßenprügeleien eingelassen.

Diamond gähnte aufreizend und blickte weg, als interessierte er sich nur für ein paar Büschel Wolle, die ein Schaf am Stacheldrahtzaun hinterlassen hatte.

Offenbar kam seine Botschaft an, denn nachdem Mountjoy den Blick forschend über die umliegenden Felder hatte schweifen lassen, klappte er den Ständer seines Motorrades herunter. Dann nahm er den Helm ab und legte ihn auf den Benzintank.

Sein dunkles Haar hatte im Gefängnis ein paar graue Strähnen bekommen. Er strich sich mit der freien Hand durchs Haar. »Dann reden wir eben hier.«

»Wie Sie wollen«, sagte Diamond, als hätte Mountjoy die Entscheidung allein getroffen.

Verständlicherweise hatte Mountjoy das Bedürfnis, seine Position zu behaupten. »Haben Sie gehört, was ich eben gesagt habe? Wenn ihr mich hochnehmt, ist die Kleine geliefert.«

»Es ist nicht mein Job, Sie hochzunehmen.«

»Was soll das heißen?«

Diamond hätte ihm beinahe gesagt, daß er nicht mehr bei der Polizei war. Er bremste sich. Womöglich bekam er nichts aus Mountjoy heraus, wenn er dessen Hoffnungen zunichte machte. »Sie sind nicht mein Problem«, sagte er. »Albany gehört zu Hampshire. Die Jungs von dort wollen Sie schnappen.«

Mountjoy sagte: »Falsch, Superintendent. Ich bin noch immer Ihr Problem. Sie haben mich 1990 wegen eines Mordes ins Gefängnis gebracht, den ich nicht begangen habe.«

»Nicht schon wieder die alte Leier!« sagte Diamond verächtlich, als hätte er nicht damit gerechnet. »Lassen Sie sich was Besseres einfallen, John.«

Mountjoys Wangen zuckte bedrohlich. »Ich sage Ihnen, Diamond. Ich habe Britt Strand nicht getötet. Ich bin kein Heiliger, aber ich habe nie jemanden getötet ... noch nicht.«

»Soll das eine Drohung sein?«

»Ich kriege kein Wiederaufnahmeverfahren. Was soll ich also machen, damit mir Gerechtigkeit widerfährt?«

»Krümmen Sie Samantha Tott auch nur ein Haar, sind Sie erledigt. Ist Ihnen das klar?«

Mountjoy antwortete nicht. Statt dessen sagte er: »Überlegen Sie doch mal. Ich bin aus Albany geflohen. Ich hätte Gott weiß wo untertauchen können, aber ich bin zurück nach Bath gekommen. Warum? Warum sollte ich ein derartiges Risiko auf mich nehmen, wenn ich schuldig bin?«

Das war in der Tat ein Punkt, über den Diamond schon die ganze Zeit nachgrübelte. »Ich weiß es nicht, aber ich gebe Ihnen einen kostenlosen Rat. Wenn Sie wirklich glauben, daß Sie etwas Beweiskräftiges in der Hand haben, täten Sie besser daran, sich an einen von den Fernsehsendern zu wenden, die dauernd vorführen, wie unfähig die Polizei ist. Oder wie bestechlich. Das sind die Leute, die es schaffen, daß Urteile aufgehoben werden.«

»Ich sage nicht, daß Sie bestochen wurden. Wenn ich das glauben würde, würde ich jetzt nicht mit Ihnen reden. Sie haben einen Fehler gemacht, einen tragischen Fehler, und den kann ich Ihnen nicht verzeihen, aber ich glaube, Sie waren trotz Ihres Fehlers ehrlich. Sie sind meine einzige Hoffnung. Ich muß Sie dazu bringen zuzugeben, daß Sie Mist gebaut haben.«

»Indem Sie mir drohen?«

»Habe ich Sie bedroht?«

»Samantha Tott wird bedroht.«

»Ihr passiert nichts, wenn Sie tun, was ich sage.«

»Wie Sie es auch formulieren, John, es ist eine Drohung.«

Mountjoy funkelte ihn an. »Haben Sie eine andere Idee, wie ich Gerechtigkeit bekomme?« Offenbar hatte er den Vorschlag mit dem Fernsehen abgetan oder gar nicht erst wahrgenommen. »Ich kann Ihnen nicht sagen, wer die Strand ermordet hat. Das war Ihr Job.«

»Es gab keinen anderen Verdächtigen.«

»Ich weiß. Alles sprach gegen mich. Ich hatte ein Motiv. Sie wollte mich fertigmachen.«

»Helfen Sie mir noch mal mit den Einzelheiten«, bat Diamond. Hauptsache, er wurde lockerer und gesprächiger. »Ich hatte seitdem viele andere Fälle. Sie war freie Journalistin, nicht wahr?«

»Höflich ausgedrückt. Meine Güte, das werden Sie doch wohl noch wissen! Um ihre Story zu kriegen, hat sie sich in meinem Sprachinstitut angemeldet und sich als Studentin ausgegeben. Ein mieser Trick. Das hat wohl keiner bestritten.«

Diamond zuckte die Achseln. »Die Masche, die Sie abgezogen haben, war mieser als alles, was sie vorhatte.«

»Masche?«

»Ach, kommen Sie. Den ganzen Sommer hindurch junge Iraker für angebliche Englischkurse einzuschreiben, wo alle Welt wußte, daß Saddam kurz davor war, einen Krieg anzuzetteln.«

Er sagte gleichgültig: »Na und? Einige von denen wollten sich vor dem Militärdienst drücken. Einige waren richtige Studenten.«

»Einige hätten Spione sein können. Sie wissen doch genau, daß neunzig Prozent von denen sich nur bei Ihnen angemeldet haben, um eine Bescheinigung zu kriegen, daß sie Studenten waren. Für Sie waren die alle doch nur zahlende Kunden, ein profitables Geschäft.«

»Sie nennen es eine Masche, aber ich könnte Ihnen jede Menge Schulen nennen, wo das seit Jahren genauso läuft.« Mountjoy änderte seine Taktik. »Die schließen Verträge über Kurse mit fünfzehn Semesterwochenstunden ab, obwohl sie genau wissen, daß sie keinen von denen je wiedersehen. Und es sind nicht nur Studenten aus Ländern im Nahen Osten. An die fünfundsiebzig Länder stellen Visa nach Vorlage solcher Anmeldebescheinigungen aus. Ich will das nicht rechtfertigen. Ich sage bloß, daß ich nicht weiß, wieso Britt Strand es ausgerechnet auf mich abgesehen hatte.«

»Weil Sie in Bath waren, wo sie lebte«, sagte Diamond. »Und wegen des Zeitpunkts. Saddam ist im August in Kuwait einmarschiert. Britt Strand war eine clevere Journalistin. Sie hatte erkannt, daß der Golfkrieg sich anbahnte. Sie hätte die Enthüllungsstory über Ihre Schule als Riesenskandal an die Sensationspresse verkaufen können, eine Privatschule, die potentiellen Spionen als Tarnung dient.«

»Das hätte mich ruiniert. Hat es ja auch«, sagte Mountjoy. »Beim Prozeß ging es nicht nur um den Mord an Britt Strand, da wurde auch der Unsinn über die Spionschule breitgetreten.«

»Weiter«, sagte Diamond. »Erzählen Sie mir nur, Sie hätten keinen fairen Prozeß bekommen. Tatsache bleibt, daß Sie an dem Abend, an dem Britt Strand gestorben ist, bei ihr waren. Sie hat Sie die ganze Zeit genasführt, das schwedische Au-pair-Mädchen gespielt, obwohl sie seit Jahren hier im Land lebte und so gut Englisch sprach, daß sie als Journalistin arbeiten konnte. Sie hat Sie nach Strich und Faden getäuscht. Sie hat Informationen gesammelt. Sie ist an Ihre Akten rangekommen. Sie hatte Fotokopien von Anmeldeformularen und Geschäftsbriefen und Teilnehmer- und Anwesenheitslisten und Gott weiß was sonst noch alles. Sie war im Begriff, Ihren Ruf zu ruinieren. Ich kann mir kein stärkeres Mordmotiv vorstellen.«

»Aber ich habe sie nicht getötet.«

Diamond war zu keinem Zugeständnis bereit. »Wir beide wissen, daß Sie kein unbeschriebenes Blatt sind, was Gewalt gegen Frauen angeht. Ihre Exfreundin, Ihre Frau. Wenn irgendwas davon als Beweismittel zugelassen worden wäre ...«

»Sie haben es gewußt«, fiel ihm Mountjoy ins Wort. »Und deshalb waren Sie voreingenommen.«

»Ja, und ich hatte den Geschworenen noch etwas anderes voraus«, sagte Diamond. »Ich habe die Leiche gesehen. Ich habe gesehen, was Sie – oder, sagen wir, der Mörder – mit ihr angestellt hatten. Das war kein kaltblütiger Mord. Die Tat wurde in rasendem Zorn verübt. Britt Strand war auf das Übelste zugerichtet, John.«

Mountjoy starrte zum Himmel. Ein kleines Flugzeug flog über Bath, für ein Überwachungsflugzeug zu weit entfernt. Er richtete den Blick wieder auf Diamond. »Weigern Sie sich, den Fall noch einmal aufzurollen?«

»Wieso wollen Sie, daß ich das tue?« sagte Diamond. »Ich bin doch wohl der letzte, den Sie fragen sollten.«

Mountjoy blieb hartnäckig. »Nein. Sie haben den Fall bearbeitet. Sie haben die Akten. Aufzeichnungen der Vernehmungen. Listen mit Verdächtigen.«

»Welche Verdächtigen? Sie waren der einzige.«

»Sie nehmen mir das Wort aus dem Mund«, sagte Mountjoy. »Sie haben nach keinem anderen gesucht.«

Diamond seufzte: »Wie lange haben die Geschworenen gebraucht, um ihr Urteil zu fällen? Zehn Minuten oder fünfzehn?«

Er schien es nicht gehört zu haben. »Wenn jemand den Mörder finden kann, dann Sie.«

»Sie verlangen also nicht nur, daß ich meine Meinung revidiere und Ihre Unschuld beweise – Sie erwarten, daß ich jemand anderem den Mord anhänge?«

»Das ist die einzige Möglichkeit, die Aufhebung des Urteils zu erreichen.«

Diamond mußte unwillkürlich lächeln über diese Dreistigkeit. »Sie sind der größte Optimist, der mir je untergekommen ist. Haben Sie schon mal darüber nachgedacht, was ich davon hätte, wenn ich plötzlich nach Beweisen dafür suchen würde, daß ich mich 1990 geirrt habe?«

»Sie sind integer, sonst würde ich Sie nicht benutzen«, sagte Mountjoy.

Diamond registrierte die Wortwahl: »benutzen«, nicht »bitten«. Sie zeugte von einer enormen Arroganz. »Können Sie mir irgendwas liefern, irgendein neues Beweisstück, das mich von meiner Meinung von vor vier Jahren abbringen könnte?«

»Nein.«

Diamond breitete die Hände aus, als wäre die Sache damit erledigt.

»Sie müssen graben«, stieß Mountjoy leidenschaftlich hervor. »Wie hätte ich denn wohl irgendwas Neues herausfinden sollen, während ich in Albany saß? Irgend jemand hat die Frau umgebracht. Irgend jemand, der noch auf freiem Fuß ist und sich ins Fäustchen lacht. Ärgert Sie das nicht?« Als er keine Antwort bekam, fügte er hinzu: »Er muß sie gehaßt haben, es sei denn, er war absolut wahnsinnig. Sie hatte doch bestimmt Liebhaber, die sie abserviert hat, rivalisierende Kollegen, Leute, denen sie Aufträge vor der Nase weggeschnappt hat.«

»Das haben wir alles überprüft«, erwiderte Diamond.

»Ja, aber als Sie mich als Verdächtigen hatten, sind Sie diesen Dingen dann noch mit der gleichen Energie nachgegangen? Einen Teufel haben Sie getan.«

Für kurze Zeit war das einzige Geräusch das Plätschern von Wasser, das über Steine rieselte. Mountjoy hatte seine Behauptung mit nichts Wesentlichem untermauert. Das einzige, das für ihn sprach, war, daß er einen so großen Aufwand betrieben hatte, um dieses merkwürdige Treffen zu arrangieren, wo man von einem Ausbrecher auf der Flucht eigentlich erwartet hätte, daß er sich versteckt hielt.

Doch solange er die junge Frau als Geisel hatte, mußte man auf ihn eingehen. »Angenommen, ich nehme die Ermittlungen wieder auf, wie Sie verlangen, und stelle am Ende erneut fest, daß Sie der Mörder sind?«

»Dann sind Sie ungeeignet für Ihren Job«, sagte Mountjoy, in dessen Augen sich der graue Oktoberhimmel spiegelte.

»Wie lange glauben Sie, auf freiem Fuß bleiben zu können? Egal, was passiert, Sie können nicht erwarten, daß wir die Suche nach Ihnen vorläufig einstellen.«

»Ich kann durchhalten.«

Diamond hakte nach. »Mit der Frau als Geisel? Was Sie da machen – sie gegen ihren Willen festhalten – ist eine Straftat.«

»Erzählen Sie keinen Scheiß. Machen Sie sich an die Arbeit, Diamond. Wenn wir uns das nächste Mal treffen, erwarte ich Ergebnisse. Mir brennt leicht die Sicherung durch.«

»Ich weiß. Wie soll ich Verbindung zu Ihnen aufnehmen?«

»Gar nicht. Ich melde mich bei Ihnen.« Er klappte den Ständer hoch, drehte das Motorrad um und schob es näher an Diamond heran. »Ich habe länger in Bath gelebt als Sie, mein Freund, ich kenne die Stadt wie meine Westentasche. Niemand wird die nette Kleine finden, bevor Sie nicht Ihren Auftrag erledigt haben.« Er bückte sich und hob den Ersatzhelm auf. »Legen Sie los.«

Er ließ den Motor an, setzte seinen Helm auf und brauste in Richtung Bath davon.

7

Die hohen Tiere auf der Manvers Street zeigten nicht die geringste Dankbarkeit.

»Haben Sie denn rein gar nichts über meine Tochter in Erfahrung gebracht?« fragte Tott und machte damit deutlich, daß er keine Veranlassung mehr sah, sich bei Diamond anzubiedern. Er hatte ein paar Stunden geschlafen und war wieder ganz der alte Nörgler. »Ich dachte, das sei der Zweck der Übung.«

Diamond entgegnete: »Ich dachte, das Ziel sei es, in Erfahrung zu bringen, was Mountjoys Forderungen sind.«

Farr-Jones warf rasch ein: »Die sind mir schnurzpiepegal.« Er sprach so, als hätte Diamond selbst die ungeheuerlichen Forderungen gestellt. »Der Kerl wurde rechtmäßig verurteilt. Wir können das Urteil nicht einfach aufheben, nur weil er eine Aversion gegen das Gefängnis hat.«

Commander Warrilow, der Wichtigtuer aus Hampshire, steuerte seine unmaßgebliche Meinung bei. »Wir haben eine einmalige Gelegenheit verpaßt. Das einzige, was Diamond uns sagen kann, ist, daß Mountjoy im Besitz eines Motorrades ist.«

»Und der dazugehörigen Ausrüstung«, meldete John Wigfull sich am anderen Ende des Raumes zu Wort, stets bemüht, seine Beobachtungsgabe unter Beweis zu stellen. »Wo hat er bloß die Ausrüstung her?«

Farr-Jones entgegnete barsch: »Wenn er es geschafft hat, aus Albany rauszukommen, wird er wohl auch in der Lage sein, ein Motorrad und eine Ledermontur zu klauen.«

Kleine Despoten, allesamt, dachte Diamond. Wie soll man so zu einer Entscheidung kommen? Vielleicht dadurch, daß es ein noch größerer Despot befiehlt, wie ich.

Warrilow schoß weiter aus dem Hinterhalt. »Wenn die Zeitungen davon Wind bekommen, kriegen die sich nicht mehr ein. Er serviert sich uns auf einem Silbertablett, und wir lassen ihn einfach gehen.«

Von allen Seiten hagelte es abgedroschene Phrasen der Enttäuschung. Kein Hoffnungsschimmer durchdrang die düstere Stimmung. Das konnte Diamond nur nützen. Auf dem langen Rückweg von der Furt zur Lansdown Road (wo er per Anhalter von einem Studenten im Auto mitgenommen wurde – ein schöner Rollentausch –, hatte er sich eine Strategie überlegt. Er wußte um die Psychologie bei polizeilichen Besprechungen. Farr-Jones und seine Handlanger mußten erst mal eine Weile kleine Brötchen backen. Sie mußten vollkommen demoralisiert sein, sonst würden sie seinen Bedingungen niemals zustimmen. Also hielt er sich vorerst zurück.

Gleich darauf schlug Warrilow einen positiveren Ton an, indem er seinen Plan zur Wiederergreifung Mountjoys skizzierte, und zwar das Übliche: Straßenkontrollen, eine Plakataktion, Durchsuchung von unbewohnten Gebäuden und entlegenen Bauernhöfen. Er beklagte, daß Avon und Somerset ihm für die Operation nicht mehr Leute zur Verfügung stellten, und er verlangte eine bessere Einbindung der Medien.

Sie debattierten lang und breit über das Dilemma der Nachrichtensperre. War es ausreichend, die Öffentlichkeit nur darüber zu informieren, daß Mountjoy in der Gegend gesehen worden war und daß die Polizei ihre Suche nach ihm auf diesen Raum konzentrierte? Warrilow wollte, daß die Nachrichtensperre sofort aufgehoben wurde. Seiner Meinung nach lag Samanthas größte Hoffnung – von seiner eigenen ganz zu schweigen – in uneingeschränkter Publicity. Farr-Jones und Tott vertraten den Standpunkt, daß die Berichterstattung über die Entführung die heiklen Verhandlungen über eine Freilassung erschweren könnte. Sie wiesen ausdrücklich auf Mountjoys Vorstrafen wegen Gewalt gegen Frauen hin. Sie wollten nicht, daß die Entführung tragisch endete, weil die Medien vorpreschten.

»Wie wollen Sie denn weiterkommen?« brach es verbittert aus Warrilow heraus. »Sie reden von Verhandlungen, aber alles, was wir haben, ist diese paranoide Forderung, daß wir seinen Fall wieder aufrollen. Sie erwarten doch nicht ernsthaft, den Mann dadurch hinhalten zu können, daß wir die Ermittlungen wieder aufnehmen? Was soll das bringen, wenn der Fall doch eindeutig war?«

»Wir sind keine Idioten«, wies Farr-Jones ihn zurecht. »Es liegt doch wohl auf der Hand, daß wir so tun müssen, als gingen wir auf den Kerl ein. Er soll sich im Glauben wiegen, wir kämen seiner Forderung nach.«

»Zu welchem Zweck?«

»Um ihn mit einzubeziehen, weitere Treffen herbeizuführen, seine Kooperationsbereitschaft zu wecken.«

»Und …?«

»Um ihn schließlich bis zu seinem Versteck zu verfolgen.«

»Was wir heute morgen hätten tun können.«

»Mit einem Hubschrauber?« sagte Farr-Jones, vor Verärgerung zuckend. »Nein, wir müssen behutsam vorgehen, Mr. Warrilow, und wir müssen natürlich Mr. Diamond eine Rolle zuweisen. Mountjoy vertraut ihm offenbar.«

Damit verschob sich der Mittelpunkt des Interesses. Warrilow starrte zum Fenster hinaus, als würde er in diesem Raum keine vernünftige Äußerung mehr erwarten, und alle Augen waren auf Diamond gerichtet, der auf seine Art ebenso ernüchtert dreinblickte.

Farr-Jones legte eine Hand auf sein wohlfrisiertes Haar, als wollte er sich vergewissern, daß es noch immer tadellos lag.

Er hatte noch nie mit Diamond zu tun gehabt und war sicher vor dessen stachliger Persönlichkeit gewarnt worden. »Wir nehmen Ihre Zeit über Gebühr in Anspruch«, begann er. »Bestimmt unangenehm für Sie.«

Diamond spielte den Buddha.

»Wir können nicht verlangen, daß Sie uns helfen. Wir werden große Schwierigkeiten haben, wenn Sie es nicht tun, zumal Mountjoy offenbar glaubt, daß Sie noch im Polizeidienst stehen und der einzige Bulle sind, dem er vertrauen kann.« Farr-Jones hielt inne und lächelte einschmeichelnd. Er hatte die Hände locker verschränkt, die Augenbrauen hochgezogen. »Was sagen Sie dazu?«

»Ich möchte telefonieren.«

Die harmloseste Bitte kann wie eine Drohung klingen, wenn sie aus dem Munde eines Mannes kommt, der einen einschlägigen Ruf genießt. Farr-Jones' Rücken versteifte sich.

»Mit meiner Frau.«

»Sie haben meine Frage nicht beantwortet.«

»Das werde ich – nachdem ich mit meiner Frau gesprochen habe.« Diamond nickte höflich und verließ den Raum.

Steph mußte mittlerweile vom Einkaufen zurück sein. Nach dem Mittagessen würde sie in den Dritte-Welt-Laden gehen, also war die Zeit günstig, sie zu Hause zu erreichen.

Er benutzte das Wandtelefon im Erdgeschoß. »Sieht so aus, als müßte ich ein paar Tage hierbleiben«, sagte er zu ihr, nachdem er sich für seinen verspäteten Anruf entschuldigt hatte. »Kommst du klar?«

»Die Frage ist eher, ob du klarkommst«, sagte Steph, die zwar niemals nörgelte, aber regelmäßig das Bild zerstörte, das Diamond von sich selbst hatte. »Du hast kein Gepäck mitgenommen.«

»Ich kaufe mir eine Zahnbürste.«

»Und ein kräftiges After-shave, würde ich vorschlagen, falls du nicht vorhast, dein Hemd über Nacht zu waschen. Wozu haben sie dich überredet?«

»Es geht um eine Sache von früher, und sie kommen nicht allein damit klar.«

»Eine unerledigte Sache?«

»Ich dachte, sie wäre erledigt. Aber jemand ist da anderer Meinung.«

»Erinnere dich, du wolltest mit denen nichts mehr zu schaffen haben.«

»Dieser Jemand ist kein Cop. Mehr darf ich nicht sagen, mein Schatz.«

»Nicht nötig. Es geht um Mountjoy, nicht wahr? Der Leiter der Privatschule, der eine Journalistin erstochen hat. Ich habe heute morgen die Zeitung gelesen, während ich auf einen Anruf gewartet habe, der nicht kam. Peter, vergiß nicht, daß du jetzt Zivilist bist. Es ist deren Job, ihn zu fassen.«

»Ich werde es nicht vergessen.«

Es folgte eine Pause. Dann fragte sie: »Willst du mir nicht sagen, daß ich alle Türen und Fenster verriegeln und mit einer Trillerpfeife unter dem Kopfkissen schlafen soll?«

»Er wird sich bei dir nicht blicken lassen.«

»Dann kann ich also beruhigt fremde Männer in die Wohnung lassen, ja?« Stephanie wußte, wie sie sein dickes Fell immer wieder durchlöchern konnte.

»Was?« sagte er.

»Was soll eine Frau denn sonst machen, wenn ihr der Beste weggeschnappt wird? Du hast mich ziemlich plötzlich allein gelassen, falls du dich erinnerst.«

»Ich bin bald wieder da.«

Sie lachte ironisch. »Wo wohnst du?«

Er war froh, daß sie das fragte. Er hatte noch nicht darüber nachgedacht. »Im Francis.«

»Und ich wollte gerade sagen ›Paß auf dich auf‹.«

Als er zu der Besprechung zurückkehrte, war es, als würde der Hauptdarsteller die Bühne betreten. Jedes Gespräch erstarb. »Ich möchte Ihnen meine Bedingungen nennen«, sagte er, während er sich in dem Sessel gegenüber von Farr-Jones niederließ, die Hände faltete und sich vorbeugte. Es war das erste Mal, daß ein Chief Constable sich nach ihm zu richten hatte, und er genoß es. »Ich bin bereit hierzubleiben, bis Miss Tott wieder frei ist.«

»Guter Mann«, säuselte Farr-Jones, »ich wußte, daß wir uns auf Sie verlassen können.«

»Unter folgenden Bedingungen«, sagte er mit einer Stimme, die die des Chief Constable übertönte. »Erstens, ich möchte Zugang zu den Akten über den Mord an Britt Strand.«

Farr-Jones, Tott und Wigfull tauschten beunruhigte Blicke aus. Warrilow verdrehte die Augen.

»Ist das Ihr Ernst?« sagte Farr-Jones. »Sie haben doch selbst gesagt, der Mann sei so schuldig, wie man nur sein kann.«

»Wenn ich vernünftigen Kontakt zu ihm haben soll, muß ich genauestens über den Fall im Bilde sein.«

Farr-Jones rutschte auf der anderen Seite des Tisches nervös auf seinem Stuhl hin und her. »Ich weiß nicht, ob ich das genehmigen kann. Sie sind nicht mehr bei der Polizei.«

»Allerhand, das zu hören, nach dem, was ich heute morgen für Sie getan habe. Und da ich keine anderen Verpflichtungen habe, während ich hier in Bath festsitze, womit soll ich mir die Zeit vertreiben – mit Kaffeetrinken im Sally Lunn's?«

Das war ziemlich provozierend, selbst eingedenk der Tatsache, daß er niemandem im Raum untergeordnet war.

Farr-Jones lief leicht rot an, blickte kurz nach unten, als wäre er plötzlich unsicher, ob der Reißverschluß seiner Hose zu war. »Also gut. Wenn es erforderlich werden sollte, Einsicht in die Akten zu nehmen, bitte sehr.«

»Kein Wenn und Aber, Chief Constable. Heute nachmittag«, sagte Diamond mit Nachdruck. »Ich muß sie heute studieren. Womit wir zu Bedingung Nummer Zwei kommen. Ich brauche einen Assistenten.«

»Einen Assistenten? Sie meinen jemanden, mit dem Sie zusammenarbeiten. Sie können eng mit John zusammenarbeiten. Wie früher.«

Diamond vermied den Augenkontakt mit dem Karrieristen Wigfull. »Ich denke da an Detective Inspector Hargreaves.«

»Eine Frau?« entfuhr es dem Chief Constable, kurz davor, gegen das Antidiskriminierungsgesetz zu verstoßen. »Gibt es dafür einen Grund?«

»Ich habe mich für sie entschieden.«

»Aber ...«

»Nichts Persönliches, aber Chief Inspector Wigfull gehört inzwischen dem Führungsstab an. Ich möchte uneingeschränkte Entscheidungsbefugnis, um, falls erforderlich, selbständig zu handeln.«

»Das können Sie doch.«

»Ich meine, nicht nur pro forma. Wenn ich in den Akten auf etwas Interessantes stoße, möchte ich dem ungehindert nachgehen können.«

»Sie machen das Ganze sehr schwierig.«

»Ich habe nicht darum gebeten, herkommen zu dürfen.«

Farr-Jones wandte sich an Tott, und es fand eine kurze halblaute Unterredung statt. Diamond sollte nichts davon mitbekommen, aber er wußte, es ging um Schadensbegrenzung. Wenn sie eine Möglichkeit fanden, ihm seinen Willen zu lassen, ohne daß er der Polizeiarbeit ins Gehege kam, würden sie seinen Bedingungen zustimmen.

»Also schön«, sagte Farr-Jones schließlich. »Wir teilen Ihnen Inspector Hargreaves zu. Und Sie bekommen ein eigenes Büro.«

Bestimmt weit weg vom Mittelpunkt des Geschehens. Nicht mehr als eine Zelle. Er schlug das Angebot nicht aus. Es hatte auch sein Gutes, weitab vom Schuß zu sein.

»Und einen Wagen.«

»Wenn Sie irgendwo hingefahren werden müssen, können Sie unten Bescheid sagen.«

»Ich meine, einen Wagen, den ausschließlich ich benutzen kann.«

Ein gequälter Ausdruck machte sich auf dem Gesicht des Chief Constable breit. »Also gut. Sind damit alle ihre Forderungen erfüllt?«

»Nicht ganz. Ich möchte meine Stellung in der Hierarchie abklären. Ich bin nur Ihnen gegenüber rechenschaftspflichtig, Chief Constable, sonst niemandem.«

»Wir sind keine monolithische Organisation, Mr. Diamond. Ich delegiere einen großen Teil meiner Autorität an andere. Mr. Tott …«

»Mr. Tott ist persönlich betroffen.«

»Das wissen wir.«

»Es ist besser, das jetzt zu klären als später«, beharrte Diamond. »Es mag erforderlich werden, Entscheidungen rasch zu treffen. Ich verlange nicht die Leitung der gesamten Operation.«

Warrilow murmelte: »Gott sei Dank.«
»Was genau schlagen Sie vor?« fragte Farr-Jones knapp, womit er zu verstehen gab, daß seine Geduld fast am Ende war. »Wir müssen jede Aktion, die wir durchführen, koordinieren.«
»Ich blicke voraus. Falls ich irgend etwas in der Britt-Strand-Akte finde, das neue Ermittlungen rechtfertigt, möchte ich die Freiheit haben, dem ungehindert nachzugehen.«
Farr-Jones sog zischend die Luft ein. »Gefährlich.«
»Ich kenne das Gesetz. Ich werde mich nicht als Polizeibeamter ausgeben. Wenn ich Amtsgewalt benötige, habe ich dafür Detective Inspector Hargreaves.«
Farr-Jones schwieg.
Diamond reizte seine Forderungen aus. »Wenn Sie meine Mitarbeit möchten, haben Sie keine andere Wahl.«
»Also gut. Unter dem Vorbehalt, äh ... Unter dem Vorbehalt ...«
»Und schließlich brauche ich noch eine Übernachtungsmöglichkeit.«
»Das dürfte kein Problem sein«, sagte Farr-Jones einigermaßen erleichtert, vermutlich mit dem Gedanken, ihm ein Zimmer in den Mannschaftsquartieren anzubieten.
»Im Francis Hotel.«
»Aus einem bestimmten Grund?«
»Es gefällt mir dort.«

Als Julie Hargreaves sich bei Diamond in seinem neuen Büro im ersten Stock meldete, trug sie einen schwarzen Pullover und weiße Jeans. Ihr blondes Haar war hinten und an den Seiten kurzgeschnitten, die Frisur einer jungen Frau, die sich ihrer Weiblichkeit sicher ist. »Soll ich mal sehen, ob ich irgendwo zwei Stühle auftreiben kann?« schlug sie vor.
»Gute Idee.«
Diamonds Einsatzzentrale war ein Lagerraum. Kein umgewandelter Lagerraum; in dieser Hinsicht waren keine Anstalten gemacht worden. Unmengen Papier und Kisten mit Umschlägen auf Holzregalen säumten die Wände. Ein Tisch und ein Aktenschrank waren nur ein kleines Stück durch die Tür geschoben worden.

»Ich weiß nicht genau, warum Sie mich ausgewählt haben«, sagte Julie, als sie mit zwei Plastikstühlen wieder da war und mithalf, die Möbel an die richtige Stelle zu rücken. »Ich weiß so gut wie nichts über den Fall.«

»Damit haben Sie Ihre Frage selbst beantwortet. Ich brauche jemanden, der unvoreingenommen ist. Ich könnte Ihnen meine Version schildern, und Sie wären parteiisch. Ich möchte, daß Sie die Akten selbst lesen und mir Ihre Meinung sagen.«

»Ob ich den Fall für eindeutig halte?«

»Nichts ist eindeutig. Suchen Sie nach Lücken, Julie. Ich sehe Sie dann um drei Uhr.«

Er ging auf der Stall Street einkaufen: zwei Hemden, eine Dreierpackung Unterhosen, angeblich Größe XL, und Wasch- und Rasierzeug. Er bedauerte inzwischen, Farr-Jones nicht auf die Spesen angesprochen zu haben. Nachdem er zum Queen Square geschlendert war, wollte er sich gerade ein Zimmer im Francis nehmen, als ihm die Buchhandlung einfiel, die nur fünfzig Meter entfernt an der Chapel Row lag. Er kam mit einer Rarität als Bettlektüre wieder heraus: ein Buch, das er noch nicht kannte, erschienen 1947 mit dem Titel »Horwell vom Yard«. Er besaß bereits »Cherrill vom Yard«, »Cornish vom Yard« und »Fabian vom Yard« – nicht, weil er ein Sammler war, sondern weil er sich nach den großen Tagen sehnte, in denen wirklich gute Detectives noch Ansehen genossen.

Nachdem er sich im Hotel eingemietet und sich gewaschen hatte, erneuerte er seine Bekanntschaft mit der Roman Bar. Ein Glas Usher's, das Bier aus der Gegend, dann rief die Pflicht.

»Wie sieht's aus, Julie?«

»Schwierig, Mr. Diamond.«

»Schwierig, weil Sie nichts finden, oder schwierig, weil Sie etwas gefunden haben und nicht wissen, ob ich es verkrafte?«

Sie wich aus. »Auf den ersten Blick ist es ein glasklarer Fall. Mountjoy hatte seine ganzen Ersparnisse in seine Privatschule auf der Gay Street investiert.«

»Er hat sich eine erstklassige Lage ausgesucht«, sagte Diamond, während er den Plastikstuhl vorsichtig mit seinem Gewicht belastete. »Ein unter Denkmalschutz stehendes georgianisches Gebäude im Zentrum von Bath. Was vielleicht eine zusätzliche Erklärung für den Schwindel mit den Scheinstudenten ist, die nur etwas Schriftliches für ihre Botschaft haben wollten.«

Sie nickte. »Als er verhaftet wurde, waren etwa zweihundert eingeschrieben, die dreitausend Pfund im Jahr bezahlten, obwohl die Schule höchstens für achtzig Platz hatte.«

»Dann kommt eine junge Schwedin ins Spiel, mit einem Sprachführer in der Hand und einer lukrativen Enthüllungsstory in Aussicht.«

Geschickt arbeitete Julie Britt Strand in ihre Erzählung ein. »Sie meldete sich für einen Halbtageskurs in Englisch an und gab sich als Au-pair-Mädchen aus. Mountjoy nahm ihre Anmeldung entgegen.«

»Er muß froh gewesen sein«, warf Diamond ein. »Schließlich brauchte er einen Stamm echter Schüler. Nach dem, was ich über Britt in Erfahrung gebracht habe, muß sie sehr intelligent und professionell gewesen sein. Daß eine junge Ausländerin als freie Journalistin in Bath arbeitet und die internationale Presse mit wichtigen Storys beliefert, ist schon beeindruckend.«

»Heutzutage müssen sie nicht mehr unbedingt in London arbeiten. Mit der modernen Technik ist das sehr einfach.« Julie warf einen Blick auf das Blatt Papier vor sich. »Sie hatte die richtigen Kontakte. ›Paris Match‹, ›Oggi‹, ›Stern‹.«

»Auch hier jede Menge Kontakte. Und die meisten davon werden wohl kaum gewußt haben, daß sie benutzt wurden. Sie war charmant, kam problemlos mit den unterschiedlichsten Menschen aus. Steht alles in den Zeugenaussagen. Für einen Freund war sie eine Braut aus der Rockszene in Leder und Netzstrümpfen, ein anderer Typ dachte, sie gehöre zur Pferdesportschickeria und verabredete sich mit ihr zwischen Drei-Tage-Turnieren und Geländejagdrennen, und für ihre Freunde an der Sprachenschule war sie ein Au-pair-Mädchen, das knapp bei Kasse war und neben ihrem Unterricht für eine obskure englische Familie den Haushalt machte.«

Julie warf etwas zur Verteidigung der Toten ein. »Wir alle zeigen uns in einem anderen Licht, je nachdem mit was für Leuten wir es zu tun haben.«

Diamond ließ das nicht gelten. »Britt Strand hat weitaus mehr gemacht. Das war Betrug, professioneller Betrug, und das ist gefährlich. Tödlich in ihrem Fall.«

»Vielleicht.«

Er sagte scharf: »Haben Sie eine andere Erklärung?«

»Haben Sie das nicht von jemandem erwartet, der unvoreingenommen ist?«

Er funkelte sie kurz an, erkannte seine eigene Formulierung wieder und setzte eine sanftere Miene auf. »Tut mir leid. Sie erzählen die Geschichte. Ich möchte Sie nicht unterbrechen«, sagte er, als würde das einen Unterschied machen.

Julie nahm den Faden wieder auf. »Es gelang ihr, alle davon zu überzeugen, daß sie eine Ausländerin war, die Probleme mit der englischen Sprache hatte.«

»Obwohl sie in Wahrheit fließend sprach wie Sie und ich«, sagte er, ohne zu bemerken, daß er Julies Erzählfluß ständig unterbrach.

Unbeirrt fuhr sie fort: »Das Lehrpersonal glaubte ihr und die anderen Schüler auch. Aber insgeheim hat sie die Beweise gesammelt, die sie für ihre Story brauchte. Sie freundete sich mit der Sekretärin an und konnte sich so im Büro aufhalten, ohne Verdacht zu erregen. Wir wissen, daß sie haufenweise Unterlagen kopiert hat, weil die nach ihrem Tod in dem verschlossenen Aktenschrank in ihrer Wohnung gefunden wurden. Außerdem hat sie sich an Mountjoy rangemacht, ihn um den Finger gewickelt und ihn glauben gemacht, sie hätte ein Auge auf ihn geworfen – während sie ihn eigentlich nur weichklopfen und Belastendes aus ihm herausholen wollte.«

An der Zusammenfassung war nichts auszusetzen, aber Diamond machte keine Komplimente. Er sagte brüsk: »Kommen wir zu dem Abend des Mordes.«

»Also, er hat sie zum Essen eingeladen.«

»Das erste Mal, daß sie zusammen aus waren.«

»Ja. Sie sind in ein französisches Restaurant gegangen, Le Beaujolais.«

»Das auf der Chapel Row mit Tausenden Flaschenkorken, die hinter der Fensterscheibe aufgehäuft sind. Ich bin heute nachmittag daran vorbeigekommen.«

Julie wartete einen Augenblick, um ihm zu verstehen zu geben, daß sie ohne seine Hilfe auskam. »Nach Aussage des Kellners haben die beiden sich prima verstanden. Kein Streit. Mountjoy hat die Rechnung bezahlt, und sie sind gegen halb zehn gegangen. Er brachte sie zurück zu ihrer Wohnung in Larkhall. Sie lud ihn auf einen Kaffee ein. Sie hatte die obere Wohnung in einem dreigeschossigen Haus in einer Wohngegend. Die Leute von unten waren auf Teneriffa, daher waren sie ganz allein im Haus. Es steht fest, daß Mountjoy in der Wohnung war, denn es wurden Fingerabdrücke und passende Haare gefunden, und er hat es auch nicht abgestritten. Er behauptet, er sei nach dem Kaffee gegangen, Sie hatte ihm einige gezielte Fragen gestellt, wie er sein Spracheninstitut führte, und er war nicht in der Stimmung zu bleiben.«

»Und wenn Sie das glauben, glauben Sie alles.«

»Möchten Sie, daß ich fortfahre?« fragte Julie, ohne ihren gleichmütigen Tonfall zu verändern.

»Ja.« Er schob sich die Hände unter die Oberschenkel, wie um sich dadurch zu disziplinieren, daß er auf ihnen saß. »Reden Sie zu Ende.«

»Zwei Tage später kamen die Billingtons, die Leute von unten, aus dem Urlaub zurück und sahen, daß die Milch auf der Treppe vor dem Haus nicht hereingeholt worden war und Britts Post auf der Fußmatte lag. Keine Nachricht von ihr. Sie waren beunruhigt. Sie konnten vor Sorge nicht schlafen. Spät in der Nacht gingen sie in Britts Wohnung nachsehen und fanden ihre Leiche auf dem Bett, mit einem blauen Pyjama bekleidet. Vierzehn Stichwunden. Und die Rosen, die der Presse zu ihren Schlagzeilen verhalfen.«

»Ach ja, die Rosen.«

Er erinnerte sich genau an den Anblick, schlanke karmesinrote Blüten von der Sorte, wie sie von Floristen importiert wurden. Mindestens sechs Blütenköpfe waren der blonden Frau in den aufgerissenen Mund gestopft worden, die Spitzen nach außen, so daß ihre satte Farbe einen Kontrast zu den blassen Lippen und Wangen bot. Das andere halbe Dutzend lag auf der Leiche verstreut. Ein Dutzend rote Rosen. Die Erinnerung war so lebhaft, daß Diamond, entgegen seiner Absicht, sich zurückzuhalten, erneut das Wort an sich riß. »Die Blumen müssen schon in der Wohnung gewesen sein. Wir haben abgeschnittene Stiele auf dem Boden gefunden. Aber keine Karte und auch kein Papier, in das die Rosen eingepackt waren. Sie hatte keine Rosen dabei, als sie und Mountjoy in das Restaurant kamen. Wir haben in jedem Blumenladen in Bath und Bristol nachgefragt. Etwas über zwanzig Sträuße aus je einem Dutzend roter Rosen waren an dem Tag oder am Vortag gekauft worden. Erstaunlich, wie viele Romantiker es gibt.«

»Mit roten Rosen kann man sich auch für etwas entschuldigen«, belehrte Julie ihn.

Er hielt das offenbar nicht für relevant. »Etwa die Hälfte der Sträuße war von den Floristen ausgeliefert worden, aber keiner nach Larkhall. Die beste Erklärung ist, daß Mountjoy sie mitgebracht hat, als er Britt von zu Hause abholte. Wo er sie gekauft hat, wissen wir nicht.«

Julie stellte die entscheidende Frage: »Wieso hat er sie ihr in den Mund gesteckt?«

Er schüttelte den Kopf. »Das kann wohl nur ein Psychologe beantworten. Vielleicht waren ihm die vielen Stiche noch nicht genug. Er mußte dem Ganzen noch den letzten Schliff geben.«

»Rote Rosen haben eine starke symbolische Bedeutung«, sagte Julie nachdenklich. »So etwas könnte ein abgewiesener Liebhaber tun.«

»Dann war es reine Frustration, nachdem sie ihn zu sich in die Wohnung eingeladen hatte und dann doch nicht bereit war, sich mit ihm einzulassen.«

»Aber das war nicht das Motiv, auf das die Staatsanwaltschaft die Anklage gestützt hat.«

»Nicht das Hauptmotiv«, mußte er gestehen, »aber betrachten Sie es doch mal aus Mountjoys Sicht. Er wird von dieser attraktiven Schülerin angemacht. Er kauft ihr Rosen und lädt sie zum Essen ein. Sie gehen danach zu ihr, und statt zu kriegen, was er erwartet, fragt sie ihn nach dem dubiosen Anmeldesystem in seinem Institut aus. Er wird wütend, gewalttätig und ermordet sie. Dann sieht er die roten Rosen, die er naiverweise für sie gekauft hat, reißt die Blüten von den Stengeln und stopft sie ihr in den Mund.«

Julie dachte über dieses Szenario nach. »Wahrscheinlich kann es so ähnlich abgelaufen sein, aber man sollte doch meinen, daß die Stiche ausgereicht hätten.«

»Wer kann schon sagen, was ausreichend ist? John Mountjoy ist nicht gerade für seine Selbstbeherrschung bekannt.«

Aus dem Stoß Unterlagen vor sich zog sie den Bericht der Pathologie, der ihr eine bildhafte Vorstellung von dem Mord vermittelt hatte. Er belief sich auf fünfzehn Seiten Text mit zusätzlichen Diagrammen und Fotos: eine Einleitung mit Informationen über die Identifizierung der Leiche durch Winston Billington, Datum und Ort der Obduktion und Namen der dabei anwesenden Personen; eine lange Darstellung der äußeren Untersuchung; die innere Untersuchung und anschließend die Feststellung der Todesursache. Hätte Diamond Julie gefragt, hätte sie zugeben müssen, daß sie das meiste nur überflogen hatte. Sie besaß weder die anatomischen Kenntnisse noch die kühle Gelassenheit, um den Bericht ausführlich zu studieren. Die Verletzungen waren bis ins Kleinste beschrieben, aufgezeichnet und vermessen. Einige, so hieß es in dem Bericht, waren nicht sehr tief; die Feststellung, daß vierzehnmal auf das Opfer eingestochen worden war, stimmte zwar, war aber für jeden irreführend, der sich mit dieser Form von Gewalt nicht auskannte. Nur drei Stiche waren tief eingedrungen; die anderen waren auf Widerstand gestoßen oder im Kampf pariert worden, denn Britt Strand hatte ganz eindeutig versucht, ihren Angreifer abzuwehren. An den Fingern beider Hände und am linken Handgelenk waren Abwehrverletzungen. Man hatte keine Anzeichen dafür festgestellt, daß sie vergewaltigt worden war. Die Tat wurde als typischer Angriff mit einer Stichwaffe eingestuft, wobei als Todesursache eine Verletzung der Hauptschlagader festgestellt wurde. Die Verletzung war mit einem spitzen, scharfen Instrument von mehreren Zentimetern Länge herbeigeführt worden.

Ein Foto, das vor der Autopsie von oben aufgenommen worden war, ließ erkennen, daß sich die Wunden über und um die linke Brust herum konzentrierten. Die Absicht des Mörders lag auf der Hand. Ein Stich hatte am Hals eine tiefe Wunde hinterlassen, aber das Gesicht war unversehrt, noch immer schön, trotz des klaffenden Mundes, der von den Rosenköpfen darin offengehalten wurde.

Julie blickte auf ihre Hände und stellte fest, daß sie die Nagelhaut zurückdrückte. »Es wird mir nicht leichtfallen.«

»Was meinen Sie?«

»An diesem Fall zu arbeiten. Mountjoy weckt nicht gerade Mitgefühl.«

»Er ist ein Dreckskerl.«

Nach einem verlegenen Schweigen sagte sie: »Warum machen wir es dann? Um Samanthas Leben zu retten?«

»Nein.«

Die Antwort verblüffte sie.

Diamond stand auf und trat an das einzige kleine Fenster des Lagerraums. Unten auf der Manvers Street hatten die Leute ihre Schirme aufgespannt. »Meiner Ansicht nach ist der Mann des Mordes schuldig. Da bin ich mir zu neunundneunzig Prozent sicher. Der Hauch eines Zweifels rührt allein daher, daß er sich nicht aus dem Staub gemacht hat. Statt dessen riskiert er alles, um mich dazu bringen, daß ich zugebe, mich getäuscht zu haben.« Er drehte sich zu Julie um. »Es mag alles Berechnung sein, um meine Gewißheit zu erschüttern.«

»Um Sie dazu zu bringen, nach einem Hintertürchen zu suchen?«

»Genau. Er ist schuldig, und er will, daß ich für ihn einen Ausweg finde. In unserer Branche gibt es keine absolute Gewißheit. Jemand sät ein Samenkörnchen Zweifel, und am Ende glaubt man sogar, Crippen war unschuldig. Oder Christie.«

»Könnten Sie auf so einen Trick hereinfallen?« sagte sie.

Seine Augen fixierten sie einen Moment, schweiften ab, musterten sie erneut. »Ich weiß nicht. Ich hoffe nicht.«

»Aber Sie denken nach wie vor, daß es sich lohnt, den Fall noch einmal unter die Lupe zu nehmen?«

»Die Oberbosse würden sich freuen, wenn wir hier nur rumsitzen und Domino spielen würden. Ich halte es für besser, daß wir beide unsere Zeit dazu nutzen, uns das eine Prozent Ungewißheit genauer anzusehen. Ich weiß nicht, ob es Samantha irgendwie zugute kommt; ihre beste Chance liegt bei Warrilow und seinen Suchtrupps. Es ist wie beim Trivial Pursuit, ein geistiges Puzzlespiel. Wenn wir uns entscheiden zu spielen, dann auch ernsthaft. Einverstanden?«

Julie überlegte einen Moment und sagte schließlich: »Einverstanden.«

Innerhalb weniger Minuten hatte er dieser jungen Frau soviel anvertraut wie kaum jemandem, mit dem er je zusammengearbeitet hatte, aber schließlich hatte man noch nie von ihm verlangt, praktisch auf sich allein gestellt, mit so wenig Unterstützung von oben zu arbeiten, und erst recht nicht mit Aussicht auf ein so wenig verlockendes Ergebnis. Schon allein dieser enge, unbarmherzig vollgestopfte Raum regte dazu an, sich zu offenbaren.

»Okay. Sehen wir mal, ob es rein theoretisch möglich ist, sonst noch jemanden ins Spiel zu bringen«, sagte er. »Angenommen, Britt hat wirklich noch gelebt, als Mountjoy am späten Abend das Haus verließ, und jemand anders ist hereingekommen und hat sie getötet.«

»Jemand, den sie hereingelassen hat«, warf Julie ein. »Es gab keinerlei Anzeichen für einen Einbruch.«

Er nickte. »Der Mord wurde irgendwann um Mitternacht begangen. Wie immer kann uns der Pathologe keinen genauen Todeszeitpunkt nennen. Also suchen wir nach jemandem, dem sie so sehr vertraut hat, daß sie ihn irgendwann, nachdem Mountjoy gegangen war, hereingelassen hat. Wann war das?«

»Gegen halb elf.«

»Sie war bereits im Pyjama – oder hat ihn angezogen, als der Mörder bei ihr war. Sie haben Liebhaber erwähnt. Was wissen wir über ihr Liebesleben?«

»Die beiden Männer, die Sie erwähnt haben, sind vernommen worden. Keiner von ihnen hatte zur Zeit des Mordes mit ihr eine Verabredung.«

»Klar, daß sie das sagen, oder?«

»Es stand in ihrem Tagebuch. Den Pferdetypen hat sie zuletzt am 8. Oktober gesehen, in seiner Reitschule, aber ich schätze, sie war ausschließlich zum Reiten da.«

»Auf dem Pferd?«

Sie würdigte seinen Versuch, zweideutig zu sein, mit keinem Lächeln.

Er nahm den Faden wieder auf. »Und der Mord war ...?«

»Am 18. Oktober.«

»Was ist mit dem Rockmusiker?«

»Jake Pinkerton? Er wird mit keinem Wort erwähnt. Den finden Sie wahrscheinlich im '88er Tagebuch.«

»Es war kein persönliches Tagebuch, soweit ich mich erinnere, bloß eine Art Terminkalender für ihre Verabredungen.«

»Ja. Möchten Sie es sehen?« Julie suchte in dem Ordner und reichte Diamond ein kunststoffbeschichtetes Buch, dessen Umschlag eine Matisse-Reproduktion zierte.

Er sagte, während er es öffnete: »Ich meine, daß sie vielleicht hier drin ihre Verabredungen mit Liebhabern notiert hat.«

»Hat sie.«

»Und man ist geneigt, davon auszugehen, daß sie sich nur zu den angegebenen Terminen mit ihnen getroffen hat. Verstehen Sie, worauf ich hinauswill? Wenn sie irgendwelche Leute auf einer Party oder auf der Straße kennengelernt hat, hat sie deren Namen bestimmt nicht aufgeschrieben.« Er schlug den Oktober auf. Er erinnerte sich, den Eintrag für den Tag des Mordes gesehen zu haben, John Mountjoys Name und die Uhrzeit, 7.30; energische, fließende Buchstaben in blaugrüner Tinte. Nicht der letzte Eintrag im Tagebuch, denn es waren Termine bis in den Dezember hinein notiert, aber es tat noch immer gut, den Namen dort geschrieben zu sehen, an dem verhängnisvollen Tag. In der Gerichtsverhandlung hatte sich schon allein die Menge an schriftlichen Beweisstücken, darunter auch dieser Tagebucheintrag, belastend ausgewirkt, die vielen fotokopierten Dokumente aus den Akten von Mountjoys Privatschule, jedes einzelne in einer Sichthülle.

Er blätterte ein paar Seiten zurück und sah, daß der Name Marcus regelmäßig im August auftauchte. Marcus Martin, der Reiter. »Ich selbst habe dieses Vollblut vernommen. Gute Beziehungen, wohnt stilvoll in einem Landhaus auf der anderen Seite von Frome.«

»Ihre Notizen stehen in der Akte. Er hat gesagt, sie hätten sich nach und nach auseinandergelebt.«

»Als ich ihn sah, kam er mir nicht wie ein Mann vor, der ein Verbrechen aus Leidenschaft begehen könnte. Er litt nicht unter quälender Eifersucht. In dem Haus gab es noch eine Frau, die gerade dabei war, Pfannkuchen für ihn zu machen.«

»Crèpes, nehme ich an.«

Diamond warf ihr einen überraschten Blick zu. »Keine Ahnung. Ich habe keine bekommen. Der springende Punkt ist, daß Marcus gut versorgt war.«

»Und ein Alibi für die Mordnacht hatte.«

»Was man so Alibi nennt.«

»Haben Sie es ihm nicht abgenommen?«

»Sie haben den Nagel auf den Kopf getroffen. Das Alibi kam von der Pfannkuchenbäckerin. Er hatte bei ihr übernachtet, behauptete sie.«

Als wäre der Punkt geklärt, fing er an, wieder in dem Tagebuch zu blättern.

Julie kam ihm zuvor. »Der andere Freund war der Rockmusiker, Jake Pinkerton.«

»Den habe ich nicht persönlich gesprochen. Das Vergnügen hatte jemand anders. Ich glaube, ich habe ihn nicht sehr ernst genommen.«

»Als Musiker?« sagte sie und riß dabei die Augen auf wie ein Teenager. »Er war was ganz Besonderes. Sein erstes Soloalbum war direkt auf Platz Eins der britischen Charts.«

»Als Verdächtigen.«

»Mögen Sie seine Musik nicht?«

»Ich höre mir lieber Madrigalchöre an«, sagte er wahrheitsgemäß, obwohl er herzlich wenig von Madrigalchören verstand. »Die Musikrevolution ist spurlos an mir vorbeigegangen. Beschränken wir uns also auf seine sonstigen Aktivitäten.«

»Er scheint zwei Jahre zuvor ein enges Verhältnis zu Britt gehabt zu haben. Die Beziehung kühlte 1989 ab, wie er selbst ausgesagt hat.«

»Jetzt erinnere ich mich, es gab da so eine abwegige Drogentheorie, die bei einem unserer Treffen zur Sprache kam. Pinkerton hatte zwei Vorstrafen wegen Besitzes von Haschisch, und es hieß, Britt hätte irgendwas gegen ihn in der Hand gehabt und damit gedroht, es publik zu machen. Ich glaube nicht, daß es seinem Ruf besonders geschadet hätte.«

»Schließen Sie ihn aus?«

»Vorläufig nur das Motiv. Als Exfreund ist er nach wie vor im Rennen, knapp. Wo war er in der Mordnacht?«

»Zu Hause in Monkton Combe.«

»Gibt es jemanden, der das Alibi bestätigt?«

»Er wurde an dem Abend im Pub gesehen. Ist gegen halb elf gegangen.«

»Reichlich Zeit, um nach Larkhall zu kommen. Ist das alles? Keine weiteren Verdächtigen? Am besten, Sie gehen das Tagebuch noch mal ganz genau durch. Legen Sie zu jedem, den Sie erwähnt haben, eine kleine Akte an.«

»Im Computer?«

»Sie scherzen. Wenn ich Akte sage, meine ich etwas, das man in die Hand nehmen kann, Karteikarten, keine tanzenden Punkte, die einem vor den Augen flimmern.«

Sie kannte seine Abneigung gegen Computer gut genug, um keine Einwände zu erheben.

»Aber bevor Sie damit anfangen«, fuhr er fort, »Sie wollten doch nach Schwachstellen in den Beweisen suchen, mit denen Mountjoy überführt wurde. Haben Sie welche gefunden?«

Sie taxierte ihn mit ihren großen blauen Augen. Was immer Sie sagen würde, es mußte sich furchtbar nach Kritik an seiner Bearbeitung des Falles anhören. »Ich bin sicher, Sie waren sich dessen damals sehr wohl bewußt«, sagte sie einleitend, »aber ich war überrascht, daß an Mountjoys Kleidung kein Blut gefunden wurde.«

»Nicht, daß wir nicht alles versucht hätten. Wir haben jedes verdammte Hemd, das er besaß, ins Labor geschickt. Eure Verbrecher gucken heutzutage Fernsehen. Praktisch jeden Abend können sie was über DNA-Analyse und Infrarottests erfahren. Entweder in Dokumentarfilmen oder in den Nachrichten oder irgendwelchen Krimis. Wir können sie nicht mehr mit wissenschaftlichen Methoden beeindrucken.«

Sie ließ ihn sein Lieblingssteckenpferd reiten, fügte dann aber hinzu: »Die Mordwaffe ist nie gefunden worden.«

»Dann hat er sie wohl verschwinden lassen, wie die blutbefleckten Kleidungsstücke auch, oder?«

»Vermutlich.«

»Ist das alles?«

Sie gab zu, daß das alles war. Ihr fiel sonst nichts mehr ein, das für Mountjoy sprach.

»Dann sehen Sie mal nach, was das Tagebuch hergibt.«

8

Zehn Tage vor ihrer Ermordung hatte Britt Strand den Namen einer Straße in der Innenstadt von Bath in ihr Tagebuch geschrieben. Leider keine Hausnummer, aber wenn Peter Diamond sich auf sein Gedächtnis verlassen konnte, war die Trim Street kurz. Kaum mehr als zwanzig Adressen, etliche davon Geschäfte oder Firmen. Es war eine jener versteckten, mit Kopfstein gepflasterten Straßen östlich des Queen Square. Auch wenn es sonst nichts einbrachte, sagte Diamond sich, als er sich auf den Weg dorthin machte, so würde er eben seine Erinnerung an die Straße auffrischen, ein stiller Besuch im schwächer werdenden Licht eines Oktoberabends. In Bath, wie in den meisten Provinzstädten, werden die Bürgersteige früh hochgeklappt.

Er näherte sich seinem Ziel von den Upper Borough Walls, dem Teil der Altstadt-Verteidigungsanlage, den man in viktorianischer Zeit mit Zinnen verschönert hatte, um ihm ein mehr mittelalterliches Gepräge zu verleihen. Im Schatten der Mauer, unter Straßenniveau – direkt außerhalb der alten Grenze –, befand sich einer von Bath' verschwiegenen Plätzen, ein winziger Hof, in dem, wie eine Steintafel die Öffentlichkeit informierte, 238 Patienten des Bath General Hospital begraben lagen. Im Jahre 1849 wurde der Friedhof »mit Rücksicht auf die Gesundheit der Lebenden« geschlossen – eine Anspielung auf die damalige Choleraepidemie. Diamond warf einen flüchtigen Blick darauf und ging weiter. Nicht aus Respektlosigkeit, aber die Gesundheit der Lebenden interessierte ihn nicht besonders.

Einige Schritte weiter lag die Trim Street, so benannt nach einem gewissen George Trim, dem das Land einmal gehört hatte. Die schmale Straße war ein architektonisches Sammelsurium aus neoklassizistischen Gebäuden aus dem 18. Jahrhundert und Rekonstruktionsmaßnahmen aus den sechziger Jahren. Die Neugestaltung oder vielmehr Verschandelung der ursprünglichen Häuserfassaden machte die Disharmonie komplett. Eine war rosa gestrichen, eine andere, gleich daneben, war gereinigt worden, um den cremefarbenen, für Bath typischen Stein zum Vorschein zu bringen, während die nächste noch den Ruß und Schmutz aus zwei Jahrhunderten trug.

Diamond zögerte am unteren Ende der Trim Street. Dieser Teil der Straße war von der Sanierung in den Sechzigern verschont geblieben; auf einer Seite zwei Geschäfte, eines für Künstlerbedarf und eine Boutique, die einen zweiten Eingang auf dem kleinen Friedhof unterhalb der Stadtmauer hatten. Ihnen gegenüber stand das einzige Haus mit einer klassizistischen Fassade, die eine Restaurierung dringend nötig hatte und an der eine Tafel angebracht war, die erklärte, wieso das Haus der Umwandlung in ein Café oder einen Weinhandel entgangen war; General Wolfe, der Held von Quebec, hatte dort einmal gewohnt, als seine angegriffene Gesundheit den täglichen Besuch im Heilbad erforderte. Außerdem gab es zwei Unternehmen, die darauf schließen ließen, daß die moderne Trim Street durchaus lebendig war: ein Fitneß- und Tanzstudio sowie ein Gebäude, das die interessante Beschriftung »Ideenfabrik« trug. Hübscher Name, dachte er. Vielleicht sollte man das Polizeirevier an der Manvers Street »Ermittlungsfabrik« taufen. Vielleicht würde er John Wigfull den Vorschlag machen, nur um zu sehen, wie er reagierte. Vielleicht.

Warum Britt Strand hierhergekommen war, darüber ließ sich nur spekulieren. Sportliche Ertüchtigung im Fitneßstudio war der wahrscheinlichste Grund. Die Schweden sind ein athletisches Volk. Diamond klingelte mehrmals an der Tür und kam zu dem Ergebnis, daß für heute Schluß war mit Fitneß und Aerobic. Er stand unter einer alten Laterne und suchte woanders nach Inspiration. Direkt vor ihm, wo die Straße eine Biegung nach rechts machte, war eine Elektrowerkstatt, die noch geöffnet hatte. Vielleicht war eine defekte Kaffeemaschine der Grund für den Tagebucheintrag gewesen. In dem Fall hätte Britt aber sicher den Namen der Werkstatt notiert, nicht bloß die Straße.

Das gleiche traf auf die Boutique zu, nur daß jemand dort gerade die Tür von innen verriegelte, also mußte er schnell handeln. Er schritt über das Kopfsteinpflaster und klopfte an die

Scheibe. Die zwei Frauen im Laden berieten sich rasch. In seinem Regenmantel und mit dem braunen Filzhut sah Diamond nicht nach einem Kunden aus, für den es sich lohnte, das Geschäft noch einmal zu öffnen, aber wer kann schon sagen, ob ein Mann nicht gerade den kühnen Entschluß getroffen hat, etwas Schickes und Teures für eine Dame zu kaufen?

Eine von ihnen entriegelte die Tür.

Er konnte nicht sagen, ob die große, braungebrannte Frau in Schwarz Kimberly persönlich war oder eine Angestellte. Es sprach für ihre Professionalität, daß sie nicht mit der Wimper zuckte, als er erklärte, daß er wegen polizeilicher Ermittlungen hier sei, und das Foto von Britt Strand hervorholte. Auch mußte er ihr nichts über den Mord erzählen, der vor vier Jahren in der Stadt für großes Aufsehen gesorgt hatte. Sie war sich ganz sicher, daß sie Britt Strand nie begegnet war. Aber möglicherweise war sie ja auch von jemand anderem bedient worden, und wenn er so lieb wäre, einen Moment Platz zu nehmen, so würde sie in der Adressenliste nachsehen.

Er war so lieb und ließ sich in ein tiefes Sofa an einem georgianischen Kamin sinken, wobei er dachte, wie schäbig seine Schuhe auf dem rosa Teppich aussahen, und sich fragte, wieviel die Sachen hier wohl kosteten. Die Stücke im Schaufenster schienen aus Frankreich oder Italien zu sein. Auf Läden wie diesen war Stephanie immer schnurstracks zugesteuert – als sie beide noch ein regelmäßiges Einkommen hatten –, wenn sie eigentlich nur mal kurz was einkaufen wollte; einmal war sie mit einem schicken Blazer zurückgekommen und hatte gemeint, etwas Schnelles zum Abendessen müsse nicht immer eßbar sein.

Die hilfsbereite Verkäuferin kam mit der enttäuschenden Nachricht wieder, daß Miss Strand nicht in der Kundenliste verzeichnet war. Auf die Frage, welche Geschäfte dort schon vor vier Jahren ansässig waren, nannte sie den Minerva-Künstlerbedarf und Nixey's, den Elektroladen. Dann fragte sie, ob das Ganze irgend etwas mit den Punkern zu tun habe.

Diamond wuchtete sich aus dem Sofa hoch. »Punker?«

»Wissen Sie nicht, wen ich meine?«

»Natürlich weiß ich, wen Sie meinen.« Er hatte einfach nicht damit gerechnet, daß das in so einer schicken Boutique ein

Thema war. Die verwahrlost aussehenden Punker versammelten sich mit ihren Hunden in der Innenstadt und stürzten das städtische Fremdenverkehrsamt in helle Verzweiflung.

»Ich erwähne das nur, weil die uns damals ganz schön in Panik versetzt haben. Sie hatten eines der leerstehenden Häuser besetzt. Es wurde der Polizei gemeldet. Ich meine, es war für alle, die hier ein Geschäft haben, nicht gerade von Vorteil. Vielleicht erinnern Sie sich.«

»Ich habe zu der Zeit bis über beide Ohren in der Morduntersuchung gesteckt«, sagte Diamond. »Was ist passiert?«

»Zum Glück sind sie nicht lange geblieben, aber soviel ich weiß, haben sie das Haus in einem entsetzlichen Zustand hinterlassen und erheblichen Schaden angerichtet.«

»Und Sie meinen, da besteht ein Zusammenhang mit dem Mordfall?« sagte er.

»Sie war doch Journalistin, nicht wahr?«

»Ja, aber eine von großem Kaliber«, sagte er auf eine Art, die den Gedanken taktvoll verwarf. »Sie hat ihre Storys ins Ausland verkauft, an einige der größten Zeitschriften. Ich kann mir nicht vorstellen, daß ein Haufen Punker, die in der Trim Street ein Haus besetzen, jemanden in Frankreich oder Italien interessieren. Sie hat nicht zufällig etwas über Ihren Laden geschrieben?«

»Falls ja, hätte ich sie bestimmt auf dem Foto erkannt, als der Mord in allen Zeitungen stand.«

Neunundneunzig Prozent dieser Art von Haustür-Befragungen führen zu nichts, aber man muß hartnäckig bleiben, tröstete er sich, als er die Boutique verließ. Als nächstes versuchte er es bei Nixey's und dann in den Trim Bridge Galleries am oberen Ende der Straße.

»Pech auf der ganzen Linie«, sagte er zu Julie, als er wieder im Polizeirevier war. »Ich dachte, ich hätte vielleicht Glück in dem Fitneßstudio, aber zum Zeitpunkt des Mordes gab es das wohl noch gar nicht. In der Trim Street erinnert sich niemand an Britt.«

»Es war ja auch ein bißchen weit hergeholt«, wagte Julie zu bemerken.

»Jedenfalls hat mir die Bewegung gutgetan. Wie sind Sie mit dem Tagebuch vorangekommen?«

Julie hatte jeden Tagebucheintrag auf einem großen Bogen Papier in ein Raster eingetragen. Die Namen und Orte waren auf der linken Seite aufgelistet, die Wochen von Januar bis Dezember standen oben von links nach rechts. Ein Häkchen an den Schnittpunkten markierte jeden Eintrag. Somit waren die regelmäßigen Verabredungen deutlich zu erkennen.

Diamond nahm ihre Arbeit etwas zurückhaltend in Augenschein; dieses Maß an Technologie war er gerade noch bereit zu dulden. Er studierte das Raster. »Das hier sind vermutlich die Tage, an denen sie die Miete bezahlt hat. Hier ist sie zum Reiten gegangen. Das sind die Verabredungen mit Marcus Martin. Da stehen auch einige Frauennamen. Wer war May? Ihr Name taucht öfter auf.«

»May Tan, die Friseuse.«

»Das wäre eine Erklärung. Britt legte Wert auf ein gepflegtes Äußeres.«

»Und Hilary Mudd ...?«

»... war ihre Kosmetikerin.«

»Hätte ich mir denken können.« Er fuhr mit dem Finger die Liste hinunter. »Dann muß Prue Shorter – nicht sagen – ihre Maniküre sein.«

Wenn Diamond einen harmlosen, wenn auch noch so lahmen Witz machte, wollte er dafür belohnt werden. Julie tat ihm den Gefallen, indem sie zusammenzuckte. »Nein, sie war die Pressefotografin, mit der Britt manchmal zusammengearbeitet hat.«

Er wurde wieder ernst. »Eine Kollegin? Wahrscheinlich haben wir sie damals vernommen. Suchen Sie doch mal ihre Adresse raus. Ich möchte wissen, an welchen Storys Britt noch gearbeitet hat. Ich könnte mir vorstellen, daß eine Enthüllungsjournalistin nicht gerade jedermanns Liebling ist. Möglicherweise hatte sie bereits Feinde, ehe sie Mountjoy kennenlernte.«

»Ich werde im Telefonbuch nachsehen, ob Miss Shorter drinsteht.«

»Sie gehört also Ihnen«, sagte er auf seine alte, gebieterische Art. »Ziehen Sie los, besuchen Sie sie noch heute abend.«

Sie erhob keine Einwände. Wer mit Diamond zusammenarbeitete, rechnete mit Überstunden. Doch dann fügte er hinzu: »Ich werde sehen, was ich aus dem Rockmusiker rauskriege.« Und da hätte sie gern einen Einwand gemacht, hielt sich aber klugerweise zurück.

Was Diamond selbst betraf, so funktionierte er allmählich wieder wie ein ranghoher Detective, und es war ein angenehmes Gefühl. Es wäre noch angenehmer gewesen, wenn er einen größeren Wagen als den Escort zur Verfügung gehabt hätte. Glücklicherweise dauerte die Fahrt bis Monkton Combe nur fünfzehn Minuten. Wenn die Akte noch auf dem neuesten Stand war, wohnte Jake Pinkerton in einem Cottage ganz in der Nähe der Privatschule.

Die Außenlampe, die automatisch anging, als Diamond sich näherte, der gepflegte Rasen und die beschnittenen Spalierobstbäume paßten nicht in das Bild eines haschrauchenden Heavy-Metal-Rockers. Und der Mann, der die Tür öffnete, entpuppte sich als modisch gepflegt mit seinem tiefroten Designerhemd, das bis zum Hals zugeknöpft war, der kaffeebraunen Hose und den weichen Lederschuhen. Er hatte nicht mehr so viele Haare, daß er sie aus Überzeugung lang wachsen lassen konnte. Um die Vierzig, groß und mit wachen braunen Augen, die Ruhe selbst trotz des unerwarteten Besuchers.

»Tut mir leid, daß ich Sie einfach so überfalle, Mr. …?«

Der Mann starrte ihn an. Darauf fiel er nicht rein.

»Mr. Jake Pinkerton?« Ein unwirsches Nicken.

»Sie waren so nett, der Polizei bei der Untersuchung eines Mordfalles vor vier Jahren behilflich zu sein. Sie erinnern sich an die schwedische Frau, die erstochen wurde? Die Sache ist wieder aufgenommen worden, und wir sprechen noch einmal mit den Hauptzeugen.« Diamond wies sich sozusagen aus, ohne jedoch seinen Zivilistenstatus zu erwähnen.

Pinkertons Gesicht nahm den eisigen Ausdruck eines Mannes an, der sich durch einen Zeugen Jehovas belästigt fühlt.

Diamond fuhr rasch fort: »Sie werden jetzt sicher sagen, daß in dem Fall schon längst ein Urteil ergangen ist, und ich müßte es eigentlich wissen, weil ich damals die Ermittlungen geleitet habe. Peter Diamond. Ich glaube, wir hatten noch nicht das Vergnügen.«

»Der Typ ist auf der Flucht«, sagte Pinkerton. »Es stand in allen Zeitungen.«

»Im Vertrauen, Mr. Pinkerton, wir gehen davon aus, daß er sich hier in der Gegend aufhält.« Diamonds Augen glitten zur Seite, als rechnete er jeden Moment damit, daß Mountjoy mit einem Vorschlaghammer in der Hand um die Hausecke bog. »Darf ich reinkommen?«

Die Einrichtung hätte aus »Schöner Wohnen« stammen können, denn die erlesenen antiken Möbel waren sicher Raritäten und bestimmt nicht billig. Drei gerahmte goldene Schallplatten hatten einen Ehrenplatz in einer Nische. Wo waren die Brandflecken von Zigaretten und die Weinflecken, dachte Diamond, die Spuren von wüsten Tanzorgien und Saufgelagen?

Pinkerton bat ihn, auf einem weißen Ledersofa Platz zu nehmen, und setzte sich selbst gegenüber in einen Sessel am Fenster.

Er sagte: »Verstehe ich Sie richtig? Sie nehmen den Fall Britt Strand wieder auf – sind Sie deshalb hier?«

»So würde ich es nicht ausdrücken. Es ist reine Routine, falls Mountjoy versucht, mit irgend jemandem in Kontakt zu treten. Er behauptet, er sei zu Unrecht verurteilt worden.«

»Wer behauptet das heutzutage nicht?«

»Nun denken Sie bitte nicht, es gäbe Grund zur Panik«, sagte Diamond, ungeachtet der Tatsache, daß Pinkerton völlig gelassen war. »Kennen Sie Mountjoy?«

»Bin ihm nie begegnet.«

»Aber Sie waren ein enger Freund des Opfers?«

Obwohl Pinkerton es nicht gänzlich verneinte, ließ sein Ton darauf schließen, daß er es gern abgestritten hätte. »Zwischen Britt und mir ist damals was gelaufen. Die Sache war bereits vorbei, als sie getötet wurde. Das war zwei Jahre später.«

»Sie haben sie überhaupt nicht mehr gesehen?«

»Wir haben beide jemand anders gefunden, aber wir hatten weiterhin Kontakt. Ich mochte sie gern.«

»Aber Sie hatten eine Affäre?«

Pinkerton überlegte sich seine Antwort. Sein ganzes Gebaren war abweisend. »Wenn Sie es so nennen wollen.«

»Wann?«

»Um 1987 herum, bis Ende ’88.«

»Wie war sie?« Diamond formulierte es etwas taktvoller. »Ich meine, was für ein Mensch war sie?«

»Britt? Pfiffig.«

»In modischer Hinsicht?«

»Auch im Kopf. Sie wußte, was sie wollte und wie sie es kriegte. Sie war schließlich eine erstklassige Reporterin. Ich habe nur einen einzigen Artikel von ihr gelesen, und zwar über mich; stellt alles in den Schatten, was sonst so geschrieben wird.«

»Wo haben Sie sie kennengelernt?«

»Conkwell.«

Seltsam. Conkwell war ein kleines Dörfchen tief unten im Limpley Stoke Valley, südöstlich von Bath. »Hatten Sie da ein Konzert?«

»Jetzt hören Sie aber auf.«

»Ich dachte, vielleicht in einem Pub.«

Pinkerton sagte ruhig: »Ich gebe keine Konzerte mehr, und ich habe nie welche in Pubs gegeben. Ich bin Produzent.«

»Sie managen andere Musiker?«

»Zum Teufel, nein. Ich bin Produzent.« Diamond hatte einen empfindlichen Nerv getroffen.

»Verzeihen Sie meine Unwissenheit. Aber wo ist der Unterschied?«

»Ich besitze in Conkwell ein Grundstück. Ein großes Stück Wald, wenn Sie es genau wissen wollen. Ich habe da ein Studio gebaut. Es ist …« Er hielt inne, »… in der Musikbranche ziemlich bekannt. Von überallher kommen Bands, und ich kreiere für sie einen einzigartigen Sound.«

»Verstehe. Und Britt ist nach Conkwell gekommen, um sich das Studio anzusehen, weil sie darüber schreiben wollte.«

»Genau.«

»Und eins führte zum andern …«, sagte Diamond lässig, als hätte er ständig erotische Abenteuer mit hübschen schwedischen Journalistinnen.

»Ja.«

»Doch es war nicht von Dauer?«

»Es war nicht von Dauer.«

»Würden Sie mir ein wenig über sie erzählen?«

Pinkerton sah auf die Uhr. »Sie war sehr erfolgreich. Mit einer einzigen Story konnte sie soviel Knete verdienen, daß sie monatelang stilvoll davon leben konnte, während sie für die nächste Story recherchierte. Sie war nicht nur gut darin, das Material zusammenzutragen. Sie war immer auf den besonderen Clou aus. Einmal hat sie eine Zeitschrift durchgeblättert und mir erklärt, aus welchen Storys man ordentlich was hätte machen können, mit dem richtigen Dreh. Ich war völlig von den Socken.« Er sprach eher bewundernd als herzlich, und Diamond kam der Gedanke, daß hier ein gut organisierter Mensch die Fähigkeit eines anderen rühmte, das System auszunutzen. Was immer Pinkerton auch in seinem Studio in Conkwell Woods tat, er war kein Phantast; er machte sich sein Knowhow auf intelligente Weise zunutze.

»Hat sie mal die Sprachenschule erwähnt?«

»Ich wußte nicht mal, daß sie da hingegangen ist. Unsere Beziehung war schon lange vor der ganzen Sache abgekühlt.«

»Sie meinen, Sie hatten sich getrennt?«

Pinkerton wirkte unglücklich über diese Auslegung. »Ich habe gesagt, abgekühlt. Wir waren erwachsene Menschen. Wir sind Freunde geblieben. Wieso wollen Sie das alles wissen?«

»Ich versuche, das Ganze von Mountjoys Standpunkt aus zu betrachten«, sagte Diamond so überzeugend wie möglich. »Wenn er hier in der Gegend ist, dann will er entweder eine alte Rechnung begleichen oder irgendwas herausfinden. Er ist auf jeden Fall ernst zu nehmen.«

»Er wird mir keinen Ärger machen. Wieso sollte er mir Ärger machen?«

Diamond erwiderte nichts darauf. »Ich möchte mir ein umfassenderes Bild von Britt Strand machen. An was können Sie sich noch erinnern?«

Pinkerton ließ den Blick nach oben gleiten, als wäre ein Bild von Britt an die Decke gemalt. »Hauptsächlich an ihr Äußeres. Sie war makellos, blond, eine richtige Blondine, mit einem phantastischen Teint. Schönes Lächeln. Hatte sich sehr wahrscheinlich irgendwann mal die Zähne machen lassen. In ihrer

Branche muß man selbstsicher auftreten. Sie strahlte es förmlich aus, Erotik und Selbstsicherheit. Sie war toll im Bett. Typisch schwedisch, ohne irgendwelche Hemmungen. Möchten Sie einen Drink?« sagte er, womit er diesen Teil des Gesprächs beendete.

Diamond schüttelte den Kopf.

»Britt trank ihren Whisky pur«, fügte Pinkerton hinzu. »Sie konnte ganz schön was vertragen.«

»Ich dachte, sie hätte keinen Alkohol getrunken.«

»Sie war Journalistin.« Offenbar sagte das alles. »Alkohol ist verdammt teuer in Schweden. Die schlagen richtig über die Stränge, wenn sie hierherkommen. Jetzt, wo Sie es sagen, sie hat das letzte Mal, als wir uns sahen, tatsächlich Tonic mit Zitrone und Eis haben wollen. Ein Kater zuviel, schätze ich.«

»Vielleicht brauchte sie Alkohol, um in Stimmung zu kommen.«

»Und hat Tonic getrunken, um einen klaren Kopf zu bewahren? Vielleicht.«

»War sie romantisch?«

»Was meinen Sie?«

»Wo wir gerade davon sprachen, wie sie in Stimmung kam.«

»Romantisch?« Er sprach es noch immer wie ein Fremdwort aus.

»Nun?«

»Eigentlich nicht. Sie stand nicht auf Geigen und Rosen. Ach so.« Er stockte und sagte dann: »Ich verstehe, worauf Sie hinauswollen. Rosen. Nein, ich habe ihr nie welche geschenkt. Rote Rosen spielten in unserer Beziehung keine Rolle. Ich kann mir nicht vorstellen, daß irgend jemand, der sie kannte, geglaubt hat, sie hätte so einen Quatsch gemocht.«

»Diese Beziehung ...«

»Wir haben nicht zusammengelebt.«

»Ist sie hierhergekommen?«

»Sie meinen, ob wir zu mir oder zu ihr gegangen sind? Immer zu mir. Hierher oder ins Studio. Sie vergeuden Ihre Zeit mit mir.«

Wie oft hatte Diamond diesen Rat nicht schon von einem Verdächtigen gehört, der ihn loswerden wollte. Einstweilen war er nicht geneigt, ihn anzunehmen. »Aber Sie können mir alles über Britt erzählen.«

Pinkerton stand auf und ging zu einem Rosenholzschreibtisch, in dem eine Bar untergebracht war. Er hielt ein leeres Weinglas hoch. »Sie wollen bestimmt nichts?« Er goß sich einen Brandy ein. »Was kann ich Ihnen erzählen, was ich nicht schon erzählt habe?«

»Hat Sie von irgendwelchen Ängsten gesprochen?«

»Wovor?«

»Vor anderen Männern, die sie belästigten. Sie sah phantastisch aus, wie Sie selbst gesagt haben.«

»Mit so was wurde Britt fertig.«

»Mit einem ist sie nicht fertig geworden, der ein Messer und einen Strauß Rosen dabeihatte.«

Eine Stille entstand, die Pinkerton offenbar nicht unangenehm war.

Diamond sagte: »Würden Sie mir erzählen, warum ... das Verhältnis zwischen Ihnen und Britt abgekühlt ist, wie Sie es ausdrückten?«

»Aus keinem bestimmten Grund«, sagte Pinkerton.

»Kommen Sie. Sie haben mit ihr geschlafen. Diese herrliche Blondine, die so toll im Bett war. Hat sie Sie abserviert? Wäre das der richtige Ausdruck?« Vielleicht kam er weiter, wenn er Pinkerton reizte.

Aber die Gelassenheit war unerschütterlich. »Wir haben einander abserviert, wenn Sie es so ausdrücken wollen. Ohne Streitereien. Ohne große Szenen. Ja, ohne ein Wort. Wir sind einfach nicht mehr zusammen ins Bett gegangen. Wenn es Ihnen schwerfällt, das zu glauben, Mr. Diamond, kann ich Ihnen nicht helfen.«

»Ist Ihnen zu keinem Zeitpunkt der Gedanke gekommen, daß sie vielleicht vorhatte, irgend etwas wenig Schmeichelhaftes über Ihre Vergangenheit zu schreiben?«

Pinkertons braune Augen betrachteten ihn unverwandt. »Meine Vergangenheit? Ein paar Joints als Teenager lassen sich nach heutigen Maßstäben wohl kaum als Sensationsmeldung verkaufen. Sie hat ein Porträt über mich geschrieben, das sie vorher mit mir abgesprochen hatte. Sie hat es an mehrere

Zeitschriften verkauft. Alles über mein hochmodernes Studio im tiefsten Wiltshire, in einem Wald, wo die Nachtigallen singen. Nichts Nachteiliges, weder über mich noch über sonst jemanden, der mit mir zusammenarbeitet. Der Artikel war auch ohne so was gut. Ich habe keine anderen Geheimnisse, Mr. Diamond. Ich habe keine Affäre mit irgendwem aus der königlichen Familie, und ich kann keine Derby-Gewinner vorhersagen. Zufrieden?«

Nach dieser kleinen Attacke mußte Diamond erkennen, daß er aus der Übung war. Er war froh, daß keiner von der Kripo dabei war und es mitbekam. »Waren Sie auf der Beerdigung?« brachte er schließlich hervor, obwohl er die Antwort kannte.

»Ja.«

»Warum, wenn Sie sich doch nicht viel aus ihr gemacht haben?«

»Ich hätte wie ein Schweinehund dagestanden, wenn ich nicht hingegangen wäre. Schließlich hat in allen Zeitungen gestanden, daß ich ihr Exfreund war. Die Sensationspresse hat da ein paar häßliche Andeutungen gemacht. Ich war aus rein egoistischen Gründen da, wenn Sie es wissen wollen.«

Diamond nahm es mit einem Nicken hin.

Dann schob Pinkerton etwas Interessantes nach. »Und ich war nicht der Trottel, der einen Strauß roter Rosen zur Beerdigung geschickt hat.«

9

Als Diamond um halb zehn am selben Abend ins Polizeirevier in der Manvers Street kam, war offensichtlich etwas Dramatisches im Gange. In dem Raum, wo die Suche nach Mountjoy koordiniert wurde, hatten die drei Sergeants und ihr Team aus Zivilmitarbeitern die Arbeit eingestellt. Sie sollten die Meldungen der uniformierten Beamten entgegennehmen, die von einer am Abend in der Stadt durchgeführten Überprüfung möglicher Verstecke zurückgekommen waren. Alle, einschließlich der kleinen Schlange wartender Polizisten, die noch Meldung machen mußten, beobachteten Commander Warrilow, der mit eindringlicher Stimme telefonierte. Er winkte Diamond zu sich.

Selbstgefälligkeit machte sich auf Warrilows Gesicht breit, als er den Anruf beendet hatte. »Sie kommen gerade rechtzeitig zum Gefecht«, sagte er zu Diamond. »Wir sind dabei, Mountjoy zu greifen. Er hat sich in einem Wohnwagenpark auf einer Farm draußen in Atworth verkrochen. Ein Einsatzwagen ist bereits dort, zwei weitere sind unterwegs, und wir schicken ein Team Scharfschützen raus.«

»Wann war das?«

»Daß er aufgespürt wurde? Vor knapp zwanzig Minuten. Wollen Sie dabeisein, wenn wir ihn zur Strecke bringen?«

Diamond ließ die Wortwahl unkommentiert. »Klar.«

»Dann aber dalli«, sagte Warrilow. »Die Einzelheiten erzähle ich Ihnen unterwegs.«

Während sie den Korridor entlangeilten, teilte Warrilow ihm die Neuigkeiten so laut mit, daß die ganze zweite Etage sie hören konnte: »Die erste vage Mitteilung kam heute am frühen Abend, gegen halb sieben. Ein Farmarbeiter hat gesehen, wie sich in einem der Wohnwagen ein Licht bewegte, als hätte jemand eine Taschenlampe benutzt. Er hat sich ganz nahe herangeschlichen und Stimmen in dem Wagen gehört. Hat es dem Farmer gemeldet, der nicht das geringste unternahm. Er war mit den Kühen beschäftigt oder so. Später beim Abendessen hörte der Farmer ein Motorrad über den Feldweg fahren und ist rausgegangen, um nachzusehen. Niemand hat dort was zu suchen. Es ist ein Landwirtschaftsweg. Von den Wohnwagen wird keiner benutzt. Sie stehen den Winter über verschlossen auf seinem Feld, über hundert. Der Farmer geht nachsehen, stellt fest, daß das Schloß eines Wohnwagens aufgebrochen ist, und will reingehen. Da taucht Mountjoy an der Tür auf, stößt ihn gegen die Brust und schlägt ihn nieder.«

»Steht fest, daß es Mountjoy war?«

»Absolut. Dem Farmer ist soeben das Foto aus der Verbrecherkartei gezeigt worden. Jedenfalls hat er sich auf keinen Kampf eingelassen, ist schnell zurück ins Haus gelaufen und hat uns angerufen.«

»Mountjoy wird inzwischen auf und davon sein.«

»Wir kriegen ihn«, sagte Warrilow überzeugt. »Das da draußen ist mitten auf dem Land. Nur offene Felder und kaum

Deckung. Wir riegeln die ganze Gegend mit Straßensperren ab.«

»Irgendwas Neues über Samantha?«

»Bisher nicht. Ich möchte nicht, daß jemand sich dem Wohnwagen nähert, bevor wir ihn überprüft haben.«

Eine Reihe von Wagen wartete mit kreisendem Blaulicht. Sie stiegen in den ersten ein, und er brauste los Richtung Norden durch die Innenstadt. Diamond wußte ungefähr, daß Atworth ein Dorf westlich von Melksham war. Zum Glück nur eine kurze Fahrt; er haßte es, mit hoher Geschwindigkeit zu fahren, besonders wenn jemand anders am Steuer saß. Und es war keine Ablenkung durch ein Gespräch zu erwarten, da Warrilow damit beschäftigt war, per Funk Anweisungen zu erteilen. Es hörte sich so an, als würden sich sämtliche Polizeikräfte von Avon, Somerset und Wiltshire auf dem Wohnwagenpark zusammenfinden.

Sie fuhren über die London Road bis Bathford und bogen dann ab unter der Eisenbahnunterführung hindurch, wo bereits eine Polizeisperre eingerichtet war. Die Straßen wurden immer schmaler, und vom Rücksitz sah es so aus, als wäre es unmöglich, am Gegenverkehr vorbeizukommen. Es gibt keinen Beweis dafür, daß ein rasender Polizeiwagen nicht so leicht verunglückt wie jeder andere; die Statistiken belegen eher das Gegenteil. Mehr als einmal, als sie schwungvoll um eine nicht einsehbare Kurve bogen, machte er sich auf das Schlimmste gefaßt und schloß die Augen.

»Da links ist es, glaube ich«, sagte Warrilow. Ein weiteres Blaulicht begrüßte sie am Eingang zur Farm. Der Beamte, der neben dem Streifenwagen stand, dirigierte sie auf den Weg zum Haus. Warrilow war als erster draußen, erpicht darauf, als Mann der Stunde zu beeindrucken. Diamond blieb, wo er war. Er hatte keine offizielle Rolle zu spielen, und falls Waffen zum Einsatz kamen, war er im Wagen ein kleines bißchen sicherer. Er teilte Warrilows Begeisterung für die Situation nicht. Er wollte einfach nur wissen, wie die Sache ausging. Falls die Polizeiaktion erfolgreich verlief, würde seine erneute Untersuchung des Britt-Strand-Mordes ein frühzeitiges Ende finden. Farr-Jones und Tott würden ihm nur allzugern den Laufpaß geben.

Frustrierend. Ausgerechnet jetzt, wo er gerade wieder anfing, als Detective zu denken. Natürlich hatte er noch keine großen Fortschritte gemacht, aber möglicherweise kam Bewegung in die Sache. Niemand hatte für die Rosen im Mund des Opfers eine befriedigende Erklärung gefunden. Ungeklärt war auch die Herkunft der roten Rosen, die ohne Begleitkärtchen zu der Beerdigung geschickt worden waren. Er hätte den Fall gern noch einmal untersucht, wenn auch nur, um alle Zweifel auszuräumen.

Ein Privatwagen hielt neben ihnen. John Wigfull. Er hatte wahrscheinlich schon Feierabend gehabt, sich bestimmt gerade zu Hause mit seiner Modelleisenbahn entspannt, dachte Diamond mitleidlos. Er sah Wigfull nach, wie er auf das Feld zuging, wo die Wohnwagen standen.

»Wäre nichts für mich, so ein Urlaub, eines von diesen Dingern da hinten bis nach Devon zu ziehen und von allen verflucht zu werden«, sagte er im Plauderton zum Fahrer. »Ich wette, Sie hassen sie. Wenn man Urlaub macht, will man doch irgendwo nett wohnen, eine schöne Aussicht haben, gut essen, oder? Mit so einem Wohnwagen hockt man auf irgendeinem Feld, hat um sich herum nur noch mehr von den häßlichen Dingern vor der Nase und ißt Ravioli aus der Dose. Ich würde mir lieber ein Ferienhaus mieten oder in ein gutes Hotel gehen, wenn ich es mir leisten könnte.«

Der Fahrer sagte nichts dazu. Vielleicht war er Mitglied in einem Caravanclub.

Der unbequeme Rücksitz bewegte Diamond schließlich auszusteigen. Er schlenderte den Feldweg entlang und ging zu der Gruppe, die offenbar glaubte, einen sicheren Beobachtungspunkt gefunden zu haben. Unter ihnen, so entnahm Diamond sogleich der Unterhaltung, war auch der Farmer. Er schien zu befürchten, daß die Wohnwagen Schaden nehmen könnten. Er wollte nicht, daß die Besitzer, wenn sie im nächsten Frühjahr wiederkamen, ihre Wohnwagen von Kugeln durchlöchert vorfanden.

»Der Mann in dem Caravan – sind Sie sicher, daß es der ist, nach dem wir suchen?« fragte Diamond.

»Hundertprozentig, Sir.«

»Haben Sie sein Gesicht genau sehen können?«

»Ich war so nah an ihm dran wie an Ihnen.«

»Ja, aber es war dunkel.«

»Ich kann im Dunkeln sehen.«

»Was ist Ihr Geheimnis, Möhren?«

»Wollen Sie frech werden, Mister? Sie sprechen mit dem Mann, der von dem Scheißkerl niedergeschlagen wurde?«

»Und hat das bei der Identifizierung geholfen?«

Diamond hatte das letzte Wort, weil ein Suchscheinwerfer auf dem Feld eingeschaltet wurde und alle Blicke sich auf einen weißen Wohnwagen richteten, der in einer Reihe mit etwa zwanzig anderen stand. An den beiden kleinen sichtbaren Fenstern waren die Vorhänge zugezogen.

Warrilows Stimme ertönte aus einem Megaphon: »Mountjoy, hören Sie genau zu. Hier spricht die Polizei. Sie sind umstellt, und wir sind bewaffnet. Wenn Sie genau das tun, was ich Ihnen sage, wird niemand zu Schaden kommen. Lassen Sie zunächst Miss Tott frei. Dann kommen Sie selbst heraus mit den Händen über dem Kopf. Ist das klar? Zuerst Miss Tott. Lassen Sie sie jetzt raus.«

Ein weiterer Lichtstrahl huschte über den Platz vor dem Wohnwagen und richtete sich auf die Tür. Das aufgebrochene Schloß war deutlich zu erkennen. Alle warteten gespannt, daß sich etwas tat, aber nichts geschah.

»Mountjoy, es ist vorbei«, sagte Warrilow. »Lassen Sie die junge Frau frei.« Kurz darauf sagte er: »Sie verhalten sich sehr unklug. Ich gebe Ihnen noch zwanzig Sekunden.«

Insgeheim dachte Diamond, daß Warrilow sich unklug verhielt. Ultimaten sind in einer solchen Situation nur dann hilfreich, wenn sie von beiden Seiten akzeptiert werden.

Mindestens eine Minute verstrich. Dann erspähte jemand in Diamonds Gruppe zwei maskierte Gestalten in Schwarz, die sich von der unbeleuchteten Seite her dem Wohnwagen näherten, rasch um ihn herumschlichen, bis sie direkt vor der Tür waren. Einer stieß sie mit der Hand auf, und der andere warf etwas hinein.

»Tränengas«, murmelte eine Stimme.

Noch immer kam niemand hinaus.

»Und was, wenn sie doch nicht drin sind?« fragte jemand.

»Es sind noch neunundneunzig andere Wohnwagen da, die man durchsuchen kann«, sagte Diamond gähnend.

»Er war garantiert da drin«, beteuerte der Farmer.

Niemand bezweifelte das, aber die Spannung hatte nachgelassen.

Ein Mann mit einer Gasmaske und einer Pistole betrat den Caravan, blieb ein paar Sekunden drin, kam wieder heraus und breitete die Arme aus, um zu signalisieren, daß er leer war. Nun mußte die Suche ausgedehnt werden. Warrilow erteilte neue Anweisungen.

Diamond hielt sich im Hintergrund, zog es vor, um die Farmgebäude herumzustreifen. Nicht daß er damit rechnete, irgend jemanden zu finden. Er war sicher, daß Mountjoy das Grundstück gleich nach der handgreiflichen Begegnung mit dem Farmer verlassen hatte – falls der Mann in dem Caravan tatsächlich Mountjoy gewesen war.

Seinem Eindruck nach verdiente die Farm diesen Namen eigentlich nicht. Er vermutete, daß der Farmer, der bestimmt über sechzig war, hauptsächlich von den Einnahmen lebte, die er mit dem Wohnwagenstellplatz erzielte. Abgesehen von ein paar Hühnern gab es keine Tiere. Die landwirtschaftlichen Maschinen bestanden aus einem Traktor, der schon so lange nicht mehr benutzt worden war, daß die Reifen mit Moder überzogen waren. Vielleicht hatte die Politik der Stillegung von Agrarflächen damit zu tun. Diamond verstand zwar irgendwie das wirtschaftliche Prinzip, wonach Farmer dafür bezahlt wurden, daß sie weniger produzierten, fand aber die sichtbaren Folgen äußerst deprimierend. Als er nach seinem Rundgang wieder auf die kleine Straße zurückkam, sah er den Mann, der das Innere des Caravans überprüft hatte. Er hatte die Gasmaske jetzt abgenommen.

»Was war denn da drin?« fragte Diamond.

»In dem Caravan? Eindeutige Spuren, daß jemand eingedrungen ist, Sir. Ein halb gegessenes Brot, ein paar Apfelreste, eine Milchpackung, ein Stück Tau. Er kann noch nicht weit sein.«

»Wie kommen Sie darauf?«

»Wir haben das Motorrad hinter einer Hecke gefunden, also hat er kein Fahrzeug mehr.«

»Darauf würde ich mich nicht verlassen.«

»Was haben Sie gesagt, Mr. Diamond?« Es war Warrilow persönlich, der sich in das Gespräch einmischte.

»Ich habe gesagt, ich würde mich nicht darauf verlassen, daß Mountjoy kein Fahrzeug hat. Hinter dem Farmhaus ist eine Garage, deren Tor offensteht. Leer. An Ihrer Stelle würde ich den Farmer fragen, was für einen Wagen er fährt.«

»Gordon Bennett!«

»Wirklich? Ich hätte gedacht, daß ein alter Cortina besser zu ihm paßt.«

10

Er erwachte langsam aus einem erholsamen Schlaf, lag da, das Gesicht nach oben, und registrierte nach einer Weile, daß in der Decke keine Risse waren, also konnte er nicht in der Addison Road sein, woraufhin er sich nach einer weiteren Verzögerung daran erinnerte, daß er in Bath war, im Francis Hotel. Mit der Aussicht auf das traditionelle Frühstück des Hotels – das sogenannte Windsor-Frühstück, bestehend aus Speck und Eiern und allem, was das Herz begehrte – bereitete ihm das Aufstehen keine Schwierigkeiten. Die Ereignisse des Vorabends fielen ihm wieder ein und lösten in ihm stille Genugtuung über Warrilows wohlverdienten Reinfall aus. Es war zwar illoyal, aber Peter Diamond grinste – eine für ihn seltene Art, den Tag zu beginnen. Ein Recken, ein Kratzen, ein Gähnen, und er tappte über den Teppich zum Fenster, griff nach dem Vorhang – und bereute es im gleichen Moment, weil ihm ein nadelspitzer Schmerz in den Daumen fuhr. In seinem benommenen Zustand kribbelte ihm vor Schreck die Haut am ganzen Arm.

Zuerst dachte er, er hätte in eine Nadel gefaßt, vielleicht eine Stecknadel, die eine nachlässige Näherin im Vorhang vergessen hatte. Aber der Schmerz ließ nicht nach. Er wurde höchstens schlimmer. Bei den noch geschlossenen Vorhängen, konnte er nicht viel sehen. Mit wedelnder Hand eilte er ins Badezimmer und ließ kaltes Wasser darüber laufen. In dem besseren Licht untersuchte er den Daumen. Um die am meisten schmerzende Stelle herum wurde er weiß. Es war kein Blut zu sehen.

Er war gestochen worden.

Hotelzimmer waren nach seinem Geschmack immer zu warm, und am Abend zuvor hatte er das Fenster ein wenig geöffnet. Eine Wespe mußte hereingeflogen sein. Sogar zu dieser späten Jahreszeit waren noch welche unterwegs.

Vielleicht lauerte sie noch im Zimmer, um ein zweites Mal zuzuschlagen.

Man weiß einfach nie, was für Unannehmlichkeiten das Leben für einen bereit hält, dachte er, von seiner schlimmstmöglichen Erbitterung übermannt. Du stehst auf in einem guten Hotel mit allem Komfort, freust dich aufs Windsor-Frühstück und die Morgenzeitung, und dann passiert so was.

Unten im Hotel fragte er die junge Frau an der Rezeption, ob sie irgend etwas gegen Wespenstiche hätte.

»Wie haben Sie denn das gemacht?« erwiderte sie.

»Ich habe es nicht gemacht. Es wurde mit mir gemacht.«

»Sind Sie sicher, daß es eine Wespe war?« Sie schien es als Kritik aufzufassen. Vielleicht wäre eine Bienenkönigin in einem Vier-Sterne-Hotel passender gewesen.

»Ich weiß, daß ich gestochen wurde, okay?«

»Haben Sie die Wespe mit eigenen Augen gesehen?«

Jetzt hatte er das Gefühl, wie ein unglaubwürdiger Zeuge behandelt zu werden. »Glauben Sie mir nicht? Was wollen Sie – eine genaue Täterbeschreibung?«

»Wir haben eine Antihistaminsalbe im Erste-Hilfe-Kasten. Darf ich es mir vorher mal ansehen?«

Er hielt ihr den Daumen hin. Einige Leute, die ihre Rechnung bezahlen wollten, traten hinzu, um bei der Diagnose behilflich zu sein. »Das ist kein Wespenstich«, sagte ein kleiner Mann im Trainingsanzug. »Das muß eine Biene gewesen sein. Sehen Sie, der Stachel steckt noch drin.«

»Stimmt«, sagte eine Amerikanerin. »Dann muß es eine Biene gewesen sein. Das erkennt man an der Stachelform, wie kleine Pfeile.«

»Widerhaken«, sagte der kleine Mann.

»Jetzt sehe ich's«, sagte die Frau an der Rezeption.

»Also, ich nicht«, sagte Diamond, völlig enerviert.

»Das war eindeutig eine Biene«, sagte sie, um ihren Standpunkt zu bekräftigen.

»Vielleicht brauchen Sie eine Brille«, legte der kleine Mann Diamond nahe. »Die Augen verändern sich in Ihrem Alter. Soll ich den Stachel rausziehen? Er müßte eigentlich rausgehen, wissen Sie.«

»Einen Bienenstich sollte man nicht auf die leichte Schulter nehmen«, sagte die Amerikanerin.

»Moment. Ich hole eine Pinzette«, sagte die Frau an der Rezeption.

Die Operation wurde um acht Uhr zehn durchgeführt, und der Patient war die ganze Zeit über bei Bewußtsein. Jeder hatte einen anderen Vorschlag für die Nachbehandlung: ein Pflaster, Natriumbikarbonat, Jod, kaltes Wasser und frische Luft.

»Hören Sie auf meinen Rat und lassen Sie sich die Augen testen«, sagte der kleine Mann zum Abschied.

»Danke.«

Er hatte keine Lust mehr auf das Windsor-Frühstück. Er wollte nur noch starken Tee und eine Scheibe Toast. Der Daumen tat noch immer weh, trotz der Antihistaminsalbe. Etwas von der Salbe geriet auf die »Daily Mail« und hinterließ einen Fleck neben dem Artikel über eine großangelegte Polizeioperation zur Wiederergreifung von John Mountjoy. Der Einsatz auf dem Wohnwagenplatz hatte zu spät stattgefunden, um noch in die Morgenzeitungen zu kommen.

Wohin würde Mountjoy gehen? fragte er sich und versuchte, das Pochen in seinem Daumen zu ignorieren. Den gestohlenen Wagen würde er nicht lange benutzen können. Jeder Polizist im West Country hatte inzwischen das Kennzeichen. Ohne Zweifel hatte Mountjoy ein neues Schlupfloch in der Hinterhand. Er hatte lange genug in der Region gelebt, um sich bestens auszukennen. Ein anderer Caravanplatz wäre zu riskant. Also wo war er hin?

Zu einem Freund? Es war unwahrscheinlich, daß jemand das Risiko einging, sich an einer Entführung zu beteiligen und einem entflohenen Sträfling Zuflucht zu gewähren. So treue Freunde sind selten.

Mountjoys Problem war Samantha. Einer allein würde vielleicht so lange suchen, bis er ein passendes Versteck gefunden hatte, oder unter freiem Himmel übernachten. Mit einer jungen Frau als Geisel würde man nicht weit kommen, ohne Verdacht zu erregen. Ein leeres Haus war am sichersten. In der Stadt und der näheren Umgebung gab es jede Menge Häuser mit Verkaufsschildern von Maklern.

Julie Hargreaves war bereits im Büro, als Diamond kurz nach neun eintraf. Sie wirkte deprimierend frisch.

Munter sagte sie: »Dann machen wir also weiter?«

»Natürlich«, entgegnete er mannhaft. »Es pocht etwas, aber mit der Salbe wird es bestimmt bald besser.«

Sie sagte: »Ich glaube, wir reden aneinander vorbei. Ich meinte die Sache mit Mountjoy; daß er gestern Nacht entwischt ist. Was ist los?«

Das klang so, als wollte er Mitleid schinden. Er erzählte ihr von dem Stich, und sie machte die entsprechenden Bemerkungen.

»Wie war Ihr Gespräch mit Jake Pinkerton?« fragte sie, als klar war, daß er über etwas anderes reden wollte als seinen Daumen.

Er faßte zusammen. »Er hat lediglich bestätigt, was wir wissen: Er und Britt hatten ihr Verhältnis schon über ein Jahr vor dem Mord beendet. Er meint, im gegenseitigen Einverständnis. Ohne jeden Groll. Und sie hatte kein Interesse daran, ihn durch den Dreck zu ziehen, weil das schon andere gemacht hatten, als er jünger war. Das einzig halbwegs Interessante, das sich ergeben hat, ist, daß er auf ihrer Beerdigung war und sich erinnert, unter den übrigen Blumengebinden einen Strauß roter Rosen gesehen zu haben.«

»Von wem?«

»Es war keine Karte dabei. Ziemlich geschmacklos unter den Umständen, finden Sie nicht?«

»Widerlich, würde ich sagen.«

»Und was war bei Ihnen?« fragte er. »Haben Sie mit der Fotografin sprechen können?«

»Prue Shorter, ja. Sie wohnt draußen in Steeple Ashton. Die Fahrt dahin hat sich wirklich gelohnt. Sie hat die Fotos – oder

Shots, wie sie sagt – für drei von Britts Artikeln gemacht. Na ja, eigentlich nur für einen. Die letzten zwei wurden nie fertig.«

»Ist eine davon die Enthüllungsstory über das Spracheninstitut?«

»Ja, sie hat ein paar Innenaufnahmen von dem Gebäude gemacht, und sie wollte ein paar von Mountjoy machen, wenn sich die Gelegenheit bot, aber Britt wollte damit warten, bis sie ihre Nachforschungen beendet hatte. An dem Abend, als sie ermordet wurde, hatte sie vor, ihn mit ihren Beweisen zu konfrontieren.«

»Das habe ich schon immer angenommen, aber gut, daß wir die Bestätigung haben«, sagte Diamond. Die Beweislast gegen Mountjoy zerbröckelte nicht. Sie wurde erhärtet. »Und welche Story wurde schließlich veröffentlicht?«

»Sie hat eine Exklusivstory über Longleat House und Vicomte Weymouth gemacht. Er ist heute natürlich Lord Bath. Also, Schwerpunkt der Story war seine Galerie mit Porträts von seinen Liebhaberinnen, seinen ›Frauchen‹, wie er sie nennt, alles in allem vierundfünfzig.«

Diamond lächelte. »Ich habe mal an einer Sicherheitstagung in Longleat teilgenommen, und uns wurde das Kamasutra-Zimmer gezeigt, mit dem Himmelbett und den Wandgemälden, die der Vicomte gemalt hat. Angeblich erotisch.«

»Angeblich? Ich habe Fotos davon gesehen«, sagte Julie.

»Nun, wenn Sie sie erotisch finden, schön.«

Sie wurde rot.

»Ich meine, es ist alles eine Sache der Phantasie, oder?« neckte Diamond sie.

Sie hielt sich eisern an ihr Konzept. »Die Familie war äußerst entgegenkommend. Prue Shorter durfte soviel fotografieren, wie sie wollte, während Britt das Interview mit dem Vicomte machte und den Artikel schrieb. Die Presse hat ihn ganz groß rausgebracht. Britt hat dafür bei Zeitschriften auf dem europäischen Festland sehr gutes Geld kassiert. Alles über den britischen Adel, was irgendwie aus dem Rahmen fällt, verkauft sich dort gut.«

»Aus dem Rahmen fallen? Ja, ich denke, das trifft den Kern der Sache.« Insgeheim dachte er, daß die Longleat-Story wohl kaum ein Motiv für den Mord hergegeben hatte. »Sie sagten, Britt hat an drei Artikeln gearbeitet, für die Prue Shorter die Fotos gemacht hat. Die Longleat-Porträts, die Mountjoy-Betrugsgeschichte und welche noch?«

»Die dritte war über die Trim Street.«

»Wirklich?« Er beugte sich auf seinem Stuhl vor.

»Nun, Sie wissen ja mittlerweile selbst über die Sache Bescheid«, sagte Julie. »Die Punker sind in eines der leerstehenden Häuser und haben es besetzt. Britt hat sie kennengelernt und erreicht, daß Prue in dem Haus Fotos machen durfte.«

»Wann?«

»Sie konnte nicht mehr genau sagen, an welchem Tag das war, aber es war nur knapp eine Woche vor dem Mord. Britt hat die Story nicht mehr schreiben können. Prue Shorter hat ein paar ausgezeichnete Fotos von den Punkern im Haus. Sie hat sie mir gezeigt.«

Diamond untersuchte wieder seinen Daumen. Immer mal wieder zwickte es darin, und er hatte ein Kribbeln im Gesicht, als würde es dort, wo er saß, fürchterlich ziehen. »Ich kann mir nicht vorstellen, was sie mit dieser Story erreichen wollte. Es gibt in ganz Europa Obdachlose, die leerstehende Häuser besetzen.« Ihm fiel ein Ausdruck ein, den Pinkerton benutzt hatte, und er sagte: »Hat sie gesagt, was der besondere Clou war?«

»Der Clou?«

»Der Aufhänger für den Artikel.«

»Hab ich nicht gefragt.«

»Vielleicht sollte ich mal mit der Frau sprechen. Steeple Ashton, sagten Sie? Ob sie wohl heute morgen zu Hause ist?«

Julie meinte, ja. Soweit sie verstanden hatte, arbeitete Prue Shorter derzeit zu Hause. Sie hatte aufgehört zu fotografieren.

Sie fuhren zusammen hin. Julie am Steuer des Escort. Bislang war er froh, daß er sie gebeten hatte, als seine Assistentin zu fungieren. Er hatte sich nicht etwa deshalb für sie entschieden, weil er der festen Überzeugung war, Frauen verdienten bei der Polizei bessere Chancen. Er beurteilte Menschen nach ihren Fähigkeiten, und Julie war eine gute Polizistin. John Wigfull war auch ein guter Polizist, viel erfahrener als Julie, aber als Mitarbeiter einfach unangenehm.

Steeple Ashton liegt westlich von Bath, jenseits der County-Grenze, in Wiltshire. Strenggenommen hätte er die dortige Polizei informieren müssen, daß er in ihrem Zuständigkeitsbereich ermittelte, und Wigfull hätte ihn sicher daran erinnert, aber Julie war so vernünftig, kein Wort darüber zu verlieren.

Prue Shorter wohnte im Süden des Dorfes in einem aus Stein erbauten, strohgedeckten Häuschen, das man über einen häufig von Kühen benutzten Feldweg erreichte. Im Garten standen ein paar alte Apfelbäume.

»Ist sie nett?«

»Ich denke, Sie werden sie nett finden. Mit ihrem schlimmen Daumen würde ich ihr nicht die Hand schütteln. Sie ist recht kräftig.«

»Herzlich?«

»Ja.«

Rauch stieg aus dem Schornstein, ein vielversprechendes Zeichen. Die herzliche Bewohnerin mußte den Wagen gehört haben, denn sie öffnete schon, noch bevor sie die Tür erreicht hatten. »Sie schon wieder, meine Liebe?«

»Das ist Mr. Diamond, mein Chef«, sagte Julie, die belanglose Rangfrage umgehend. »Er wird Ihnen nicht die Hand geben, weil er heute morgen von einer Biene gestochen wurde.«

»Sie Ärmster!« sagte Prue Shorter. »Haben Sie was draufgetan?«

Er wollte nicht schon wieder damit anfangen. »Es ist alles bestens, danke. Ich wollte Sie gern kennenlernen, weil Sie mit der ermordeten Britt Strand zusammengearbeitet haben. Ich weiß nicht, wieviel Inspector Hargreaves Ihnen erzählt hat.«

»Ich weiß, daß Mountjoy ausgebrochen ist«, sagte sie. »Für mich kein Grund zur Besorgnis. Er kennt mich nicht. Weiß nicht mal, daß ich existiere. Kommen Sie doch rein. Ich mache Tee.«

Als sie die Tür weiter öffnete und sich umdrehte, kam Diamond sich winzig vor, wie ein kleiner Schlepper neben einem Ozeandampfer. So etwas erlebte er selten. Sie mußte sich vorsichtig in die Küche manövrieren, wo etwas im Backofen verlockend duftete.

Im Wohnzimmer zurückgelassen, das den größten Teil des Erdgeschosses einnahm, sah er sich nach Anzeichen der Arbeit um, die Miss Shorter zu Hause erledigte, und konnte keine entdecken. Vielleicht hatte sie oben ein Büro, spekulierte er, denn dieser Raum mit Chintzsofa und -sesseln, einer Musikanlage und einem Fernseher diente offensichtlich der Entspannung. Außerdem befand sich hier der Steinkamin mit einem Holzfeuer. Die gerahmten Rosenbilder von Redouté, die Vasen und Figürchen und die Chrysanthemen in einer Glasvase zeugten von auffallendem Gestaltungssinn. So groß sie auch war, Prue Shorter war nicht ungeschickt. Eine Violine kam in einer weißen Nische elegant zur Geltung.

»Sie machen offenbar Musik?« sagte er im Plauderton, als sie mit einem vollen Tablett zurückkam.

»Wie kommen Sie denn darauf? Ach so – die Geige. Das ist eine Kindergeige. Sie hat meiner verstorbenen Tochter gehört.«

»Tut mir leid – ich hätte nicht ...«

»Schon gut. Ich habe ein dickes Fell. Und ich höre gern Musik. Ich spiele fast ständig irgendwas, CDs, meine ich. Das einzige Instrument, das ich beherrscht habe, war die Blockflöte, und die zu spielen macht keinen großen Spaß.«

»Musik im Hintergrund ist was Schönes, wenn sie Sie nicht bei der Arbeit stört«, tastete er sich vor. Eine behutsame Eröffnung, die Julie hoffentlich gebührend bewunderte.

»Ach, für das, was ich mache, genau das richtige«, sagte Prue Shorter. »Ich backe Kuchen und dekoriere sie. Im Moment habe ich einen im Backofen.«

»Er duftet unwiderstehlich. Sie fotografieren nicht mehr?«

»Nur die Kuchen.« Sie stellte das Tablett ab. »Sie können einen kosten, den ich für mich gebacken habe.«

»Sehr gern.«

»Männer wie Sie gefallen mir«, sagte sie und hob anerkennend die Faust. »Nieder mit den Kalorien, her mit dem Kuchen.« Sie schnitt ein großzügiges Stück glasierten Obstkuchen ab und reichte es ihm. »Wie steht's mit Ihnen, Inspector? Täte Ihnen gut.«

»Danke, aber es ist noch ein wenig früh am Tag«, sagte Julie.

»Und gestern abend war es zu spät. Essen Sie überhaupt je mal? Nichts für ungut, meine Liebe.« Vorsichtig unterzog sie sich der Übung, eine sitzende Position einzunehmen, den letzten halben Meter im freien Fall, was das Sofagestell arg auf die Probe stellte, von den Sprungfedern ganz zu schweigen. »Ja, die Pressefotografen haben die Wirtschaftsflaute zu spüren bekommen, und ohne Britt ... Ich habe immer als Freie gearbeitet, wissen Sie. Wollte nicht nach London ziehen, wo man gut bezahlt wird. Also habe ich wieder Kuchen gebacken. Das habe ich vor Jahren gelernt. Habe mit meiner Zuckerglasur Wettbewerbe gewonnen. Das Tolle daran ist, daß die Leute auch in wirtschaftlich schlechten Zeiten heiraten und Hochzeitskuchen wollen. Was immer die Regierung Blödsinniges anstellt, um die Wirtschaft in den Ruin zu treiben, Babys werden getauft – das bedeutet wieder Kuchen –, und jedes Jahr ist Weihnachten – und schon heißt es wieder Kuchen.«

»Das hört sich ganz plausibel an«, sagte Diamond.

»Sie sind auch in einer glücklichen Position, mein Guter«, sagte sie. »Verbrechen gibt es immer. Ihnen wird die Arbeit nie ausgehen.«

Er sagte nichts dazu. »Ich möchte Sie gern ein paar Dinge fragen, die hilfreich sein könnten, ohne noch einmal auf all das einzugehen, das Sie bereits mit Inspector Hargreaves besprochen haben. Über Mountjoy. Hat Britt Ihnen viel davon erzählt, was Sie in der Sprachenschule herausfinden wollte?«

»So viel, wie ich wissen mußte, mein Guter, und mehr nicht. Sie war clever.«

»Anscheinend hielt sie große Stücke auf Ihre Arbeit.«

»Ich war nicht schlecht«, sagte sie. »Nein – keine falsche Bescheidenheit –, ich bin ziemlich genial mit einer Kamera. Als ich ihr meine Mappe zeigte, hat sie mich engagiert.«

»Haben Sie sich bei dieser Gelegenheit kennengelernt?«

»In der Branche muß man den Leuten auf den Leib rücken, wenn man Arbeit haben will. Ich hatte von dieser Topjournalistin gehört, die in Bath lebte, also bin ich einfach eines Morgens zu ihr hin und habe ihr gezeigt, was ich bis dahin so gemacht hatte. Es war ziemlich umständlich, extra für jede Story einen Fotografen aus London kommen zu lassen, und da ich nun mal vor Ort war, hat sie mich probeweise für die Longleat-Story engagiert. Ich habe ein paar prima Shots gemacht – und bingo! Das Ding hat sich in der ganzen Welt verkauft.«

»Um noch einmal auf Mountjoy zurückzukommen …«

»Sie wollten wissen, wieviel mir Britt über diese Sache erzählt hat, nicht? Ich wußte, daß sie sich in der Schule angemeldet hatte, um irgendwas aufzudecken, aber ich hatte nicht die blasseste Ahnung, daß es um irakische Spione ging. Sie wollte nur Shots von außen, die ich gemacht habe, und sie hat gesagt, zum richtigen Zeitpunkt würde sie auch welche von dem Schulleiter brauchen. Meine Vermutung war, der alte Bock hätte es mit einer Prinzessin aus irgendeinem europäischen Zwergstaat getrieben, die bei ihm Englisch lernte. Unanständige Verben wahrscheinlich.« Sie stopfte sich fast ein ganzes Stück Obstkuchen auf einmal in den Mund.

»Standen Sie mit Britt in den letzten Tagen ihres Lebens in engem Kontakt?«

Nachdem sie das Stück Kuchen rasch verputzt hatte, sagte sie: »Wenn Sie einen Telefonanruf als engen Kontakt zählen, ja. Wir haben am Tag vor ihrem Tod miteinander gesprochen, über die Projekte, an denen ich damals für sie arbeitete. Sie hat gesagt, die Nachforschungen in der Schule gingen gut voran, und ich sollte mich bereit halten, um den Schulleiter zu fotografieren, sobald sie mir Bescheid gab.«

»Kam sie Ihnen genauso vor wie immer?«

»Absolut. Ausgesprochen ruhig, mit dieser akkuraten Art, wie die Schweden Englisch sprechen. Verglichen mit ihr, hatte ich immer das Gefühl, blöd daherzureden.«

»Hat sie jemanden erwähnt, den sie treffen wollte?«

»Nein.«

»Das Abendessen mit Mountjoy hat sie nicht erwähnt?«

»Nein. Sie war keine Plaudertasche. Bei Britt ging es nur ums Berufliche.«

»Täuscht der Eindruck, daß Sie sie nicht mochten?«

Prue Shorter wog die Frage ab.

»Nicht besonders mochten?« hakte Diamond nach.

»Ich mochte das Geld, das sie zahlte. Wir haben uns gegenseitig beruflich respektiert. Was Freundschaft anging, war sie eher eine Eisprinzessin. Vielleicht hat sie sich ja nur für Männer interessiert. Sie konnte sich bei denen ganz schön ins Zeug legen. Ich habe sie mal in Aktion erlebt.«

In ihrer Stimme schwang ein mißbilligender Unterton mit. Diamond kam der Gedanke, daß hier vielleicht so etwas wie Eifersucht im Spiel war. Hätte er nicht von der verstorbenen Tochter erfahren, wäre ihm vielleicht der Verdacht gekommen, daß Prue Shorter lesbisch war, und frustriert, weil sie bei Britt nicht hatte landen können. Natürlich war nicht auszuschließen, daß sie trotzdem lesbisch war.

»Würden Sie vielleicht sagen, daß sie aus ihrem Aussehen Kapital schlug, um Karriere zu machen?«

Sie reagierte mit einem lauten spöttischen Lachen. »Was soll dieses übervorsichtige ›Würden Sie vielleicht sagen‹? Nennt man so was heute politisch korrekt? Ausgemachter Blödsinn. Natürlich hat sie ihre Stärken betont, und das mit Recht.« Sie wandte sich an Julie und sagte: »Finden Sie nicht auch?«

Julie wurde rot und sagte vage: »Nun ja ...«

Diamond war versucht, darauf hinzuweisen, daß »ihre Stärken betont« auch übervorsichtig formuliert war, aber er war nicht hergekommen, um sich zu streiten. Er fuhr fort. »Ich möchte Sie nach dem Job auf der Trim Street fragen, den Sie für Britt gemacht haben. Das besetzte Haus.«

»Was ist damit?«

»Wie hat sie es geschafft, daß man Sie dort mit Ihrer Kamera reingelassen hat?«

Prue Shorter spreizte die Hände, um die Offensichtlichkeit der Antwort zu betonen. »Wie ich schon sagte, sie hat ihren Charme eingesetzt. Die jungen Leute in dem Haus hatten einen Anführer. Er wurde GB genannt. Fragen Sie mich nicht, warum. Die Punker hatten alle erfundene Namen wie Boots und Tank, sogar die Mädchen. GB hat immer auf dem Platz vor der Abteikirche herumgelungert, mitten im Zentrum von Bath, und dort hat Britt ihn angesprochen. Ich weiß nicht, wie sie das fertiggebracht hat. Diese Leute stinken wie die Schweine. Er hatte einen Hund, ein bösartig aussehendes Vieh, und sie hat immer Fleisch für ihn gekauft. Nur um GBs Vertrauen zu gewinnen. Sie wußte, wenn sie es schaffte, sich mit ihm anzufreunden, würde er das mit den anderen in der Trim Street regeln.«

»Aber warum? Was hatte sie vor?«

»Ins Haus zu gelangen und Fotos zu kriegen.«

»Das weiß ich«, sagte Diamond. »Ich meine, das war doch nichts Besonderes, ein paar heruntergekommene Leute in einem heruntergekommenen Haus. Nichts im Vergleich zu der Story, die sie über Mountjoy gemacht hat.«

Sie nickte. »Es muß irgendwas dran gewesen sein, das sie nicht erzählt hat. Britt hat ihre Geheimnisse gehütet, und wie. Ich weiß noch, daß ich mich damals gefragt habe, ob die Sache Kopfläuse und Flohstiche wert war, aber sie bestand darauf. Sie hat uns reingeschleust, und ich habe fünf Filme verschossen.«

»Irgendwas Interessantes?«

»Sie können die Abzüge sehen, wenn Sie wollen. Es sind verdammt gute Shots, aber ich wüßte nicht, wo ich die jetzt verkaufen könnte. Junge Leute mit Ringen durch die Nase und Tätowierungen und Punkfrisuren, die vor einem eleganten georgianischen Kamin rumliegen und Bier und Wein trinken. Ziemlich langweilig.«

»Gab es irgendwelche Proteste?«

»Von seiten der Punker? Zwei von den jungen Mädchen meinten, ich solle mich verpissen, wenn ich mich recht erinnere, aber dann hat GB ihnen ein paar Takte gesagt, und sie waren ganz kusch. Nein, wir konnten uns im ganzen Haus frei bewegen.«

»Dieser GB. Ist der noch hier?«

»In Bath? Ich habe ihn ab und zu in verschiedenen Stadien der Trunkenheit gesehen. Nicht lange nach unserem Besuch sind sie alle wieder aus dem Haus ausgezogen.«

»Wissen Sie, warum?« Sie schüttelte den Kopf.

»Ich würde Ihr Angebot gerne annehmen und mir die Fotos von den Punkern ansehen.«

»Schön. Helfen Sie mir, ja?«

Er sollte ihr dabei helfen, sich aus dem Sofa zu hieven. Er reichte ihr die Hand und bekam zu spüren, was für ein Gewicht ihre Beine zu tragen hatten. Er hatte eigentlich noch einen Bissen Kuchen nehmen wollen, doch jetzt ließ er das Stück auf dem Teller liegen.

Ihre Gastgeberin mußte nach oben, um die Fotos zu holen. Diamond stellte die Tassen wieder auf das Tablett und trug es in die Küche. Julie bot sich an, es zu tun, aber er schüttelte den

Kopf. Er wollte die Küche sehen. Sie war aufgeräumt und gut ausgestattet mit einem stabilen, quadratischen Tisch, einem großen Herd und einer ganzen Serie von Edelstahltöpfen. Ein Pinnbrett über einer Arbeitsplatte war voll mit Dingen, die viele Leute aus Sentimentalität oder Notwendigkeit eine Zeitlang aufbewahren: eine verblaßte Strichzeichnung, die von einem kleinen Kind stammen mußte und offenbar eine Frau oder ein Mädchen darstellte, mit einem Haarschopf und Händen wie Röstgabeln, Postkarten aus Spanien und Florida, ein Gary-Larson-Cartoon, zwei Zeitungsausschnitte mit Hochzeitsanzeigen und ein paar Visitenkarten. Außerdem ein Terminkalender, auf dem an jedem Samstag des Monats eine Hochzeit notiert war.

Er war wieder im Wohnzimmer, als Prue Shorter mit einem dicken Umschlag zurückkam. Sie nahm die Fotos heraus und breitete sie auf dem Couchtisch aus. »Bedient euch, Leute. Ich muß mal nach dem Kuchen sehen.«

Es waren Schwarzweißabzüge im Format 18 x 24, überwiegend Aufnahmen von Punkern, die grüppchenweise in den Zimmern herumhingen, die Haarschöpfe verfilzt wie bei Schafen nach einem strengen Winter in den Bergen; andere lümmelten sich in Sesseln oder lagen ausgestreckt auf dem Fußboden. Dann gab es noch ein paar beeindruckende Porträtfotos von einzelnen Personen, die in die Kamera starrten und deren abgehärmte Gesichter und freudlose Mienen vom harten Leben auf der Straße kündeten.

»Welcher ist GB?« fragte Diamond, als Prue Shorter wieder ins Zimmer kam.

Sie nahm ein Foto vom Tisch. »Würden Sie den etwa an ihrem Eis lecken lassen? Britt hat's getan. Ich wünschte, ich hätte damals meine Kamera dabeigehabt.«

GB hatte einen kahlgeschorenen Kopf und ein hängendes Augenlid. Seine Zähne sahen aus, als hätte er gerade Blaubeeren gegessen. Es war unmöglich, sein Alter zu schätzen. Er trug einen Armeemantel und ein Lederhalsband mit spitzen Metallnieten, wie sie früher Wachhunden umgeschnallt wurden. Auf dem Foto hielt er in jeder Hand eine Bierdose.

»Wie groß ist er?«

»Mindestens einen Meter fünfundachtzig. Tolle Schultern. Er muß mal Bodybuilding gemacht haben.«

»Haben Sie irgendwas über ihn Erfahrung gebracht, seine Vergangenheit, meine ich?«

»Britt möglicherweise. Ich würde sagen, seinem Akzent nach stammt er aus London. Er hatte eine gebildete Aussprache.«

»Intelligent?«

»Intelligenter als die meisten von diesen Schluckspechten. Von dem Zeug, das sie flaschenweise in sich hineinschütten, stirbt ihnen das Gehirn ab.«

»Sie sagten, Britt hat bei ihm ihren Charme spielen lassen. Ging es darüber hinaus?«

»Sie meinen, ob sie es mit ihm getrieben hat? Was für ein widerwärtiger Gedanke!«

»Haben Sie sie gefragt?«

»Ich hätte sie nicht beleidigen wollen.«

»Haben sie sich geküßt, umarmt oder überhaupt berührt? Verstehen Sie, worauf ich hinauswill? Ich möchte wissen, ob GB sie vielleicht als seine Freundin betrachtet hat.«

»Mein Lieber, ich habe keine Ahnung, was dem durch den Kopf gegangen ist, aber es würde mich sehr wundern, wenn Britt ihn an sich herangelassen hat. Sie hatte jede Menge toller Typen zur Auswahl.«

Diamond ließ sich nicht ablenken. »Als Sie in dem Haus auf der Trim Street waren, was für einen Eindruck hatten Sie da von ihrem Umgang miteinander?«

»Sie meinen, ob sie nach oben gegangen sind, um eine schnelle Nummer zu schieben? Falls ja, wäre ich mitgegangen. Ich war ziemlich nervös zwischen all diesen seltsamen Typen. Nein, Gott sei Dank hat Britt auf mich aufgepaßt. Jedesmal, wenn wir in ein anderes Zimmer oder ein paar Möbel verrücken wollten, um bessere Fotos machen zu können, hat sie ihn zuerst gefragt, und er war sehr entgegenkommend, sehr darauf aus, es uns recht zu machen. In nicht ganz einer Stunde waren wir fertig.«

»Ist Geld geflossen?«

»Nicht in meinem Beisein.«

»Darf ich das Foto von GB behalten?«

»Bitte sehr. Ich habe ja die Negative, falls ich mal das Bedürfnis habe, mich an diese häßliche Visage zu erinnern. Nehmen Sie doch noch ein Stück Kuchen.«

Sie kamen ohne ein weiteres Stück Kuchen aus dem Haus.

Im Wagen steckte Julie den Schlüssel ins Zündschloß und sagte: »Darf ich Sie was fragen?«

»Nur zu.«

»Wem wird die Suche nach GB aufgehalst?«

Er sagte: »Ich muß doch immer wieder staunen.«

»Worüber?«

»Über die weibliche Intuition.«

11

Er öffnete die Tür – und blieb wie angewurzelt stehen. Er war gerade zu dem Lagerraum zurückgekommen, den man ihm als Büro gegeben hatte. Auf seinem Schreibtisch saß eine Biene von der Größe einer Walnuß.

Jeder konnte sehen, daß es keine richtige Biene war.

Er kam sich wie ein Idiot vor, daß er im ersten Augenblick so reagiert hatte, war wütend über die Gänsehaut auf seinen Armen. Zähneknirschend nahm er das Ding in die Hand.

Eigentlich ein weiches Spielzeug aus schwarz-gelber Wolle, mit Drahtfühlern, Gazeflügeln und Plexiglasaugen mit schwarzen Pupillen, die sich bewegten. Ein lächerliches Objekt. Irgend jemand hatte sich einen dämlichen Scherz erlaubt. Ob Julie Hargreaves es dahin gelegt hatte? Nicht Julie, beschloß er, froh, seine kriminalistischen Fähigkeiten endlich wieder auf etwas Greifbares richten zu können. Sie hätte keine Gelegenheit dazu gehabt. Sie war die ganze Zeit bei ihm gewesen, seit sie gehört hatte, daß er von einer Biene gestochen worden war, und jetzt war sie – sollte es zumindest sein – auf dem Platz vor der Abteikirche, um Erkundigungen über den Punker GB einzuholen.

Wer könnte so was lustig finden? Jemand von seinen alten Kollegen. Bei seiner Ankunft heute morgen hatte er dem diensthabenden Sergeant von seinem Malheur erzählt – ein Fehler. Die Geschichte mußte im ganzen Revier die Runde gemacht haben.

Schritte näherten sich, daher öffnete er die oberste Schublade, warf die Biene hinein, lehnte sich zurück und blickte zur

Tür, wartete gebannt, ob jemand hereinkommen würde. Jeder weiß, daß die erste Person, die nach einem Verbrechen am Tatort erscheint, häufig selbst der Täter ist.

Herein kam John Wigfull.

Der auf keinen Fall! Er war viel zu verkniffen, um sich zu so etwas Kindischem hinreißen zu lassen.

»Wie läuft's?« fragte er Diamond völlig arglos.

»Kommt drauf an, was Sie mit laufen meinen. Viel ist nicht im Gange.«

»Gut so.«

»Vielleicht.«

»Ich meine, daß der Fall hieb- und stichfest ist. Alle sagen, daß Sie den richtigen Mann ins Gefängnis gebracht haben.«

»Danke.«

»Also ist das alles hier für Sie wohl nur ein Ausflug in die Vergangenheit.«

»Eine nachträgliche Überprüfung, um auf Nummer Sicher zu gehen.«

Es hatte etwas leicht Komisches an sich, wie John Wigfull herumschnüffelte; er ähnelte einem kleinen Nagetier mit zukkenden Barthaaren. »Hat sich denn irgendwas Neues ergeben?«

»Wir haben mit zwei Leuten gesprochen, die zu befragen ich damals keine Zeit hatte.«

»Hat es was gebracht?«

»Nichts Berauschendes.«

Wenn Wigfull nicht gekommen war, um das Ergebnis des Bienenscherzes abzuschätzen, mußte es etwas anderes geben, das er in Erfahrung bringen wollte. Er war nicht der Typ, der Small talk machte. Er streckte die Hand nach Julies Stuhl aus, brachte dann aber nicht den Mut auf, Platz zu nehmen, also stützte er sich auf die Rückenlehne und beugte sich vor. »Es muß langweilig für Sie sein, diese Untätigkeit. Es dürfte nicht mehr lange dauern, bis wir Mountjoy geschnappt haben.«

Auch Diamond war der Meinung, daß es nicht mehr lange dauern dürfte, und dachte insgeheim, daß das wohl von der Effektivität der Suchtrupps abhing.

»Wir waren gestern verdammt nah dran«, sagte Wigfull.

»Ich war dabei.«

»Wir haben die Suche intensiviert. Es wird enorm hilfreich sein, wenn Mountjoy sich wieder meldet. Er hat doch gesagt, daß er sich wieder mit Ihnen treffen will, um zu sehen, was für Fortschritte Sie gemacht haben. Stimmt's?«

Diamond nickte argwöhnisch.

»Sie würden uns doch informieren, falls er sich direkt mit Ihnen in Verbindung setzt?«

Also da lag der Hase im Pfeffer. Sie hatten keine heiße Spur, nein, sie waren mit ihrem Latein am Ende. »Sie kennen mich doch, John.«

»Ja«, erwiderte Wigfull mit Blick auf die Regale mit Briefpapier, als würden sie ihm genauso gute Informationen geben wie Diamond, was vermutlich der Fall war. »Wenn Sie sich zu Tode langweilen, könnten Sie es doch mal mit einem Täterprofil probieren.«

»Ach ja?«

Die Stimme nahm einen selbstbeweihräuchernden Tonfall an. »Wissen Sie, was ein Täterprofil ist? Es wurde entwickelt, bevor Sie, ähm, nach London gezogen sind. Dabei wird anhand von Statistiken das Profil eines Täters zusammengestellt.«

»Per Computer?«

Wigfulls Gesicht erhellte sich. »Ja. Mit einem Programm, das PACKSIE heißt.«

»Wie heißt das?«

»PACKSIE. Ein Akronym für ›Personenbezogene analytische computergesteuerte Kriminalstatistik – Identifizierung und Ermittlung‹. Die Anfangsbuchstaben ergeben dann Packsie.«

Diamonds Augen verengten sich. Sein Gesicht wurde rot. Die Wollbiene hatte vielleicht nicht die gewünschte Wirkung erzielt, aber diesmal hatte Wigfull einen empfindlichen Nerv getroffen. In einem Ton voller Verachtung stieß er hervor: »Wofür halten die uns eigentlich?« Wigfull zwinkerte nervös.

»Ich habe gesagt, wofür halten die uns eigentlich – für rotbackige Siebenjährige? Was sind das für Leute, die sich solche Namen ausdenken? Die glauben wohl, Blödmänner wie Sie und ich werden uns mit Computern anfreunden, wenn sie ihnen solche Namen geben. Wir sind Erwachsene, John. Wir sind bei der Polizei, nicht im Kindergarten.«

»Ich habe damit kein Problem«, sagte Wigfull.

Diamond warf ihm einen Blick zu, der deutlich machte, daß die Bemerkung fehl am Platze war. »Die denken sich diese allerliebsten Namen aus und strampeln sich ab, halbwegs vernünftige Wörter zu finden, die dazu passen. Es gibt einen Polizeicomputer, der HOLMES heißt.«

»Hochleistungsmaximiertes Ermittlungssystem. Was stört Sie denn daran?«

Mit Mühe widerstand Diamond der Versuchung, Wigfull an der Krawatte zu packen und über den Schreibtisch zu ziehen. »Finden Sie das nicht kindisch? Wieso dieses an den Haaren herbeigezogene Adjektiv? Ich sage Ihnen, wieso. Weil irgend so ein Genie händereibend gesagt hat: ›Wir nennen den Computer HOLMES – genau das richtige für die Polizei.‹ Also, finden Sie das nicht irgendwie herablassend? Ich schon.«

Wigfulls einzige Reaktion war ein verlegenes Achselzucken.

»Ja oder nein?« fragte Diamond nach.

»Ich sagte schon, es stört mich nicht. Ich habe Packsie nur erwähnt, falls Sie sehen wollen, wie der Strand-Fall im statistischen Vergleich beurteilt wird.«

»PACKSIE!«

»Tut mir leid, daß ich davon angefangen habe.« Wigfull ließ den Stuhl los und machte einen Schritt rückwärts. »Ich gehe besser wieder zurück zum Einsatzstab.«

»ESEL«, sagte Diamond.

»Wie bitte?«

»Einsatz-Stab, Einfach Lachhaft. Nichts für ungut, John. Gehen Sie zurück. Ich bin sicher, da ist allerhand los.«

Wieder allein, strich er noch etwas Salbe auf seinen juckenden Finger. Wigfull hatte ihn nervös gemacht. Er mußte die Akten studieren, würde sich jetzt aber nur schwer konzentrieren können. Er nahm eine Akte und schlug sie auf, blätterte zwei Seiten um und hielt inne. Er ergriff den Telefonhörer und wählte eine Nummer. »Spreche ich mit Mrs. Violet Billington? Entschuldigen Sie die Störung, Ma'am. Ich rufe vom Polizeirevier in Bath an. Mein Name ist Diamond. Ist Ihr Mann zu

Hause? ... Nein? Nun, dürfte ich vielleicht bei Ihnen vorbeikommen? Ich habe ein paar Fragen in Zusammenhang mit der verstorbenen Miss Britt Strand. Wird nicht lange dauern. Ich könnte in, sagen wir, zwanzig Minuten bei Ihnen sein. Das ist sehr nett von Ihnen.«

Im Korridor fiel sein Blick auf Commander Warrilow, der vor ihm herging; er war in ein ernstes Gespräch mit einer schlanken jungen Frau vertieft, die das Haar zu einem dicken, dunklen Zopf gebunden hatte, der sich beim Gehen kaum bewegte, so geschmeidig war ihr Gang. Er hätte sie für eine Ballettänzerin gehalten, wenn sie keinen Armeemantel und Stiefel angehabt hätte. Die Rückenansicht machte ihn so neugierig, daß er den beiden in die Computerzentrale folgte, in der Hoffnung, einen blick auf ihr Gesicht werfen zu können.

Zum Glück für Diamond hatte einer der Computertechniker Warrilow etwas mitzuteilen, der zu ihm ging, um einen Blick auf den Bildschirm zu werfen, so daß die junge Frau stehenblieb und ihm unsicher nachschaute. Sie war blaß, hatte vor Müdigkeit dunkle Ringe um die Augen in einem Gesicht, das nicht im herkömmlichen Sinne gutaussehend war, aber interessant – schmal, mit einem kleinen, dünnlippigen Mund und einer langen Kinnpartie.

»Irgendeine Ahnung, wer das ist?« fragte er Charlie Stiles, einen alten Kumpel, der aus irgendeinem unerfindlichen Grund zu den Computerfreaks gewechselt war.

»Ist das nicht die, die Mr. Totts Tochter als vermißt gemeldet hat? Die wohnen in irgendeinem besetzten Haus in Widcombe.«

»Dann muß das Una Moon sein. Ich frage mich, was sie hier macht.«

»Hält vermutlich Warrilow auf Trab. Sie ist eine Eine-Frau-Interessengruppe.«

»Dann möchte ich ihr lieber nicht vorgestellt werden.«

Es war eine der typischen engen Einbahnstraßen in Larkhall, und auf einer Seite parkten die Autos Stoßstange an Stoßstange. Diamond ließ den Escort im Halteverbot vor dem Postamt stehen und ging ein Stück zu Fuß.

Am Gartentor vor dem Haus war ein Zu-Verkaufen-Schild. Häuser, in denen ein Mord geschehen ist, sind heutzutage keine Seltenheit, so daß niemand mehr auf die Idee kommt, sie abzureißen oder die ganze Straße umzubenennen, wie es früher manchmal der Fall war. Aber es ist schon interessant, was hinterher mit ihnen passiert. Der Marktwert ist vielleicht etwas gesunken, doch auf fünfzig potentielle Käufer, die die Geschichte der Adresse abschreckt (falls sie ihnen vor Vertragsabschluß verraten wird), kommt in der Regel einer, der keinerlei Bedenken hat. Die Billingtons hatten das Pech, daß dieser eine noch nicht aufgetaucht war, so daß sie noch immer in dem Haus wohnten.

Mrs. Billington, die Diamond hereinließ, stand offenbar nach wie vor unter dem Eindruck des tragischen Ereignisses. Jedenfalls wirkte sie nervös. Sie war klein und untersetzt, trug das silberfarbene Haar in einer leichten Dauerwelle, und ihre Augen waren von einem so unglaublich blassen Blau, wie man es eigentlich nur bei Katzen sieht. Sie öffnete die Tür, bevor Diamond die Klingel berührte, und bat ihn in eindringlichem Flüsterton herein. »Kommen Sie mit nach hinten. Wir reden dort.«

Bei seinem letzten Besuch in diesem Haus war die Diele dunkler gestrichen gewesen. Jetzt hatte sie eine blaßrosa Farbe, die Treppe war weiß lackiert. Bei früheren Besuchen war er in die obere Etage gegangen, wo Britt Strand gewohnt hatte und erstochen worden war. Heute morgen wurde er rasch in die Erdgeschoßküche mit dem Eßzimmer der Billingtons geführt, einen behaglichen Raum mit einem Holzfeuerofen, beigefarbenen Wänden und dunkelbraunem Teppich. Auf einem Küchenregal aus Teakholz war eine Sammlung kleiner Puppen in Nationaltrachten aufgestellt.

»Verzeihen Sie, daß ich Sie so schnell ins Haus treibe«, sagte Mrs. Billington mit normaler Stimme, als die Tür geschlossen war. »Meine neue Mieterin ist oben, eine Studentin. Es wäre mir lieber, wenn sie nichts von der Geschichte des Hauses erfährt.«

»Stammt sie von hier?« fragte Diamond.

»Aus Nottingham. Studiert Chemie an der Universität. Im ersten Jahr. Ist es unehrlich, ihr nichts zu sagen, oder rücksichtsvoll?«

»Die Studenten sind ziemlich hart im Nehmen, finde ich«, sagte er, »besonders wenn die Miete billig ist. Ich muß nicht nach oben. Ich bin gekommen, um Ihnen zu sagen, daß Mountjoy ausgebrochen ist, leider.«

Sie bedachte ihn mit einem Blick, aus dem keine Dankbarkeit sprach. »Das weiß ich.«

»Es ist wohl kaum damit zu rechnen, daß er hierherkommt«, sagte er, »aber wir informieren alle, die mit dem Fall in irgendeiner Weise zu tun hatten. Haben Sie eine Sicherheitskette? Legen Sie sie besser vor, bis er wieder hinter Gittern ist, was nicht mehr lange dauern dürfte. Sind Sie ihm mal begegnet?«

»Nein. Er war nur ein einziges Mal hier im Haus, und da war ich auf Teneriffa.«

»Ich erinnere mich. Ein schrecklicher Schock für Sie, als Sie zurückkamen.«

»Grauenhaft.«

»Ihr Mann hat die Leiche gefunden, nicht?«

»Ja. Winston hat deshalb noch heute Alpträume. Er nimmt seitdem Beruhigungsmittel.«

»Erzählen Sie mir doch noch einmal, was Ihnen damals eigenartig vorkam.«

»Als wir von Teneriffa nach Hause kamen, meinen Sie?« Mrs. Billington verschränkte die Arme vor ihrer lilafarbenen Bluse und rieb sich die Oberarme, als würde sie frieren. Sie spielte die weißhaarige alte Dame, obwohl sie kaum zehn Jahre älter war als Diamond. »Sie bekam jeden Morgen Milch gebracht, und es standen zwei Flaschen auf der Treppe. Und sie hatte die Post nicht von unten geholt. Zuerst meinten wir, das sei noch kein Grund, in ihrer Wohnung nachzusehen. Wir haben an die Tür geklopft, und sie hat nicht aufgemacht. Sie hätte ja auch beruflich für ein paar Tage weggefahren sein können. Sie schrieb Artikel für Zeitschriften.«

»Ich weiß.«

»Wir haben die Milch am ersten Abend bei uns in den Kühlschrank gestellt. In der Nacht dann habe ich mich plötzlich gefragt, ob sie vielleicht krank ist und es nicht bis zur Tür geschafft hat. Es wäre schrecklich gewesen, wenn wir nichts unternommen hätten, um ihr zu helfen. Also habe ich Winston gebeten nachzusehen, und als er zurückkam, war er schneeweiß im Gesicht und hat gesagt, ich solle die Polizei rufen, weil Britt tot sei. In der Nacht haben wir kein Auge mehr zugetan.«

»Ich auch nicht. Wie lange hatte sie hier gewohnt?«

»Eine ganze Weile. Drei Jahre mindestens. Sie war eine vorbildliche Mieterin. Immer pünktlich mit der Miete. Wir mochten sie sehr.« So, wie sie es ausdrückte, verriet sie genausoviel über sich wie über Britt Strand.

»Hatte Sie einen eigenen Schlüssel?«

»Oh, ja. Für die Haustür und einen für ihre Wohnung. Sie wissen ja, sie mußte durch unseren Teil des Hauses, und wenn sie mal spät nach Hause kam, ist sie so leise hochgeschlichen wie eine Maus.«

»Ich habe Sie das bestimmt schon einmal gefragt. Hatte sonst noch jemand einen Hausschlüssel?«

»Außer uns und Britt? Nein.«

»Hatte sie schon mal Besuch?«

»Ab und zu. Die füllige Frau, die für sie die Fotos gemacht hat, war manchmal da.«

»Irgendwelche Männer? Auch darüber haben wir bestimmt schon gesprochen, Mrs. Billington, aber ich weiß es einfach nicht mehr.«

»Sie hat uns keinerlei Anlaß zur Klage gegeben. Ich kann mich nicht erinnern, daß jemand bei ihr übernachtet hätte. Ich habe keine altmodischen Moralvorstellungen, aber als Vermieter fürchtet man immer, daß ein Partner einzieht, obwohl die Wohnung nur an eine Person vermietet ist.«

Diamond erklärte, daß seine Frage sich nicht nur auf Besucher bezog, die über Nacht geblieben waren.

»O ja, sie hatte hin und wieder Besuch von Männern. Es hätte mich überrascht, wenn das nicht der Fall gewesen wäre. Sie war eine ausgesprochen gutaussehende junge Frau.«

»Versuchen Sie, sich zu erinnern, wer da war, besonders in der Zeit kurz vor ihrem Tod.«

Jetzt, nach vier Jahren, war Mrs. Billington überfordert. Sie konnte sich gerade noch an einen Besucher erinnern, bei dem es sich, wie Diamond vermutete, um Marcus Martin handelte, den Reiter. Er war zwei- oder dreimal dagewesen. Und sie war sich absolut sicher – weil man sie schon einmal gefragt hatte –, daß Mountjoy nie zu Besuch gekommen war, während sie da war.

»Sind ihr mal Blumen geschickt worden?«

Ein Stirnrunzeln. »Ich kann mich nicht erinnern.«

»Mochte Sie Rosen besonders?«

»Nicht daß ich wüßte.«

»Wie ich sehe, haben Sie Rosensträucher im Garten.«

Sie wurde rot und schlüpfte aus ihrer Alte-Dame-Rolle, um ihm einen Rüffel zu erteilen. »Sie sind offenbar kein Hobbygärtner. Sie würden im Oktober weder in meinem noch in einem anderen Garten ein Dutzend blühender Rosen finden. Die Rosen, die in dem Zimmer gefunden wurden, kamen eindeutig aus einem Blumenladen.«

Er fragte, ob Britt jemals von ihrer Arbeit als Journalistin erzählt hatte, und erhielt die erwartete Antwort: nein.

Diamond wußte immer, besser als die meisten Menschen, wann er nicht mehr erwünscht war. Plötzlich spürte er, daß Violet Billington ihn möglichst rasch loswerden wollte, und das nicht nur wegen ihrer neuen Mieterin. Die Frage nach den Rosen hatte sie nervös gemacht. Um so mehr war er daran interessiert, seine Befragung fortzusetzen.

»Sie müssen von Miss Strands Beziehungen zu Männern allerhand mitbekommen haben.«

»Nichts.« Knapp und entschieden.

»Kommen Sie, Mrs. Billington«, drängte er sanft. »Niemand wird Ihnen vorwerfen, Ihre Nase in Britts Privatleben gesteckt zu haben. Sie war drei Jahre lang Ihre Mieterin. In dieser Zeit müssen Sie einfach mitbekommen haben, wer bei ihr ein und aus ging, und ich könnte mir denken, daß Sie über ihr Liebesleben Spekulationen angestellt haben. Das ist nur menschlich.«

»Ich habe Ihnen alles gesagt, was Sie wissen sollten.«

»Wir tratschen hier nicht«, beharrte er. »Hier geht es um jemanden, der ermordet wurde.«

»Ich habe dazu nichts mehr zu sagen, die Sache ist erledigt. Sie haben den Mann vor Gericht gestellt, und er wurde verurteilt.«

Nicht einfach: Mountjoy hat sie ermordet. Eher eine subtilere Art zu sagen: Sie haben ihn fertiggemacht, und Sie stekken in der Scheiße. Was wußte sie?

»Sollte ich vielleicht mit Ihrem Mann reden? Möglicherweise fällt es ihm leichter, mit mir zu sprechen.«

»Aus Winston werden Sie nichts rauskriegen.«

Diesmal hatte sie zuviel gesagt. In der Heftigkeit, mit der sie das sagte, schwang die Überzeugung mit, daß Winston etwas wußte und es ihr nicht anvertraut hatte, trotz ihrer angestrengten Bemühungen.

»Ich nehme an, er ist arbeiten?«

»Ja.«

»Kommt er vielleicht zum Mittagessen nach Hause?«

»Nein.«

»Wann, meinen Sie, kommt er heute nach Hause?«

»Schwer zu sagen. Das ist unterschiedlich.« Sie spitzte die Lippen, und ihre blassen Augen funkelten trotzig.

Diamond durchforstete sein Gedächtnis, um sich ein Bild von dem Mann zu machen. Winston Billingtons Zeugenaussage vor Gericht hatte sich auf die Schilderung beschränkt, wie er die Leiche gefunden hatte. Er war nie als möglicher Verdächtiger in Betracht gezogen worden, da der Teneriffaurlaub ihm ein Alibi gegeben hatte. Er hatte jünger gewirkt als seine Frau, vielleicht knappe Fünfzig, eine schmächtige, gepflegte Gestalt in einem gestreiften Anzug. »Was arbeitet er eigentlich? Ich nehme doch an, er hat einen Job?«

»Vertreter.«

»Was verkauft er?«

»Glückwunschkarten.«

»Für eine Firma in Bath?«

»Nein.«

»Und wo hat sie ihren Sitz, in London?«

»Ja.«

»Und er ist für diese Region zuständig?«

»Ja.«

»Dann besucht er wohl die Geschäfte und versucht sie für neue Entwürfe zu interessieren? Haben Sie irgendwelche Musterstücke im Haus?«

Sie drehte sich um und fing an, mit dem Geschirr zu hantieren. »Er bewahrt hier keine auf. Dafür haben wir nicht genug Platz.«

»Hat er vielleicht ein Büro?«
»So was ähnliches. Ein Raum, wo er die Karten lagert.«
»Aber Sie haben keine hier, die Sie mir zeigen könnten?«
Sie funkelte ihn an. »Ich dachte, das hätte ich bereits gesagt.«
Seine Neugier wurde größer. »Was sind das für Karten, Mrs. Billington?«
»Was meinen Sie? Na, eben Glückwunschkarten.«
»So welche, wie ich sie für meine Frau aussuchen würde?«
»Keine Ahnung.« Aber sie war einen Hauch röter geworden.
»Dann werde ich Ihnen eine Ahnung geben. Sie bevorzugt Landschaften oder Tiere. Nichts Kitschiges. Ein Korb mit Persianerkätzchen wäre meiner Stephanie zu zuckrig. Gegen ein Pferd, das über ein Gatter guckt, hätte sie dagegen nichts einzuwenden.«
»Ich sagte, keine Ahnung, weil ich diese verflixten Karten nicht zu sehen kriege«, sagte sie zu ihm, ihre Röte mit Aggressivität übertünchend. »Wenn Sie fertig sind, ich habe noch einiges zu erledigen. Ich möchte nicht über die Arbeit meines Mannes reden.«
»Sie haben recht«, sagte Diamond großzügig. »Da spreche ich besser mit ihm selbst. Wann kann ich ihn denn mit Sicherheit zu Hause antreffen?«
Ihr ganzer Körper verkrampfte sich. Sie sagte: »Ich dachte, Sie wären gekommen, um uns das mit Mountjoy mitzuteilen. Winston weiß, daß er ausgebrochen ist. Ich verstehe nicht, wieso Sie uns schon wieder behelligen müssen. Wir haben genug durchgemacht, als der Mord passiert ist.«
»Ich werde trotzdem mit ihm sprechen.«
»Er kann Ihnen nichts erzählen.«
»Um welche Uhrzeit soll ich wiederkommen?«
»Nach acht, wenn es unbedingt sein muß.«
»Das muß es.« Er nahm seinen Hut vom Tisch. Es gab keinen Grund, sich bei ihr zu bedanken.

»Nicht mal eine Tasse dünnen Tee, Julie«, äußerte er sein Mißfallen über Mrs. Billington bei einem Sandwich-Snack zum Lunch in der Roman Bar des Francis. »Sie hat mich behandelt wie etwas, das die Katze ins Haus geschleppt hat.«

»Haben die Billingtons eine Katze?«

»Ja, und die hat mich ignoriert. Also war ich schlimmer als etwas, das die Katze angeschleppt hat.«

»Bisher nicht unbedingt Ihr Tag. Und Sie glauben, Mrs. Billington hat irgendwas verschwiegen?«

Er nahm den Sandwich-Teller in die Hand. »Am besten, Sie bedienen sich, sonst verputze ich alles allein. Ich bin so. Das hat nichts mit Gefräßigkeit zu tun, es ist Konzentration. Arbeitsessen wirken sich bei mir immer so aus. Ja, ich würde wetten, daß sie Informationen zurückgehalten hat, und zwar ihren Mann betreffend. Natürlich kann es einfach darum gehen, daß er unanständige Karten verkauft und ihr das peinlich ist.«

»Meinen Sie?«

»Ich weiß nicht genau. Ich hatte den Eindruck, daß es keine Karten sind, die man seiner Tante schicken würde. Allerdings sind die Geschäfte voll davon. Mrs. Billington möchte ja vielleicht nicht, daß alle Welt davon erfährt, aber wenn man seine Brötchen damit verdient und es nicht gegen das Gesetz verstößt, mache ich es Winston nicht zum Vorwurf.«

»Der schlimme Winnie.«

Diamond lachte in sich hinein. »Ich kann mich noch gut an die Zeit erinnern, als Vertreter Handelsreisende hießen und es Unmengen schmutziger Witze über sie gab. Ich bin gespannt, ob Winston in dieses Bild paßt.«

»Soll heißen?« sagte Julie.

»Soll heißen, ob er was mit seiner Mieterin hatte.«

Julies Augenbrauen wölbten sich.

»Wäre nichts Neues«, fügte er hinzu. »Mann in mittleren Jahren ist scharf auf hübsche junge Frau oben im Haus. Als ich Mrs. Billington heute morgen gesehen habe …«

»Jetzt hören Sie aber auf, Mr. Diamond«, fiel Julie ihm barsch ins Wort. »Ich bin nicht einer Ihrer Saufkumpane.«

Er zögerte. Früher hätte er jetzt erst recht losgelegt. Aber er schätzte Julies Mitarbeit und wollte sie nicht aufs Spiel setzen.

Sie nahm den Faden nahtlos wieder auf. »Wenn er was mit Britt gehabt hat, wäre es interessant, das herauszufinden, aber was hätten wir davon, wo wir doch wissen, daß er zur Tatzeit auf Teneriffa war?«

»Ich spekuliere nur«, sagte Diamond, »aber es könnte ein Motiv sein, das wir damals nicht berücksichtigt haben. Wenn Billington mit Britt geschlafen hat und jemand anders davon erfahren hat, könnten wir es mit einem eifersüchtigen Liebhaber als Mörder zu tun haben.«

»Marcus Martin?«

»Er hat behauptet, mit Britt Schluß gemacht zu haben, aber dafür haben wir nur seine Aussage.«

»Er hatte doch ein Alibi für die Mordnacht, nicht?«

»Hatten sie das nicht alle?«

Julie nahm Diamonds Zynismus langsam gelassen hin. »Er war bis ein Uhr morgens auf einer Party in Warminster.«

»Die Todeszeit steht nicht eindeutig fest.«

»Ja, aber für die Frau, mit der er zusammen war, steht eindeutig fest, daß er den Rest der Nacht in ihrer Wohnung in der Walcot Street verbracht hat.«

»Gibt es denn dafür einen Beweis?«

»Nein.«

»Diamond trank einen großen Schluck von seinem Bier. »Dann würde ich mich nicht allzusehr darauf verlassen. Wir sprechen heute nachmittag mit Mr. Martin, wenn wir können.«

Sie blickte überrascht auf. »Soll ich mitkommen?«

Er nickte. »Es sei denn, Sie brauchen noch mehr Zeit für die Punker. Wie sind Sie vorangekommen?«

Sie signalisierte mit dem Daumen, daß der Vormittag nicht erfolgreich gewesen war. »Die sind viel zu sehr auf der Hut, um mit jemandem wie mir ein Wort zu wechseln, abgesehen von Beschimpfungen. Neun oder zehn von ihnen hängen mit ihren Hunden vor der Abteikirche herum. Um an sie ranzukommen, müßte ich mir wohl den halben Schädel kahlscheren und einen Kampfanzug besorgen.«

»Und im Dreck wälzen«, steuerte Diamond bei.

»Mich tätowieren lassen.«

»Ringe durch die Nase ziehen.«

Julie hielt inne und blickte ihn mit großen Augen an; ihr schwante nämlich, daß das Gesagte tatsächlich so etwas wie eine Anweisung sein könnte.

»Gut«, sagte Diamond. »Die Nasenringe lassen wir weg.«

12 Samantha Tott sagte: »Es ist eiskalt.«

John Mountjoy erwiderte: »Ist es nicht. Hier unten kann es nicht frieren.«

»Das muntert mich wirklich auf! Ich habe gedacht, einen kälteren Platz zum Schlafen als den Caravan könnte es nicht geben. Was für ein Irrtum!«

»Es ist nur vorübergehend.«

»Wie vorübergehend? Noch eine Nacht hier halte ich nicht aus.« Ihre Stimme, eine Tonlage höher, hallte von den Kalksteinwänden wider.

Die Berge östlich von Bath sind von Steinbruchstollen durchlöchert. In der Gegend von Box und Corsham Down wurden die Minen vor einem halben Jahrhundert geschlossen und die Eingänge versperrt, aber es gibt zahlreiche Wege hinein. Von Zeit zu Zeit müssen Leichtsinnige, die sich dort hineingewagt und in dem Tunnellabyrinth verirrt haben, von Suchtrupps gerettet werden. Mountjoy war weder leichtsinnig noch naiv. Das Risiko, sich zu verirren, war gemessen daran, daß er dringend ein Versteck brauchte, von verschwindend geringer Bedeutung.

Er hatte Samantha in der Nacht, nachdem er den Wohnwagen verlassen hatte, zum Quarry Hill gebracht. Sie waren auf der Suche nach einem der Eingänge durchs Unterholz gestolpert. Im Licht der Taschenlampe waren sie grobgehauene Stufen hinab durch einen schrägen Schacht gestiegen, der mit einem Tunnel verbunden war, in dem sie mühelos aufrecht stehen konnten. Es war eine der Hauptadern. Ein kurzes Stück weiter hatten sie in der Wand des Tunnels eine knapp zwei Meter tiefe Nische entdeckt. Vermutlich hatte man hier versucht, Steine zu brechen, aber die Arbeiten aus irgendeinem Grund wieder eingestellt. Für Mountjoy war es genau die richtige Stelle, und sie sagte ihm mehr zu als der Haupttunnel. Er hatte Samantha mit der Begeisterung eines Immobilienmaklers hineingeführt, der einer Kundin ein Objekt zeigt. Hier, so sagte er, ließ es sich durchaus aushalten, schließlich hatten sie ja eine Taschenlampe und Ersatzbatterien und etwas zu essen und eine Decke. Und Samantha hatte geschlafen. Sie hatten beide etwas geschlafen.

Heute morgen jedoch meckerte sie unablässig über die Kälte. Mountjoys Geduld mit Frauen, die sich beklagten, war schon in guten Zeiten begrenzt. Allmählich ging ihm Samantha auf die Nerven. Seiner Meinung nach war es in den ersten beiden Nächten im Caravan kälter gewesen als hier unten. Vielleicht hatte sie aus Angst, er wollte sie vergewaltigen, nicht von der Kälte gesprochen – oder womöglich hatte sie auch gedacht, er könnte es als Anmache auffassen. Jetzt, da sie mehrere Nächte unbeschadet überstanden hatte, mäkelte sie immer häufiger über Unbequemlichkeiten. Um sie zu besänftigen, wiederholte er einen Satz, mit dem ihn einmal jemand in Albany getröstet hatte. »Im Freien zu schlafen, wäre um einiges kälter.«

»Wir schlafen doch praktisch im Freien. Können wir nicht zurück zu den Wohnwagen gehen? Die rechnen doch nicht damit, daß wir zurückkommen.«

»Aber der Farmer. Der wird sein Grundstück jetzt gut bewachen.«

»Dann eben zu einem anderen Wohnwagenplatz.«

»Ich habe was anderes im Auge.«

Sie reagierte begeistert. »Na los, gehen wir da hin. Schlimmer als hier kann es nicht sein.«

»Ich muß es mir zuerst genau ansehen.«

»Sie meinen, allein?«

»Seien Sie vernünftig. Was erwarten Sie?«

»Lassen Sie mich hier nicht allein. Bitte. Ich hasse die Dunkelheit.« Die Stimme war wieder bedenklich hoch.

»Vielleicht kann ich was Wärmeres für Sie zum Anziehen besorgen.«

»Sie haben nicht genug Geld.«

»Ich habe nichts von kaufen gesagt.«

»Lassen Sie mich hier nicht allein.«

»Es geht nicht anders.«

»Wieso? Als Sie mir das ekelhafte Zeug in die Haare geschmiert haben, haben Sie gesagt, daß es mein Aussehen verändern würde. So wird mich niemand erkennen.« Sie warf sich gereizt eine Strähne aus dem Gesicht. Die braune Tönung hatte in der Tat Erstaunliches bewirkt, und ihre Haare standen auch nicht hoch wie bei einer Pusteblume, sondern hingen herab. Wenn sie nicht gerade über die Kälte nörgelte, machte sie ihm die Hölle heiß, daß er ihre Frisur ruiniert hatte.

»Sie kommen erst dann hier raus, wenn es erforderlich ist«, sagte er. »Ich mache nur eine kleine Erkundung.«

»Ich würde auch nicht schreien oder sonstwas machen.«

»Nein. Ich gehe allein.«

»Gemeiner Scheißkerl.«

»Wenn Sie für immer hierbleiben wollen, von mir aus. Dann gehe ich nicht. Wir bleiben hier, bis wir verrotten.«

Nach einer Pause: »Wie lange werden Sie weg sein?«

»Ich gehe nicht sofort.«

»Ich meine, ist es weit, bis zu dem anderen Versteck?«

»Nein.«

Sie sagte mit großem Mißtrauen: »Es ist doch nicht schon wieder eine Höhle, oder?«

»Das hier ist keine Höhle. Es ist eine Mine, oder, um genau zu sein, ein Steinbruch. Nein, der Ort, wo ich hingehe, ist nicht unter der Erde. Ganz im Gegenteil.«

»Kann ich nicht doch mitkommen?«

»Seien Sie nicht albern.«

»Ich sterbe hier vor Angst.«

»Wenn Sie nicht den Mund halten, kneble ich Sie wieder.«

Aber sie hörte nicht auf. »Was, wenn Sie wieder geschnappt werden und ich allein hier unten bleibe.«

»Dann werde ich denen sagen, wo Sie sind.«

Sie blickte ihn forschend an, suchte in seinem Gesicht nach dem kleinsten Anzeichen dafür, daß er nicht die Wahrheit sagte. »Haben Sie was Neues von denen gehört?«

»Nein«, sagte er. »Ich lasse ihnen Zeit.« Als er sah, wie entgeistert sie ihn anstarrte, sagte er: »Die haben was zu erledigen, das heißt, einer von ihnen. Hat Ihr Vater mal einen Detective namens Diamond erwähnt?«

»Daddy spricht nicht mit mir über seine Arbeit. Eigentlich spricht er über gar nichts mit mir. Er und ich haben nicht viele Gemeinsamkeiten.«

»Es gefällt ihm wohl nicht, daß Sie Straßenmusik machen.«

»Und noch so einiges andere. Was wollten Sie mir eben von diesem Detective erzählen?«

Er hatte ihr Interesse erregt. Sie war bei der Vorstellung, hier allein zurückgelassen zu werden, beinahe in Panik geraten, deshalb hatte er sie irgendwie ablenken müssen. Er hätte ihre Angst ignorieren und einfach gehen können. Niemand hätte die Schreie gehört. Aber er wußte, wie es war, durch die brutale Gleichgültigkeit eines Gefängniswärters zur Verzweiflung getrieben zu werden. Noch einem unglücklichen Menschen Leid zuzufügen, war für ihn weder ein Vergnügen noch eine Lösung. Also gab er ihr kleine Häppchen Informationen, um sie zu beruhigen. »Diamond ist einer der Spitzenmänner Ihres Vaters, was nicht gerade für die anderen spricht. Vor vier Jahren hat er in einem Fall ermittelt, einem Mordfall, und Mist gebaut. Er hat den Falschen in den Knast gebracht. Haben Sie wirklich nie was darüber gehört?«

Sie schüttelte den Kopf. Es war ein kleiner Triumph für Mountjoy, daß sie aufgehört hatte, sich zu beklagen.

»Es gibt korrupte Bullen, und es gibt Bullen wie Diamond, die überzeugt sind, daß sie richtig handeln«, fuhr er fort. »Er ist nicht korrupt – glaube ich. Er hat wirklich geglaubt, den Fall gelöst zu haben. Er ist ein typischer sturer Polizist, rechthaberisch und mit Scheuklappen, aber der Mann hat irgendwas an sich. Sein Charme kann es nicht sein, der entgeht mir, ebensowenig seine Verhörmethoden, die gerade noch vor dem Einsatz rotglühender Nadeln haltmachen, und auch nicht seine Führungsqualitäten, denn die Leute, die mit ihm zusammenarbeiten, hassen ihn wie die Pest. Er schindet sie ganz schön. Das einzige, was letztlich für ihn spricht, ist seine Geradlinigkeit. Er hat sich geirrt, aber er ist ehrlich. Und ich gebe ihm eine Chance, das zu beweisen.«

»Sie sind der Mann, den er ins Gefängnis gebracht hat.«

Vor zwei Tagen hätte Mountjoy, um sie nicht zu beunruhigen, abgestritten, ein entflohener Sträfling zu sein. Daß er es jetzt zugab, war absurderweise eine Möglichkeit, ihr Vertrauen einzuflößen. Mit einem flüchtigen Lächeln sagte er: »Ihr Studium scheint sich auszuzahlen.«

»Sie brauchen nicht gleich sarkastisch zu werden.«

Das war nicht seine Absicht gewesen. »Ich habe viel für Studenten übrig.« Und beinahe hätte er hinzugefügt, daß er selbst mal ein Spracheninstitut geleitet hatte, aber er wollte nicht zuviel verraten, noch nicht. »Egal, ich sprach gerade von Superintendent Diamond. Er hat sich damals getäuscht, und ich habe von ihm verlangt, die Sache zu klären.«

»Obwohl es schon so lange her ist?«

»Obwohl es schon so lange her ist.«

»Was kann er denn machen? Wissen Sie, wer den Mord wirklich begangen hat? Haben Sie's ihm gesagt?«

»Ich weiß nur, daß Diamond sich getäuscht hat. Das habe ich ihm gesagt. Ob er mir glaubt, das ist eine andere Frage.«

»Sie müssen im Gefängnis doch selbst darüber nachgedacht haben, wer es gewesen sein könnte.«

»Ständig. Aber ohne Ergebnis, weil ich nicht alle Fakten kenne. Man kann kein Verbrechen lösen, wenn man nicht alle Informationen hat.«

»Und Diamond hat sie?«

»Was?«

»Alle Informationen?«

»Bislang noch nicht, aber er ist der einzige, der die Mittel hat, um die Wahrheit herauszufinden. Er hat sämtliche Aussagen, und er weiß ...«

Samantha unterbrach ihn mit einem erschrockenen Aufkeuchen und sagte: »Was war das?«

»Was?«

»Ein Geräusch, ein Scharren.«

»Ich hab nichts gehört.«

Sie lauschten zusammen. Mountjoy kam der Gedanke, daß Schritte und Stimmen zu hören sein müßten, falls ein Suchtrupp in die Mine eingedrungen wäre, daß es aber wegen der vielen Eingänge zu diesem Labyrinth schwierig wäre, die Richtung zu bestimmen, aus der sie kamen. Die Entscheidung für einen Fluchtweg wäre dann das reinste Lotteriespiel.

»Da, schon wieder!« sagte sie zu ihm.

Es klang nicht wie ein von Menschen erzeugtes Geräusch. Es war leise, ein Rascheln, nicht weit weg.

»Da, wieder!« sagte Samantha.

»Das ist herabfallender Sand. Ich habe welchen am Hals gespürt.« Er leuchtete mit der Taschenlampe nach oben, und ein dunkler Schatten flatterte durch den Lichtstrahl. »Eine Fledermaus. Das war nur eine Fledermaus.«

»O Gott!«

»Die tun Ihnen nichts.«

»Ich habe Angst vor Fledermäusen.«

»Die interessieren sich nicht für uns. Die sind hier zu Hause. Sehen Sie den Vorsprung da oben?« Er richtete die Taschenlampe darauf. Von da ist sie losgeflogen und hat dabei winzige Kalksteinbröckchen gelöst.« Sie preßte die Augen zu, verschränkte die Arme vor der Brust, fing an, den Oberkörper hin und her zu wiegen, und gab hohe stöhnende Laute von sich. So etwas hatte er noch nie gehört. Die Angst hatte sie ergriffen wie ein epileptischer Anfall. War sie Epileptikerin? fragte er sich. Wie würde er damit umgehen? Bei seiner ganzen Planung hatte er an so etwas nie gedacht.

Er brach sein selbstauferlegtes Gelübde, sie nicht zu berühren, indem er mit einer Hand ihren Oberarm ergriff und sie schüttelte. »Hören Sie auf damit, ja? Das ist doch lächerlich.«

Sie öffnete die Augen. »Wieso töten Sie mich nicht gleich? Ja, töten Sie mich. Ich will sterben. Töten Sie mich, Sie Mörder!«

Er stieß sie zu Boden, riß ihr die Hände auf den Rücken und fesselte sie.

13

Auf dem ganzen Rückweg zur Manvers Street spannte er Julie auf die Folter. Sie war sich zu neunundneunzig Prozent sicher, daß er nicht ernsthaft vorhatte, sie in eine Punkerin zu verwandeln, aber es war amüsant, sich mit dem verbleibenden einen Prozent zu beschäftigen. Mit einer Perücke würde sie vielleicht als Punkerin durchgehen, meinte er, und wenn die Kleiderkammer der Polizei auch keine Kampfanzughose hatte, so würde es eine schwarze Strumpfhose mit vielen Löchern auch tun. Er war sicher, daß der Tierschutzverein ihr einen bösartig aussehenden Köter zur Verfügung stellen könnte; sie bräuchte unbedingt einen Hund. Er marschierte stur weiter, neckte sie ohne Unterlaß. Doch hinter dem Pokerface besserte sich seine Laune, und das lag nicht an dem Bier in der Roman Bar.

Julie wurde erst erlöst, als sie im Polizeirevier ankamen. Sie gingen gerade durch die Eingangshalle, als Diamond etwas hinter der Sicherheitsscheibe am Schalter des diensthabenden Sergeants entdeckte.

»Das kann doch wohl nicht wahr sein.« Aber er ging trotzdem hin, um es sich genauer anzusehen.

Direkt hinter der Scheibe lag wieder eine der Wollbienen und glotzte ihn mit ihren albernen Augen an.

Er klopfte an die Scheibe, bis der Sergeant herüberkam.

»Wer hat die denn da hingelegt?«

»Was meinen Sie, Mr. Diamond?«

»Die Biene.«

»Das ist eine Hummel, Sir.«

»Ist mir egal, was das ist. Wer ist dafür verantwortlich?«

Der Sergeant runzelte die Stirn.

Diamond war flamingorosa angelaufen. »Wer hat sich diesen Scherz ausgedacht? Mehr will ich nicht wissen.«

»Das ist kein Scherz, Sir.«

»Erzählen Sie mir nichts. Wenn ich den Übeltäter finde, vergeht ihm das Lachen.«

Nach einer Pause nahm der Sergeant seinen ganzen Mut zusammen und sagte: »Haben Sie denn keine Hummel bekommen, Mr. Diamond?«

Die höfliche Frage blieb unbeantwortet.

»Eigentlich müßte jeder heute morgen eine bekommen haben. Die ›Operation Hummel‹ läuft.«

Diamonds Augen glichen zwei Morsestrichen. Hinter ihm senkte Julie Hargreaves den Kopf und preßte in dem verzweifelten Versuch, ernst zu bleiben, die Arme auf den Bauch.

»Sie können die Hummel haben, wenn Sie möchten, Sir«, verlängerte der unglückliche Sergeant das Register seiner Vergehen. »Wir haben hier einen ganzen Karton voll. Das Poster da gehört dazu.«

Etwas mußte geschehen, und zwar rasch. Da sie sich nicht traute zu sprechen, berührte Julie Diamonds Arm und lenkte seine Aufmerksamkeit auf ein großes Poster, das aus dem Wust von Bekanntmachungen zu seiner Rechten herausstach. Unter der Zeichentrickfigur einer Hummel mit Polizeihelm und Stiefeln stand: SUPER-HUMMEL SUMMT: SCHLUSS MIT EINBRECHERN! HELFEN SIE MIT. RUFEN SIE AN: 0800 555 111 (gebührenfrei).«

Diamond studierte schweigend das Poster.

Schließlich kriegte Julie die Worte heraus: »Public Relations.«

Der Sergeant sagte: »Wenn ich das sagen darf, Ma'am, aber es ist nicht nur eine PR-Aktion. Seit die Operation Hummel letztes Jahr begonnen hat, sind die Einbrüche drastisch zurückgegangen. Das Team besteht aus fünf Leuten, die mit Sergeant Wood zusammenarbeiten, dem leitenden Hummel-Beamten.«

»Dem was?« sagte Diamond.

»Jeder gemeldete Einbruch wird in einen zentralen Bienenstock eingegeben – das ist natürlich der Computer. Wenn Sie hochgehen, können Sie ihn summen hören.«

»Gott bewahre!« brummte Diamond.

»Und dann werden die Gauner gestochen. Hätten Sie gern eine Hummel, Mr. Diamond?«

Diamond schüttelte den Kopf und ließ es zu, daß Julie ihn wegführte.

»Vier Jahre sind eine verdammt lange Zeit«, sagte Marcus Martin mit dem geschliffenen Akzent eines Internatsschülers. Und auch verdammt viele Frauen, dachte Diamond. Sie hatten Britt Strands letzten Freund auf der Koppel hinter dem elisabethanischen Herrenhaus angetroffen, zweifellos eines der wenigen Backsteinlandhäuser im ganzen County; die dreigiebelige Fassade schimmerte leuchtendorange in der Nachmittagssonne und blutrot, wo der Schatten einer Eiche auf die Hauswand fiel. Bei Marcus Martin war eine junge Frau, die auf einer schwarzen Stute saß, in einem mit Holzspänen ausgestreuten Übungsring, in dem kleine Hindernisse standen. Trotz ihrer makellosen Ausstattung – schwarze Samtreitkappe, schwarze Jacke, weiße Halsbinde und antilopenfarbene Reithose, war es der Reiterin nicht gelungen, das Pferd von der Stelle zu bewegen, und sie schien es auch nicht zu versuchen, was den Eindruck erweckte, daß sie nicht in erster Linie da war, um Reitunterricht zu nehmen. Die Art, wie Martin ihr vom Pferd half, mit beiden Händen um ihren Oberschenkel, verstärkte den Eindruck. Er löste den Sattelriemen für sie und schickte sie mit einem Klaps aufs Hinterteil in Richtung Stall. Sie protestierte nicht.

»Sie erinnern sich doch sicher an mich?« sagte Diamond.

»Zu gut, mein Freund, zu gut.«

Er stellte Julie vor, der das zweifelhafte Kompliment zuteil wurde, ausgiebig von Kopf bis Fuß inspiziert zu werden.

Den Blick weiter auf Julie gerichtet, sagte Martin: »Kaum zu glauben. Inspector Hargreaves«, wobei er das Wort Inspector besonders betonte.

»Sie haben doch bestimmt gehört, daß Mountjoy aus Albany geflohen ist?« sagte Diamond

Martin hatte es gehört, und er konnte sich nicht vorstellen, inwieweit es ihn betraf.

»Tut es auch nicht«, sagte Diamond. »Aber es betrifft mich. Ich bin derjenige, der vielleicht mit ihm sprechen muß. Er beteuert natürlich seine Unschuld.«

»Was will der Kerl denn – ein Wiederaufnahmeverfahren?«

»Das würde er nicht kriegen.«

Martin schob der Stute zwei Zuckerwürfel ins Maul und winkte einem Stallburschen, sie zurück in den Stall zu bringen. Dann schlug er vor, ins Haus zu gehen, wo es wärmer sei.

»Ich versuche, meine Erinnerung an den Fall etwas aufzufrischen«, sagte Diamond, als wären ihm sämtliche Fakten entfallen. Jetzt gab er sich so verbindlich wie der Kollege Columbo aus der Fernsehserie, dessen Befragungsmethode er nachzuahmen versuchte, was ihm aber nur selten gelang. »Wenn man über Britt etwas erfahren möchte, liegt es natürlich nahe, Sie zu fragen.«

»Das wundert mich«, sagte Martin. »Unsere Beziehung war kurz und sinnlich. Eher Wochen als Monate.«

»Es macht Ihnen doch nichts aus, darüber zu sprechen?«

»Ganz und gar nicht. Aber ich glaube nicht, daß es Sie weiterbringt.«

Im Haus, vor einem flackernden Holzfeuer in einem in die Wand eingelassenen Steinkamin von der Größe des Büros, das Diamond und Julie sich im Polizeirevier teilten, wurde Marcus Martin ausführlicher. »Ich hatte Hochachtung vor Britt. Sie war eine Klassefrau. Unglaublich attraktiv und um einiges intelligenter als ich. Sie konnte auch verdammt gut reiten.« In seiner Stimme schwang echte Bewunderung mit. »Sie ist regelmäßig geritten. In Schweden wird Reiten richtig ernsthaft betrieben. Jedenfalls wollte Britt auch mal springen, und irgendwer in den Ställen hat ihr angeboten, sie mit hierher zu nehmen. Ich habe hier eine Anlage fürs Springreiten, nicht das, was Sie vorhin gesehen haben, sondern einen kompletten Parcours – den besten im ganzen Umkreis. Vielleicht haben Sie ihn gesehen, als Sie gekommen sind. So haben wir uns kennengelernt. Nachdem sie mit meinem besten Hengst ein paar Runden gedreht und sich mit einem Perrier erfrischt hatte – sie war Antialkoholikerin, wissen Sie –, hat sie gesagt, sie möchte ein Taxi bestellen. Sie hatte kein Auto. Natürlich habe ich ihr angeboten, sie nach Hause zu fahren, und das habe ich getan.« Er hielt inne und zwinkerte Julie zu. »Am nächsten Morgen.«

»Das war wann – im September?«

»So ungefähr. Vielleicht auch August. Wie ich schon sagte, es ist eine Ewigkeit her. Die ganze Geschichte hat nicht länger als drei wilde, heiße Wochen gedauert. Die Sache war mindestens schon eine Woche vorbei, als sie ermordet wurde.«

»Sie haben mir damals erzählt, die Sache wäre im Sande verlaufen«, erinnerte sich Diamond. »Das läßt sich schwer mit drei wilden, heißen Wochen in Einklang bringen.«

»Habe ich das gesagt? Dann wird es wohl so gewesen sein. Ja, ich war sozusagen mit meinem Repertoire durch. Ich würde nicht sagen, daß wir uns in der dritten Woche schon miteinander gelangweilt haben, aber wir hatten eben nur ein gemeinsames Interesse.«

»Sie meinen das Reiten?«

Er grinste. »Sie hatte sich für einen Kurs an einem Institut angemeldet, und ich mußte übers Wochenende nach Belgien als Ersatz im britischen Springreiterteam, und wir haben uns nicht wieder verabredet. So einfach war das. Ohne ein böses Wort, Gott sei Dank, sonst hätte ich Schuldgefühle gehabt. Als ich aus Brüssel zurückkam, habe ich eine andere Frau kennengelernt.«

»Die junge Dame, die Ihnen das Alibi verschafft hat?«

»Ja, genau. Sie ist gestorben, wissen Sie. Meningitis.«

»Ihre Freundinnen haben nicht viel Glück. Diese Dame haben Sie auf einer Party kennengelernt, wenn ich mich recht erinnere, und sind mit zu ihr nach Hause gegangen.«

»In die Walcot Street, ja. Fürchterlich heruntergekommene Gegend, aber ich bin kaum dazu gekommen, darauf zu achten. Sie hat mich förmlich in ihre Höhle geschleppt und ist über mich hergefallen. Immer wieder.«

Diamond nippte an dem Sherry, den der junge Mann kredenzt hatte. Er vermutete, daß das sexuelle Protzgehabe auf Julie gezielt war. Er konnte sich nicht erinnern, daß es schon vier Jahre zuvor so ausgeprägt gewesen war. Diese ganze Leidenschaft war Diamond ohnehin ein Rätsel in Anbetracht der Tatsache, daß Marcus Martin ein kleiner, nicht sonderlich attraktiver Mann mit roten Haaren war, die büschelweise auf dem allmählich kahl werdenden Kopf wuchsen, aber er hatte nie begriffen, wie die weibliche Libido funktionierte. Vielleicht hatte das Reiten was damit zu tun. Oder das große Haus auf dem Lande.

»Ich möchte wieder auf Britt Strand zurückkommen. Die Affäre spielte sich überwiegend hier ab, nicht wahr?«

»Ausschließlich. Ihre Wohnung war äußerst ungeeignet. Die Leute, die unten wohnten – ich habe ihren Namen vergessen ...«

»Billington.«

»Genau. Sie hätten das nicht gutgeheißen. Sehr prüde. Ziemlich fromm, glaube ich. Die alte Dame hat unten gewacht wie eine Pariser Concierge.«

»Dann sind Sie den Leuten mal begegnet?«

»Öfters. Ich habe Britt mit meinem Land Rover abgeholt und wieder zurückgebracht.«

»Aber Sie haben nicht, äh ...?«

»Nicht bei ihr. Es war weitaus entspannter hier im Haus.«

»Die Billingtons waren für drei Wochen nach Teneriffa gefahren. Haben Sie Britt besucht, als ihre Vermieter weg waren?«

Er runzelte die Stirn und klopfte nachdenklich mit einem Finger auf die Armlehne des Sessels. »Jetzt, da Sie es erwähnen, ich war zwei-, dreimal da, ohne daß ich von unten beäugt wurde. Ich habe einfach angenommen, daß sie nur kurz mal weg waren. Britt hat nichts davon gesagt, daß sie in Urlaub waren. Wahrscheinlich ist sie lieber zu mir gekommen.«

»Hat Sie mit Ihnen überhaupt mal über die Billingtons gesprochen?«

»Nicht oft. Sie mochte sie nicht besonders, aber die Wohnung war günstig. Britt war ganz sicher, daß sie manchmal in ihre Wohnung gingen, wenn sie nicht da war. Um rumzuschnüffeln. Das kommt bei Mietwohnungen nicht selten vor, soviel ich weiß. Sie hat mir auch erzählt, daß der Mann ein Auge auf sie geworfen hatte. Sie hat bloß darüber gelacht. Die meisten Männer hatten ein Auge auf sie geworfen, wenn Sie mich fragen.«

Julie sagte: »Woran hat sie das gemerkt?«

»Er hat ihr kleine Geschenke gemacht, wenn seine Frau es nicht mitbekam, weil sie gerade telefonierte oder im Bad war. Pralinen, Blumen aus dem Garten, eben Sachen, die Frauen mögen. Wie Britt erzählte, hatte er immer eine Entschuldigung parat, daß er sich nichts aus Pralinen machte oder daß er die Rosen zurückgeschnitten hätte oder so.«

Diamond horchte auf. »Rosen?«

»Oder Osterblumen oder Gartenwicken. Ich weiß es nicht.«

»Aber Sie haben Rosen gesagt.«

»Das war die erste Blume, die mir eingefallen ist.«

»Sie wissen, warum ich nachfrage?«

»Natürlich, und wahrscheinlich habe ich deshalb Rosen erwähnt. Ich würde dem keine Bedeutung beimessen.«

»Können Sie sich nicht mehr erinnern, was sie Ihnen erzählt hat?«

»Nach der langen Zeit? Nein.«

Diamond wußte aus Erfahrung, wie frustrierend es war, mit Leuten zu tun zu haben, die ein ungenaues Gedächtnis hatten. Nachdem soviel Zeit vergangen war, war die Chance, etwas Neues zu erfahren, deprimierend gering. »Haben Sie mal mit Mr. Billington gesprochen?«

»Nur guten Tag gesagt.«

»Hat Britt Ihnen irgendwas über ihn erzählt?«

»Sie meinte, er sei froh gewesen, aus dem Haus zu kommen. Er war Vertreter, wissen Sie, Glückwunschkarten, ziemlich vulgäre, soweit ich weiß, und ich könnte mir denken, daß er sich köstlich mit den Ladenbesitzerinnen amüsiert hat, die er besuchte. Wieso interessieren Sie sich so für den alten Billington?«

Diamond ging nicht darauf ein. »Woher wissen Sie von den Karten?«

»Ich habe ihn mal bei der Arbeit in Frome gesehen. In einem Zeitungsladen in der Fußgängerzone. Die Frau hat sich vor Lachen fast in die Hose gemacht, als sie sich die Karten angesehen hat, die er ihr aufschwatzen wollte.«

»Kommen wir zurück auf Britt. Hat Sie Ihnen von Ihrer Arbeit erzählt?«

»Als Journalistin? Sehr wenig. Ich hatte keinen Schimmer von den Dingen, die in der Verhandlung zur Sprache gekommen sind. Von der Sache mit den Irakern. Sie hat mir erzählt, daß sie in dem Institut einen Kurs belegen wollte, mehr nicht. Ich habe nicht mal gefragt, was für einen Kurs.«

»Hat sie Mountjoy in irgendeinem Zusammenhang erwähnt?«

»Nein.«

»Sind Sie ihm je begegnet?«

»Nie, soweit ich weiß.«

Wieder eine Sackgasse.

»Wenn Sie zu dem Haus in Larkhall gefahren sind, dort, wo der Mord passiert ist, sind Sie dann zu ihr hochgegangen?«

»Natürlich.«

»Und haben Sie ihr mal Blumen mitgebracht?«

Martin hob abwehrend die Hände. »He, worauf wollen Sie hinaus? Nein, niemals.«

»Haben Sie ihr welche geschickt, nachdem die Freundschaft abgekühlt war, vielleicht als nette Geste?«

»Als was?«

»Sind Ihnen in ihrer Wohnung welche aufgefallen?«

»Rosen? Nein.«

»Haben Sie welche zur Beerdigung geschickt?«

»Natürlich nicht.«

Martin blickte demonstrativ auf die Uhr.

Unaufgefordert schaltete Julie sich in die Befragung ein. »Wir glauben, sie hat an einem Artikel über die Punker in Bath gearbeitet. Hat sie Ihnen mal davon erzählt?«

Er runzelte die Stirn, blickte ins Feuer und schnippte mit den Fingern. »Das hat sie tatsächlich. Wir haben mal nachmittags im Canary Tee getrunken, diesem ziemlich vornehmen Café in der Queen Street, wo sie klassische Musik vom Band spielen, während man an seinem Earl Grey nippt. Man wird dort zu seinem Tisch geleitet. Wir wurden bevorzugt behandelt. Wir bekamen einen Tisch unten am Fenster. Man kann die Passanten beobachten. Um Britt zu erheitern, habe ich mir Geschichten über die Leute ausgedacht, als würde ich sie alle kennen. Der da hat mal für Picasso Modell gestanden, und der da interessiert sich für Züge und lungert ständig auf Bahnhöfen rum, die da ist eine Nonne, die aus dem Kloster abgehauen ist, und so weiter. Klingt albern, wenn ich das jetzt so erzähle, aber damals fanden wir es lustig. Dann kam ein riesiger Typ in einem Armeemantel vorbei, offensichtlich ein Punker, und zu meinem Erstaunen hat Britt ihm zugewinkt und an die Scheibe geklopft. Er ist stehengeblieben und hat rübergestarrt. Einen Moment lang dachte ich schon, sie wollte ihn hereinwinken, und die Geschäftsführerin dachte das auch. Ich meine, der Typ war nicht gerade die Sorte Gast, die man sich in einem Café wünscht. Völlig verfilzte Haare, Tätowierungen, Ohrringe, Springerstiefel. Aber Britt ist aufgestanden und zu ihm rausgegangen, wobei sie, nebenbei bemerkt, die Hälfte von ihrem Teegebäck für ihn mitgenommen hat. Sie haben eine Weile draußen gestanden und sich unterhalten. Die Kunden des Canary waren absolut fasziniert. Ein unvergeßlicher Anblick.«

»Das muß GB gewesen sein«, sagte Julie zu Diamond.

»Schließlich ist er weitergegangen und sie wieder reingekommen, mit tausend Entschuldigungen. Er sei nur ein Bekannter, hat sie gesagt, und ich erinnere mich, daß ich mich gefragt habe, ob er nicht mehr als nur ein Bekannter war. Ich habe sie dann indirekt gefragt. Man will schließlich wissen, was man für ein Risiko eingeht, wenn Sie verstehen, was ich meine. Aber Britt hat beteuert, es sei rein beruflich. Sie würde Material für eine Story über Punker sammeln, eine Sache, die eine richtige Sensation werden könnte. Sie wollte den Riesen bei Laune halten, bis sie alle Fakten zusammenhatte.«

Diamond wandte sich an Julie. »Das Canary, das ist doch gleich um die Ecke von der Trim Street, nicht?« Sie nickte.

»Hat sie Ihnen sonst noch was erzählt?« fragte Diamond.

»Über die Punker? Nein.«

»Hatte sie keine Angst vor dem Mann?«

»Sie machte weiß Gott nicht den Eindruck.«

»Haben Sie ihn danach noch mal gesehen?«

»Nein, er muß wohl hier aus der Gegend verschwunden sein.«

Auf der Rückfahrt nach Bath mit Julie am Steuer sagte Diamond zusammenfassend: »Nicht schlecht. Wir haben mit zwei Männern angefangen, und jetzt haben wir zwei weitere, den schlimmen Winnie, wie Sie ihn genannt haben, und GB, wer immer das sein mag.«

»Winston Billington hatte aber doch ein Alibi«, sagte Julie. »Er war zur Tatzeit auf Teneriffa.«

»Ich frage mich, ob es je überprüft wurde.«

»Das haben wir bestimmt.«

»Sie sagen ›wir‹, aber Sie waren damals nicht dabei. Wenn es irgendwelche Schludrigkeiten gegeben hat, dann war ich dafür verantwortlich. Billington hat bei unseren Ermittlungen damals keine große Rolle gespielt, das kann ich Ihnen sagen.« Er wartete, bis sie eine Kreuzung überquert hatte, und fuhr dann fort: »Wie es aussieht, hat er sich bei ihr Chancen ausgerechnet. Die Geschenke. Die Rosen.«

»Oder Gartenwicken«, erinnerte sie ihn.

»Na schön, aber er hat ihr Blumen geschenkt. Und als Vermieter hatte er einen Schlüssel zu ihrer Wohnung. Wenn es auch nur den geringsten Zweifel an seinem Alibi gibt, dann hat Winston Billington ein paar Fragen zu beantworten.«

»Wir könnten den Teneriffaurlaub doch bestimmt im Reisebüro überprüfen, oder?«

»Von vor vier Jahren? Ich bezweifle, daß sie ihre Unterlagen so lange aufbewahren. Das ist alles auf Computer, nicht wahr? Kinderleicht zu löschen.«

Julie lächelte. Diamond ließ keine Gelegenheit zu einem Seitenhieb auf Computer aus.

»Das gleiche gilt für die Fluggesellschaften«, sagte er weiter. »Es gab mal eine Zeit, da hätten wir eine Chance gehabt, an eine Passagierliste ranzukommen. Da stand noch alles auf Papier. Heute nicht mehr.«

»War das, als Lindbergh noch Chefpilot war?« fragte Julie, ohne die Augen von der Straße zu nehmen.

Er warf ihr einen Seitenblick zu. »Wenn ich's recht überlege«, sagte er, »zwei Ringe durch die Nase, und Sie wären perfekt.«

Sie antwortete nicht.

In der Manvers Street hatte noch immer derselbe Sergeant Dienst hinter der Sicherheitsscheibe. Er rief Diamonds Namen.

»Was ist denn nun schon wieder?«

»Sie haben oben Besuch, Sir.«

»Eine von Ihren Hummeln?«

Der Sergeant war nicht sicher, ob er lächeln sollte. »Nein, Sir. So eine Type von den Punkern.«

14

Auf dem Weg nach oben fragte Julie Hargreaves Diamond, ob er wollte, daß sie zugegen war.

Er erwiderte schroff: »Natürlich. Daß er hier ist, haben wir nur Ihnen zu verdanken.«

»Ich habe es nicht arrangiert.«

»Sie haben die Saat gestreut.« Aber es war nicht als Kompliment gemeint. Er war bereits dabei, seine Gedanken auf die bevorstehende Vernehmung zu konzentrieren, und sie hatte ihn gestört.

Das war bald vergessen. In ihrem provisorischen Büro erwartete sie ein wahrlich verblüffender Anblick. Ihr Besuch schlief, die Füße auf dem Schreibtisch, den Kopf nach hinten gelegt und mit offenem Mund. Weder Julie noch Diamond sprachen es aus, aber beide hatten mit jemandem gerechnet, der GBs Beschreibung entsprach. Statt dessen hatten sie ganz zweifellos eine Frau vor sich.

Beim Geräusch der sich schließenden Tür regte sie sich, gähnte und sagte: »Wer sind Sie?«

»Wir arbeiten hier«, antwortete Diamond.

Diese Feststellung erntete einen ungläubigen Blick aus zusammengekniffenen Augen. Offenbar sahen sie beide nicht wie die Polizisten aus, an die sie gewöhnt war. Unten hatte sie sicher einer der uniformierten Beamten in Empfang genommen und ein anderer hatte sie hergebracht.

Diamond fügte hinzu: »Zivilbeamte. Und wer sind Sie?«

»Bin gerade gekommen.«

Eine ausweichende Antwort auf eine ausweichende Antwort. Er beschloß, seinen Nachnamen und Julies Rang und Namen zu nennen.

Die Punkerin erwiderte: »Shirl.«

Shirl trug eine Bomberjacke aus ausgeblichenem braunem Leder mit Pelzkragen, ein schwarzes T-Shirt und einen gefransten Lederminirock, Netzstrumpfhose und arg abgenutzte halbhohe Schuhe, die sie offenbar nicht vorhatte, vom Schreibtisch zu heben. Ihr schwarzes Haar war noch kürzer geschnitten als Julies, und auf beiden Seiten des Kopfes war die Form des Union Jack einrasiert. Große Silberringe schmückten ihre Ohren, aber sie hatte weder Nasenschmuck noch sichtbare Tätowierungen. Eine ziemlich konservative Punkerin.

»Können wir Ihnen was anbieten, Shirl? Einen Kaffee?«

Sie ahmte die Bewegung, wie man eine Zigarette an die Lippen führt, nach.

Diamond wechselte mit Julie einen Blick, und sie ging hinaus, um irgendwo einen Raucher abzufangen.

»Was führt Sie hierher?«

Shirl beäugte ihn argwöhnisch, die Beine noch immer auf den Schreibtisch gelegt. Da die Beine so offen im Blickfeld lagen, war unübersehbar, wie stämmig sie waren. Weder die Schuhe noch die Strumpfhose noch der Minirock konnten darüber hinwegtäuschen. Wahrscheinlich fielen ihre Beine nicht auf, wenn sie stand, denn oberhalb der Taille war sie recht üppig proportioniert. Schließlich kam sie zu dem Schluß, daß sie ihr Erscheinen wohl irgendwie erklären mußte, und sagte: »Ein Bulle war heute morgen in der Stall Street und hat nach GB gefragt.«

»Sie kennen ihn?«

»Natürlich kenn ich den, sonst wär ich ja wohl nicht hier, oder? Was wollt ihr von ihm?«

»Er soll uns nur bei unseren Ermittlungen behilflich sein.« Die altvertraute Floskel rutschte Diamond heraus, bevor ihm richtig klar wurde, wie bedrohlich sie vielleicht klang. Rasch formulierte er sie um. »Ich möchte mit ihm über jemanden sprechen, den er vor langer Zeit kennengelernt hat.«

»In Bath?«

Er grinste, bemüht, nett zu sein. »Trim Street, genau gesagt.«

»Kenn ich nicht.«

»Kennen Sie bestimmt, am Ende der Milsom Street, da, wo die Telefonzellen sind und der Laden mit dem Kaffeeautomaten – Carwardine's?«

Shirl sagte: »Gibt's nicht mehr.«

Er blickte finster. »Carwardine's, nicht mehr da?«

»Dichtgemacht.«

»Um Himmels willen.«

Shirl sagte hilfsbereit: »Aber ich weiß, was Sie meinen.«

»Dahinter, etwas versteckt. GB hat irgendwann vor vier Jahren in einem besetzten Haus in der Trim Street gewohnt. Die Frau, um die es geht, war Journalistin. Sie hat mit seiner Einwilligung das Haus besucht und für eine Zeitschrift Fotos gemacht.«

»Die schwedische Reporterin, die ermordet wurde, richtig?«

»Stimmt.« Ermutigt, daß sie Bescheid wußte, versuchte er den gleichen freundlichen Ton beizubehalten. »Dann erinnern Sie sich an sie?«

»Damals war ich nicht dabei. Da war ich noch auf der Schule.«

»Aber Sie wissen über den Mord Bescheid?«

»Nur, was man mir erzählt hat.«

»Und Sie können mich zu GB bringen?«

Sie schnappte erschrocken nach Luft. »Auf keinen Fall! Das hab ich nicht gesagt.«

»Warum sind Sie dann hier? Hat er Sie geschickt?«

Sie beantwortete die erste Frage, nicht die zweite. »Wir sind zusammen.«

Julie kam mit drei Zigaretten und Streichhölzern zurück. Shirl nahm sie alle und zündete sich eine an, steckte die anderen in die Brusttasche. Diamond erzählte Julie, was er bislang in Erfahrung gebracht hatte, und signalisierte ihr, die Befragung zu übernehmen.

»Wo wohnen Sie?« fragte Julie.

»Überall. Bin dauernd auf Achse.«

»Ein Wohnwagen?«

»So was in der Art.«

»In der Nähe von Bath?«

»Wieso?«

»Wir könnten Sie nach Hause bringen.«

»Vergiß es.«

Diamond faßte das als Ende des Gesprächs mit Julie auf und riß die Führung wieder an sich. »Wir möchten mit GB sprechen, nur um zu erfahren, an was er sich noch aus der Zeit von vor vier Jahren erinnert. Meinen Sie, er wäre bereit, sich mit uns zu treffen?«

»Wieso fragen Sie mich das?«

»Wir würden ihn fragen, wenn er hier wäre, aber da das nicht der Fall ist, halten wir uns an Sie.«

Sie richtete ihr Interesse auf die Zigarette.

»Sie sagen, Sie sind mit ihm zusammen. Weiß er, daß Sie hier sind? Wir können Sie da raushalten, wenn Sie möchten.«

»Ich habe keine Angst vor ihm«, sagte Shirl, aber es klang eher nach gespielter Tapferkeit als nach der Wahrheit.

»Hat er Sie geschickt?« Schweigen.

Diesmal ließ Diamond sie eine Weile schmoren. Sie hatte in keiner Weise zu erkennen gegeben, daß sie lieber gehen wollte, und es mußte einen Grund geben, warum sie gekommen war. Punker marschieren normalerweise nicht einfach ins nächstbeste Polizeirevier, um sich mit den Bullen zu verbrüdern.

Julie kannte die Taktik. Sie blickte unverwandt auf den Stapel Briefpapier ihr gegenüber, als wäre ihre wahre Berufung das Zählen von Umschlägen.

Shirl hielt die Gleichgültigkeit etwa eine Minute lang durch und wurde dann nervös, sog mehrmals an ihrer Zigarette und blies den Rauch aus. Schließlich drückte sie die Glut mit den Fingern aus und legte die Zigarette zum Abkühlen auf die Schreibtischkante. Sie stellte die Beine auf den Fußboden und beugte sich auf ihrem Stuhl vor. »Sie glauben, GB hat sie alle gemacht, nicht?« Ihre schwarz umrandeten Augen blickten Diamond bohrend an. »Hab ich recht?«

Bemüht, nicht zu reagieren, starrte er über ihren Kopf hinweg auf eine veraltete Mitteilung zum Thema Kartoffelkäfer.

Jetzt brach es aus Shirl heraus. »Sie haben den Falschen eingebuchtet, und jetzt ist der abgehauen. Der Lehrer. Mountjoy oder so. Der hat die Frau nicht umgebracht. Sagt GB.«

»Das hat er Ihnen erzählt?« Diamond reagierte interessiert, brach sein Schweigegelübde. »Was hat er Ihnen sonst noch erzählt?«

Sie zu unterbrechen war ein taktischer Fehler gewesen. Vor Schreck verstummte sie. Schlimmer noch, sie stand auf und ging zur Tür, blieb nur kurz stehen, um die Zigarettenkippe von der Schreibtischkante zu nehmen.

Julie legte ihr schwesterlich eine Hand auf die Schulter und sagte: »Sie werden eine Schlafmöglichkeit brauchen. Sie können nicht zu ihm zurück.«

»Ich habe keine Angst vor ihm«, beteuerte Shirl zum zweiten Mal, während sie Julies Hand wegschob. »Ich habe nichts gemacht – jedenfalls nichts Schlimmes.«

Jetzt war Eile geboten, also sagte Diamond mit fester sachlicher Stimme, die gleich darauf wie eine dringende Bitte und dann wie eine Hilfeschrei klang: »Es ist offensichtlich, daß GB Sie geschickt hat. Durchaus verständlich – er will wissen, was wir vorhaben. Würden Sie ihm bitte etwas von mir bestellen? Sagen Sie ihm, daß ich ihn gern sehen würde, um mit ihm über Britt Strand zu sprechen. Möglicherweise ist er ein wichtiger Zeuge. Sagen Sie ihm, mich interessiert nur, was vor vier Jahren passiert ist, als er in dem besetzten Haus in der Trim Street gewohnt hat. Ich bin mit jedem Treffpunkt einverstanden, wo wir einen netten Plausch halten können. Er braucht nur zu sagen, wo.« Bevor er zu Ende gesprochen hatte, war Shirl zur Tür hinaus und auf dem Weg nach unten auf die Straße. Es war nicht gesagt, daß sie Diamonds Angebot überhaupt wahrgenommen hatte.

»Soll ich den Wagen holen?« bot Julie an.

»Das bringt nichts. Sie würde uns in Bath problemlos abschütteln. Ich werde sie beschatten lassen. Zu Fuß.«

Sie blickte skeptisch. »Dann müssen Sie sich aber beeilen.«

»Ja, von Ihnen.«

Julie sah ihn verdutzt an. »Aber Sie kennt mich.«

Er nickte. »Sie wird damit rechnen, daß ihr jemand folgt, also können Sie es tun. Melden Sie sich über Funk, wenn es geht.« Die Führung männlicher Mitarbeiter war nie Diamonds Stärke gewesen, und die von weiblichen … Schwamm drüber.

Julie stand auf und verschwand durch die Tür, ohne Diamond noch einmal anzublicken.

Nachdem sie gegangen war, lehnte er sich zurück und grübelte darüber nach, warum Shirl gekommen war. Offenbar hatte sie etwas rüberbringen wollen. Nachdem sie ihre Aussage, Mountjoy sei unschuldig, losgeworden war, hatte sie gar nicht schnell genug wegkommen können. Glaubte GB ernsthaft, die Polizei würde ihn nach dieser vielsagenden Andeutung in Frieden lassen? Falls er wirklich etwas wußte, etwas, das bisher noch nicht zur Sprache gekommen war, so war das möglicherweise ein für die Ermittlungen entscheidender Moment. Höchstwahrscheinlich war Shirl geschickt worden, um herauszufinden, warum sich die Polizei für GB interessierte, der vermutlich noch andere Straftaten auf dem Kerbholz hatte, die nichts mit dem Mordfall zu tun hatten. Sie hatte nicht die Anweisung bekommen, etwas über Mountjoy zu sagen. Das war ein Bonbon gewesen.

Er ging über den Korridor, um herauszufinden, ob die Jagd nach Mountjoy Fortschritte machte. Commander Warrilow, der zwischen den Computern stand, wo Zivilangestellte unablässig auf den Tastaturen klapperten, beäugte ihn mürrisch.

»Irgendwelche Fortschritte?« erkundigte sich Diamond.

»Wir machen nur Fortschritte.«

»Das nenne ich eine positive Einstellung.«

»Wir haben eben eine Meldung bekommen, daß er gesehen worden ist.«

»Gute Arbeit!«

»Vielleicht. Ein Mann, auf den Mountjoys Beschreibung paßt, wurde vor nicht ganz einer Stunde im Circus gesehen.«

»Auf dem Drahtseil?« fragte Diamond, obwohl er genau wußte, daß mit »Circus« der kreisrunde Platz gemeint war, dessen ringsherum angelegte Häuserreihen zu den architektonischen Glanzpunkten von Bath gehörten.

Warrilow ignorierte die Bemerkung und sagte: »Dort wird zur Zeit die Kanalisation überprüft.«

Diamond riß die Augen auf. »Vermuten Sie denn ...«

Warrilow nickte. »Die alten Kanäle verlaufen direkt unter den Gebäuden hindurch. Sie sind groß. In manchen kann man aufrecht stehen. Wir denken, er könnte sich dort versteckt haben. Ich habe einen Suchtrupp losgeschickt.«

Peter Diamond fing an, die Filmmelodie von »Der dritte Mann« zu pfeifen.

Warrilow schnalzte mit der Zunge und drehte ihm den Rücken zu.

Diamond ging in den Funkraum und sagte dem diensthabenden Sergeant, daß er benachrichtigt werden wolle, sobald Julie Hargreaves sich meldete. »Müßte bald der Fall sein«, sagte er zuversichtlich. »Kann ich einen Kopfhörer haben?«

Kurz darauf hörte er Julies Stimme. Sie war Shirl zum Bahnhofsvorplatz gefolgt. Dort unterhielt sie sich gerade mit zwei Punkern. Auf keinen von beiden paßte GBs Beschreibung. »Jetzt geht sie weiter, in Richtung Bahnunterführung, wo die Taxis stehen. Ich folge ihr.«

Diamond wandte sich an den Sergeant. »Haben wir immer noch eine Einheit, um Penner und Punker zu überwachen?« Einmal hatte es im Sommer auf der M 5 einen Zwischenfall gegeben, der viel Medieninteresse erregt hatte; Punker hatten über eine Stunde lang den Verkehr blockiert, um gegen die, wie sie es nannten, Schikanen der Polizei zu protestieren.

»Nur in den Sommermonaten, Sir. Jetzt haben wir weniger Probleme mit ihnen.«

»Wie Stubenfliegen? Also ignorieren wir sie im Winter?«

»Wir haben nicht genug Leute, um sie das ganze Jahr über zu überwachen.«

Grollend setzte er den Kopfhörer wieder auf. Julie meldete sich erst wieder nach zwanzig Minuten. Sie berichtete, daß sie gerade die A 36, die Warminster Road, erreicht hatte und daß Shirl am Straßenrand stand, um per Anhalter zu fahren. »Was soll ich machen, wenn sie mitgenommen wird?« fragte sie.

Diamond sagte unfreundlich: »Ich komme mit dem Wagen. Wo sind Sie genau?«

»Ich habe Ihnen eben meine Position durchgegeben.« Julies Empörung war deutlich zu hören.

Er entschuldigte sich nicht. Er war nicht gut in Straßennamen, und Autoverfolgungsjagden waren nicht gerade seine Lieblingsbeschäftigung. Der Sergeant am Funkgerät zeigte ihm mit dem Finger die entsprechende Stelle auf der Straßenkarte an der Wand. Mit Märtyrermiene machte sich Diamond auf den Weg zu dem Escort.

Er fuhr mit der maßvollen Geschwindigkeit, die der Verkehr diktierte, durch die Innenstadt von Bath und über die Pulteney Bridge.

Julie wartete noch immer an den Regierungsgebäuden gegenüber Minster Way. Sie winkte heftig.

»Wir haben sie verloren, was?« sagte er.

»Nicht, wenn wir ordentlich Gas geben«, erwiderte sie und stieg ein. »Sie sitzt in einem von diesen langen Baufahrzeugen mit gelbem Führerhaus. Der Fahrer hat sie vor knapp zwei Minuten mitgenommen. Wir müßten sie eigentlich einholen.«

»Wir können es versuchen«, sagte Diamond ohne rechte Überzeugung. »Nicht einfach, auf dieser Straße zu überholen. Mit dieser alten Karre, meine ich.« Er sagte das so, als bräuchte er nur ein paar PS mehr. Als er losfuhr, nahm er einem BMW die Vorfahrt, der zu einer Vollbremsung gezwungen wurde. »Was ich jetzt gut gebrauchen könnte«, sagte er über das Hupen des BMW hinweg, »ist so ein abnehmbares Blaulicht, wie Kojak es benutzt. Man streckt den Arm zum Fenster raus, knallt das Ding aufs Dach, und ab geht die Post. Alle Leute wissen, daß ein Notfall vorliegt.«

Die Straße wurde breiter, und es gelang ihm, einen weißen Kleinbus zu überholen. »Hat sie gemerkt, daß Sie sie beschatten?« fragte er Julie.

»Ich glaube nicht. Ein paarmal wurde es brenzlig, wenn sie sich umgedreht hat, aber ich habe mich unter die Passanten gemischt.«

Vor ihnen senkte sich die Straße, so daß sie weiter blicken konnten. »Sehen Sie sie?« fragte Diamond.

»Ich weiß nicht … Moment, ja! Sie verschwinden gleich hinter einer Biegung. Sehen Sie?«

Während er Ausschau hielt, schob sich der weiße Kleinbus – das einzige Fahrzeug, das er bisher überholt hatte – wieder an ihm vorbei. Die nächsten zwei Meilen kam er wegen des Gegenverkehrs nicht schneller voran. Einige Ampeln am Viaduct-Pub hielten ihn zusätzlich auf, aber Julie beruhigte ihn damit, daß gleich eine Steigung käme, auf der man nicht überholen konnte, so daß alle gezwungen waren, sich der Geschwindigkeit des langsamsten Fahrzeugs anzupassen.

Kurz nachdem sie den höchsten Punkt erreicht hatten, sahen sie zur Belohnung am Straßenrand den gelben Lastwagen stehen, aus dem Shirl gerade kletterte. Die Straße war hier auf beiden Seiten von Bäumen gesäumt.

»Passen Sie auf, wo sie hingeht«, befahl Diamond, wieder ganz der Mann mit Autorität. »Ich fahre vorbei.«

Er bremste ab und fuhr nur noch im Schneckentempo – was den BMW-Fahrer hinter ihm zur Weißglut brachte –, bis er etwa hundert Meter weiter ein flaches Grasstück entdeckte, wo er anhalten konnte. Im Rückspiegel sah er, daß der Lkw den Blinker setzte, um weiterzufahren.

»Sie ist auf dieser Straßenseite geblieben«, sagte Julie, als sie ausstiegen.

Shirl war aber nirgendwo zu sehen. Sie mußte direkt in den Wald gegangen sein, einen dichten dunklen Streifen, der allmählich breiter wurde und ziemlich weitläufig war. Sie gingen ein Stück die Straße zurück, bis sie auf einen schmalen Pfad stießen, den einzigen Weg, den sie eingeschlagen haben konnte.

Sie nahmen die Verfolgung auf. Nach einem strammen Marsch über frosthartes Laub gelangten sie auf eine Lichtung, auf der ein Dutzend Fahrzeuge standen, eins klappriger als das andere. Ein schwelendes Feuer und zwei bellende Hunde verhießen, daß hier jemand wohnte.

Eine Frau – nicht Shirl – kam aus einem alten Doppeldeckerbus, und Diamond fragte, ob GB da sei.

Sie sah aus wie um die Dreißig, hatte ein wettergegerbtes, intelligentes Gesicht und kurzgeschorenes Haar. Ihr Blick wanderte von einem zum anderen, und sie überlegte offensichtlich, ob die Besucher Ärger bedeuten könnten: »Wer sind Sie?«

»Ich bin Peter Diamond. Und das ist Julie Hargreaves. Wir sind Freunde von Shirl.« Stark übertrieben, aber durchaus einen Versuch wert.

»Shirl?«

»Shirl. Sie müssen doch Shirl kennen. Eigentlich möchten wir zu GB.«

Das Gespräch wurde unterbrochen, als plötzlich jemand rief: »Nein! Faß mich nicht an, du Drecksack! Laß mich!« Das Rufen kam aus einem großen schwarzen Bus in der Nähe. Ein durchdringender Schrei folgte. Eine der Türen wurde aufgestoßen, und eine junge Frau, nur mit T-Shirt und Schlüpfer bekleidet, fiel heraus, rappelte sich auf und lief schluchzend über die Lichtung zu einem Caravan. In der Tür des Busses, aus dem sie gekommen war, stand ein Mann mit einem breiten Ledergürtel in der Hand. Er knallte die Tür zu.

»War er das?« fragte Diamond.

»GB?« Ihre Informantin schien eher über die Frage überrascht zu sein als über den Vorfall. »Nein. Kommt mit.« Sie führte sie um den Bus herum und wieder in den Wald, so kam es ihnen jedenfalls vor, bis sie über einen kurzen Pfad zu einer anderen Lichtung kamen, wo ein großes, schickes Wohnmobil ganz allein stand, eine stattliche Behausung auf Rädern, dem Nummernschild nach nicht älter als zwei Jahre.

»Warten Sie.« Die Frau klopfte kräftig an die Tür.

Es war Shirl, die aufmachte. Sie blickte an der Frau vorbei, erkannte Diamond und Julie und legte die Hand an den Hals. Sie drehte sich um und sagte etwas Unverständliches in den Wagen. Es gab einen Wortwechsel, dann kam sie heraus und sagte in ärgerlichem Ton: »Sie sollen reingehen.« Sie hatte offenbar Anweisung erhalten, draußen zu bleiben.

Als sie eintraten, stand GB höflich auf, um seine Besucher zu begrüßen. Er war nicht gebaut für das Leben in einem Camper; er mußte den Kopf einziehen, obwohl Diamond, nicht gerade ein Zwerg, ohne Probleme aufrecht stehen konnte. Auch der Akzent klang nicht nach einem Vagabundenleben. Er hörte sich eher nach Internatsausbildung denn nach Zigeunersprache an. »Nehmen Sie doch bitte irgendwo Platz. Wie ich höre, möchten Sie Informationen über die Schwedin, die in Bath ermordet wurde.«

Das war die Zusicherung, die GB offenbar brauchte. Kein Wort über andere Dinge. Das wollte er von vornherein klarstellen.

Diamond nickte. »Shirl hat gute Arbeit für Sie geleistet. Sie könnte bei der Kripo Karriere machen, wenn sie wollte.«

»Nicht, wenn sie ihre Kompetenzen überschreitet. Ich habe sie nicht zu Ihnen geschickt.«

»Sie ist von sich aus gekommen?«

»Frauen«, sagte GB.

Keine Frage: Er hatte sich verändert. Auf dem Foto, das Diamond von ihm hatte, war sein Kopf noch kahlgeschoren gewesen, jetzt dagegen trug er einen flotten Haarschnitt, der gut in eine Martini-Reklame gepaßt hätte. Sein schwarzer Pullover, die Jeans und Markensportschuhe stammten geradewegs aus einer Edelboutique. Der neue GB war eine elegante Erscheinung mit einem entwaffnenden Lächeln. Das Bedrohliche, das von seinem Äußeren und seinem Verhalten ausgegangen war, hatte er abgelegt bis auf das eine Merkmal, das er nicht verändern konnte, das hängende linke Augenlid, das Prue Shorter mit ihrer Kamera eingefangen hatte. Gemessen an dem Foto und Marcus Martins Beschreibung des mit einem Armeemantel bekleideten Punkers, der vor dem Fenster des Café Canary Aufsehen erregt hatte, war das eine Verwandlung, die es mit der von der Raupe zum Schmetterling aufnehmen konnte.

Auch das Wohnmobil war luxuriös ausgestattet, die Vorhänge, Kissen und Sitzbezüge Ton in Ton und aus erlesenem Stoff. GB war piekfein geworden, aber warum? Diamonds erster Gedanke war, daß er einen Drogendealer vor sich hatte, der dabei war, sich von den armen Teufeln zu distanzieren, die das Zeug nahmen. Es war ein bekanntes Szenario. Der Dealer erkundet zuerst den Markt, indem er sich unter die potentiellen Käufer mischt und sich so kleidet wie sie. Sobald er reich wird, gibt er seine Maskerade auf. Die Punker waren jetzt von GB abhängig. Auch wenn er in Melone und Nadelstreifenanzug daherkäme, sie würden bei ihm kaufen.

»GB – sind das Ihre Initialen?« fragte Diamond, als er sich so würdig, wie es einem dicken Mann möglich ist, auf einer Bank niedergelassen hatte. Er verhielt sich GB gegenüber höflich. Die Drogen-Connection, falls es eine war, fiel nicht in sein Ressort.

GB antwortete: »Nein, bloß ein Spitzname für einen patriotischen Typen, der mal eine Bulldogge mit einem Union-Jack-Mantel hatte. Tee oder Kaffee?«

Sie hatten nicht mit dem Angebot gerechnet, aber es schien zu dem neuen Image zu gehören. »Für mich Tee.«

»Für mich auch«, sagte Julie.

»Und wie heißen Sie richtig?«

»GB. Ich höre auf GB«, sagte er liebenswürdig. »Ich hatte schon schlimmere Namen, also habe ich mich für GB entschieden.«

Dann kam Diamond zur Sache. »Wir sind uns damals nicht begegnet, als Britt Strand ermordet wurde.«

»Dazu bestand kein Anlaß«, sagte GB mit dem Rücken zu ihnen, weil er mit dem Wasserkessel hantierte.

»Außer daß Sie offenbar mit Miss Strand in den Wochen vor ihrem Tod zu tun hatten und wir versucht haben, alle zu befragen, die sie kannten.«

»Ja, ich kannte sie«, gab GB zu und drehte sich zu ihnen um, »aber Hunderte anderer Leute kannten sie vermutlich auch. Wenn man bedenkt, mit wie vielen Leuten sie im Laufe einer Woche zu tun gehabt haben muß ...«

»Es war unser Job, sie alle ausfindig zu machen«, fiel Diamond ihm ins Wort. »Beim ersten Mal sind Sie uns durch die Lappen gegangen.«

GB lächelte mitfühlend. »Das muß ungeheuer frustrierend sein. Man kann unmöglich jeden ausfindig machen, erst recht nicht nach so langer Zeit.«

»Wir tun, was wir können.«

»Erinnerungen werden schwächer.«

»Dann helfen wir nach.«

»Viel Glück.«

Diamond dachte, daß GB sich ein bißchen zu sehr bemühte, den freundlichen, lockeren Gastgeber zu spielen. Mit hoher Wahrscheinlichkeit waren irgendwo im Camper Drogen versteckt, doch vielleicht war sein Verhalten auch auf etwas zurückzuführen, das für die gegenwärtige Ermittlung von Belang war. »Würden Sie uns bitte erzählen, wie Sie Britt Strand kennengelernt haben?«

Ohne Zögern sagte er: »Sie hat mich gesucht. In dem Sommer vor ihrem Tod. Mir kam zu Ohren, daß eine blonde Frau die Punker vor dem Pump Room anquatschte und nach mir fragte. Ich war mir absolut sicher, daß sie eine Spionin vom Sozialamt war, deshalb hielt ich mich bedeckt. Aber schließlich hat sie mich doch erwischt. Zu der Zeit wohnte ich in einem besetzten Haus in der Trim Street, und sie hat an der Ecke gewartet und mich irgendwann abgefangen. Ich weiß noch, daß ich sie ganz schön beschimpft habe, aber sie hat sich nicht abschrecken lassen.«

»Hat sie gesagt, was sie wollte?«

»Sofort. Sie hat gesagt, sie sei Journalistin und würde für einen Artikel über die Trim Street recherchieren. Hat ihren Presseausweis gezückt. Das hat mich nicht gerade gesprächiger gemacht, kann ich Ihnen sagen. Ich wollte nicht, daß irgendwas über mich in den Sensationsblättern steht.«

»Aber sie war doch keine Sensationsreporterin.«

»Würden Sie alles glauben, was eine Journalistin Ihnen erzählt?« sagte GB, während er Teebeutel in drei Tassen gab. »Sie hat mir versichert, daß es ihr nicht um mich persönlich ging, sondern daß sie sich für das besetzte Haus interessierte, und das hat mich noch mißtrauischer gemacht. Wer in einem besetzten Haus wohnt, freut sich über Publicity genauso wie General Custer über noch mehr Indianer. Genau das habe ich ihr auch gesagt, und sie hat mir fünfzig Pfund für eine Exklusivstory geboten, mit Fotos von dem besetzten Haus. Außerdem versprach sie, keine Namen zu nennen. Sie sagte, die Story würde erst in sechs Monaten erscheinen und dann auch nur in anspruchsvollen Zeitschriften im Ausland. Das war mir sowieso ein Rätsel, kann ich Ihnen sagen. Wieso zum Teufel sollte jemand in Frankreich oder Amerika etwas über einen Haufen Punker lesen wollen, die ein Haus in Bath besetzt haben?«

Diamond hätte es liebend gern gewußt. »Haben Sie sie danach gefragt?«

»Ehrlich gesagt, nein.«

»Sie wollten sich nicht um die fünfzig Pfund bringen.«

GB grinste. »Das Geld reichte, um mich bei Laune zu halten. Die Frau hatte eine Menge Kohle. Todschicke Klamotten, viel zu schick für eine Sozialarbeiterin, wie ich zuerst gedacht hatte. Als sie mir einen Zehner anbot, nur damit wir uns noch mal treffen, habe ich nicht nein gesagt.«

»Sind Sie in Verhandlungen getreten?«

»Das wäre zuviel gesagt. Wir haben uns zweimal im Victoria Park getroffen.«

»Aber nach Verabredung?«

»Natürlich.«

»Warum im Park? Warum nicht auf dem Platz vor der Abteikirche, wo ihr euch immer versammelt?«

Er sagte mit einem vielsagenden Grinsen: »Im Park ist man doch ungestörter, nicht?«

»Sie wollten nicht, daß die anderen Hausbesetzer von ihrem Geschäft erfuhren?«

»Das habe ich nicht gesagt.«

»Aber Sie haben es gemeint.«

GB interessierte sich plötzlich mehr für den Teekessel als für seine Besucher.

Diamond blieb am Ball. »Das war im Sommer 1990?«

»Im September oder so«, antwortete GB, ohne aufzublicken. »Das Wetter war noch ganz schön. Wir haben im Gras gesessen und geredet.«

»Britt hat sich mit Ihnen zusammengesetzt? Hatte sie es gerne mal ein bißchen rustikaler?«

Ein ausdrucksloser Blick. Selbst Diamond fand im nachhinein, daß es eine taktlose Bemerkung war.

Zum Teil um seine Worte abzumildern, sagte er, an Julie gewandt: »Ich hoffe, Sie sind keine Feministin.« Dann sagte er zu GB: »Seien wir ehrlich, sie war äußerst attraktiv, und sie wollte einen Gefallen von Ihnen. Sie wollen mir doch nicht ernsthaft weismachen, daß ihr zwei nichts anderes im Victoria Park gemacht habt als herumzusitzen und zu reden? Sie haben eben selbst gesagt, daß man im Park ungestört ist.«

»Verglichen mit dem Platz vor der Kirche, ja. Versuchen Sie mir was anzuhängen, Mr. Diamond? Britt und ich hatten keine Affäre. Okay, wir haben uns ein- oder zweimal umarmt, und ja, sie gefiel mir, aber so ungestört ist man im Victoria Park nun auch wieder nicht.«

»Ich wußte gar nicht, daß Sie so verschämt sind.«

»Dazu gehören zwei.«

»Sie war verschämt?«

»Sie hatte Klasse.«

Nach einer Pause sagte Diamond: »Also, das Ende vom Lied war, daß Britt bekommen hat, was sie wollte, aber Sie nicht?«

Er lachte: »Sie meinen, sie hat mich übers Ohr gehauen? Ja, so könnte man zusammenfassend sagen. Sie hat gekriegt, was sie wollte.«

»Ich würde nicht sagen, daß sie Sie übers Ohr gehauen hat, falls Sie Ihre fünfzig Pfund bekommen haben.«

»Ich habe mir jeden Penny verdient. Ich mußte meine Kumpel in der Trim Street überreden, daß sie für ein paar dämliche Fotos posierten. Das war nicht leicht. Sie haben alle was von dem Geld abbekommen«, fügte GB rasch hinzu.

»Was ist also passiert?«

»Eines Abends ist sie mit ihrer fetten Fotografin aufgetaucht, die Unmengen Fotos gemacht hat.«

»Wir haben ein paar davon gesehen«, sagte Diamond.

»Das ist mehr, als ich gesehen habe. Nach der Fotosession hat sie mich nämlich wie eine heiße Kartoffel fallenlassen. Schwarz oder mit Milch?«

Nachdem jeder seinen Tee hatte, nahm Diamond den Faden wieder auf. »Täusche ich mich, oder hätten Sie sie gern wiedergesehen?«

»Britt Strand verstand es, Männer scharf zu machen«, sagte GB unbekümmert. »Sie hat mich zum Narren gehalten, und ich denke, sie hat noch jede Menge andere zum Narren gehalten.«

»Haben Sie versucht, sie wiederzusehen?« hakte Diamond nach, zunehmend überzeugt, daß es noch mehr zu erfahren gab. Britt Strand hatte GBs Eitelkeit einen schweren Schlag versetzt, so sehr er sich auch bemühte, es herunterzuspielen.

GB ließ sich für seine Antwort Zeit. Schließlich sagte er: »Ja, ich habe es ein paarmal versucht. Ich habe herausgefunden, wo sie wohnte, in Larkhall. Hab im Telefonbuch nachgesehen. Journalisten müssen Telefon haben, nicht? Ich habe ein paarmal bei ihr angerufen, aber es war immer nur der Anrufbeantworter dran.«

»Haben Sie eine Nachricht hinterlassen?«

»Nein. Ich wollte direkt mit ihr sprechen.«

»Weil Sie wütend waren?«

»Nein, weil ich ein Idiot bin. Ich habe noch immer gedacht, ich hätte Chancen bei ihr. Erst nach ihrem Tod kam heraus, welche Typen sie alle um den Finger gewickelt hat – den Popmusiker und den Springreiter und diesen armen Trottel Mountjoy.«

Vorläufig widerstand Diamond dem Drang, nach Mountjoy zu fragen. »Sie konnten sie also telefonisch nicht erreichen. Was haben Sie dann getan?«

»Ich bin ein paarmal zu ihr nach Hause, und sie war nicht da oder hat nicht aufgemacht. Niemand hat aufgemacht.«

»Wann genau war das?«

Er zuckte die Achseln. »Können Sie sich noch an Sachen erinnern, die vier Jahre her sind?«

»Die Fotosession in der Trim Street war zehn Tage vor ihrem Tod«, half Diamond nach, »und Sie sagen, Sie sind ein paarmal danach bei ihr zu Hause gewesen. Tagsüber?«

»Zweimal. Und einmal abends.«

»Abends?«

Er stöhnte, als wäre es viel zu lästig, das alles zu erzählen. »Eines Abends war einer von den Punkern aus dem besetzten Haus mit zwei Kumpeln und einer Flasche Bier auf dem Queen Square. Sie haben zufällig gesehen, wie Britt mit irgendeinem Mann in das französische Restaurant da gegangen ist, das Beaujolais. Sie fanden das total lustig, weil sie ja wußten, daß ich mir bei ihr Chancen ausgerechnet hatte, und sind zum Haus zurück, um mich zu ärgern.«

Julie setzte an: »Das muß …«, bevor Diamond sie mit einem Blick zum Schweigen brachte.

GB sprach den Satz zu Ende: »… in der Nacht gewesen sein, als sie abgemurkst wurde. Stimmt. Sie war mit Mountjoy verabredet.«

»Woher wissen Sie, daß es Mountjoy war?« fragte Diamond.

»Lassen Sie mich doch erst mal zu Ende erzählen. Wie gesagt, die Jungs haben mich so richtig fertiggemacht, erzählt, der Typ, der bei ihr war, wäre so ein Weichei, um die Vierzig, und so Sachen. Kurze Zeit später bin ich nach draußen gegangen, hab gesagt, der Hund müßte Gassi, und Sie können sich natürlich denken, wo ich hingegangen bin. Von der Trim Street zu dem

Restaurant sind es nur ein paar Minuten zu Fuß. Ich wollte mich mit eigenen Augen überzeugen, ob es stimmte. Ich war auf hundertachtzig und wollte ihr eine Szene machen, also bin ich schnurstracks mit meinem Hund in den Laden reinmarschiert und habe mich umgesehen, aber sie war nicht mehr da. Es war, glaube ich, schon am späteren Abend. Seit meine sogenannten Freunde die beiden gesehen hatten, waren schon zwei, drei Stunden vergangen. Ich hab gesehen, daß einige Tische abgeräumt waren. Ich fühlte mich hintergangen. Ich wollte genau wissen, ob sie was mit einem anderen angefangen hatte. Also bin ich nach Larkhall gepilgert, wo sie gewohnt hat. Nur um mich zu vergewissern, okay?«

»Okay«, sagte Diamond. »Was ist dann passiert?«

»Bis dahin sind es etwa anderthalb Kilometer zu Fuß, und unterwegs hatte ich mich wieder etwas beruhigt, aber ich war noch immer zu neugierig, um die Sache sein zu lassen. Ich kam zu der Straße.«

»Wie spät?«

»Keine Ahnung. Damals hatte ich keine Uhr.«

»Vor Mitternacht?«

»Eher so gegen elf. Oben im Haus brannte Licht, aber ich wußte nicht, ob es Britts Wohnung war. Ich habe mich auf eine Mauer auf der anderen Straßenseite gesetzt und das Haus beobachtet. Nach einer Weile ging unten das Licht an, die Haustür ging auf, und ein Typ kam raus. Ich bin sicher, das war Mountjoy. Ich habe sein Bild in den Zeitungen gesehen.«

Wenn das stimmte, dann war das wirklich sensationell, und Diamond verbarg seine Erregung nicht. »Ist jemand mit ihm zur Tür gekommen?«

»Ja, sie war dabei. Ich konnte sie genau sehen.«

»Sie meinen Britt?«

»Wen sonst?«

»Sind Sie sicher?«

»Hundertprozentig.«

»Was hatte sie an?«

»Einen Rock und eine Bluse, die bis zum Hals zugeknöpft war – und falls Sie das überrascht, mich hat es damals noch wesentlich mehr überrascht. Entscheidender war: keine Umarmung, nichts. Nicht mal ein paar höfliche Worte. Sie hat die Tür wieder zugemacht, noch bevor er durchs Gartentor war. Er hat sich nicht einmal umgeschaut. Ist die Straße hoch davonmarschiert. Das war's. Er hat sie nicht ermordet. Sie haben einen Unschuldigen in den Knast gebracht, Mr. Diamond.«

»Und Sie haben vor der Polizei wichtige Informationen zurückgehalten«, konterte Diamond, eine schnelle Reaktion in Anbetracht der Wirkung des soeben Gesagten. »Wieso haben Sie sich nicht gemeldet?«

»Ein Punker? Machen Sie Witze? Sie hätten mir die Sache angehängt, kein Problem. Dann wäre ich der arme, naive Trottel gewesen, der vier Jahre in Albany gesessen hat. Ich meine, ich war schließlich in Larkhall. Ich hatte ein Motiv und die Gelegenheit.«

»Was hat sich also geändert? Wieso reden Sie jetzt darüber?«

GB wehrte die Frage elegant ab. »Was sich geändert hat, Mr. Diamond, ist, daß Sie in meinem Wohnmobil sitzen und Fragen über den Mord stellen. Ich muß mich verteidigen.«

»Stimmt. Woher sollen wir wissen, daß Sie nicht ins Haus gegangen sind und sie ermordet haben?«

»Das hat ein anderer getan.«

»Das läßt sich leicht behaupten.«

»Ich habe ihn gesehen.«

Diamonds Puls beschleunigte sich.

GB ließ sich Zeit, bevor er fortfuhr, wahrscheinlich weil er spürte, wie wichtig es war, seine Worte sorgfältig abzuwägen. »Nachdem Mountjoy gegangen war, habe ich überlegt, ob ich reingehen soll. Ich war noch immer sauer darüber, wie sie mich ausgenutzt und dann abserviert hatte. Ich wollte eine vernünftige Aussprache.«

Das klang unwahrscheinlich, aber Diamond hielt sich taktvoll zurück.

»Die Sache ist die«, fuhr GB fort, »was ich da gerade gesehen hatte, wie sie den Typen, mit dem sie essen war, vor die Tür setzte, das hat mich aus dem Konzept gebracht. Man hätte meinen können, er hätte ihre Mutter beleidigt oder die Katze getreten oder so. Ich stand eine Weile da, unsicher, ob ich rübergehen und an die Tür klopfen oder bis zum nächsten Tag warten sollte. Ich muß tief in Gedanken gewesen sein, denn ich habe nicht bemerkt, daß so ein alter Knacker die Straße raufkam. Ich weiß nicht, wo der auf einmal herkam. Plötzlich war er da, hat das Gartentor geöffnet und ist die Stufen zur Haustür hoch, als würde ihm das Haus gehören. Er hat einen Schlüssel aus der Tasche geholt, die Tür aufgeschlossen und ist reingegangen.«

»Er hatte einen Schlüssel? Wie sah er aus?«

»Ich habe ihn nur von hinten gesehen. Dünn. Durchschnittlich groß. Trug eine flache Mütze und einen Mantel. Im mittleren Alter, seinen Bewegungen nach zu urteilen. Ich habe ihn etwa zehn Sekunden gesehen, länger nicht.«

»Könnte es Mountjoy gewesen sein, der zurückkam?«

»Ausgeschlossen. Der ist größer, und sie waren unterschiedlich gekleidet.«

»Hatte er irgendwas in der Hand? Zum Beispiel einen Strauß Blumen?«

»Ich habe keine Blumen gesehen.«

»Rosen, meine ich.«

GB schüttelte den Kopf.

»Und dann?« fragte Diamond.

»Dann bin ich weg. Als ich den Typen kommen sah, habe ich mich entschlossen zu gehen. Bestimmt wäre der an die Tür gekommen, wenn ich geklopft hätte, und ich wollte keinen Ärger.«

»Sie haben angenommen, daß es der Vermieter war?«

»Ja.«

»Was meinen Sie damit, daß Sie keinen Ärger wollten?«

GB grinste freundlich. »Hätte gut sein können, daß ich ihm eine verpaßt hätte.«

»Und danach wäre eine vernünftige Aussprache mit Britt unwahrscheinlich gewesen?«

»Genau. Erst als ich in der Zeitung von dem Mord las, habe ich erfahren, daß die Hausbesitzer auf den Kanaren waren. Als sie zurückgekommen sind, haben sie die Leiche gefunden, also kann es ja wohl nicht der Vermieter gewesen sein, oder?«

Diamond faßte die Frage als rhetorisch auf. In Gedanken war er bereits woanders und stellte jemand anderem Fragen.

Der Form halber erkundigte er sich, ob GB in derselben Nacht direkt in die Trim Street zurückgegangen war. Dann bat er um eine genauere Beschreibung des geheimnisvollen Besuchers, erfuhr aber nichts Neues.

Diamond führte Julie aus dem Wohnmobil. Ihm war flau im Magen. Wenn das, was er soeben erfahren hatte, stimmte, war das eine Katastrophe: die Bestätigung, daß er 1990 einen verhängnisvollen Fehler gemacht und den falschen Mann ins Gefängnis gebracht hatte.

»Am besten, Sie fahren«, sagte er zu Julie.

15

Der Fernsehtechniker Frank Wiggs, der auf der Morford Street am Fuße des Lansdown Hill wohnte, in einem der noch erhaltenen georgianischen Reihenhäuser mit Künstlerwohnungen, rief seiner Frau Nina zu, daß es nicht spät werden würde. Nina rief zurück, falls doch, würde er vor verschlossenen Türen stehen. Das war ihr üblicher liebevoller Abschied, wenn Frank einen Abend in seinem Lieblingspub verbrachte, dem Pig and Fiddle in Saracen Street, wo es Ash Vine gab, »das Bier für den wahren Kenner«. Nina ging schon lange nicht mehr mit dorthin.

Frank vergewisserte sich, daß er Bargeld und eine Schachtel Zigaretten dabeihatte, zog dann die Haustür hinter sich zu und marschierte mit raschen Schritten die Straße hinunter.

Nina machte es nicht das geringste aus, den Abend allein zu verbringen. Sie nahm die Fernbedienung des Fernsehers und brachte die alberne Quizsendung, die gerade lief, zum Schweigen. Sie öffnete eine Schublade des Sideboards und holte eine Schachtel mit belgischen Pralinen heraus, die sie am Nachmittag in dem kleinen Laden auf der Pulteney Bridge gekauft hatte. Sie schob sich einen Champagnertrüffel in den Mund, zerkaute ihn genüßlich zwischen den Zähnen, schluckte rasch und genehmigte sich einen zweiten, gefolgt von einem Sahnetrüffel. Da sie etwas brauchte, um sich die Kehle zu ölen, öffnete sie die untere Tür des Sideboards und griff ganz weit nach hinten, wo sie den Brandy aufbewahrte – ein Ort, an dem Frank nie nachsah, außer zu Weihnachten, wenn die ganze Familie kam. Er trank immer nur Bier. Sie goß sich ein, wie sie fand, kleines Gläschen ein – der Cognacschwenker war halb voll –, stellte es auf ein Tablett zu den Pralinen und dem schnurlosen Telefon und trug alles zusammen hinauf ins Badezimmer, wo sie den Spülkasten über der Toilette in ihren privaten Altar umfunktionierte. Während das Wasser einlief, gab sie etwas Schaumbad hinzu. Dann zog sie sich aus, schnitt sich die Zehennägel, stieg der Kontrolle halber auf die Waage und aß drei weitere Trüffel. Als das Wasser genau richtig war, stieg sie in die Wanne und tauchte bis zu den Schultern ein. Herrlich. Sie griff nach dem Brandy und dem Telefon.

Zwanzig Minuten später, sie plauderte gerade angeregt mit ihrer Freundin Molly in Aldershot, hörte Nina von unten ein Geräusch wie von splitterndem Glas. Ihr erster Gedanke war, daß sie wohl die Tür des Sideboards offengelassen hatte und daß die Katze reingekrochen war und ein paar Weingläser umgestoßen hatte. Das dumme Tier war schon einmal da reingeschlichen, und dabei war der Stiel eines Waterford-Kelchglases zu Bruch gegangen, das letzte aus dem Set, das sie von ihrer Tante Maeve zur Hochzeit bekommen hatten. Jetzt war sowieso nichts mehr daran zu ändern, und die Katze war inzwischen bestimmt geflüchtet, so daß Nina nur kurz stockte, während sie Molly den französischen Film erzählte, den sie aufgenommen hatte und bei dem es um eine reiche Frau ging, die junge Männer als Diener engagierte und dann verführte.

Kurz darauf vernahm sie, daß die Treppenstufen knarrten, aber das Holz zog sich durch die warme Heizungsluft zusammen, also bestand kein Grund zur Beunruhigung.

Dann öffnete sich die Badezimmertür und ein Mann schaute herein.

Nina preßte das Telefon gegen ihre Brüste. Sie brachte tatsächlich den Mut auf zu sagen: »Raus hier!«

Er sagte: »Ganz ruhig. Ich will Ihnen nichts tun.«

Molly in Aldershot sagte: »Ich glaube, da ist einer in der Leitung. Ich höre noch jemanden.«

Nina tauchte bis auf den Kopf komplett unter Wasser, und in Aldershot hörte Molly seltsame Geräusche durch den Hörer, bevor die Verbindung unterbrochen wurde. Die nächsten zwanzig Minuten verbrachte sie mit dem Versuch, die Verbindung wiederherzustellen.

Währenddessen sagte Nina zu dem Mann: »Ich rufe die Polizei.« Da sich das Telefon inzwischen auf dem Boden der Wanne befand, klang die Drohung wenig überzeugend. Sie hätte lieber sagen sollen: »Ich habe schon die Polizei verständigt.«

Die braunen Augen des Mannes hielten Ninas Blick stand. Er war kein junger Mann mehr, was die meisten Vergewaltiger angeblich sein sollen. Sie schätzte ihn auf um die Vierzig. Er hatte dunkle, einschüchternde Augen und ein hageres Gesicht. Aber er war nicht ganz ins Zimmer getreten. Er sagte: »Kommen Sie da raus.«

Nina dachte, von wegen.

Ein Frotteebademantel hing an der Tür. Er nahm ihn vom Haken und warf ihn über die Wannenarmatur. »Ziehen Sie das über. Ich habe nicht viel Zeit. Ich bin John Mountjoy, und ich brauche Hilfe.«

»Mountjoy – der Mann, der geflüchtet ist?«

»Aus Albany.«

Nina stockte der Atem.

Er sagte: »Jetzt wissen Sie, warum ich hier bin.«

Sie sagte im Flüsterton: »Danny?« Ihre Gedanken eilten zurück zu jenem Abend vor zehn Jahren, als sie Danny Boon zum letzten Mal gesehen hatte, die Nacht, bevor er festgenommen wurde, weil er den Postmeister erschossen hatte. Fast ein Jahr lang hatten sie und Danny kleinere Postämter im West Country überfallen. In der Presse waren sie unter den Namen Bristol Bonnie und Clifton Clide berühmt geworden. Damals hatte sie Nerven aus Stahl, sie trug stets eine Waffe und hätte sie auch benutzt, wenn auch wohl nicht, um jemanden umzubringen. Gemeinsam hatten sie ein hübsches Sümmchen gemacht, und sie hatte von einem Teil ihrer Beute das Haus gekauft. Danny hatte damals den Postmeister in Warminster niedergeschossen, als der den Helden spielen wollte. Er wollte ihn nicht töten – aber wie macht man das einem Gericht begreiflich? Danny war von jemandem gesehen worden, mit dessen Beschreibung die Polizei ein gutes Phantombild erstellen konnte, und sie entdeckten ihn in ihrer Kartei. Sein Name war in sämtlichen Zeitungen und im

Fernsehen, also vereinbarte er ein letztes Treffen mit Nina in einer kalten, feuchten Februarnacht in Sham Castle in der Nähe von Bath. Er versprach, der Polizei nichts über sie zu erzählen, und er hatte Wort gehalten. So wie sie ihr Versprechen gehalten hatte aufzuhören, falls sie ungeschoren davonkam. Nicht ein einziges Mal hatte sie ihn im Gefängnis besucht. Das Kapitel ihrer Zusammenarbeit war abgeschlossen.

Seit jenem Abend war Nina eine vorbildliche Bürgerin, selbst in dem langen, kalten Winter, als weder sie noch Frank eine Arbeit hatten. Sie hatte Frank aus Verzweiflung geheiratet, weil sie um Danny trauerte und, auch das muß gesagt werden, um die Polizei abzuschütteln, die noch immer nach ihr fahndete. Frank hätte eine Automatik nicht von einer Banane unterscheiden können, aber zufällig trat er genau zum richtigen Zeitpunkt in ihr Leben. Sie hatte ihm nie etwas über ihre Vergangenheit erzählt.

Mountjoy sagte: »Danny ist ein guter Kerl.«

»Sie kennen ihn?« flüsterte Nina.

»Ein bißchen. Wir waren zusammen im Kunstkurs. Im Knast, meine ich. Hören Sie, Sie müssen mir helfen. Ich brauche Essen, Kleidung, Decken, Geld. Und ich werde mir Ihren Wagen ausleihen. Ich sage Ihnen, wo Sie ihn später wiederfinden. Würden Sie also jetzt bitte aus der Wanne steigen und mir helfen?«

Schockiert und fassungslos sagte sie: »Danny hat Sie nicht hergeschickt. Das würde er nie tun. Nicht Danny.«

Er machte einen Schritt ins Zimmer. »Nein. Er hat keinem was erzählt. Aber ich bin hier. Ich bin selbst dahintergekommen.«

»Wie?«

Er beugte sich über die Wanne und drehte an der Armatur, die den Stöpsel öffnete. Das Wasser begann abzufließen. Er nahm den Bademantel und reichte ihn ihr.

Nina legte ihn sich schützend um die Schultern, und es gelang ihr mit, wie sie hoffte, Anstand, wenn nicht gar mit Würde aufzustehen. Als sie aus der Wanne stieg, bemühte sie sich, einigermaßen gefaßt zu wirken. »Was für Kleidung?«

»Für eine Frau.«

»Eine Frau?«

»Eine ganze Garderobe. Warme Sachen. Hosen, Pullover, Unterwäsche.«

»Haben Sie jemanden dabei?«

»Holen Sie das Zeug. Dalli.«

»Vielleicht hat sie nicht meine Größe.«

»Wir kommen schon zurecht.«

Sie band den Bademantelgürtel fest um die Taille und ging in das kleine Schlafzimmer, das sie mit Frank teilte. Sie öffnete einen Kleiderschrank. »Am besten, Sie nehmen die Stretchjeans und den dicken Wollpullover da oben.« Sie zog eine Kommodenschublade auf und suchte ein paar Schlüpfer sowie eine noch ungeöffnete Strumpfhosenpackung aus. »Falls sie mit Ihnen auf der Flucht ist, muß es ihr ziemlich schlecht gehen. Sie können sich aussuchen, was Sie brauchen.«

Sie bemühte sich, kooperativ zu klingen. Sie hätte ihm bereitwillig alle ihre Sachen geschenkt, um damit sein Wohlwollen zu erkaufen. Die unmittelbare Bedrohung war ein wenig abgeklungen, aber eine lähmende Angst hatte sie erfaßt. Der Mann wußte von ihrer Vergangenheit mit Danny. Es lag in seiner Macht, sie der Polizei ans Messer zu liefern, sie wegen Mordes hinter Gitter zu bringen. Mit dem Eifer einer Wohltäterin kramte sie in ihrem Schrank nach einer Reisetasche und fing an, Kleidungsstücke hineinzustopfen. Alles, um ihn bei Laune zu halten.

»Reicht das? Ich könnte noch einen Koffer vollpacken, wenn Sie möchten.«

Er nahm zwei Decken aus der Truhe unter dem Fenster. »Der Mann, der gerade aus dem Haus gegangen ist – wohin wollte der?«

»In den Pub.« Fast hätte sie beruhigend hinzugefügt, daß Frank erst lange nach der Polizeistunde wieder nach Hause kommen würde, nach einem langsamen, schwankenden Marsch die Broad Street hinauf, aber sie konnte sich gerade noch beherrschen. Sie wollte Mountjoy so schnell wie möglich wieder loswerden.

Er sah aus dem Fenster. »Wo steht Ihr Wagen?«

In der Morford Street war Parken verboten. »Die Garagen sind hinten. Unsere müßte offen sein.«

»Was für einer ist es?«
»Ein alter Renault Acht. Grün.«
»Schlüssel?«
»Sind unten. Soll ich sie holen?«
»Nehmen Sie die Tasche. Und keine Dummheiten. Ich bin direkt hinter ihnen.«

Als sie die Treppe hinuntergingen, sah sie die zerbrochene Fensterscheibe in der Hintertür und die Glassplitter auf der Fußmatte. Er hatte einfach hindurchgefaßt und die Tür von innen geöffnet. Wie oft hatte sie Frank nicht schon gesagt, daß sie das Haus sicherer machen müßten.

»Autoschlüssel«, drängte er.

Sie ging ins Hinterzimmer und nahm sie aus der Handtasche.

»Jetzt was zu essen.«

In der Küche füllten sie zwei Plastiktüten, nahmen alles aus dem Kühlschrank, was frisch gegessen werden konnte, dann holten sie Dosen aus den Schränken und Kekse und Brot.

»Der Mann, der in den Pub gegangen ist«, sagte er. »Ist das Ihr Mann oder was?«

Sie antwortete: »Ja.«

»Mann?«

»Ja.« Beruhigend fügte sie hinzu: »Ich werde ihm nichts von Ihnen erzählen. Er weiß nichts von meiner Vergangenheit.«

»Und ich vermute, Danny weiß nichts von ihm«, bemerkte Mountjoy mit einem vorwurfsvoll finsteren Blick, und Nina, der Beweis für die verbitterte Erwartung aller Gefangenen, daß ihre Frauen sie verlassen werden, wünschte, sie hätte geschwiegen.

Mountjoy sagte: »Sie werden erklären müssen, wo Ihr Wagen abgeblieben ist.«

»Das merkt er gar nicht.« Nachdem sie ihm geholfen hatte, die Plastiktüten mit der Reisetasche und den Decken neben die Haustür zu stellen, sagte sie: »Wie geht es Danny?«

»Einigermaßen. Er ist robust.«

»Vorhin haben Sie gesagt, daß er nichts von mir erzählte.«

Mountjoy sagte: »Es stand doch in allen Zeitungen. Als ihr beide Schlagzeilen gemacht habt, habe ich hier gewohnt. Sie hat man Bristol Bonnie genannt.«

»Aber niemand kennt meinen Namen.«

»Ich auch nicht. Ich weiß, wo Sie wohnen, mehr nicht.«

»Wie denn – wenn Danny es Ihnen nicht erzählt hat?«

Er nahm sich Zeit, ehe er antwortete, als wäre er unsicher, ob er es ihr verraten sollte oder ob er der Meinung war, daß sie eine Erklärung verdient hatte. »Die bieten Unterricht an. Schulunterricht. Ich habe Kunst belegt, und er auch. Das einzige Bild, das er je zu Ende gemalt hat, war eines mit Acrylfarben. Daran hat er monatelang gearbeitet. Es zeigte eine Straße, war ohne jede Perspektive gemalt, das hätte ihn nur verwirrt. Ein paar georgianische Häuser an einem steilen Hang. Sie hatten Außengeländer, und die Kellerfenster konnte man gerade noch sehen. Die Details waren gut ausgearbeitet. Zwei der Häuser hatten dreiteilige Fenster, der Mittelteil mit Rundbogen, auf beiden Seiten rechteckige Fassungen, kleine quadratische Fensterscheiben. Ziemlich auffällig. Aus einem der Fenster blickte eine Frau heraus. Traurige Augen. Aber Menschen zu malen ist nicht Dannys Stärke.«

»Ich?« Sie sog die Backen ein und biß fest darauf. Sie fürchtete, falls sie in dieser angespannten Situation ihren Gefühlen freien Lauf ließ, würde sie in Tränen ausbrechen.

Er sagte: »Wer denn sonst? Ich wußte, daß Sie und Danny irgendwo hier in der Gegend gearbeitet hatten, und ich kenne mich in Bath aus. Die Art, wie er das Bild gemalt hat, würde man in der Kunstwelt als naiv bezeichnen, aber er gab sich allergrößte Mühe, alles richtig hinzukriegen, den steilen Hang und die Fenster und Geländer und die gußeisernen Halterungen für Blumenkästen an dem Haus nebenan, das kein dreigeteiltes Fenster hatte. Er muß ein fotografisches Gedächtnis haben. Natürlich gibt es ein Dutzend solcher Straßen, doch eines ist typisch für diese hier: die Türen. Er hat sie ohne Türgriff, Schlösser oder Briefschlitze gemalt. Und soweit ich weiß, gibt nur eine Straße mit Haustüren, die nie aufgehen, und zwar am unteren Teil der Morford Street. Euer Zugang ist von hinten, durch den Bogen in der Mitte der Häuserreihe.«

Sie machte ihm keine Komplimente für seine Beobachtungsgabe. Er schien keine Aufmunterung zu brauchen.

Er sagte: »Ich habe mir gedacht, daß Sie mir helfen würden.«

Sie nickte, wünschte sich mit aller Kraft, daß er endlich ging.

Er klimperte mit den Schlüsseln. »Ich lasse den Wagen vor dem Bahnhof stehen. Sie können ihn morgen abholen. Da wäre noch etwas.«

»Ja?«

»Bei diesen Postüberfällen mit Danny wart ihr beide bewaffnet. Was haben Sie mit Ihrer Waffe gemacht?«

»Ich hab sie entsorgt.«

Sein Gesichtsausdruck verhärtete sich. »Das glaube ich nicht. Sie haben Sie versteckt, aber bestimmt nicht entsorgt.«

»Ehrlich.«

»Sie verlogenes Miststück. Ich hatte mal eine Ehefrau, die mich angelogen hat. Wollen Sie wissen, was ich mit der gemacht habe?«

Sie schüttelte den Kopf.

Er hatte recht. Sie bewahrte die Waffe im Haus auf, unter dem losen Dielenbrett im Wohnzimmer, mit einem Teppich und einem Tisch mit bronzenem Blumentopf darüber. Sie hatte es für sicherer gehalten, die Waffe all die Jahre über zu behalten, statt das Risiko einzugehen, daß sie irgendwo gefunden wurde und dann vom kriminaltechnischen Labor bis zu ihr zurückverfolgt werden konnte. Bis zu diesem Augenblick war es eine gute Entscheidung gewesen. Nina sagte: »Ich hab sie in den Fluß geworfen.«

Mountjoy sagte: »Komm her.«

16

Peter Diamond hatte so seine Fehler – vielleicht mehr als die meisten –, aber Wortkargheit gehörte nicht dazu. Er mußte reden. In diesem Moment war seine Selbstachtung auf dem absoluten Tiefpunkt. Er hatte 1990 tatsächlich Mist gebaut, es sei denn, GB hatte sich das angeblich von ihm beobachtete Kommen und Gehen im Mordhaus aus den Fingern gesogen. Aufgrund seiner unzulänglichen Ermittlungen war ein Mörder ungeschoren davongekommen.

Als er und Julie also schweigend auf demselben Weg, den sie gekommen waren, zur Straße zurückgingen, war die Unterbrechung der Kommunikation nicht seine freie Entscheidung.

Er brannte förmlich darauf, sich auszusprechen, aber leider wurde es schnell dunkel, so daß sie sich auf den Weg konzentrieren mußten. Jedwede Spekulation, wer der Mann gewesen war, den GB in der Mordnacht in Britts Wohnung hatte gehen sehen, mußte warten, bis sie wieder im Auto saßen.

»Winston Billington«, sagte er schließlich, während er sich damit abplagte, den Sicherheitsgurt um seine Leibesfülle zu schlingen. »Wer außer dem Hausbesitzer hätte um diese Uhrzeit mit einem eigenen Schlüssel das Haus betreten können?«

»Sie versperren mir die Sicht«, erwiderte Julie. »Ich muß den Wagen wenden.«

»Auf meiner Seite ist alles frei.« Er wartete ab, bis sie gewendet hatte, doch sobald sie in der richtigen Richtung unterwegs waren, lehnte er sich so dicht zu ihr hinüber, daß der Rand seines Filzhutes ihr Haar berührte. »Was denken Sie?«

»Ich dachte, Mr. Billington hätte ein Alibi. Er war doch bis nach dem Mord mit seiner Frau auf Teneriffa.«

»Aber haben wir das überprüft?« Er wandte sich ab und schlug sich mit der Faust auf den Oberschenkel. »Haben wir das damals überprüft, Julie?«

Sie sagte: »Ich war nicht dabei.«

Diamond hatte die Frage rhetorisch gemeint. »Wir hatten die Aussage, daß die Billingtons aus dem Urlaub zurückgekommen waren – wann war das noch mal, zwei Tage später? – und die Leiche fanden. Das war die Ausgangslage. Habe ich die Flugpläne überprüfen lassen? Oder das Hotelgästebuch? Ehrlich gesagt, ich glaube nicht. Sie werden sagen, das war nachlässig. Das würde ich auch. Aber Billington stand irgendwie nie ernstlich zur Diskussion.«

»Als Verdächtiger, meinen Sie?«

»Was für eine Schlamperei.«

»Warum hätte er sie umbringen sollen?«

»Aus Wut, weil sie sich nicht auf ihn einlassen wollte. Wir haben doch von Marcus Martin gehört, daß Billington ein Auge auf Britt geworfen hatte.«

»Und sich irgendwelche Entschuldigungen ausdachte, um ihr Blumen und Pralinen zu schenken«, sagte Julie.

Er nickte. »Damit wären wir wieder bei den Blumen.«

»Mrs. Billington hat aber gesagt, daß die Rosen nicht aus ihrem Garten stammen konnten«, wandte Julie ein.

»Das war ganz offensichtlich für jeden, der schon einmal Rosen gezüchtet hat«, sagte er, als trüge er stets eine Rosenschere mit sich herum. Julie brauchte nicht zu wissen, daß Mrs. Billington selbst ihm diese gärtnerische Allerweltsweisheit nahegebracht hatte. »Das waren eindeutig importierte Rosen aus dem Blumenladen. Der springende Punkt dabei ist, daß er als einziger unter ihren Bewunderern gern Blumen sprechen ließ.«

Am Viaduct bogen sie links ab und fuhren hinauf Richtung Brassknocker. Während der Escort sich die gewundene Steigung hochquälte, meinte Julie über das Motorengeräusch hinweg: »Es klingt unwahrscheinlich. Ich meine, hätte Billington sie wirklich in seinem eigenen Haus umgebracht und den Mord selbst bei der Polizei gemeldet?«

»Ja, weil das clever ist«, sagte Diamond. »Blöd wäre es gewesen, die Leiche irgendwo hinzuschaffen. Leichen sind verflucht schwer loszuwerden. Sie brennen nicht gut, bleiben nicht lange unter Wasser, und ein Grab zu schaufeln ist Profiarbeit. Nein, es sieht ganz so aus, als hätte Billington vor vier Jahren unverschämt clever gehandelt, und ich habe ihm geglaubt.«

»Sie scheinen sich ja schon ganz sicher zu sein.«

»Ganz und gar nicht.« Er warf ihr einen schneidenden Blick zu. »Ich erwäge die Möglichkeiten.« Er erwog sie noch ein Weilchen länger, ehe er zögerlich hinzufügte: »Das Verhalten seiner Frau war aufschlußreich. Schade, daß Sie nicht mit bei ihr waren. Wo waren Sie eigentlich?«

Julie rief es ihm in Erinnerung: »Ich habe mich nett mit Punkern unterhalten.«

In dem Versuch, seine Verzagtheit zu überwinden, witzelte er: »Tja, wenn Sie sich unbedingt in solchen Kreisen tummeln wollen ...«

Der Wagen war oben angekommen und wurde schneller. »Verstehen Sie«, fuhr er fort. »Mrs. Billington wollte partout nicht, daß ich mit Billington rede. Sie hat ihn gedeckt, aber ich hatte nicht das Gefühl, daß sie das aus Loyalität oder Zuneigung tat. Sie hat distanziert, beinahe verächtlich über ihn gesprochen. ›Aus Winston werden Sie nichts rauskriegen‹, aber in einem Tonfall, der mich vermuten ließ, daß sie nichts aus ihm rausgekriegt hat.«

Kurz darauf fragte Julie: »Wie ist Mr. Billington? Haben Sie ihn damals vernommen?«

»Ich habe mit den beiden zusammen gesprochen, und dabei hat sie die meiste Zeit geredet. Er war höflich, zurückhaltend, ein stiller Typ, aber das sind sie ja oft.«

»Wie soll es also abgelaufen sein?« fragte Julie, als sie die lange Talfahrt hinunter nach Bath begannen.

»Wenn wir annehmen, daß Billington es war? Der Mann im mittleren Alter, der scharf auf die junge Mieterin ist, die ihre Gunst anscheinend großzügig verschenkt, nur nicht an ihn, trotz all seiner Annäherungsversuche mit Süßigkeiten und Blumen. Er kommt früher aus dem Urlaub zurück – vielleicht eine dringende Familienangelegenheit oder ein Notfall bei der Arbeit, jedenfalls irgendein Vorwand – und läßt seine Frau zurück, die ein oder zwei Tage später nachkommen soll. Auf diese Gelegenheit hat er gewartet. Eine Nacht allein im Haus mit Britt. Er kauft ein Dutzend rote Rosen am Flughafen und trifft gegen elf zu Hause ein.«

»Am Flughafen?«

»An Flughäfen gibt es immer Blumengeschäfte.«

»GB hat aber nicht gesagt, daß der Mann, den er gesehen hat, Blumen dabeihatte«, entgegnete Julie.

»Er kann sie unter dem Mantel versteckt haben. Wahrscheinlich wollte er nicht, daß die Nachbarn sie sahen, oder Britt, die er damit überraschen wollte.«

»Und sie sollte beim Anblick von einem Dutzend Rosen dahinschmelzen?« meinte Julie skeptisch.

»Manche Frauen würden das.«

»Das klingt, als sprächen Sie aus Erfahrung.«

Er sagte beißend: »Wir reden hier über Billington. Er geht zu ihr in die Wohnung, erhält eine Abfuhr und dreht durch. Sticht mehrfach auf sie ein. Dann stopft er ihr die Blumen in den Mund.«

»Und läßt sie so liegen? Zwei Tage lang?«

»Sicher. Er konnte natürlich nicht dableiben. Er wird sich irgendwohin verdrückt haben, um dann behaupten zu können, wie er es ja auch gemacht hat, daß er tatsächlich gemeinsam mit seiner Frau von Teneriffa zurückgekommen ist und erst zwei Tage nach dem Mord wieder hier war. Natürlich mußte er sie dazu bringen, ihn zu decken.«

»Einen Mörder zu decken?« sagte Julie ungläubig.

»Das ist gar nicht so selten.« Jetzt ließ er sie an seinem reichen Erfahrungsschatz aus den Jahren bei der Mordkommission teilhaben. »Es kommt tatsächlich nur sehr selten vor, daß eine Frau ihren Mann verpfeift, Julie. Aus ihrer Sicht bleibt immer ein Quentchen Zweifel. Ein Mörder gesteht seiner Frau nicht, daß er einen anderen Menschen getötet hat. Sie hat ein berechtigtes Interesse daran zu glauben, daß er unschuldig ist. Sie klammert sich an jeden Strohhalm. Schließlich kommt es einer Kritik an ihrer Person gleich, wenn er sich für andere Frauen interessiert. Und dann, die Ehefrau eines Mörders zu sein, die von anderen angestarrt, von der Presse verfolgt wird – das sind keine schönen Aussichten. Und deshalb hat Mrs. Billington zu ihm gehalten und sein Alibi bestätigt. Vielleicht hat sie zu Anfang geglaubt, er sei unschuldig, aber ich habe den Eindruck, daß vier Jahre ihre Meinung geändert haben. Sie wird ihn jetzt nicht mehr ans Messer liefern, aber sie kann die Verachtung nicht verhehlen, die sie für ihn empfindet. Schade, daß Sie sie nicht kennengelernt haben.«

»Ihn kennenzulernen wird noch interessanter«, sagte Julie.

»Tja, das ist schon für heute abend geplant.«

»Um wieviel Uhr?«

»Keine Sorge«, sagte er. »Zuerst werden wir was essen. Wo wir gerade dabei sind, biegen Sie doch an der nächsten Ecke rechts ab, da ist ein Pub, in dem ich immer gut gegessen habe.«

Der Abend erwies sich als Ausnahme von der Regel. Der Pub war nicht mehr so, wie er ihn in Erinnerung hatte. Erstens hatten die Tische rote Tücher und Plastikblumenschmuck und waren fürs Abendessen gedeckt, zweitens fragte die Barfrau – oder Kellnerin –, ob sie reserviert hätten.

»Das ist doch hier ein Pub, oder?« sagte er streitlustig. »Da können wir doch wohl was trinken und eine Kleinigkeit essen.«

»Natürlich können Sie was trinken. Aber abends servieren wir an der Bar keine Snacks, Sir, nur Chips und Erdnüsse.«

Nachdem er ihr deutlich gemacht hatte, was er von Chips und Erdnüssen hielt, fuhren sie zu einem Gasthaus, das Julie kannte. Dort gab es ein Feuer im Kamin und Tische, an denen man Platz nehmen konnte, ohne daß einem gleich eine junge Frau mit weißem Schürzchen die Speisekarte unter die Nase hielt. Sie bestellten gefüllte Ofenkartoffeln an der Bar.

Als sie sich setzten, grummelte er immer noch wegen der Chips und Erdnüsse. »In dem Pub lasse ich mich nie wieder blicken. Prost.«

»Hier in der Gegend wechseln die Pubs abends ihr Angebot«, bemerkte Julie. »Es ist lukrativer, sie als Restaurants zu führen.«

»Alles verändert sich«, klagte Diamond und war damit wieder bei einem seiner Steckenpferde. »Zum Beispiel Bath. Carwardine's hat zugemacht, ein Coffeeshop mit Charakter. Owen, dieses hübsche große Kaufhaus auf der Stall Street, wo ich früher meine Socken und Hemden gekauft habe. Und was ist da jetzt drin – ein Walt-Disney-Shop. Das ist amerikanisch. Ein Stückchen weiter die Straße runter war Woolworth. Weg. Meine allererste Erinnerung ist, daß ich mich mal bei Woolworth verirrt habe. Nicht hier in Bath, natürlich. In einer anderen Stadt. Woolworth ist eine nationale Institution, Julie.«

»Es ist eine amerikanische Ladenkette«, sagte sie. »Woolworth war Amerikaner.«

Eingeschnappt entgegnete er: »Das brauchen Sie mir nicht zu sagen.« Und nach einem Gedankensprung, der für ihn ganz erklärlich, für Julie aber kaum nachvollziehbar war, fragte er: »Gibt's hier ein Telefon? Ich möchte meine Frau anrufen, bevor das Essen kommt.«

In ihrer Souterrainwohnung in Kensington sah Steph sich gerade eine australische Fernsehserie an. Die Titelmelodie war im Hintergrund zu hören. »Ich habe mich schon gefragt, ob wir nicht mehr miteinander reden«, bemerkte sie. »Wie sieht's aus? Sehe ich dich heute abend?«

»Wohl kaum«, antwortete er. »Eher morgen. Jedenfalls habe ich das Gefühl, daß ich den Fall in den Griff kriege.«

»Solange du ihn nur nicht falsch anpackst.«

Sie konnte nicht wissen, wie verletzend diese Bemerkung war.

Sie sagte: »Bist du noch dran? Ich hoffe, die wissen zu schätzen, was du da tust.«

Er lachte bitter. »Ein frommer Glaube!«

Sie sagte: »Ich weiß nämlich nicht recht, ob ich das tue. Heute abend hat einer vom Supermarkt angerufen und sich erkundigt, wieso du zwei Tage nicht zur Arbeit erschienen bist. Ich konnte nichts anderes sagen, als daß du plötzlich verreisen mußtest.«

»Du hättest sagen können, daß ich von der Polizei abgeholt worden bin.«

»Ach ja?«

»War ein Witz.«

Sie sagte: »Apropos Witz. Mir scheint, daß du wohl doch noch für die Kunststudenten Modell sitzen mußt.«

Diesmal war sein Lachen dünner. Allmählich wurde ihm klar, wie gut es ihm tat, wieder für die Polizei zu arbeiten, selbst wenn dabei alte Fehler zutage kamen.

Und Steph mit ihrer erprobten Fähigkeit, seine Gedanken zu lesen, sagte ganz ernst: »Bleib doch so lange da, wie sie dich brauchen. Vielleicht werden sie ja vernünftig und wollen dich wiederhaben – sogar der Mann, mit dem du dich damals gestritten hast. Tott.«

Er sagte: »Heute morgen bin ich gestochen worden.«

»Von Mr. Tott?«

»Von einer Biene. In die Hand.«

»Dann ist ja gut.«

»Was?«

»Ich habe gesagt, geht's dir gut? Hast du was draufgetan?«

»Ja. Ich hab's überlebt.«

»Das wird dich lehren, besser aufzupassen, wo du hinfaßt.«

Das war für ihn das Stichwort, etwas sehr Persönliches zu sagen, das seinen verspäteten Anruf vielleicht nicht ganz wiedergutmachte, aber Steph eindeutig schmeichelte. Sie wechselten noch ein paar frivole und private Sätze miteinander, bevor er auflegte.

Sanfter gestimmt, als er es den ganzen Tag gewesen war, ging er zurück zu Julie und sagte: »Müssen Sie niemanden anrufen?«

Sie schüttelte den Kopf.

Es tat ihm leid, weil sie einen Ehering trug. »Getrennt?«

Sie lächelte und schüttelte den Kopf. »Er arbeitet jetzt. Er ist bei der Polizei.«

Die Ofenkartoffeln wurden serviert, und Diamond testete seine, wobei er eine verbrannte Fingerspitze riskierte, als er die knisternd trockene Pelle befühlte. »Ich mag sie gern auf herkömmliche Weise gebacken, nicht matschig aus der Mikrowelle«, erklärte er. »Die sind gut. Eine gut gebackene Kartoffel ist allemal besser als Nudeln oder Reis oder sonstwas. Ich habe mal gehört, wenn man mit nur einem einzigen Nahrungsmittel überleben müßte, sollte man am besten Kartoffeln nehmen, weil die ein bißchen von sämtlichen Nährstoffen enthalten, die wir brauchen. Und noch wichtiger ist, daß sie nicht dick machen.«

»Die Butter aber«, sagte Julie mit Blick auf den großen Klumpen, den er gerade zwischen die Kartoffelhälften schob.

»Halten Sie mir keine Vorträge über Ernährung«, als wäre sie diejenige, die sich über Kartoffeln ausließ. »Das ist für mich besser als Pommes. Als ich jünger war, habe ich mich praktisch nur von Pommes ernährt, aber damals habe ich auch noch jede Menge Kalorien beim Rugby verbrannt.«

»Sie haben Rugby gespielt?«

»Mit Leidenschaft.

»Welche Mannschaft?«

»Die Mets.«

»Polizeimannschaft Metropolitan. Die sind doch ganz gut, oder?«

»Das waren sie. Jetzt dümpeln sie irgendwo in der Bezirksliga rum.« Er streute kleingehackten Schinken über die Kartoffeln und nahm einen Bissen. »Das tut gut. Möchten Sie mal eine Rugby-Anekdote hören? Mitte der siebziger Jahre mußten wir im Cup gegen eine Mannschaft aus Wales antreten. Ich glaube, es war Swansea. Bei uns spielte ein Südafrikaner in der zweiten Reihe. Er war den Mets für sechs Monate zugeteilt, während er einen Kursus absolvierte, irgendwas mit Polizeihunden. Ein riesiger Bursche. Ehrlich gesagt, ein ziemlicher Schwätzer. Hatte in Südafrika viel Rugby gespielt. Er hieß Bruce. Seinen Nachnamen weiß ich nicht mehr. Irgendwas auf Afrikaans, das anders ausgesprochen wird als geschrieben. Jedenfalls fuhren wir zu viert in einem Ford Anglia nach Wales. Damals gab es noch keine Mannschaftsbusse.«

»Bruce war dabei?«

»Bruce war dabei. Er konnte einem mit seinem Rugby auf die Nerven gehen. Seiner Meinung nach war das spielerische Niveau in Südafrika viel höher, und er brannte darauf, uns zu zeigen, wie toll er war. Nun, die Jungs in unserer Mannschaft hatten einen ausgeprägten Sinn für grobe Scherze, und als wir auf der M 4 kurz vor Wales waren, hatte einer von ihnen die herrliche Idee, Bruce zu fragen, ob er seinen Paß dabeihabe. Das Gesicht hätten Sie sehen sollen. Er sagte, er habe nicht gewußt, daß er einen brauchen würde. Natürlich war er ab da ein gefundenes Fressen für uns. Wir erzählten ihm, wie streng die Waliser an der Grenze kontrollierten und daß er an diesem Nachmittag bestimmt nicht zum Rugbyspielen käme. Am besten würden wir ihn auf der englischen Seite der Severnbrücke absetzen und auf dem Nachhauseweg wieder mitnehmen. Er war am Boden zerstört, völlig fertig.

Dann schlug einer vor, wir könnten Bruce in den Kofferraum packen und ihn mit Trainingsanzügen und Hemden zudecken und so über die Brücke schaffen. Er war rührend dankbar. Also hielten wir an der letzten Raststätte auf der englischen Seite und sahen zu, wie dieser bullige Südafrikaner in den Kofferraum stieg und versuchte, sich möglichst unsichtbar zu machen.«

»Saubande!«

»Wir machten das Ding zu, fuhren rüber, hielten knapp hinter der Mautstelle an und gingen um den Wagen, taten so, als wären wir die Grenzpolizei, die die Karosserie abklopfte.«

»Haben Sie ihn dann rausgelassen?«

»Erst nachdem wir noch zehn Meilen weitergefahren waren. Und auch dann ließ sich keiner was anmerken, denn als das Spiel vorbei war, haben wir auf dem Rückweg genau die gleiche Nummer abgezogen.« In Erinnerung daran schüttelte er sich vor Lachen. »Nun ja, er hatte tatsächlich ein paar Glückstreffer erzielt.«

Julie sagte: »Das war ganz schön gemein! Der Humor von Männern ist und bleibt mir ein Rätsel.«

Einer der ersten, die sie sahen, als sie in die Manvers Street zurückkehrten, war Chief Inspector John Wigfull, diensteifrig wie immer, wie er über den Gang hinweg einer Sekretärin Anweisungen zurief, die so unbedacht gewesen war, aus ihrem Büro zu treten.

»Da sind Sie ja«, sagte er, als er mit der Frau fertig war, und deutete auf Diamond und Julie, als müßten sie sich rechtfertigen. »Kann ich einen Moment mit Ihnen sprechen?«

»Worüber?« fragte Diamond.

»Mrs. Violet Billington. Ich glaube, Sie haben sie heute morgen befragt.« Der Tonfall war eindeutig vorwurfsvoll.

»Ja.«

»Allein?«

Diamond sagte »Ja« und versuchte unaufgeregt zu klingen, während seine Gedanken sich vorwärts und rückwärts überschlugen und schlimmste Befürchtungen wachriefen. Die alte Ziege konnte sich unmöglich beschwert haben. Er hatte sie doch weiß Gott höflich behandelt. Hier, wo Protokoll so etwas war wie die Heilige Schrift, war er schon einmal fälschlich des tätlichen Angriffs beschuldigt worden. Bei dieser Gelegenheit hatte er seinen Dienst quittiert.

»Wie hat sie gewirkt?« fragte Wigfull.

»Worum geht's?«

»Mrs. Billington. Ich frage, wie sie gewirkt hat.«

Er zuckte die Achseln. »Ganz normal.«

Wigfull sagte: »Wir haben sie nämlich unten bei uns. Sie hat ihren Ehemann bewußtlos geprügelt. Haben Sie eine Ahnung, wieso?«

Diamond schüttelte den Kopf, sprachlos.

Wigfull erklärte, daß vor weniger als einer Stunde ein Notruf aus einem Haus in Larkhall eingegangen war. Die Mieterin war aus der Uni nach Hause gekommen und hatte ihren Vermieter, Winston Billington, bewußtlos mit blutenden Kopfverletzungen im Flur gefunden. Da die Studentin einen Einbruch vermutete, war sie in die Küche geeilt, um nachzusehen, ob Mrs. Billington auch angegriffen worden war. Dem war nicht so. Sie saß am Tisch und trank Wodka. Sie gab der Studentin gegenüber zu, daß sie den tätlichen Angriff verübt hatte, und pflichtete ihr bei, daß es wohl besser sei, einen Krankenwagen zu rufen, da ihr Mann noch immer zu atmen schien.

»Wo ist er?« fragte Diamond.

»Auf der Intensivstation. Wir haben einen Beamten neben seinem Bett postiert, für den Fall, daß er wach wird.«

»Steht es so schlimm?«

»Sie sagen, die Verletzungen seien schwer. Sie hat eine mit Kupfermünzen gefüllte Plastiktüte benutzt. Die hatten sie neben der Tür stehen und immer ihr Kleingeld reingetan, um es als Almosen zu spenden, wenn für gute Zwecke gesammelt wurde. Kupfermünzen im Wert von zwei Pfund können schon eine ordentliche Delle im Schädel verursachen.«

»Und redet sie?«

»Derzeit nicht. Sie ist auf der Toilette und übergibt sich. Zuviel Wodka. Keine Sorge. Die Beamtin Blinston ist bei ihr.«

Diamond wandte sich an Julie. »Sie fahren am besten ins Krankenhaus.«

Wigfull sagte: »Haben Sie nicht gehört? Wir haben schon einen Mann dort.«

»Ich möchte, daß Julie da ist.« Einen Moment lang drohte die Situation in Streit auszuarten. In einer seiner seltenen versöhnlichen Anwandlungen vertraute Diamond Wigfull an: »Wir haben neue Informationen, daß er möglicherweise in den Mord an Britt Strand verwickelt sein könnte. Wir wollten ihn vernehmen. Falls er wach wird, könnte alles, was er sagt, von entscheidender Bedeutung sein.«

Julie machte sich auf den Weg ins Krankenhaus.

Diamond ging mit Wigfull in ein Vernehmungszimmer, wo sie sich an einem Tisch Mrs. Violet Billington gegenübersetzten, der geständigen Ehegattenmißhandlerin. Sie trug eine weiß und blaßgrün gemusterte Strickjacke, bei der Diamond unwillkürlich an zerkochten Kohl denken mußte, und sie war fast ebenso blaß wie die Packung Taschentücher vor ihr, doch die blauen Augen blickten noch immer so verächtlich wie am Morgen.

Dennoch war sie bereit zu reden.

Nachdem Wigfull die formalen Präliminarien für eine auf Band aufgezeichnete Vernehmung heruntergeleiert hatte, fragte er die angespannte kleine Frau, ob sie bereit sei, ihnen zu schildern, was mit ihrem Mann passiert war.

Sie faßte das Geschehene in einem Satz zusammen. »Er ist nach Hause gekommen, und ich habe ihn geschlagen.«

»Dafür muß es doch einen Grund gegeben haben.«

Nach einer Pause: »Er ist ein Ungeheuer – das ist der Grund.«

»Erklären Sie uns doch bitte, wie Sie das meinen, Mrs. Billington.«

Wigfull bekam eine geballte Ladung ihres vernichtenden starren Blicks ab. »Wieso fragen Sie mich noch? Sie wissen doch haargenau, daß er unsere Mieterin ermordet hat.«

Angesichts der Brisanz dieser Aussage legte Diamond vorbildliche Zurückhaltung an den Tag, als er die Befragung übernahm. »Sie meinen Britt Strand? Wir müssen das fürs Protokoll bestätigt haben.«

»Wen soll ich denn wohl meinen – die Königin von Saba?«

»Britt Strand?«

»Ach, ich bitte Sie – natürlich!«

»Hat er Ihnen das selbst gesagt?«

»Nein. Aber das war auch nicht nötig«, sagte Mrs. Billington. »Ich weiß es. Und Sie wissen es auch. Sie wollten ihn doch heute abend abholen.«

»Wir wollten ihn vernehmen«, berichtigte Diamond, sorgsam auf Genauigkeit bedacht, solange das Band lief. »Wenn er es Ihnen nicht gestanden hat, wieso behaupten Sie dann, daß er Britt Strand ermordet hat?«

Sie sagte vehement: »Sie kennen ihn nicht so, wie ich ihn kenne. Er denkt nur an Sex – in seinem Alter. Man sollte doch meinen, daß ein alter Mann es irgendwann hinter sich hat. Aber er nicht. Dauernd ist er auf der Suche nach einer günstigen Gelegenheit, flirtet mit jungen Frauen, die seine Töchter sein könnten. Ich kann schon gar nicht mehr sagen, wie oft ich ihm auf die Schliche gekommen bin. Er ist noch nicht mal dezent. Ich habe schon erlebt, daß sie bei uns zu Hause anrufen und ihn sprechen wollen. Ich habe ihre Zigarettenkippen im Auto gefunden. Ich habe die Hotelrechnungen gesehen.«

»Mag ja sein, aber ein lockerer Lebenswandel ist eine Sache, Mord eine andere.«

»Er hat die Strand umgebracht, weil sie nichts von ihm wissen wollte. Die ist nicht auf seine Schmeicheleien reingefallen. Er hat es immer wieder versucht, und sie hat ihn immer wieder abblitzen lassen. Das hat seine Eitelkeit verletzt.«

»Woher wissen Sie das?«

»Ich habe die Beweise gesehen. Er hat seine üblichen Annäherungsversuche gemacht, Pralinen und Blumen, aber sie war nicht interessiert.«

»Er hat ihr in Ihrem Beisein Geschenke gemacht?« fragte Wigfull ungläubig.

»So dreist war er nun auch wieder nicht.«

»Woher wissen Sie es dann? Haben Sie in ihrer Wohnung danach gesucht?«

»Nicht nötig. Sie hat sie in den Müll geworfen. Blumen aus unserem Garten und ganze Schachteln Mon Chéri, ungeöffnet. Er verschenkt immer Mon Chéri. Lächerlich, nicht? Wahrscheinlich meint er nomen est omen. Jedenfalls landete alles noch eingepackt in der Mülltonne. Soviel hat die von ihm gehalten. Das war nicht so eine wie diese erbärmlichen Frauen in den Läden, wo er seine Karten verkauft, Frauen, die nach Aufmerksamkeit gieren. Die hatte was Besseres zu tun.«

Falls Mrs. Billington auch nur das geringste Mitleid mit dem Schicksal ihrer ehemaligen Mieterin hatte, so zeigte sie es jedenfalls nicht. Das »die« war eine unangenehm unpersönliche Art, über Britt Strand zu reden. Sie rechnete es ihr nicht hoch an, daß sie dem untreuen Ehemann widerstanden hatte. Die Verbitterung überdeckte alles.

Diamond sagte: »Ich glaube, Sie haben meine Frage nicht verstanden. Woher wissen Sie, daß Ihr Mann Miss Strand ermordet hat, wie Sie behaupten?«

Diesmal bekam er eine verblüffend offene Antwort.

»Weil er mich gebeten hat, Sie anzulügen, um ihn zu decken. In der Nacht, als sie ermordet wurde, war er gar nicht mit mir auf Teneriffa. Er war schon wieder in England. Er hatte einen Anruf bekommen und daraufhin den Urlaub abgebrochen. Er hat gesagt, er müsse an einer Krisensitzung teilnehmen. Es war weiß Gott eine Krise für jemanden.«

»Wann war das?«

»Der Anruf?«

»Der Rückflug.«

»An dem Tag, an dem sie getötet wurde. Ihm ist nicht klar, wie widerwärtig er mittlerweile wirkt. Er meint noch immer, Frauen müßten vor ihm auf die Knie sinken. Die jungen Dinger am Pool hatten kein Interesse, also hat er sich überlegt, daß er besser nach Hause fahren und sein Glück bei unserer Mieterin versuchen sollte.«

»Haben Sie sich das damals schon gedacht?«

Sie senkte den Blick. »Nein. Ich habe ihm die Lüge abgekauft. Ich dachte wirklich, es gäbe einen Notfall bei der Arbeit.«

»Und als Sie zurückkamen?«

»Er hat mich am Flughafen in Bristol abgeholt, und wir sind nach Hause gefahren.«

»Wie hat er da gewirkt?«

»Nervös. Ich habe es auf die beruflichen Probleme geschoben. Als wir zu Hause ankamen, sind mir gleich die Milchflaschen vor der Tür aufgefallen. Britt hatte seit zwei Tagen ihre Milch nicht reingeholt. Ich habe mir nichts dabei gedacht. Vielleicht mußte sie überraschend irgendwohin fahren, um jemanden zu interviewen. Aber mir war unbegreiflich, wieso Winston zwei Liter Milch hatte schlecht werden lassen. Er hat sich damit entschuldigt, daß er zu einer zweiten Besprechung in London geblieben sei. Er ist ein schlechter Lügner. Ich wußte, daß er mir etwas vormachte.«

»Haben Sie nachgehakt?«

»Ich war zu müde, um mich noch darüber aufzuregen. Wir sind ins Bett gegangen, aber ich konnte nicht schlafen. Irgendwie war ich beunruhigt wegen der Mieterin oben. Sie ging mir wirklich nicht mehr aus dem Kopf, also habe ich ihn gebeten, mal nachzusehen, und den Rest wissen Sie ja.«

»Ganz und gar nicht«, sagte Diamond. »Wir wissen nicht, was Sie dazu bewogen hat, eine falsche Aussage zu machen, als die Polizei eintraf.«

»Habe ich nicht.«

»Ich verstehe nicht ganz«, sagte Diamond.

Sie hob den Blick und spitzte die Lippen. »Winston hat gesagt, er wolle nicht, daß die Polizei seine Vorgesetzten belästigt und nachprüft, ob er die Wahrheit sagt. Er machte sich Sorgen um seinen Job, und er dachte, er würde ihn vielleicht verlieren, wenn die Polizei sich nach ihm erkundigt. Es sei alles in allem sicherer, wenn wir beide sagen würden, wir seien am selben Tag zurückgekommen. Ich habe gesagt, ich sei nicht bereit zu lügen, daß es aber seine Entscheidung sei, wenn er für uns beide reden wolle. Und genauso war es auch, wenn Sie die Aussagen noch mal nachlesen. Ich habe lediglich ausgesagt, wann ich in Bristol angekommen bin, ohne Winston dabei zu erwähnen.« Einen Moment lang leuchteten Mrs. Billingtons Augen triumphierend.

»Dann hat er sich also so verhalten, als hätte jemand anders Britt Strand getötet?« sagte Diamond.

»Das sollte ich glauben.«

»Und haben Sie es geglaubt?«

»Damals ja. Ich wußte, daß er ein unverbesserlicher Schürzenjäger ist, aber ich hätte mir nie träumen lassen, daß er gefährlich ist.«

»Wann ist Ihnen der Verdacht gekommen?«

»Als Sie heute morgen bei mir waren. Die Sache ist doch wohl klar, oder? Sie glauben nicht, daß Mountjoy sie getötet hat. Endlich sind Sie auf Winston gekommen, Sie fragen nach den ordinären Karten, die er verkauft, und ob er im Garten Rosen züchtet. Ich kann eins und eins zusammenzählen.«

Zehn Minuten zuvor war Diamond noch ganz stolz gewesen, weil er Winston Billington als Verdächtigen in Erwägung gezogen hatte. Nun versiegte sein Hochgefühl. Er sah seine schlimmsten Befürchtungen bestätigt. Ganz gleich, wie berechtigt oder unberechtigt seine Mutmaßungen auch waren, das Gespräch mußte der Auslöser für den Angriff gewesen sein. »Aber Sie haben doch selbst gesagt, daß die Rosen nicht aus Ihrem Garten stammen konnten«, sagte er schwach.

»Er hatte ihr schon früher Rosen geschenkt.«

»Diese hier stammten aus einem Blumenladen.«

»Ich weiß. Aber was spielt das für eine Rolle?« sagte sie. »Er hat sie umgebracht. Nachdem Sie weg waren, habe ich ein paar Nachforschungen angestellt. Ich bin seine Kreditkartenbelege von vor vier Jahren durchgegangen. Er bewahrt immer alles fünf Jahre lang auf, der alte Trottel. An dem Tag, als er aus Teneriffa zurückkam, an dem Mordtag, hat er umgerechnet 10 Pfund 65 in einem Blumenladen am Flughafen Los Rodeos ausgegeben.«

»Deshalb konnten wir den Laden nicht ausfindig machen«, sagte Diamond, eher zu sich selbst.

Mrs. Billington war noch nicht fertig. »Und nur um ganz sicherzugehen, habe ich seine Hauptniederlassung angerufen und die Sekretärin der Geschäftsleitung gefragt, ob am 18. Oktober 1990 tatsächlich eine Krisensitzung stattgefunden hat, an der Winston teilnehmen mußte. Dem war nicht so. Der Boß war selber die ganze Woche geschäftlich in Schottland. Verstehen sie jetzt, warum ich diesen Dreckskerl zusammengeschlagen habe, als er heute abend zur Tür hereinkam?«

Diamond verstand es. Im stillen fühlte er sich auch ein klein wenig erleichtert, daß er nicht allein verantwortlich für den Ausbruch der zornigen Ehefrau war.

17

»Leider noch keine Veränderung, meine Liebe«, sagte die Oberschwester, als Julie Hargreaves sich nach Winston Billington erkundigte. Das »meine Liebe« war nett gemeint; die Schwester hielt sie irrtümlich für eine Verwandte. Julie ging hinüber zu einem jungen Constable, der uniformierten Verkörperung der Polizei, der gelangweilt in der Ecke saß und mit den Fingerspitzen auf einem umgedrehten Styroporkaffeebecher trommelte.

»Irgendwelche Lebenszeichen?« fragte sie.

»Manchmal stöhnt er.«

»Ist das gut?«

»Keine Ahnung.«

»Gehen Sie doch ein bißchen frische Luft schnappen. Ich übernehme hier. Bringen Sie mir einen Tee mit, wenn Sie zurückkommen. Mit Milch, ohne Zucker.«

Er nickte dankbar und ging.

Sie trat so dicht ans Bett wie möglich. Das wenige, das sie vom Gesicht des Patienten sehen konnte, war grau, die Augen waren geschlossen, eines notgedrungen, denn es war bläulich angelaufen und verquollen. Billingtons Kopf war bandagiert, und er hatte eine Atemmaske über Nase und Mund. Über einen Schlauch erhielt er eine Transfusion, und Drähte, die an seiner Brust befestigt waren, überwachten den Herzschlag. Alles in allem war es nicht gerade die beste Art, den Hauptverdächtigen kennenzulernen. Sie staunte über die Wildheit der kleinen Mrs. Billington und über die Macht des Geldes, wenn es in Gestalt vieler Münzen in einer Plastiktüte eingesetzt wird.

Sie setzte sich und begann ihre Wache. Zumindest konnte sie sich eine Zeitlang von Diamond erholen. Es war derzeit nicht leicht, mit ihm zusammenzuarbeiten. Sie hatte gehört, daß er als bärbeißig galt, und in dieser Phase ihrer Arbeitsbeziehung konnte sie dem nur beipflichten. Sie konnte sich vorstellen, daß ihn das Gefühl bedrückte, damals, vor vier Jahren, persönlich versagt zu haben. Doch in gewisser Weise war ihr Diamonds Schroffheit lieber als die sanfte Art von John Wigfull, ihrem eigentlichen Vorgesetzten. Trotz Diamonds polterndem und ungehobeltem Aufreten fühlte sie sich bei ihm sicher. Er zeigte seine Gefühle offen. Wenn er lächelte (was zur Zeit selten vorkam), dann war das echt. War er trübsinnig, sprach er darüber. Er fragte nach ihrer Meinung und schien gut zuzuhören. Allerdings vertraute er sonst kaum jemandem. Anscheinend hielt er den Rest der Kripo von Bath für dämlich. Offensichtlich hegte er einen tiefen Groll, den sie nicht ganz verstand, wegen seiner Entlassung vor ein paar Jahren. Ihr war zu Ohren gekommen, daß er mit den hohen Tieren nie auf gutem Fuß gestanden hatte. Dennoch war sein Ruf als dynamischer Leiter der Mordkommission bis heute in der Manvers Street in aller Munde. Er hatte ein starkes, ihm treu ergebenes Team geleitet, das jetzt in alle Winde zerstreut war.

Über sein Privatleben hatte sie bislang wenig in Erfahrung gebracht. Sie wußte jetzt, daß er einmal Rugby für die Mets gespielt hatte. Von anderen hatte sie gehört, daß er gelegentlich bei den Heimspielen des Rugbyvereins von Bath gesehen worden war. Man hatte ihr auch erzählt, daß er gut mit Kindern umgehen konnte, obwohl er selbst keine hatte. In dem Jahr, als er seinen Dienst bei der Polizei quittierte, hatte er in der Weihnachtszeit als Weihnachtsmann in dem Kolonnaden-Einkaufszentrum gearbeitet – und war sehr beliebt gewesen. Er hatte bestimmt keine künstlichen Polster gebraucht.

Sie hätte liebend gern gewußt, was für ein Mensch seine Frau war. Sie mußte eine faszinierende Persönlichkeit sein, wenn sie mit Peter Diamonds nörgeliger Art fertig wurde und mit ihm verheiratet blieb. Mrs. D. (so hatte Julie gehört) war klein und eigensinnig, und sie engagierte sich für wohltätige Zwecke. Früher hatte sie eine Gruppe bei den Pfadfindern geleitet und in letzter Zeit für Dritte-Welt-Läden gearbeitet. Manche Leute scherzten, daß auch Diamond sich dort einkleidete.

Ein Stöhnen von Billington riß sie aus ihren Gedanken und erinnerte sie daran, warum sie eigentlich hier war. Sie stand auf und sah nach ihm. Er rührte sich nicht, daher ging sie zurück zu ihrem Stuhl.

Das war das erste Mal, daß Julie es mit einem Fall von schwerer Körperverletzung eines Mannes durch seine Frau zu tun hatte, obwohl die Presse immer wieder von malträtierten Ehemännern berichtete, als wäre das die logische Konsequenz der feministischen Revolution. Sie hatte einmal eine Fersehsendung darüber gesehen und war verwundert und skeptisch gewesen, daß Männer – zum Teil kräftige Burschen – sich angeblich mit schweren Gegenständen hatten schlagen lassen. Natürlich waren derlei Vorfälle im Vergleich zu der Gewalt, die viele Frauen in der Ehe erdulden mußten, statistisch unbedeutend. Julie wußte das: Bei Gewalttätigkeiten gegen Frauen wurde sie automatisch mit den Ermittlungen betraut, und sie hatte fürchterliche Verletzungen gesehen. Mehr als einmal hatte sie sich gegen einen Täter verteidigen müssen, daher war sie nicht allzu entsetzt darüber, wenn gelegentlich einmal eine Frau einen Mann zusammenschlug.

Nachdem sie erst kürzlich die Polizeifotos von Britt Strands Leiche gesehen hatte, konnte sie kein sonderlich großes Mitgefühl für Winston Billington aufbringen. Nicht aus Mitleid hoffte sie, daß er wieder zu sich kommen und in der Lage sein würde, Fragen zu beantworten. Wenn der Mistkerl starb, würde es schwierig werden, genug Beweise für seine Schuld zusammenzutragen, um ein Berufungsgericht davon zu überzeugen, daß das Urteil gegen Mountjoy ein Justizirrtum war. Es wäre sehr viel besser, wenn die Berufung durch ein unterschriebenes Geständnis untermauert würde.

Wieder ein Geräusch. Diesmal bewegte der Patient den Kopf. Nervös hielt Julie durch die Glastür nach einer Krankenschwester Ausschau. Angenommen, Billington würde nur kurze Zeit das Bewußtsein wiedererlangen. Was für eine Verantwortung lastete dann auf ihren Schultern! Sie überlegte, was sie ihn fragen sollte. Ihn gleich mit dem Mordverdacht zu konfrontieren, könnte den Mann umbringen. Aber wenn sie ihn nicht das Nächstliegende fragte, verstieß sie gegen ihre Pflichten. Sie stellte sich vor, wie sie Peter Diamond berichtete: »Tja, er ist kurz zu sich gekommen, und ich habe ihn gefragt, wie es ihm geht. Er hat gesagt: ›Nicht besonders‹ und ist gestorben.«

Verfluchte Violet Billington, warum mußte sie das tun!

Dann malte Julie sich ein weiteres beunruhigendes Szenario aus. Falls Billington wirklich starb, wurde die Aussage seiner Frau zum unverzichtbaren Beweismittel. Julie war nicht dabeigewesen, als Mrs. Billington ihren Mann bei Diamond belastet hatte, daher konnte sie nicht wissen, wie überzeugend sie geklungen hatte. War sie verläßlich? Oder hatte sie die Geschichte vielleicht nur erfunden, um den brutalen Angriff auf ihren Mann zu rechtfertigen?

Nein. Da war ja noch die Aussage von einem unbeteiligten Dritten. GB, der Punker, hatte einen Mann gesehen, dessen Beschreibung auf Billington paßte, wie er das Haus in Larkhall betrat, nachdem Mountjoy sich verabschiedet hatte.

Das war der springende Punkt. Ohne diese Aussage wäre es durchaus vorstellbar, daß die rachsüchtige Ehefrau die ganze Geschichte einfach nur erfunden hatte. Schließlich konnte Mrs. Billington gar nicht alles wissen, was in jener verhängnisvollen Nacht vor vier Jahren geschehen war. Sie war auf Teneriffa gewesen, als Britt Strand ermordet wurde. Ihrer Darstellung nach (wie von Diamond wiedergegeben) hatte Winston ihr nichts gestanden. Sie hatte zugeschlagen, ehe er seine Version der Geschichte erzählen konnte.

Die Oberschwester kam zurück und überprüfte, ob das Blut noch immer gleichmäßig durch den durchsichtigen Schlauch floß. »Ihr Dad?« fragte sie.

»Nein«, sagte Julie geduldig. »Wir sind nicht verwandt.«
»Befreundet?« erkundigte sich die Schwester mitfühlend, aber mit einem Funken Neugier in den Augen.
»Nein, ich bin im Dienst. Ich bin Detective Inspector.«
»Tatsächlich?« Sie bedachte Julie mit einem längeren Blick. »Sollten Sie dann nicht besser bei seiner Frau sein? Ich dachte, sie wäre die Täterin.«

Gegen zehn Uhr abends rief Diamond Julie im Krankenhaus an.
»Hat er schon was gesagt?«
»Nur viel gestöhnt.«
»Dann ist er bei Bewußtsein?«
»Nicht richtig. Sie haben ihm irgendwas gegen die Schmerzen gegeben, und jetzt scheint er zu schlafen.«
»Ist das Gehirn geschädigt?«
»Das wissen sie nicht. Der Doktor will eine besondere Untersuchung machen, aber nicht mehr heute nacht.«
»Dann hat es wohl nicht viel Sinn, wenn Sie dableiben. Machen wir Schluß für heute. Ich sehe Sie dann morgen früh.«
»Wie früh ist früh?«
»Sie könnten doch mit mir zusammen im Francis frühstükken. Sagen wir gegen halb neun?«
»Ein Arbeitsfrühstück?«
»Nein. Einfach nur Frühstück. Nun ja, nicht einfach nur Frühstück. Sie können sich an dem großen Windsor-Frühstück gütlich tun. Genau wie ich. Heute morgen mußte ich darauf verzichten. Erzählen Sie's nicht weiter, Julie, aber ein paar positive Seiten muß ich dem Ganzen schon abgewinnen.«
Er legte auf. Auf der anderen Seite des Raumes stand Commander Warrilow mit dem Gesicht zur Wand und fuhr mit dem Finger über einen großen Stadtplan. Diamond ging in seiner untypisch milden Stimmung hinüber und setzte sich auf den Schreibtisch, der Warrilow zugeteilt war. »War's schön in der Kanalisation?« Warrilow faßte das als eine weitere Spitze auf und blickte finster drein.
»Auf der Suche nach Mountjoy?« hakte Diamond nach.
Ohne den Blick vom Stadtplan zu nehmen, sagte Warrilow: »Wenn es Sie wirklich interessiert, wir konzentrieren uns ge-

rade auf ein Gebiet ganz in der Nähe. Ein Mann, auf den Mountjoys Beschreibung paßt, wurde am frühen Abend in der Julian Road gesichtet, und wir hatten eine weitere Meldung ungefähr um dieselbe Zeit aus der Morford Street.«

»Allein?«

»Was erwarten Sie denn?« sagte Warrilow, wandte sich um und funkelte ihn an. »Der hat das Mädchen irgendwo gefesselt, das arme Geschöpf. Ich habe gehört, daß es in der Gegend von der Julian Road ziemlich viele leerstehende Häuser gibt, in denen häufig Penner übernachten. Ich lasse gerade eine Suchaktion durchführen.«

»Sie sind also davon überzeugt, daß er in der Stadt ist?«

»Es sieht immer mehr danach aus. Ob Samantha bei ihm ist – ob sie überhaupt noch am Leben ist –, darüber möchte ich keine Spekulationen anstellen. Ich mache mir immer größere Sorgen um sie.«

Diamond schob sich vom Schreibtisch und schwebte Richtung Ausgang. Es war zwar kein besonders glücklich gewählter Augenblick, Feierabend zu machen, aber ihm reichte es.

Zwanzig Minuten später war er in der Roman Bar seines Hotels, der einzige Engländer zwischen drei Gruppen deutscher und kanadischer Touristen. Zwangsläufig wurde er in ihre Gespräche hineingezogen, und ebenso zwangsläufig sah er sich irgendwann in der Situation zu erklären, wieso es in einer so wohlhabenden Stadt so viele Obdachlose gab.

»Man darf sie nicht alle in einen Topf werfen«, hörte er sich selbst dozieren. »Es gibt da deutlich unterschiedliche Gruppen. Da sind zum Beispiel die sogenannten New-Age-Reisenden, Aussteiger, überwiegend zwischen zwanzig und dreißig, meistens in Kampfanzügen oder Leder gekleidet. Tragen das Haar entweder sehr lang oder sehr kurz. Niemals irgendwas dazwischen. Sie haben Hunde an der Leine oder auch nicht angeleint, und sie wirken zum Teil ziemlich bedrohlich. In Wahrheit beachten sie Menschen wie uns gar nicht, es sei denn, sie brauchen Geld. Wir leben auf einem völlig anderen Planeten als sie. Dann gibt es einen harten Kern von Alkoholikern – Männer ungefähr in meinem Alter, stets mit einer Dose oder Flasche Bier in der

Hand. Sie sind heruntergekommen, wettergegerbt, aber konventionell gekleidet, Jackett und Kordhose. Manchmal beschimpfen sie die Leute. Ich übrigens auch, wenn ich den Mut dazu finde.«

Das erntete ein Lachen.

»Ich meine es ernst. Könnte sein, daß ich bald einer von ihnen bin«, gestand er und leerte sein Cognacglas. »Ich habe keine richtige Arbeit. Hab vor zwei Jahren alles hingeschmissen. Also, wenn ich diese Burschen sehe, denke ich, daß es vielleicht nur eine Frage der Zeit ist.« Nachdem er diese rührselige Prophezeiung losgeworden war, erhob er sich unsicher. »Schlaft wohl, meine Lieben, und seid dankbar, daß ihr nicht in einem Hauseingang nächtigen müßt.«

Im Weggehen hörte er jemanden sagen: »In England wimmelt es nur so von schrulligen Typen.«

Worauf ein anderer hinzufügte: »Und von Irren.«

Er schaute sich nicht um. Schwerfällig ging er zum Lift. Er hatte sich in eine melancholische Stimmung hineingeredet (oder getrunken), und er wußte auch, warum. Nach der Lösung des Falles würde er wieder zurück in den Abgrund seines Aushilfsjobs in London stürzen. Diese wenigen Tage hier hatten ihn schmerzlich an bessere Zeiten erinnert, und dabei war das gar nicht nötig gewesen. Er wollte wieder hier in Bath leben, und mehr als alles andere wollte er seine alte Arbeit wiederhaben.

Er mühte sich gerade vor seiner Zimmertür mit dem Schlüssel ab, als er einen leichten Druck im Rücken spürte. In seinem benebelten Zustand deutete er ihn nicht sofort als bedrohlich. Er nahm an, er habe jemanden angestoßen, und nuschelte: »Verzeihung.«

Hinter ihm befahl eine Stimme: »Machen Sie die Tür auf und gehen Sie rein.«

Er wußte, wer es war.

Eine Schußwaffe im Rücken ist ernüchternder als schwarzer Kaffee; eine Schußwaffe in den Händen eines verurteilten Mörders ist doppelt wirksam. Diamonds Ernüchterung trat schlagartig ein. Und wirklich, es war kein Bluff. Als er sich umdrehte, um John Mountjoy anzublicken, sah er eine schwarze Automatikpistole auf sich gerichtet.

»Die Pistole ist nicht nötig«, sagte Diamond.

Mountjoys Aussehen hatte sich dramatisch verändert. Vor zwei Tagen in Lansdown war er hager und blaß gewesen, wie die meisten Häftlinge, aber er hatte sehr beherrscht gewirkt. Jetzt war er nervös, und in den dunklen Augen lag ein verzweifelter Ausdruck, als hätte er festgestellt, daß die Freiheit doch nicht so kostbar und begehrenswert war, wie er gedacht hatte. Die Strapazen der Flucht zeigten Wirkung, es sei denn, das Entsetzliche war geschehen, und er war gezeichnet von Gewalt.

In einem abgehackten, gepreßten Ton befahl er Diamond, das Jackett auszuziehen und es aufs Bett zu werfen. Nahm er etwa an, daß eine Waffe oder ein Abhörgerät darin waren? Er winkte ihn hinüber zu einem Stuhl neben dem Fenster.

Es wäre unklug gewesen, sich zu widersetzen.

»Was haben Sie mir zu sagen?« wollte er wissen. »Legen Sie los.«

»Würden Sie bitte das Ding wegnehmen?«

»Ich werde Gebrauch davon machen, wenn Sie nicht sofort reden.«

Ob diese Drohung ernst gemeint war, wußte Diamond nicht, aber es bestand die echte Gefahr, daß Mountjoy unabsichtlich abdrücken würde, denn er schwenkte die Waffe herum wie eine Sprühdose.

»Wir machen Fortschritte«, sagte Diamond gedehnt, bemüht, möglichst ruhig zu wirken, während er überlegte, wieviel er erzählen sollte. »Große Fortschritte. Ich habe jetzt einen Zeugen, der gesehen hat, wie Sie das Mordhaus verließen. Ungefähr gegen elf Uhr. Noch wichtiger ist, er schwört, Britt mit Ihnen an der Haustür gesehen zu haben ...«

Mountjoy fiel ihm ins Wort. »Wer ist das?«

»Jemand, den sie kannte.«

»Was hat er da gemacht? Ich habe niemanden gesehen.«

Diamond lieferte die Informationen weiterhin kleckerweise, versuchte, den Rhythmus dieses gefährlichen Dialoges zu diktieren. »Das Haus beobachtet, sagt er.«

»Wer denn? Sie müssen doch wissen, wer.«

»Jemand, der sich Hoffnungen auf Britt gemacht hat. Ein anderer hatte ihm erzählt, daß Sie sie zum Essen ausgeführt hatten.

Er war eifersüchtig. Er ging zum Haus, um selbst herauszufinden, ob es stimmte. Blieb auf der Straße stehen. Er sagt, daß Sie sich, ohne ihr auch nur die Hand zu geben, verabschiedet haben und ziemlich schnell weggegangen sind.«

»Das stimmt«, gab Mountjoy zu. »Ist er der Mörder? Warum hat er Ihnen das erzählt? Wer ist der Mann?«

Das Blatt hatte sich gewendet. Mountjoys Gier nach dem Namen machte ihn eine Spur manipulierbarer. Diamond war ein zu alter Fuchs, um diese Gelegenheit ungenutzt verstreichen zu lassen. »Was ist mit Samantha? Geht es ihr einigermaßen gut?«

»Verarschen Sie mich nicht«, sagte Mountjoy gereizt, als Samanthas Name fiel. »Ich will den Namen von diesem Waschlappen.«

»Sie sollten ihn nicht beschimpfen«, mahnte Diamond. »Bislang ist er ihre größte Hoffnung.«

»Wer ist es?«

»Ist Sam noch am Leben?«

Keine Antwort.

»Sie wissen doch wohl, wenn Sie ihr was tun, ihr auch nur ein Haar krümmen, werden die Sie kriegen.«

»Was soll das heißen – ›die‹? Sie sind einer von ihnen.«

Ein Versprecher. Er sagte: »Die hohen Tiere.«

»Das werden sie so oder so.«

»Wenn Sie es richtig anstellen«, hielt Diamond ihm optimistischer entgegen, »könnten Sie durchkommen. Die Pistole wird dabei nicht viel nutzen. Ich weiß nicht, wo Sie die herhaben, aber ohne wären Sie sicherer.«

Die Warnung schien genau im rechten Augenblick zu kommen, denn Mountjoy wischte sich mit dem Rücken der Hand, die die Pistole hielt, über den Mund. Was auch immer man dem Mann vorwerfen konnte, ein Revolverheld war er jedenfalls nicht.

Diamond spürte, daß er kurz davor war, etwas über Samantha in Erfahrung zu bringen. »Wie dem auch sei«, fuhr er unaufgefordert fort, »ich weiß den Namen des Zeugen nicht, der gesehen hat, wie Sie das Haus verließen. Er ist ein Punker, ein Obdachloser.«

»Einer von diesem Pack? Wer soll dem denn glauben?«

»Ich zum Beispiel.«

Das löste bei Mountjoy ein Stirnrunzeln aus. »Sie glauben ihm?«

»Ja.«

»Sie haben mich in den Knast gebracht. Und jetzt geben Sie tatsächlich zu, daß Sie sich geirrt haben?«

»Allmählich sieht es ganz danach aus.«

»Ist dieser Punker der Mörder?«

»Wahrscheinlich nicht.«

Das war nicht die Antwort, die Mountjoy erwartet hatte. Seine Gesichtsmuskulatur spannte sich, und er sagte mit belegter Stimme: »Wer zum Teufel war es dann?«

»Das weiß ich noch nicht.«

»Was?«

»... aber ich komme gut voran«, fügte Diamond rasch hinzu. »Deshalb ist es ja auch so wichtig, daß Samantha unverletzt freigelassen wird. Es geht ihr doch gut, oder?« Und als er darauf keine Antwort bekam, sagte er: »Hören Sie, die Herren an der Spitze dieser Menschenjagd werden langsam nervös. Falls Sie ihnen irgendeinen Beweis dafür liefern könnten, daß Samantha noch lebt, würde das uns beiden etwas mehr Zeit verschaffen. Wenn nicht« – er schielte zu der Waffe hinüber – »könnte es sehr bald enden, John, und zwar in einer blutigen Schießerei.«

Mountjoys sorgenvolle Augen blickten einen Moment in seine, aber er erwiderte nichts.

»Würden Sie mir etwas verraten?« fragte Diamond, dessen Gehirn auf Hochtouren arbeitete. »An Ihrem letzten Abend mit Britt, hat sie da irgendwelche Männer erwähnt?«

»Männer, mit denen sie was hatte, meinen Sie? Ich kann mich nicht erinnern.«

»Versuchen Sie's.«

»Ich meine, nein. Wieso hätte sie mir was über irgendwelche Liebhaber erzählen sollen?«

»Vielleicht, um Ihnen zu verstehen zu geben, daß sie schon mit jemandem zusammen war.«

»Hat sie aber nicht. Ich habe die meiste Zeit geredet, um sie in Stimmung zu bringen, sozusagen.«

»Dazu gehört doch auch, daß man persönliche Fragen stellt?«

»Ja, aber man fragt ein Frau nicht, mit wem sie sonst noch schläft.«

Da hatte er recht. Diamond mußte zugeben, daß das Gespräch beim ersten Rendezvous wohl kaum auf solche Abwege geriet. Es war lange her seit seinem ersten Rendezvous. »Wer hat das Essen im Beaujolais bezahlt?«

»Ich, mit Kreditkarte, aber sie bestand darauf, ihren Anteil zu bezahlen. Sie hat irgendwas von modernen Frauen erzählt, die Wert auf ihre Unabhängigkeit legen.«

»Das wird Sie doch nicht überrascht haben, oder?« Diamond kam elegant – angesichts der Umstände – auf den Punkt zu sprechen, der ihn eigentlich interessierte. »Haben Sie ihr vielleicht ein paar Blumen mitgebracht?«

Die Frage ärgerte Mountjoy. Seine Wangenmuskulatur straffte sich. »Die Rosen? Nein. Wann geht es endlich in Ihren dikken Schädel, daß ich sie nicht ermordet habe?«

»Blumen für eine Dame zu kaufen ist etwas völlig anderes, als sie zu ermorden«, sagte Diamond. »Es könnte doch sein, daß jemand anders die Blumen gesehen hat und deshalb zu dem Schluß kam, daß Britt Strand ihn betrog.«

»Die Blumen waren nicht von mir.«

»Schade. Es wäre eine nette Geste gewesen, ein schönes Geschenk, wie eine Frau es von einem reifen Mann wie Ihnen wohl erwarten darf. Sie hätten sie ja nicht mit ins Restaurant bringen müssen. Sie hätten sie auch bei ihr zu Hause abliefern lassen können.«

»Habe ich aber nicht.«

»Also, sind Ihnen irgendwelche Rosen in der Wohnung aufgefallen, als Sie dort waren?«

»Nein.«

»Wären sie Ihnen aufgefallen?«

»Wahrscheinlich.«

»Kommen wir zurück zu Ihrem Gespräch beim Abendessen – haben Sie über ihre Arbeit gesprochen?«

»Kaum. Hauptsächlich ging es um schwedische Küche und um verschiedene Autos, die ich mal hatte.«

Betörend! dachte Diamond. »Sind Sie leidenschaftlicher Autofahrer?«

»War ich.«

»Und sie?« Er kannte die Antwort bereits, aber er wollte den Mann am Reden halten.

»Sie schien zu verstehen, was mich so begeisterte, aber ich glaube nicht, daß sie selbst ein Auto besaß. Sie meinte, in Bath käme man wegen des guten öffentlichen Verkehrsnetzes auch gut ohne aus.«

»Und wegen Freunden mit Autos. Nach dem Essen im Beaujolais haben Sie sie nach Hause gefahren?«

»Ja.« Mountjoy wurde wieder hektisch, rieb sich mit der Pistole über den Ärmel.

»Hatten Sie den Eindruck, daß das Haus menschenleer war?«

»War es. Es brannte kein Licht. Wir hatten das Haus ganz für uns. Ich dachte, ich hätte sie soweit, bis sie von den irakischen Studenten aus meinem Institut anfing. In dem Augenblick wußte ich, daß sie mich reingelegt hatte. Ich war ziemlich sicher, daß irgendwo ein Kassettenrecorder lief.«

»Natürlich«, sagte Diamond laut, und es klang, als hätte er nichts anderes erwartet, doch in Wahrheit war es selbstkritisch gemeint. Natürlich hatte sie als gewiefte Journalistin einen Kassettenrecorder laufen lassen. »Haben Sie danach gesucht?«

»Das war nicht nötig. Sie hat irgendwas über Beweise und Fotos und Dokumente erzählt, aber ich habe nichts zugegeben. Noch nicht mal meinen Kaffee ausgetrunken. Ich bin aufgestanden und gegangen. Ich war ziemlich wütend, aber es kam mir sinnlos vor, mich mit ihr anzulegen.«

»Sie hat Sie zur Tür gebracht?«

»Wenn Sie damit meinen, daß sie mir die Treppe hinunter gefolgt ist und dabei gesagt hat, daß sie alle Beweise habe, die sie brauche, und daß ich das, was jetzt auf mich zukäme, auch verdient hätte, dann: ja. Sie hat die Tür hinter mir zugeknallt. Ich bin in die St. Saviours Road zu meinem Wagen gegangen und nach Hause gefahren.«

»Haben Sie unterwegs jemanden gesehen?«

Aus irgendeinem Grund brachte diese Frage Mountjoy in Rage. »Vedammt, ich war viel zu sauer, um darauf zu achten.

Hören Sie, Sie fetter Trottel, das habe ich Ihnen alles mindestens schon ein dutzendmal erzählt. Sie wollen mich mit dem Quatsch über diesen Punker bloß abspeisen. Britt Strand war ein Klasseweib. Die hätte sich nie mit so einem Pack eingelassen.«

»Hat sie auch normalerweise nicht. Sie hat ihn benutzt, genau wie Sie.«

»Wozu?«

»Für eine Story über ein besetztes Haus in Bath.«

»Das ist doch keine Story. Das käme noch nicht mal in den Mittelteil eines Lokalblättchens. Ich bin nicht zufrieden, Diamond. Wir hatten ein Abkommen. Ich habe Ihnen vertraut. Wann bringen Sie mir, was ich will?«

»Bald.«

»Morgen.«

Diamond dachte kurz an den Mann, der bewußtlos im Krankenhaus lag. »Das ist zu früh.«

»Morgen – oder gar nicht mehr.« Er riß die Tür auf und war fort. Diamond hätte nur den Telefonhörer zu nehmen brauchen, um Warrilow zu verständigen. Statt dessen ging er zum Wasserkessel, schaltete ihn ein, nahm ein Tütchen Instantkaffee aus der Schüssel und leerte es in eine Tasse. Dabei verschüttete er etwas Pulver, nicht weil er unter Schock stand, sondern weil er ungeschickt war. Schon sein ganzes Leben lang. Er konnte es nicht ändern. Bei Vernehmungen ging er dagegen sehr geschickt vor.

Nun, wenn man bedachte, daß die eben erfolgte Vernehmung nicht geplant gewesen war, hatte er sich nicht übel geschlagen. Zugegeben, ob Samantha Tott noch lebte, hatte er nicht herausfinden können, aber er hatte soeben den entscheidenden Hinweis für die Ermittlung herausgekitzelt.

Falls noch Zeit blieb.

Sein Hochgefühl war von kurzer Dauer. Es gab ein seltsames Geräusch, ein Jaulen, das rasch zu einem rasenden Crescendo anstieg, gefolgt von einem lauten Klicken. Beißender Rauch stieg ihm in die Nase. Im Kessel war kein Wasser, und er hatte das Heizelement durchschmoren lassen.

18 Peter Diamonds Assistentin Julie schlug seine Warnung, daß der Tag anstrengend würde, in den Wind und verzichtete auf das Windsor-Frühstück. Sie nahm Müsli und Tee und ließ sich vom Duft des knusprigen Schinkens und der Spiegeleier nicht in Versuchung führen. Diamond hatte einmal gehört, daß Müsli aussah wie Streu aus einem Hamsterkäfig, und das Zeug seitdem nicht mehr angerührt. Taktvollerweise verkniff er sich die Bemerkung. Sie hatten einen Fensterplatz mit Blick auf den Queen Square mit seinen mächtigen Platanen und saßen an einem Tisch mit gestärktem Leinentischtuch, silbernem Teeservice, silbernem Besteck und frischen Blumen. Da spielte der graue Himmel draußen keine Rolle; der dicke, kahlköpfige Exdetective, der angeregt mit seiner attraktiven Begleiterin plauderte, achtete nicht auf das Wetter. Er genoß die interessierten Blicke der Deutschen und Kanadier, die er am Vorabend in der Bar kennengelernt hatte, denn keiner von ihnen hatte gesehen, wie Julie um halb neun das Hotel betreten hatte.

»Einmal bin ich mit meiner Frau zum Abendessen hier gewesen«, erinnerte sich Diamond. »Da habe ich ganz schön Aufsehen erregt. Wir müssen was zu feiern gehabt haben. Vielleicht meine Beförderung zum Superintendent. Also, wir hatten schön gegessen, und ich fragte Steph, ob sie zum Kaffee vielleicht einen Likör trinken wolle. Normalerweise trinken wir beide keinen Likör. Aber sie überrascht mich gern. Sie hat gesagt, sie hätte gern ein Glas mit diesem italienischen Zeug, das man anzündet und in dem eine Kaffeebohne schwimmt. Wir hatten das mal gesehen, und sie wollte es gern ausprobieren.«

»Sambuca.«

»Genau, Sambuca. Riecht nach Anis. Ich würde so was normalerweise nicht anrühren, aber an diesem Abend war ich recht beschwingt und gewillt, alles zu bestellen, wonach der großen Liebe meines Lebens der Sinn stand. Er wurde auch hübsch mit munter flackerndem Flämmchen serviert. Wir sahen uns das ein Weilchen an, und dann fragte Steph, wie lange es noch weiterbrennen würde, weil sie gerne mal probieren wollte. Ich sagte, daß man die Flamme wohl irgendwie löschen müßte. Es war nichts Passendes zur Hand außer einem leeren Weinglas, und nachdem ich ihr das wissenschaftliche Gesetz erklärt hatte, daß eine Flamme Sauerstoff braucht, stellte ich den Fuß des Weinglases auf das Likörglas. Ergebnis: Die Flamme ging aus. Ich nahm das Weinglas wieder runter. Allerdings hatte ich nicht bedacht, daß Liköre klebrig sind. Das Likörglas blieb am Weinglas hängen ...«

»O nein!« sagte Julie und fing an zu lachen.

»... fiel auf den Tisch und kippte um.«

»Nein!«

»Leider war die Flamme doch noch nicht ganz erloschen. Und im Nu hatten wir ein richtiges Feuer auf unserem Tisch. Ich mußte mir einen Siphon mit Sodawasser schnappen, um es zu löschen. Das Tischtuch war verkohlt, und man mußte uns an einen anderen Tisch setzen, an dem wir dann unseren Kaffee zu Ende tranken.«

Julie hatte Tränen gelacht. »Ich habe schon gehört, daß sie zu Mißgeschicken neigen.«

»Von wem?«

Sie wischte sich über die Augen. »Wir haben alle so unsere Schwächen. Ich kann mich nie daran erinnern, wer mir was gesagt hat.«

Er hielt sein Versprechen und redete nicht über die Ermittlungen, bis sie mit dem Essen fertig waren. Dann schilderte er ihr beinahe wortgetreu seine jüngste Begegnung mit Mountjoy. »Und jetzt habe ich ein echtes Problem«, gestand er. »Und ein gigantisches Dilemma. Soll ich in der Manvers Street Meldung machen? Bestimmt werden Sie sagen, es sei meine Pflicht.«

»Ich denke, ja«, sagte sie.

»Aber ich habe nichts Wesentliches zu berichten, bis auf die Tatsache, daß er bewaffnet ist.«

»Das ist mehr als genug.«

Er sprach weiter, als hätte Julie nichts gesagt. »Ich habe nicht die Bohne über Samantha erfahren, oder wo er sie versteckt hält. Wenn ich Warrilow erzähle, daß Mountjoy eine Pistole hat, bewaffnet der seine Leute, und irgendein Idiot erschießt ihn, sobald er ihn zu Gesicht kriegt.«

»Sie können es nicht nicht erzählen«, entgegnete sie. »Er könnte einen Beamten erschießen, und Sie würden sich ewig Vorwürfe machen.«

Er seufzte schwer. »Er ist ein Idiot. Angeblich versucht er, seine Unschuld zu beweisen. Wozu braucht er dann so eine dämliche Pistole? Ich hatte nicht vor, über ihn herzufallen.«

»Wahrscheinlich wollte er Ihnen Angst einjagen. Er will schnelle Ergebnisse.«

»Würde ich an seiner Stelle auch. Aber ich leiste ordentliche Arbeit für ihn. Wir legen uns mächtig ins Zeug, Julie.« Er erspähte eine Scheibe Toast auf dem Nebentisch und griff danach. »Dazu brauche ich keine Pistole an meinem Kopf.«

Sie nahm den Faden wieder auf. »Sie sagten eben, Mountjoy hat etwas erwähnt, das die ganze Untersuchung wieder ins Wanken bringt.«

»Stimmt.« Diamonds Stimmung besserte sich; angesichts der drohenden Rückkehr nach London war ihm jede Verzögerung bei der Aufklärung des Verbrechens willkommen. »Stellen Sie sich mal die Situation vor, Julie. Er ist bei Britt in der Wohnung, okay?«

»In der Mordnacht?«

»Ja. Sie waren nett essen, und er glaubt, daß sie ihn mit nach Hause genommen hat, weil es jetzt zur Sache gehen soll. Doch statt dessen konfrontiert sie ihn mit ihren Beweisen für seine Machenschaften mit den illegalen irakischen Studenten. Das war geplant. Wie er mir letzte Nacht gesagt hat, ging er davon aus, daß sie die Unterhaltung auf Band aufgenommen hat. Natürlich hat sie das gemacht! Sie war eine clevere Journalistin, die Beweise sammelte. Wir wissen, daß sie bei ihrer Arbeit einen Kassettenrecorder benutzte. Sie hatte zwei davon, einen großen, wie man sie im Wohnzimmer stehen hat ...«

»Als Teil der Stereoanlage?«

»Genau. Und so ein schickes kleines japanisches Teil, das sogar in eine Hosentasche oder Handtasche paßt. Nach dem Mord haben wir ihre Sachen in Kisten weggeschafft, darunter auch Tonbänder. Jetzt ist die Frage, was ist mit dem Mountjoy-Band passiert?«

»Falls es eines gab«, sagte Julie.

»Darauf können Sie wetten.«

»Ich bin die Inventarliste ihres Materials durchgegangen«, sagte sie. »Sie war sehr ordentlich. Es gab über fünfzig Kassetten, alle datiert und etikettiert, aber keine für den Mordtag. Ich bin sicher, das wäre mir aufgefallen.«

»Der einzige Mensch, der ein Interesse daran haben könnte, dieses Band in die Hände zu bekommen, wäre Mountjoy selbst.«

»Es sei denn, es lief noch, als der Mord geschah«, meinte Julie.

Diamond starrte sie an und schnippte dann mit den Fingern. »Brillant! Vielleicht hat der Mörder es mitgenommen.«

»Kaltblütig – jemanden umzubringen und anschließend den Kassettenrecorder zu überprüfen.«

»Absolut.«

»Es sei denn …«

»Es sei denn, was?«

»… er hatte Gelegenheit, es später mitzunehmen.«

Er blickte hinaus auf den Queen Square. »Damit wären wir wieder bei Billington.« Die Enttäuschung in seiner Stimme war unüberhörbar. »Er war der einzige am Tatort.«

Eine Weile sagten beide nichts.

Schließlich sagte Julie: »Sie möchten nicht, daß Billington der Mörder ist, stimmt's?«

»Es ist zu offensichtlich. Wieso hatte ich ihn damals nicht auf der Rechnung?«

»Wegen seines Alibis, haben Sie gesagt. Irgendwas Neues über seinen Zustand?«

»Heute morgen habe ich gleich als erstes im Krankenhaus angerufen. Es geht ihm allmählich besser, aber sie meinen, er ist noch nicht in der Lage, Fragen zu beantworten. Wenn wir inzwischen das Band bei ihm zu Hause finden könnten …«

»Das hat er doch bestimmt vernichtet – oder die Aufnahme einfach überspielt. Ich hätte das jedenfalls getan.«

»Wahrscheinlich«, stimmte Diamond ihr widerwillig zu.

»Sollen wir das Haus trotzdem durchsuchen?«

»Ohne Durchsuchungsbefehl?«

»Im Rahmen einer Besichtigung des Tatorts der schweren Körperverletzung von gestern.«

Julie lieferte ihm einen hohen Gegenwert für ihr Frühstücksmüsli.

Er grinste. »Dann mal los.«

Diamond schätzte seine Schwächen realistisch ein, und so ließ er Julie allein die Hausdurchsuchung bei den Billingtons leiten. Mit seiner notorischen Unbeholfenheit neigte er bei Durchsuchungen eher dazu, Hinweise zu vernichten als welche zu finden. Statt dessen beschloß er, mehr über Britt Strands journalistische Arbeit in Erfahrung zu bringen. Vernehmungen waren seine Stärke. Er fuhr nach Steeple Ashton.

Gerade rechtzeitig für ein zweites Frühstück.

Das Häuschen war erfüllt vom Duft zweier Obstkuchen, die frisch aus dem Ofen kamen. Die gastfreundliche Prue Shorter erklärte, die Kuchen würden als Schichten in eine Hochzeitstorte eingearbeitet, aber falls es ihm nichts ausmache, könne er die abgeschnittenen Stücke essen, die über die Backform gequollen waren, und nach Herzenlust von den Leckereien kosten.

Sie kochte Kaffee und reichte ihm einen übervollen Teller. »Wir geht's dem Finger?« erkundigte sie sich.

»Finger?«

»Ich glaube, es war der Daumen.«

»Ach – mein Bienenstich.« Er blickte auf seine Hand. »Was für Schmerzen! Ich hatte es schon ganz vergessen, also muß es mir wohl wieder gutgehen.«

»Und den Häftling haben Sie noch nicht wieder geschnappt? Hier ist er jedenfalls nicht.«

»Nein, darum kümmern sich andere. Ich beschäftige mich noch immer mit der Vergangenheit Ihrer früheren Kollegin.«

»Britt? Mein Lieber, ich habe Ihnen alles erzählt, was ich weiß.«

»Bestimmt wissen Sie noch nicht, daß ihr ehemaliger Vermieter nach einer Auseinandersetzung mit seiner Frau im Krankenhaus liegt.«

»Er liegt im Krankenhaus?«

»Sie hat ihm einen Beutel mit Münzen über den Schädel gezogen, und jetzt beschuldigt sie ihn, Britt ermordet zu haben.«

»Großer Gott! Sie brach in dröhnendes, keuchendes Gelächter aus und ließ sich gegenüber von Diamond am Küchentisch nieder.

Er machte der Heiterkeit ein Ende, indem er zum Hauptanliegen seines Besuches kam. »Sie waren einige Male in dem

Haus, soweit ich weiß. Haben Sie die Billingtons kennengelernt?«

Sie schüttelte den Kopf, nicht als Antwort, sondern als Reaktion auf die neueste Entwicklung im Britt-Strand-Roman. »Ob ich sie kennengelernt habe? Ja, arme Hunde, alle beide. Nie mal ein Lächeln zwischen ihnen. Man sagt ihnen guten Tag, und sie reagieren, als hätte man sie persönlich beleidigt.«

»Die beiden erinnern sich an Ihre Besuche. Oder, besser gesagt, sie erinnert sich.«

»Ich bin ja auch nicht leicht zu übersehen, oder?«

»Haben Sie oft mit ihnen gesprochen?«

»Im Gegenteil, nie.«

»Ich würde gern wissen, ob Britt Ihnen mal was über die beiden erzählt hat. Besonders über ihn.«

»Über ihn? Diesen lächerlichen alten Bock? Natürlich hatte er ein Auge auf sie geworfen. Welcher Mann hätte das nicht? Sie hat mir erzählt, daß er sich oft an sie ranmachte oder es zumindest versuchte, wenn seine Frau nicht in der Nähe war. Manchmal machte er ihr Geschenke. Steht er wirklich unter Verdacht?«

»Hat er je versucht, bei ihr zu landen?« fragte Diamond unbeirrt.

»Sie meinen Britt?«

Wen hätte er sonst meinen können? »Ja.«

Sie zögerte einen Moment mit der Antwort. »Wer weiß? So gut kannte ich sie nicht. Es gab ja schließlich andere Männer, oder? Das ist doch bei der Verhandlung deutlich geworden. Sie war nicht direkt unnahbar, aber ich glaube, beim alten Billington hätte sie die Grenze gezogen. Da hatte sie schon bessere Möglichkeiten. Sind Sie verheiratet, Mr. Diamond?«

Sehr zu seinem Ärger spürte er, wie er rot anlief. »Ja, das bin ich«, erwiderte er in gereiztem Ton.

»Kinder?«

»Nein. Ist das irgendwie von Bedeutung?«

»Es interessierte mich nur. Mir fällt auf, daß Sie keinen Ring tragen.«

»Vielleicht sollten Sie meine Arbeit machen.« Er gewann sein Gleichgewicht wieder. »Sie auch nicht.«

»Mein Lieber, heutzutage heißt das überhaupt nichts«, sagte sie, und diesmal war ihr Lachen vorsichtiger als sonst.

»Aber Sie waren mal verheiratet?«

Sie nickte. »Das Leben ist nicht fair, stimmt's? Wahrscheinlich wollten Sie ein Kind, und meines war ein Ausrutscher. Der Vater verhielt sich anständig, wie man so sagt, und es hat nur ein gutes Jahr gehalten.«

»Hat er das Sorgerecht bekommen?«

»Nein. Johnny war froh, daß er unsere Tochter mir überlassen konnte, weil er sich nach Nordirland absetzen wollte.« Sie lachte tief aus dem Bauch heraus. »Seit 1982 sitzt er jetzt mit seiner Mutter und den Unruhen dort in Belfast fest – geschieht ihm recht. Männer? Die können mir gestohlen bleiben. Ich habe dann meinen Mädchennamen wieder angenommen. Wieso hätte ich auch seinen für den Rest meines Lebens mit mir herumschleppen sollen?«

»Dann wurden Sie also – wie sagt man heute? – alleinerziehende Mutter.«

Sie stockte, und als sie weitersprach, hatte sich der Klang ihrer Stimme verändert. »Ich will nicht so tun, als wäre es leicht gewesen, aber wenn ich die Zeit zurückdrehen könnte, würde ich es tun. Manchmal muß ich Geburtstagskuchen für anderer Leute Kinder backen. Meistens vergieße ich dabei ein paar Tränen.«

»Und heute?« sagte Diamond, um das Gespräch auf ein weniger trauriges Thema zu lenken.

»Heute?«

»Gibt es da jemanden?«

Sie sagte schneidend: »Falls Sie mich gleich fragen wollen, ob ich eine Lesbe bin, können Sie sich das sparen. Ich habe es Ihnen angesehen, als Sie das erste Mal hier waren. Bloß weil ich nicht Diät lebe oder schicke Klamotten trage, heißt das noch lange nicht, daß ich schon immer wie eine Tonne ausgesehen habe.«

Diamond sagte: »Ich wollte Sie nicht aushorchen. Vorhin haben Sie mich gefragt, ob ich verheiratet bin, und ich habe ehrlich darauf geantwortet.«

Ihr Gesicht wurde etwas entspannter. »Sie haben recht. Ich bin Single. Ich bin heterosexuell. Und ich interessiere mich für andere Menschen. Wir Dickerchen haben eine Menge gemeinsam, stimmt's?«

»Dickerchen« schmeichelte ihm nicht gerade. Er bezeichnete sich selbst lieber als ›stämmig‹. Sie schob ihm noch etwas Kuchen hin, um ihre Solidarität zu demonstrieren, doch in diesem Augenblick hätte er gern weniger massig gewirkt. »Hat Britt je mit Ihnen über ihr Sexleben geredet?« Diese Frage konnte er jetzt unbefangener stellen.

»Über ihre Männer? Nein. Ich habe Ihnen neulich schon erzählt, daß sie nicht getratscht hat. Was ich weiß, habe ich hier und da aufgeschnappt. Ihr letzter Freund – ich mag das Wort nicht, aber ›Liebhaber‹ klingt noch altmodischer – war dieser Springreiter.«

»Marcus Martin. Sind Sie ihm mal begegnet?«

»Nein. Als ich einmal bei ihr vorbeigekommen bin, hat sie sich ihn gerade im Fernsehen angesehen. Ehrlich gestanden, er ist der letzte, den ich mir von all diesen Reitern ausgesucht hätte. Ein kleiner, rothaariger Zwerg.«

»Aber ein reicher, rothaariger Zwerg«, sagte Diamond. »Und GB? Bei unserem letzten Gespräch wollten Sie ihn nicht als Freund in Erwägung ziehen. Ich habe inzwischen mit ihm gesprochen. Er hat zugegeben, damals ein Auge auf sie geworfen zu haben.«

»Und ob er das hatte. Er hat sie förmlich mit Blicken ausgezogen, als wir die Fotos in der Trim Street gemacht haben«, bestätigte sie. »Er hat sich offensichtlich Chancen ausgerechnet. Sie hat ihm aber keine gegeben. Sie hat nur mit ihm gespielt.«

»Das sagt er heute auch.«

»Männer sind ja so naiv.«

Er zuckte die Achseln. »Wenn ich darf, würde ich gerne noch mal einen Blick auf diese, äh, Shots werfen, die sie gemacht haben.«

»Die Serie von der Trim Street? Kein Problem.«

Sie ging nach oben, um sie zu holen. Der Duft des Obstkuchens untergrub Diamonds Willensstärke, deshalb verließ er die Küche. Seit seinem letzten Besuch hatte sie Dinge verändert. In der Nische, wo die kleine Geige gewesen war, stand jetzt eine grüne Porzellanschale, ein schönes Stück, ohne Zweifel, aber für

Diamond weniger faszinierend. Er mochte Kindersachen im Haus – mit Ausnahme von Stickereien, die ihn meist deprimierten, weil er an die mühselige Arbeit denken mußte, die darin steckte. Hier waren jedoch keine zu sehen. Aber einige Bilder waren ausgetauscht worden; statt der Redouté-Rosen sah er jetzt Waldlandschaften, die nicht gerade seinen Geschmack trafen.

»Was halten Sie davon?« fragte sie, als sie mit den Fotos die Treppe herunterkam. »Ich habe sie in einem Antiquitätenladen in Bradford-on-Avon entdeckt.«

»Sie sammeln Corots?«

Sie kreischte überrascht: »Sie verstehen was von Kunst?«

»Ich weiß zumindest, daß er seinen Namen sehr deutlich in die Ecke schreibt.«

»Aha.«

Durch das leicht verächtliche »Aha« gekränkt, fügte Diamond hinzu: »Aber eines kann ich Ihnen über Corot verraten. Von jedem seiner Gemälde gibt es über hundert Fälschungen. Er ist der meistgefälschte Maler der Welt.« Dieses nützliche Wissensbröckchen hatte er einer Vorlesung an der Polizeischule zu verdanken. »Aber die hier sind bestimmt echt.«

»Echte Drucke, mein Lieber.« Sie reichte ihm den Umschlag mit den Fotos. »Wonach suchen Sie denn diesmal?«

»Nach einem Grund, warum Britt sich die Mühe gemacht hat, in ein besetztes Haus zu gehen«, antwortete er wahrheitsgemäß. »Ich bin noch immer nicht dahintergekommen, und GB konnte mir auch nicht helfen.«

»Zumindest haben Sie ihn gefunden.«

»Ja. Er ist ein cleverer Bursche, aber er war keine Hilfe.«

»Warum ist das wichtig?«

Er fing an, sich langsam durch die Fotos zu arbeiten. »Weil darin vielleicht die Antwort auf die Frage steckt, warum sie ermordet wurde.«

»Ist der alte Billington denn nicht die Antwort?«

Er schüttelte den Kopf. »Ich glaube nicht, daß Britt je zufällig in etwas reingeraten ist. Sie wußte genau, was sie wollte, und warum. Ich wünschte, wir wüßten das auch.«

»Sie könnte einem von den Punkern Angst eingejagt haben, ohne es zu merken«, sinnierte Prue Shorter, die dicht neben Diamond stand. »Sehen Sie sich bloß die Typen an! Da waren wirklich ein paar schwere Jungs dabei. Weiß der Himmel, zu was für entsetzlichen Dingen die fähig waren. Wenn nur einer von denen befürchten mußte, daß seine Vergangenheit ihn einholt ... Mein Lieber, ich kann Ihnen sagen, die haben mir richtig angst gemacht.«

Er studierte jedes Foto, betrachtete diese Menschen mit den harten Gesichtern als Individuen und nicht als unterschiedslosen Haufen. Einige von ihnen hatten Prue offensichtlich als Motive gereizt, weil sie auf vielen Fotos in den Vordergrund gerückt waren: ein Mann mit Irokesen-Haarschnitt, eine Frau mit geschorenem Kopf und runder Brille, ein stark tätowierter Mann, der eine Weinflasche festhielt und auf den meisten Bildern mit geschlossenen Augen dalag, und natürlich GB, der durch seine Größe und seine Persönlichkeit dominierte, wie an der Haltung der anderen um ihn herum abzulesen war. Nachdem er die Hauptfiguren ausgesondert hatte, nahm Diamond sich die vor, die weniger fotogen und manchmal ein wenig unscharf, halb von Möbeln verdeckt oder durch den Bildrand abgeschnitten waren.

»Die da«, sagte er und zeigte auf ein schlankes Mädchen mit großen Augen und zu einem Zopf geflochtenem dunklen Haar. »Erinnern Sie sich an sie?«

»Ich erinnere mich an alle«, sagte Prue, »aber ich habe keine Ahnung, wie sie heißen, falls Sie das wissen wollen. Wir wurden einander nicht vorgestellt.«

»Ich glaube, ich weiß, wie sie heißt«, sagte Diamond.

»Die dünne Frau?«

»Erinnern Sie sich noch an sie?«

»Schwach. Sie hielt sich im Hintergrund. Eine der Squaws. Wer ist sie?«

»Sie heißt Una Moon.«

»Müßte ich sie kennen?«

»Nein.« Und er klärte sie auch nicht weiter auf. Una Moon war die junge Frau, die er zuletzt auf dem Revier bei Warrilow gesehen hatte und die Samantha Tott als vermißt gemeldet hatte.

19 Mountjoys kaum funktionierendes Hirn suchte verzweifelt nach einer Erklärung dafür, daß eine Frau bei ihm in der Zelle in Albany war. Er konnte sie deutlich neben sich stöhnen hören. Ehelicher Besuch – dieses Märchen, das von den Träumern unter den Gefangenen so oft beschworen wurde? Ehelicher Besuch – in Albany? Ungefähr so wahrscheinlich wie eine Ballonfahrt. Selbst wenn es tatsächlich erlaubt wäre, wer um alles in der Welt hätte wohl Lust, mit ihm ehelichen Pflichten nachzukommen? Sophie hatte geschworen, nach der Scheidung nie wieder ein Wort mit ihm zu reden, und ein Besuch im Gefängnis wäre für sie unvorstellbar. Sie hätte es als absolute Erniedrigung betrachtet.

Und wieso lag er auf dem Boden und nicht im Bett? Die dünnen Matratzen in Albany waren zwar verflucht unbequem, und manchmal konnte man kaum unterscheiden, ob man auf dem Boden oder im Bett lag, aber diese Unterlage war nicht nur hart, sondern auch noch kalt. Und irgendwo in seiner Nähe war tätsächlich eine Frau.

Er bewegte sich leicht und ertastete mit der rechten Hand, daß er wirklich auf einem ebenen, glatten Boden lag, der mit Linoleum ausgelegt war. Er fuhr mit den Fingerspitzen über eine der Nahtstellen. Er hob die Ecke einer Linoleumbahn an, fühlte darunter und spürte die Fuge zwischen zwei Bodendielen. Kein Gefängnis, das er kannte, besaß einen Dielenboden.

Er öffnete die Augen, sah einen altmodischen Kamin und ein Fenster ohne Gitter und wußte wieder, wo er war. Er verfluchte sich selbst dafür, daß er eingeschlafen war.

Er sagte zu Samantha: »Hören Sie auf mit der Stöhnerei.«

»Ich finde es schrecklich.«

»Was?«

»Diese Wohnung.« Sie saß in Decken gehüllt mitten im Raum auf dem Boden und rieb sich mit den Rücken ihrer gefesselten Hände übers Gesicht. »Hier ist es unheimlich. So etwas Modriges und Schreckliches habe ich noch nie gesehen.«

»Zum Donnerwetter, ich habe Sie aus der Höhle rausgeschafft, oder etwa nicht?« sagte Mountjoy. »Ich habe Ihnen Decken besorgt, etwas zu essen und zu trinken. Ich lasse Ihnen Ihre heißgeliebte Geige.«

Offenbar zählte das alles nicht. »Ich habe das Gefühl, als wäre seit hundert Jahren keiner mehr hier gewesen. Die Toilette mit dem Holzsitz. So was gibt's doch gar nicht mehr. Der alte Kamin mit dem eisernen Feuerrost. Das ist absurd, als wäre man in eine Zeitspalte geraten.«

»Seien Sie still, ja?«

»Wo sind wir?« fragte sie. »Ich höre Autos fahren. Warum sagen Sie mir nicht, wo wir sind?«

»Hunger?«

»Nein.«

»Ist Ihnen kalt?«

»Eigentlich nicht.«

»Na dann.«

»Ich würde gern wissen, wo ich bin.«

»Das kann ich mir vorstellen.«

»Ich wohne schon fast mein ganzes Leben in Bath. Ich hätte nie gedacht, daß es so was hier noch gibt.«

»Man lernt immer noch dazu.« Mountjoy gähnte. Er drohte, schon wieder einzuschlafen, also stand er auf und trat ans Fenster. Unter ihm, weit unter ihm, schlängelte sich der Verkehr ordnungsgemäß durch die Einbahnstraßen um Orange Grove, an Bog Island vorbei und die Pierrepont Street hinauf Richtung Bahnhof. Der Blick von hier oben war einmalig, weil er durch nichts behindert wurde außer durch den mächtigen viereckigen Turm der Abteikirche. Er sah den Avon schimmern und erkannte die Rasenflächen der Parade Gardens. Weiter weg, jenseits des Turms der katholischen Kirche, erhob sich hinter dem Brunel-Eisenbahnviadukt der bewaldete Hang des Lyncombe Hill bis hin zu Beechen Cliff. Und links lag Bathampton Down; letzte Nacht hatte er vom Balkon aus das angestrahlte Sham Castle gesehen. Für Mountjoys Zwecke hatte das Versteck zwar Vorteile, aber der Wohnwagenpark wäre ihm lieber gewesen. Die alte Mine war einfach nicht geeignet, ein Unterschlupf für eine Nacht, mehr nicht. Er hatte ernsthaft überlegt, das Haus in der Morford Street zu okkupieren, aber dann wäre er gezwungen gewesen, noch zwei weitere Geiseln zu nehmen. Ausgeschlossen! Also hatte er Samantha hierhergebracht. Sie würde sich mit den altertümlichen Sanitäranlagen abfinden müssen.

Er wußte, was sie mit der Zeitspalte meinte. Es war wirklich etwas gruselig hier. Tatsächlich schien dieser Ort vom modernen Leben ausgeschlossen zu sein, und das lag nicht nur am Staub und den Spinnweben. Irgendwo da unten mußte dieser fette Detective Diamond sich gerade abrackern, um die Wahrheit über den Mord an Britt Strand herauszufinden, doch hier oben, im sechsten Stock, in einem anderen Zeitalter, vergingen quälende Stunden des Wartens, Stunden, in denen die Zuversicht schwand.

Wie lange noch?

Mountjoy gähnte erneut. Chronische Müdigkeit war sein Problem. Samantha war zwar an Händen und Füßen gefesselt, aber trotzdem gönnte er sich keinen richtigen Schlaf, weil er fürchtete, von der Polizei überrumpelt zu werden. Es machte ihn unruhig, nervös und deprimiert; wenn er nicht so besessen an seinem Plan gearbeitet hätte, Gerechtigkeit zu erlangen – wenn er lediglich entflohen wäre –, er hätte seine Freiheit in diesem Moment gern gegen eine ruhige Nacht in der Zelle eingetauscht. Wenn alles vorbei war, egal wie, würde er schlafen. Tagelang.

Er spürte, wie sein Kopf herabsank. Die kurzen Nickerchen waren gefährlich, doch er sehnte sich danach, wie nach einer Droge. Er beschloß, sich hinzusetzen, und lehnte sich gegen die Wand. Die Lider wurden schwer.

Als er die Augen wieder öffnete, mußten einige Minuten vergangen sein. Wie viele, wußte er nicht. Das einzige, was er mit Sicherheit wußte, war, daß Samantha nicht mehr im Zimmer war.

Verschwunden.

Die Decken lagen auf einem Haufen neben ihrem Geigenkasten. Er sah das Seil, mit dem er ihre Handgelenke gefesselt hatte, neben dem Kabel, das er für die Fußknöchel benutzt hatte. Er sprang auf und rannte zur Tür.

Sie ging nicht auf. Abgeschlossen. Einen Augenblick lang dachte er, sie hätte ihn eingeschlossen. Dann suchte er in seiner Tasche und stellte fest, daß der Schlüssel noch da war. Er selbst hatte die Tür abgeschlossen. Wo war sie? Er ging zu der anderen Tür, die ins Nebenzimmer führte. Sie stand ein wenig offen.

Bevor er sie ganz aufstieß, zögerte er. Was, wenn sie drinnen lauerte, angriffsbereit?

Er nahm die Pistole aus der Tasche und sagte: »Kommen Sie raus da. Und zwar plötzlich.«

Nichts rührte sich.

»Samantha.«

Er trat die Tür auf.

Noch immer geschah nichts.

Er sagte: »Sie sollten wissen, daß ich eine Pistole in der Hand halte.« Dann trat er ins Zimmer.

Es war leer.

Verwirrt und panisch sah er sich um. Wenn sie nicht hier war und auch nicht die Wohnungstür geöffnet hatte, dann mußte sie die Balkontür benutzt haben. Bestimmt, denn sie war unverschlossen.

Er stieß die Tür auf und trat nach draußen. Samantha stand links von der Tür, damit sie von innen aus nicht gesehen werden konnte. Sie war halbnackt. Sie hatte das weiße T-Shirt ausgezogen, das er ihr besorgt hatte, und schwenkte es verzweifelt.

Als sie sich umdrehte und ihn sah, fing sie sofort an, um Hilfe zu schreien. Bis dahin war das Schwenken reine Pantomime gewesen. Nun schrie sie aus vollem Halse, lehnte sich über die steinere Brüstung wie eine Galionsfigur, die nackten Brüste blaß und spitz in der kühlen Oktoberluft, und schwenkte weiter das T-Shirt.

Mountjoy schob die Pistole in die Tasche; angesichts von Samanthas hysterischem Zustand war sie nutzlos. Bis zu diesem Zeitpunkt hatte er jeden Körperkontakt mit ihr, den sie als unanständig hätte empfinden können, peinlich vermieden. Das Anlegen und Lösen der Fesseln war notwendig, aber nicht ein einziges Mal hatte er sich dabei vergriffen. Das alles war jetzt wie weggeblasen.

Er mußte sie irgendwie vom Balkon schaffen, und sanfte Überredungskunst kam da nicht in Frage. Er packte sie von hinten, schlang einen Arm um ihren Oberkörper und versuchte mit dem anderen, ihre Hände von der Brüstung zu lösen, an der sie sich festklammerte. Sie schrie immer weiter. Und sie war stark. Als sie sich nicht mehr halten konnte, stemmte sie einen

Fuß gegen die Brüstung und stieß Mountjoy nach hinten gegen die Balkontür. Eine Scheibe zersplitterte unter dem Druck seiner Schulter. Er fiel und riß Samantha mit sich.

Sie rangen jetzt miteinander auf dem Boden, und Samantha lag oben, aber mit dem Rücken gegen Mountjoys Brust gedrückt, ihr Gesäß preßte gegen seinen Bauch, ihr Haar fiel ihm ins Gesicht. Um sie am Hochkommen zu hindern, schlang er seinen linken Arm um ihren Oberkörper und spürte wie seine Finger sich in ihre rechte Brust gruben. Verzweifelt schlug sie mit einer Hand auf seine Rippen ein und versuchte mit der anderen, seine Finger hochzubiegen. Sie strampelte wild mit den Beinen, bis er eines mit seinem rechten Bein einklemmen konnte. Dann hielt er sie einfach nur noch fest, in der Hoffnung, daß sie irgendwann aufgeben würde.

Es war gut, daß sie so ineinander verschlungen waren und ihre Kräfte verbrauchten. Er war derart wütend, daß er sie sonst bis zur Besinnungslosigkeit verprügelt hätte.

20

Zwei Polizeiwagen jagten mit blitzendem Blaulicht hinaus auf die Manvers Street, als Diamond gerade in den Hof einbiegen wollte. Commander Warrilow, die personifizierte Überheblichkeit, saß neben dem Fahrer des zweiten Wagens. Diamond nahm an, daß Mountjoy mal wieder ›gesichtet‹ worden war, und gähnte.

Nachdem er geparkt hatte, ging er hinein und spürte Julie in der Kantine auf, wo sie ohne offensichtliche Hast von einem Tisch mit Kripo-Kollegen aufstand und ihm entgegenkam.

Mit einem nachsichtigen Grinsen, das die Schärfe seiner Bemerkung abschwächen sollte, sagte er: »Besprechung auf höchster Ebene, Inspector?«

»Ich hab mir nur die jüngsten Gerüchte erzählen lassen«, erwiderte sie ruhig. »Die sind das Hummel-Dezernat.«

Sein Grinsen erstarb.

Julie fügte hinzu: »Wollen Sie mich entführen?« Sie lernte allmählich, mit seinen ironischen Bemerkungen umzugehen. Ein wenig zu gut.

Er sagte: »Deshalb bin ich hier.«

»Haben Sie noch Zeit für einen Kaffee?«

»Sie trinken hier doch nicht etwa Kaffee?«

Ihre Augen weiteten sich. »Wieso, stimmt was nicht damit?« So ganz hatte sie ihn doch noch nicht durchschaut.

Natürlich ließ er ihre Frage nach dem Kaffee unbeantwortet. »Holen Sie mir einen Tee, und dann bringen wir uns gegenseitig auf den neuesten Stand.«

Kurz darauf saßen sie ungestört an einem Tisch, und Julie erstattete Bericht, wie die Hausdurchsuchung bei den Billingtons ausgegangen war. »Falls die Kassette, nach der ich gesucht habe, da war, ist sie mir leider durch die Lappen gegangen. Ich habe an allen erdenklichen Stellen gesucht, und ich hatte Leute von der Spurensicherung dabei. Wir müssen wohl davon ausgehen, daß Winston Billington sie losgeworden ist, falls er sie überhaupt je hatte.«

»Haben Sie was anderes gefunden?«

»Einen Packen obszöner Bilder, die in einem Umschlag im Geheimfach einer alten Schreibkommode versteckt waren. Eine echte Enttäuschung! Ich dachte schon, ich wäre fündig geworden, und dann waren doch nur Hinterteile drin.«

»Wessen Hintern?« fragte Diamond ernst. »Jemand, den wir kennen?«

Sie schüttelte den Kopf. »Wie soll ich das wissen? Gesichter waren nicht zu sehen.«

»Bilder, sagten sie. Fotos?«

»Rausgerissene Seiten aus Pornoheftchen. Richtig erbärmlich.«

»Jeder nach seiner Fasson«, sagte er abgeklärt.

»Na ja, ich fand es jedenfalls traurig.«

»Sie haben doch wohl kein Mitleid mit ihm?«

»Mitleid mit den Frauen auf den Bildern, die auf so etwas reduziert werden.«

»Die brauchen Ihr Mitleid nicht. So etwas wird besser bezahlt als ein Job bei der Polizei.«

»Ich würde es für kein Geld der Welt tun.«

Diamond mußte kurz an das Angebot denken, für Studenten am Chelsea College Modell zu stehen, aber er beschloß, es nicht zu erwähnen. Das war Kunst und keine Pornographie, und er hatte noch nicht zugesagt – noch nicht. »Sonst haben Sie nichts Interessantes entdeckt?«

»Nein.«

»Briefe, ein Tagebuch?«

»Wir haben nach etwas gesucht, das Form und Größe einer Audiokassette hat«, erinnerte sie ihn. »Wir wollten uns nicht ablenken lassen.«

»Klar.« Er schilderte sein Gespräch mit Prue Shorter, wobei er gebührend auf seine scharfsichtige Beobachtung einging, daß Una Moon auf einem der Fotos von den Hausbesetzern in der Trim Street zu sehen war. »Herrlich, wie sich alles zusammenfügt.«

»Reiner Zufall, würde ich meinen«, kommentierte Julie mit einem bedenklichen Mangel an Taktgefühl.

»Zufall, Sie träumen wohl!« sagte er gekränkt. »Sie wohnt in einem besetzten Haus in Widcombe, da ist es doch nicht unwahrscheinlich, daß sie auch früher schon bei Hausbesetzungen mitgemacht hat. Ich war nicht erstaunt, sie dort zu sehen. Diese Punker kennen sich alle untereinander. Sie bilden – wie heißt das noch? – eine ganz eigene Subkultur.«

»Werden Sie sie vernehmen?« fragte Julie, und als er nicht antwortete, fügte sie hinzu: »Berichtigung. Werde ich sie vernehmen?«

»Einer von uns beiden, soviel ist sicher. Mein großer Fehler vor vier Jahren war, daß ich nicht jeder Spur nachgegangen bin.«

»Sie können in einem Mordfall unmöglich sämtlichen Spuren nachgehen. Und jetzt sind wir schließlich nur zu zweit ...«

»Una Moon könnte eine wichtige Zeugin sein«, orakelte er.

»Aber wenn Winston Billington der Mörder ist, was spielt sie dann für eine Rolle?«

»Ich bin mir alles andere als sicher, daß er es ist.«

Sie wartete interessiert, daß er mehr dazu sagte. Es kam nicht oft vor, daß Peter Diamond irgendwelche Zweifel eingestand.

»Wir sollten nicht damit rechnen, daß er gesteht, wenn er wieder bei Bewußtsein ist«, fügte er hinzu. Mehr nicht.

»Er wurde gesehen, als er ins Haus ging.«

»Falls Sie GB glauben.«

»Sie nicht?«

»GB ist, oder war, ein Drogendealer. Anderen Lügen aufzutischen gehört zu seinem Job.«

Julie war offensichtlich verunsichert. Diamond schien drauf und dran, alle erzielten Fortschritte als unwesentlich abzutun, und sie verstand nicht, wieso. »Aber wir haben die Bestätigung durch Mrs. Billington, daß ihr Mann vorzeitig von Teneriffa zurückgekommen ist. Das paßt zu GBs Aussage.«

»Passen, ja. Bestätigen, nein.«

Die Unterscheidung mißfiel ihr. »Wir wissen, daß Billington vor Gericht einen Meineid geleistet hat.«

»Aber wir wissen nicht, warum.«

Sie seufzte und sagte: »Irgendwas geht hier nicht mehr in meinen Kopf.«

Er erklärte es ihr. »Die Sache ist die: Billington hat seinen Urlaub abgebrochen und ist früher wieder nach Hause gereist. Das ist zwar noch nicht unwiderlegbar bewiesen, aber da zwei unabhängige Quellen dies bestätigen, können wir wohl davon ausgehen. Das ist das interessanteste Faktum, das wir bislang herausgefunden haben. Nehmen wir nun mal an, daß auch GB davon erfuhr, entweder 1990, als es passierte, oder irgendwann danach. Er könnte sich durchaus eine Geschichte ausgedacht haben, um Billington den Mord anzuhängen.«

»Das leuchtet mir ein. Aber warum?«

»Um den Verdacht auf jemand anders zu lenken.«

»Weg von ihm selbst, meinen Sie?«

»Oder von jemandem, den er schützen möchte.«

Sie war noch nicht überzeugt. »Wie soll denn GB von Billingtons Urlaubsarrangement erfahren haben?«

»Gerüchteweise. Sämtliche Punker von der Hausbesetzung in der Trim Street hatten Britt kennengelernt, als sie sie besucht hat, um für ihre Story zu recherchieren. Der Mord hat großes Aufsehen erregt. Billingtons Aussage während des Prozesses wurde in der Presse wiedergegeben. Zum Zeitpunkt der Ermittlung war sein Bild in den Lokalzeitungen. Da brauchte sich nur einer daran zu erinnern, ihn in Bath gesehen zu haben, wo er doch eigentlich auf Teneriffa hätte sein sollen.«

Sie überdachte das Gesagte. »Aber wir sind davon ausgegangen, daß Billington früher zurückgekommen ist, weil er sich

Chancen bei Britt ausrechnete. Schließlich hat er noch auf Teneriffa am Flughafen Blumen gekauft.«

»Das hat Mrs. Billington uns erzählt.«

»Wir können die Kreditkartenabrechungen überprüfen.«

»Ja.«

»Wollen Sie damit sagen, daß alles vielleicht nicht so war?«

»Ich will damit sagen, daß es vielleicht noch eine andere Erklärung gibt.«

»Er hat seiner Frau die Geschichte mit der Krisensitzung in London aufgetischt.«

»Sie hat uns erzählt, daß er ihr das erzählt hat.«

»Ihr glauben Sie also auch nicht?«

»Nicht, bevor wir alles selbst überprüft haben. Ich habe eine Liste von Punkten, die so schnell wie möglich gecheckt werden müssen, und einer davon ist diese Sitzung. Rufen Sie in Billingtons Hauptniederlassung an und fragen Sie, ob die Unterlagen dazu haben. Ich will auch wissen, ob Una Moon polizeilich bekannt ist.«

»Ich laß ihren Namen durch den ZPC laufen«, sagte Julie, die Diamonds Computerphobie vergessen hatte.

»Führen wir hier keine eigenen Akten mehr?« sagte er mürrisch.

»Der ZPC ist schneller.«

Anstatt sich auf eine Debatte einzulassen, sagte er: »Da er ja so schnell ist, schauen Sie doch gleich mal, was Sie über den Rest der Bande herausfinden können: Billington, Marcus Martin, Jake Pinkerton und GB.«

Sie protestierte nicht. »Haben wir GBs Nachnamen?«

Das erwischte ihn auf dem falschen Fuß. Er hatte versucht, den Namen aus ihm herauszulocken, und war gescheitert. Vor Ärger über sich selbst feuerte er eine seiner üblichen Breitseiten ab: »Heutzutage läuft doch alles nur noch per Abkürzungen. Richtige Worte benutzen wir gar nicht mehr. ZPC, SOKO, PI, ZDV. Drei Tage in Bath, und mir schwirrt das halbe Alphabet durch den Kopf.«

»Was soll ich also Ihrer Meinung nach machen?«

»Mit dem zentralen Polizeicomputer? Wollen Sie darauf wirklich eine Antwort von mir hören?«

Sie lächelte schwach. »Ich meinte mit GB.«

Wenn es sein mußte, konnte er mitunter tief in seinem Gedächtnis kramen. »Es gibt eine Einheit, die während des jährlichen Sommerfestivals die Punker im Auge behält. Die nennen sich, glaube ich, Operation Stonehenge oder so ähnlich. OS, ja, die müßten den Namen eigentlich wissen.«

»Ich werd's versuchen. Soll ich auch gleich Prue Shorter mit überprüfen?«

»Am Computer? Ja.«

»Steht sie noch unter Verdacht?«

Er nickte, als wäre diese Frage völlig überflüssig.

Julie sagte: »Ich war nicht sicher, ob Sie sie vielleicht schon ausgeschlossen hatten.«

»Wieso sollte ich?«

»Ursprünglich haben Sie gedacht, sie könnte lesbisch und wegen Britts Männergeschichten eifersüchtig gewesen sein, aber wo wir jetzt wissen, daß sie eine Tochter hatte, fällt das Motiv weg.«

Er sagte: »Ich sehe nicht ein, wieso. Ist die sexuelle Revolution an Ihnen vorübergegangen? Es gibt jede Menge lesbische Mütter. Haben Sie schon einmal das Wörtchen ›bi‹ gehört?«

Julie beherrschte sich und wies ihn nicht darauf hin, daß er jetzt selbst in Abkürzungen redete. »Mag sein. Ich werde sie überprüfen.«

Er trank seinen Tee aus. »Während Sie sich der Gammastrahlung aussetzen, werde ich mich mal auf die Suche nach John Wigfull machen. Ich möchte wissen, ob sie schon Haftbefehl gegen Mrs. Billington erlassen haben.«

Wigfull telefonierte gerade im Haupteinsatzraum. Etliche andere Beamte sprachen in Walkie-talkies. Tatsächlich schien ein größerer Einsatz im Gange zu sein. Wigfull nahm kurz den Hörer vom Ohr und drückte ihn gegen die Brust. »Haben Sie schon gehört?« fragte er Diamond. »Wir sind kurz davor, Mountjoy hochzunehmen.«

»Wo?«

Wigfull hob entschuldigend die Hand und sprach wieder ins Telefon. »Hören Sie, wir sind hier knapp mit Personal. Wenn ich nicht bald was höre, probiere ich es woanders.«

»Ist das wieder so ein Hirngespinst von Warrilow?« fragte Diamond.

Wigfull schüttelte den Kopf und sagte ins Telefon: »Danke. So schnell wie eben möglich.«

»In Bath?« fragte Diamond.

Wigfull legte auf. »Das Empire Hotel.«

»Ein Hotel?« Er erinnerte sich an den Namen, schnippte mit den Fingern und sagte: »Stimmt. Sie meinen dieses riesige Gebäude hinter dem Rathaus, das schon seit Jahren leer steht.«

»Sie sind in einem der oberen Stockwerke mit Blick auf den Orange Grove. Samantha ist vor vierzig Minuten auf dem Balkon gesehen worden, wie sie versuchte, auf sich aufmerksam zu machen.«

»Sind Sie sicher, daß sie es war?«

»Absolut. Sie war oben ohne und schwenkte ein T-Shirt.«

»Kennen Sie sie so gut?«

»Glauben Sie mir«, sagte Wigfull und lief violett an, eher vor Wut als vor Verlegenheit. »Ein japanischer Tourist hat sie zufällig vom oberen Stockwerk des Parkhauses in Ham Gardens mit seiner Videokamera gefilmt. Er hat das Band gleich hierhergebracht. Durch den Zoom können Sie Samantha deutlich erkennen, auch wenn ihr Haar jetzt gefärbt ist.«

»Irgendeine Spur von Mountjoy?«

»Schwer zu sagen.«

»Und was passiert jetzt?«

»Warrilow ist vor Ort und leitet die Operation.«

»Sie sollten ihn warnen, daß Mountjoy bewaffnet ist.«

»Was?« Wigfull fuhr herum. »Was haben Sie gesagt?«

»Er hat eine Waffe, eine Pistole. Wenn die ihn hochnehmen wollen, sollten sie das wissen.«

»Verdammt!« Wigfull riß den Hörer von der Gabel. »Geben Sie mir Mr. Warrilow, schnell!« An Diamond gewandt, sagte er: »Zum Donnerwetter noch mal! Warum haben Sie mir das nicht schon früher gesagt?«

Diamond behandelte diese Frage als nicht so dringend wie Wigfulls Anliegen am Telefon, und wirklich, in weniger Zeit, als er gebraucht hätte, um die Frage zu beantworten, wurde die entscheidende Information an Warrilow durchgegeben.

»Ja, mit einer Pistole ... wie ich von Peter Diamond höre. Ich weiß nicht, Sir. Hatte noch keine Gelegenheit, ihn zu fragen ... Selbstverständlich ... In der Zwischenzeit werden Sie ...? ... Ja, ich glaube, das ist unumgänglich.« Zu Diamond sagte er: »Mir fehlen die Worte. Das hätte Menschenleben kosten können.«

»Zieht er seine Leute zurück?«

»Natürlich. Mein Gott, Peter, informieren Sie mich endlich.«

Und das tat Diamond auch, indem er ihm kurz und bündig schilderte, wie Mountjoy ihn am Vorabend im Francis mit vorgehaltener Waffe überrumpelt hatte. »Fragen Sie mich nicht, woher er die hat oder ob sie geladen ist. Das weiß ich nicht. Wir haben geredet. Er hat gesagt, daß er allmählich ungeduldig wird. Er wollte Ergebnisse.« Er hielt inne, um Wigfulls Empörung über sich ergehen zu lassen.

»Das alles war gestern abend. Gestern abend, zum Donnerwetter noch mal? Mir ist einfach unbegreiflich, wieso Sie das nicht gemeldet haben.«

»Ehrlich gesagt, John, weil ich glaube, daß Warrilow ihn erschießen lassen wird. Jetzt, wo er weiß, daß der Mann bewaffnet ist, hat er das Recht, ihn zu töten. Sie kennen die Regeln. Sie wissen, wie Belagerungszustände enden.«

»Wenn es heißt, entweder Mountjoys Leben oder das von einem von uns, dann erschießen wir den Schweinehund«, erklärte Wigfull.

»Und gegen diese Logik kann ich nichts einwenden.«

Das klang wie eine Kapitulation und erwischte Wigfull unvorbereitet. Seine nächste Bemerkung klang weniger aggressiv. »Aber Sie waren gewillt, Polizeibeamte unter Feuer geraten zu lassen, ohne sie vorher zu warnen.«

»Nein. In dem Augenblick, als ich erfuhr, daß sie Mountjoy hochnehmen wollen, habe ich Ihnen gesagt, was ich weiß.«

»Warum nicht gestern abend?«

»Das habe ich Ihnen doch gerade erklärt.«

»Was ist denn so Besonderes an Mountjoy, daß Sie ihn unbedingt am Leben lassen wollen?«

Diamond sagte sanft, aber mit Nachdruck: »Ich bin fast sicher, daß er unschuldig ist.«

»Unschuldig? Er hat Mr. Totts Tochter entführt. Das ist ein Kapitalverbrechen.«

»Ich meine, des Mordes unschuldig, für den ich ihn damals hinter Gitter gebracht habe.«

»Ich verstehe! Sie glauben, was Mrs. Billington uns gestern abend erzählt hat, diesen Quatsch, daß ihr Mann Britt Strand getötet hat?«

»Ich sage bloß, daß Mountjoy anscheinend einem Justizirrtum zum Opfer gefallen ist. Ich trage die Hauptverantwortung, und ich möchte, daß er rehabilitiert wird.«

»Wenn das passiert, wirft das nicht gerade ein positives Licht auf Sie.«

Bei dieser Bemerkung platzte Diamond der Kragen. »Meinen Sie denn, es ginge mir darum, in positivem Licht dazustehen? Ich bin wirklich lange genug bei der Polizei gewesen, um zu wissen, was das heißt. Ich hatte einmal eine ziemlich gute Bilanz als Detective, aber ich war dennoch nicht unfehlbar, und wenn ich einen Fehler gemacht habe, so bin ich Manns genug, ihn auch zuzugeben und wiedergutzumachen, wenn ich kann.«

»Ich verstehe das nicht«, sagte Wigfull und fuhr sich mit der Hand durchs schwarze Haar. »Ich verstehe es einfach nicht. Man hat sie wegen Samantha Tott hergeholt, nicht wegen Mountjoy. Samanthas Leben war in Gefahr, und Mountjoy hat Forderungen gestellt. Wir haben Sie holen lassen, um ihn bei Laune zu halten, während wir nach ihm fahnden.«

»Ich habe mehr als deutlich gesagt, daß ich mir den Fall wieder vornehmen würde, falls ich bliebe. Und die Rolle, Leute bei Laune zu halten, ist mir nicht gerade auf den Leib geschneidert, falls Sie das noch nicht bemerkt haben sollten.«

»Mir ist unbegreiflich, wie Sie hoffen konnten, etwas herauszufinden, nur Sie beide allein.« Ein Gedanke durchzuckte Wigfull, und es war ihm fast anzusehen. »Weiß Inspector Hargreaves, daß Mountjoy bewaffnet ist?«

»Sie war nicht dabei«, sagte Diamond, bemüht, Wigfull von dem Gedanken abzubringen.«

»Aber haben Sie sie informiert?«

»Halten Sie Julie da raus.«

»Sie mögen ja der Ansicht sein, weil Sie nicht mehr bei der Polizei sind, könnten Sie Menschenleben aufs Spiel setzen, aber sie ist eine von uns. Falls sie von der Waffe gewußt hat ...«

»Hat sie nicht«, log Diamond und wechselte dann rasch das Thema. »Sie brauchen unbedingt jemanden, der das Gebäude kennt. Von außen sieht es so aus, als könnte es ein regelrechtes Labyrinth sein. Haben Sie sich schon Grundrißpläne besorgt?«

»Die Meldung ist doch gerade erst reingekommen.«

»Probieren Sie es bei der Stadtverwaltung. Bauamt. Die müßten Pläne davon haben. Mit ein bißchen Glück weiß einer von denen genau, wie es drinnen aussieht.«

»Das wollte ich gerade machen.«

»Wenn ich Sie wäre, John, würde ich das schleunigst machen.« Er wartete, während Wigfull erneut telefonierte.

Sobald der Anruf beendet war, schlug Diamond eine andere Taktik ein. »Mountjoy schadet seiner Sache nur, indem er eine Waffe bei sich trägt. Das sehe ich ein. Wir müssen jetzt Scharfschützen einsetzen, und eine Pistole kann gegen Präzisionsgewehre nichts ausrichten.«

»Es wäre ein Kinderspiel, wenn er nicht Samantha bei sich hätte«, überlegte Wigfull, genau wie Diamond gehofft hatte.

Diamond nickte. »Jede Geiselnahme muß mit viel Fingerspitzengefühl behandelt werden. Können Sie sicher sein, daß Warrilow kein Risiko eingeht? Unter uns, ich glaube kaum, daß er mit einer bewaffneten Geiselnahme fertig wird.«

»Das kann ich nicht beurteilen«, sagte Wigfull, der stets die Hierarchie im Auge behielt.

»Ist Mr. Farr-Jones informiert? Mr. Tott?«

»Es ist doch gerade erst passiert.«

»Wenn ich Sie wäre, würde ich mich absichern und dafür sorgen, daß beide lückenlos informiert werden.« Die Taktik erzielte die erhoffte Wirkung.

Wigfull nahm den Rat an und griff wieder zum Telefon. Nachdem er mit den beiden Vorgesetzten gesprochen hatte, informierte er Diamond: »Wir sollen sofort zum Hotel kommen. Der Chief will eine Besprechung abhalten.«

»In Anwesenheit von Warrilow?«

»Ja. Fahren wir?«

Eine neugierige Menge hatte sich versammelt, angelockt von den rotierenden Blaulichtern und den Polizeiwagen, die vor der kunstvollen Fassade des ehemals noblen Hotels im Zentrum von Bath parkten. Der Bau des Empire Hotels war in den letzten Regierungsjahren von Queen Victoria begonnen und in den ersten von King Edward VII. fertiggestellt worden. Sein Erscheinungsbild schien den Thronwechsel widerzuspiegeln; fünf Stockwerke waren streng im typischen Stil spätviktorianischer öffentlicher Gebäude gehalten, während das sechste in fröhlicher Unbefangenheit schwelgte. Das Dach des Hotels zollte gleich drei völlig unterschiedlichen Stilen Tribut: ein mit roten Schindeln besetzter Doppelgiebel, der einer Vorstadtvilla gut zu Gesicht gestanden hätte, ein anmutig geschwungener holländischer Giebel und ein siebenseitiges, zinnenbewehrtes Türmchen. Demzufolge war es das in Bath am meisten geschmähte Bauwerk und wurde in Reiseführern wahlweise als »monströs und scheußlich«, als »monolithisches Ungeheuer«, als »eklektizistischer Unsinn« oder als »Paradebeispiel für die im Zeitalter von King Edward typische Geschmacksverirrung« beschrieben, das »in dieser Umgebung ungefähr so deplaziert wirkt wie ein Gasometer«. Aber Peter Diamond hatte für das Gebäude eine Vorliebe, die an Empathie grenzte. Sein eigenes Aussehen erntete gelegentlich fast ebenso grobe Kommentare.

Tott war bereits eingetroffen und stand auf dem Rasen des Kreisverkehrs am Orange Grove, von wo aus er zur Ecke des Gebäudes hochstarrte, wo seine Tochter gesehen worden war: der Doppelgiebel links. Warrilow redete ernst auf ihn ein – schließlich war er der Mann, dessen Meinung vermutlich ausschlaggebend sein würde – und versuchte, ihn zu beeinflussen, bevor die wichtigsten Entscheidungen debattiert wurden. Wigfull eilte hinüber, um sich an der Entscheidungsfindung zu beteiligen.

Diamond sah, daß der Chief Constable noch nicht vor Ort war, und hielt sich zunächst im Hintergrund. Eine lautstarke Auseinandersetzung mit Warrilow, der ihm ohne Zweifel die Schuld für den Abbruch der Operation gab, würde nichts Konstruktives bringen. Aber Warrilow, ein Karrieremensch wie Wigfull, verhielt sich bestimmt zurückhaltender, wenn Farr-Jones dabei war.

Statt dessen ging er einmal um das Empire Hotel herum, zum Teil, weil er sich dafür interessierte, wie Mountjoy hineingelangt war, aber hauptsächlich, um noch einen Moment lang in Ruhe nachdenken zu können. Die nun anstehende Entscheidung würde nicht nur über John Mountjoys Schicksal entscheiden.

Die Hoteleingänge waren mit Vorhängeschlössern gesichert. An den Straßenfronten stellte ein etwa zehn Meter tiefer, von einem Geländer umgebener und mit einem Gitter abgedeckter Kanal mögliche Eindringlinge vor Probleme. Er nahm an, daß die Schwachpunkte sich an der rückwärtigen Seite des Gebäudes befanden. Er bog links in die enge Boat Stall Lane ein und gelangte auf die Rampe, die bis hinunter zum Eastgate führte, dem mittelalterlichen Bogen unter Straßenniveau, der ehemals Teil der Stadtmauer gewesen war. Dort, in einem halbdunklen, übelriechenden Durchgang, der aussah, wie aus einem Edgar-Wallace-Film geklaut, war der Lieferanteneingang des Empire Hotels.

Neben einem vergitterten Fenster bemerkte er etliche in die Wand gekratzte Initialen und Daten. D.P.D., RN GUARD, 1940. Gut möglich, daß das sein eigener Onkel Don geschrieben hatte, der während des Krieges bei der Royal Navy gewesen war. Die meisten Initialen stammten von Marinesoldaten, denn das Gebäude war bei Kriegsausbruch von der Admiralität übernommen worden und bis 1989 im Besitz des Verteidigungsministeriums geblieben. Das Empire war schon seit über einem halben Jahrhundert kein Hotel mehr.

Er ging langsam weiter, bis er zu einer Stelle kam, die mit weißem Taubenkot besprenkelt war, und untersuchte die doppelte Kellertür des Empire. Die Türflügel waren massiv, aber einer der Riegel war aus dem Holz gebrochen worden. Ein einzelnes Vorhängeschloß hing noch da. Hier, so nahm er an, war Mountjoy vermutlich ins Haus eingedrungen. Während er das Schloß in Augenschein nahm, um festzustellen, ob sich jemand daran zu schaffen gemacht hatte, erklang plötzlich eine Stimme hinter ihm: »Was machst du denn da, Freundchen?«

Er wandte sich um und stand einem großen, jungen, bärtigen Constable in Uniform gegenüber.

Eingeschüchtert sagte Diamond: »Kennen Sie mich nicht? Ich bin Peter Diamond.«

»Ach ja?«

»Ich bin gerade gekommen, mit Inspector – Verzeihung, Chief-Inspector – Wigfull.«

Es war tröstlich, daß der Name seines Nachfolgers nicht viel mehr Eindruck machte als sein eigener. »In welcher Funktion, Sir?«

Schwer zu sagen. »Äh, Verhandlungsführer. Ich bin hier, um mit dem Kidnapper zu verhandeln.«

»Und ich bin hier, um die Leute von diesem Teil des Gebäudes fernzuhalten, Sir.«

»Dann mal weiter so.« Er wollte schon hinzufügen, daß das Bewachen von Türen eine lange Tradition hatte, doch der Constable sah nicht so aus, als wäre er sonderlich traditionsbewußt. Also trollte sich Diamond zurück in den Hof auf der Rückseite des Rathauses, wo der Bürgermeister und andere VIPs ihre Wagen parkten. In Gedanken war er noch immer bei den Marinesoldaten, die diese Türen bewacht hatten. Sie mußten jetzt mindestens Mitte Siebzig sein – falls sie überlebt hatten. Waren die in die Wand geritzten Initialen die einzigen Spuren, die von ihrem Leben geblieben waren? Als Soldaten während des Krieges lag ihr Schicksal nicht in ihren eigenen Händen. Vielleicht waren sie mit der ›Ark Royal‹ untergegangen, wie sein Onkel Don. Doch Peter Diamond im Jahre 1994 war Herr seiner selbst, Gott sei Dank. Er hatte diesem ganzen Blödsinn um Pflichterfüllung, Rang und ›Jawohl, Sir‹ und ›Nein, Sir‹ unwiderruflich den Rücken gekehrt. Hatte er das wirklich? Wollte er nicht tief im Innern doch wieder zurück?

Er beschloß, sich lieber auf das anstehende Problem zu konzentrieren und sich der Logik dieser Situation zu stellen: Sobald Mountjoy entweder gefaßt oder erschossen wurde, war die Neuermittlung im Mordfall Britt Strand Geschichte. Keiner von den hohen Herren wollte, daß das ursprüngliche Urteil aufgehoben wurde. Die Polizei von Avon und Somerset hatte es geschafft, nicht so in Verruf zu geraten wie andere Einheiten, denen man fragwürdige Urteile und Korruption vorgeworfen hatte. Sie würden ihn mit großer Erleichterung wieder zurück nach London verfrachten und einfach vergessen. Das war ihm von Anfang an klar gewesen.

Er erinnerte sich an den ersten Abend, als man ihm dieses bizarre Arrangement regelrecht aufgedrängt hatte, und er dankte seinem guten Stern, weil ihm rechtzeitig klargeworden war, daß er einigen Verhandlungsspielraum besaß und er deshalb auf einer echten Ermittlung bestanden hatte. Viel zu lange hatte ihm die Arbeit gefehlt, die er am besten konnte. Zu Beginn hatte er nicht damit gerechnet, einen Justizirrtum aufzudecken – vor allem nicht bei einem Fall, den er selbst bearbeitet hatte. Doch jetzt, da die Fehler bei der ersten Untersuchung zutage getreten waren, fühlte er sich persönlich verpflichtet, die Wahrheit ans Licht zu bringen. Und wenn er dabei seine eigenen Fehler von damals offenlegte? Na und? Seines Wissens hatte er niemals einen Unschuldigen hinter Gitter gebracht. Bis jetzt, möglicherweise. Fehler zu machen war eine Sache, sie zu vertuschen etwas völlig anderes. Wollte er auch in Zukunft noch in den Spiegel schauen können, mußte er die Wahrheit über den Tod von Britt Strand herausfinden.

Er brauchte mehr Zeit. Wieviel, wußte er nicht.

Moment mal. Plötzlich kam ihm ein kühner Gedanke. Ich weiß es doch. Ich brauche unbegrenzt Zeit. Ich muß meinen alten Job wiederhaben, nicht mehr und nicht weniger. Ich muß einfach, für Steph und für mich selbst. Ich bin Detective, bewährt und erfahren, ein guter Schnüffler, nicht unfehlbar, aber besser als John Wigfull es je sein wird. Ich war nie dazu bestimmt, für Künstler Modell zu stehen oder Einkaufswagen im Supermarkt einzusammeln oder als Barkeeper zu arbeiten oder den Weihnachtsmann zu spielen. Ich fange Verbrecher. Das kann ich am besten. Und ich kann es wieder tun. Ich habe die einmalige Chance, das zu bekommen, was ich will. Meinen alten Job.

Er war ums Hotel herumgegangen und befand sich wieder am Orange Grove. Er fühlte sich entschlossen, zuversichtlich, war bereit, sich dem Oberkommando zu stellen. Es gab nur einen Haken bei der Sache: Das Oberkommando war verschwunden. Im Kreisverkehr stand niemand mehr. Er ging zu einem der Polizeiwagen und sprach einen Sergeant an, den er kannte: »Wissen Sie, wo Commander Warrilow und die anderen sind?«

»Sie haben beschlossen, sich aus der Schußlinie zurückzuziehen, Mr. Diamond.«

»Meine Güte, er hat nur eine kleine Pistole. Von da oben kann er unmöglich jemanden treffen!«

»Sie sind ein Stück weiter die Straße rauf, Sir. Am Bog Island.«

Die dreieckige Verkehrsinsel lag etwa hundert Meter vom Hotel entfernt. Diamond setzte sich in Trab.

Der Chief Constable war inzwischen eingetroffen. Die vier Gesichter wandten sich ihm zu, und die Botschaft, die sie vermittelten, war keine positive. Sie hätten nicht abweisender dreinblicken können, wenn er Mountjoy die Waffe persönlich übergeben hätte. Farr-Jones sagte: »Es wundert mich nicht, daß Sie als letzter kommen.«

Wigfull, dieser Widerling, hatte nicht klargestellt, daß er bereits vor Ort war. »Ich habe die Rückseite des Gebäudes überprüft«, erklärte Diamond. »Mich vergewissert, ob dort ein Beamter postiert ist, und dem war so. Hatte keine Zeit mehr, mir die Parade Gardens anzusehen. Es gibt unterhalb der Straße einen Zugang zu den Kellern. Ich nehme an, Sie haben ihn abgesichert«, sagte er direkt an Warrilow gerichtet, auf dessen Gesicht sich rasch eine befriedigende Unsicherheit abzeichnete.

»Haben Sie?« fragte Farr-Jones.

Warrilow trat zurück und fuhr sich mit der Hand übers Kinn, als wollte er prüfen, wann er sich zuletzt rasiert hatte. »Ich bin nicht ganz sicher, Sir. Das habe ich an Inspektor Belshaw delegiert. Er wird seine Leute bestimmt strategisch postiert haben. Er ist natürlich einer von Ihren Leuten.«

»Auf Belshaw würde ich mich nicht unbedingt verlassen«, sagte Diamond, seinen Vorteil nutzend. »Er kommt aus Bristol. Und selbst von den Leuten aus Bath kennen nicht viele diese Möglichkeit, ins Hotel zu gelangen.«

»Überprüfen Sie das besser«, sagte Farr-Jones zu Warrilow, der Diamond mit einem mörderischen Blick bedachte und dann loszog, um sich um die Sache zu kümmern. Dann wurde Diamond gefragt: »Gibt es wirklich einen Zugang von den Parade Gardens?«

»Theoretisch, ja. Und zwar von der Kolonnade mit Blick auf das Wehr, aber man müßte dafür durch Stahltüren durch.

Er wird vier oder fünf Minuten brauchen, bis er das rausgefunden hat.«

»Hm. Ich verstehe Ihren Beweggrund, Mr. Diamond, nur denken Sie bitte nicht, daß ich das befürworte. Und jetzt, da wir sozusagen unter uns sind«, fuhr der Chief Constable unbeirrt fort, »möchte ich von Ihnen hören, warum zum Teufel Sie uns nicht schon letzte Nacht darüber informiert haben, daß der Mann bewaffnet ist.«

Er gab die gleiche Erklärung ab, die er schon Wigfull gegenüber angeführt hatte, fügte aber hinzu, hauptsächlich, um Unterstützung von Tott zu bekommen: »Gott stehe Samantha bei, wenn die Schießerei losgeht.«

Farr-Jones sagte: »Sie wollen doch nicht ernsthaft andeuten, daß wir in dieser Situation keine Schußwaffen ausgeben sollten?«

»Ich will andeuten, daß irgendein Idiot mit einem Präzisionsgewehr eine Tragödie heraufbeschwören könnte. Mountjoy hat eine kleine Automatik. Wir hier unten sind nicht groß in Gefahr. Ich mache mir Sorgen um Samantha. Ich denke, wir sollten vermeiden, daß Mountjoy in Panik gerät. Nichts tun, was ihn provozieren könnte. Keine Drohungen und schon gar keine Schießerei.«

Tott brummte zustimmend und nickte.

Farr-Jones war noch nicht überzeugt. »Wenn der Mann eine Waffe hat, kann er sie letzten Endes Samantha an den Kopf drücken und hier rausspazieren. Er kann uns alle zum Narren halten.«

»Besser das, als daß er ihr das Hirn rauspustet«, sagte Diamond.

Tott schloß die Augen.

Diamond fuhr fort. »Es sieht mehr und mehr danach aus, daß Mountjoy den Mord vor vier Jahren nicht begangen hat. Er ist ein verzweifelter Mann, der versucht, seine Unschuld zu beweisen.«

»Mit vorgehaltener Waffe?« fragte Farr-Jones.

»Ja, er ist ein Idiot«, gab Diamond zu. »Aber entscheidend ist, daß er diese Waffe nicht benutzen wird, solange keiner auf ihn schießt. Er ist erschöpft, steht unter extremem Druck, aber er weiß, daß er überhaupt keine Chance mehr hat, wenn er jemanden erschießt. Wenn ich zweifelsfrei beweisen kann, daß jemand anders Britt Strand ermordet hat, kann die Entführung ohne Blutvergießen beendet werden.«

»Können Sie das beweisen?«

Diamond wollte positiv klingen. »Ich bin kurz davor. Schon jetzt weiß ich genug, um an Mountjoys Unschuld zu glauben. Sie zu beweisen gestaltet sich schwieriger.«

»Wären Sie bereit, mit dem Mann zu reden und, falls nötig, zu verhandeln?«

»Das habe ich, mehr als einmal. Er will etwas Konkreteres als nur meinen guten Willen. Wenn ich den Beweis finde, den ich suche, dann wäre ich bereit, wieder mit ihm zu reden. Ohne den Beweis hat es keinen Sinn. Er wird sich nicht nur aufgrund des vagen Versprechens ergeben, daß ich weiter daran arbeite.«

»Wir können nicht mehr lange warten«, sagte Farr-Jones. »Sie müssen das Kaninchen aus dem Zylinder zaubern, Mr. Diamond, und zwar schnell.«

Es entstand eine Gesprächspause, die Diamond nutzte, um seine Worte sorgfältig zu wählen. Was er nun sagte, war eine der wichtigsten Äußerungen seines Lebens. »Chief Constable, ich muß Sie daran erinnern, daß ich Zivilist bin. Ich bin zu gar nichts verpflichtet. Ich kann mich jetzt umdrehen, die Pierrepont Street entlang zum Bahnhof gehen und in den nächsten Zug nach London steigen.«

»Das würden Sie nicht tun?« sagte Farr-Jones, und es sollte wie eine Feststellung klingen, was ihm aber nicht gelang.

Tott sagte heiser: »Das können Sie nicht. Meine Tochter ist da oben mit einem bewaffneten Mann. Sie können sie jetzt nicht im Stich lassen.«

Ohne sich das geringste Mitgefühl anmerken zu lassen, stellte Diamond fest: »Die Sache wird auch ohne meine Hilfe beendet werden, so oder so.«

»Nein!« sagte Tott und packte seinen Arm.

Farr-Jones durchschaute die Situation und sagte. »Sie wollen verhandeln, nicht wahr? Welche Bedingungen stellen Sie?«

Diamond ließ ihn warten, als würde er die Unmenge von Möglichkeiten abwägen, die sich ihm boten. »Erstens, wir warten ab. Keine Schießerei. Kein Sturm auf das Gebäude. Nichts, das Mountjoy in Panik versetzen könnte.«

»Wie lange?«

Er sah auf die Uhr. »Bis Mitternacht. Dann habe ich fast zwölf Stunden.«

»Zwölf Stunden!« stieß Tott verzweifelt hervor.

Es ging Diamond im Augenblick nicht darum, Assistant Chief Constable Tott zu trösten. »Das muß als ausdrücklicher Befehl an Commander Warrilow weitergegeben werden.«

Farr-Jones atmete geräuschvoll ein. »Na schön – wenn Sie es auf sich nehmen, mit Mountjoy zu reden und Samanthas Freilassung zu erwirken. Ich sehe ein, daß Sie Zeit brauchen, um die Beweise zu finden, die den Mann zufriedenstellen.«

»Und ich habe noch eine Bedingung«, sagte Diamond. »Ich werde wieder in den Dienst aufgenommen.«

Nach einer Pause, in der Farr-Jones das Gesagte verarbeitete, sagte er: »Ausgeschlossen.«

Diamond überhörte ihn und fügte hinzu: »Als Leiter der Mordkommission.«

»Unmöglich.«

»Warum?«

»Sie wurden entlassen.«

»Nein, Chief Constable, ich habe wegen grundsätzlicher Differenzen den Dienst quittiert. Ich habe meine Haltung deutlich gemacht. Jetzt brauchen Sie mich wieder.«

»Es geht nicht darum, daß wir Sie brauchen ...«, sagte Farr-Jones.

»Schön«, erwiderte Diamond gelassen. »Dann kann ich ja gehen.« Er zog den Hut.

»Warten Sie.« Es entstand ein beklommenes Schweigen, während Farr-Jones sich mit den Konsequenzen auseinandersetzte. »Wir sind in den leitenden Positionen voll besetzt. Ich könnte mit dem Leiter der Polizeidirektion sprechen. Aber das gibt jede Menge Probleme. Weiß der Himmel, was die Presse mit uns anstellt, wenn wir Sie wieder aufnehmen und die Mountjoy-Geschichte in die Schlagzeilen gerät. Das sieht ja dann so aus, als würden wir Sie dafür belohnen, daß Sie damals den Fall in den Sand gesetzt haben.«

»Die werden einen Riesenspaß haben«, pflichtete Diamond ihm vergnügt bei.

»Wenn ich Ihnen sage, daß ich ernsthaft darüber nachdenken werde …«

»… würde ich sagen, daß Sie auf sich allein gestellt sind, Gentlemen. Ich glaube, der nächste Zug geht um 1 Uhr 27.« Er wandte sich ab und bemerkte, daß John Wigfulls Gesicht leichenblaß geworden war.

»Also gut«, beschloß Farr-Jones. »Sie bekommen, was Sie wollen, Diamond. Bringen Sie diese Entführung zu einem unblutigen Ende, und Sie können Ihren Job wiederhaben. Das garantiere ich.«

Diamond streckte Farr-Jones seine Hand entgegen.

21

»Was Una Moon betrifft …«, sagte Julie, als sie den Escort westlich der Stadt am Golfplatz vorbei über die Weston Road steuerte.

»Ja?« Aber es war ein geistesabwesendes »Ja?«. Peter Diamond, der neben ihr saß, war mit den Gedanken woanders.

Sie half ihm auf die Sprünge. »Sie haben mich gebeten, sie durch den ZPC laufen zu lassen, wissen Sie noch? Also, sie ist ein paarmal wegen Besitzes von Cannabis festgenommen worden. Einmal wegen Behinderung der Polizei. Nichts Gravierenderes. Hören Sie zu, Mr. Diamond?«

»Mm.«

»Was die anderen betrifft«, fuhr sie fort, »so hatten Jake Pinkerton und Marcus Martin eine saubere Weste, ebenso wie Prue Shorter. GBs richtigen Namen habe ich noch immer nicht rausgefunden.«

Sie war absolut sicher, daß er nichts von all dem mitbekommen hatte, und so fügte sie hinzu: »Außerdem habe ich Mr. Farr-Jones überprüft. Er wurde überführt, Unterwäsche von Wäscheleinen geklaut zu haben.«

»Ah.« Keine weitere Reaktion.

Sie schielte zu ihm hinüber und sagte: »Er hat fünfzehn ähnliche Vergehen gestanden und um mildernde Umstände gebeten.«

Diamond brachte eine Antwort zustande: »Gut.«

»Gut?«

»Jetzt wissen wir wenigstens, woher er die Shorts hat, die er beim Synchronschwimmen trägt.«

Nach einem Augenblick der Verblüffung kicherte sie. Sein Sinn für Humor war gewöhnungsbedürftig. »Sie haben ja doch zugehört.«

»Jedes Wort.«

Von wegen, dachte sie. Sie sagte, als finge sie zum ersten Mal davon an: »Also, möchten Sie nun hören, was der ZPC über Una Moon ausgespuckt hat?«

»Natürlich! Und über alle anderen.«

Diesmal schien die Information zu ihm durchzudringen, denn als sie fertig war, sagte er: »Ich weiß nicht, wie ich das noch unterbringen soll, aber ich werde selbst mit Miss Moon sprechen müssen.«

Sie bog scharf links ab, in den Combe Park, wo der Eingang zum Krankenhaus lag. Sie waren von dem dort postierten Constable verständigt worden: Billington hatte das Bewußtsein wiedererlangt und schien in der Lage, eine Aussage zu machen.

Diamond fragte, wie spät es sei.

Das hätte er von der Uhr im Armaturenbrett ablesen können, genau wie sie, aber Julie verkniff sich die Bemerkung. »Gleich halb zwei.«

»Zu spät zum Mittagessen.«

»Mittags esse ich sowieso kaum was.«

»Dann ist ja gut. Wir haben zehneinhalb Stunden, um den Mörder zu schnappen, Julie.«

Als sie das Zimmer betraten, saß der Patient in seinem Bett und unterhielt sich mit einer Frau in einem dunkelroten, wattierten Mantel.

»Wer ist die Besucherin?« erkundigte sich Diamond leise bei dem Constable in der Ecke.

»Seine Schwester.«

»Haben die gesagt, daß er Besuch haben darf?«

»Sie haben jedenfalls nicht gesagt, daß er keinen haben darf. Sie ist einfach reinspaziert.«

Er rollte die Augen gen Himmel. »Was meinen Sie eigentlich, was Sie hier machen sollen – auf die Schwestern aufpassen?«

Sobald er ans Bett trat, erhob sich die Frau von ihrem Stuhl und lief dunkelrot an. Sie trug ein Parfüm, das den Krankenhausgeruch völlig überdeckte. Sie war etwa Mitte Vierzig, hatte dunkel getöntes Haar und ein kleines, hübsches, rundes Gesicht, wie es für die fünfziger Jahre typisch, aber heute eher selten war.

»Verzeihen Sie«, sagte Diamond, »wir sind von der Polizei.«

»Selbstverständlich.« Sie beugte sich über Billington, sagte: »Ich komme wieder, Win. Gute Besserung, Schatz«, und gab ihm einen Kuß auf die Stirn, der Lippenstiftspuren hinterließ.

Als Diamond einen Schritt zurückmachte, um sie vorbeizulassen, stieß er gegen einen Wandschirm, der beinahe umgestürzt wäre. In dem Augenblick der Verwirrung raunte er Julie zu: »Folgen Sie ihr.« Dann widmete er dem Patienten seine ganze Aufmerksamkeit. Billingtons Kopf war bandagiert, aber er war jetzt weder an ein Beatmungsgerät noch an einen Tropf angeschlossen. Das Kopfteil des Bettes war ein wenig hochgestellt worden, um ihn aus der Horizontalen zu bringen. War diese zerbrechliche Gestalt mit den wäßrigen Augen tatsächlich der Mörder, der sich vier Jahre zuvor durch die polizeilichen Ermittlungen geschwindelt hatte, der Mann mit einer Vorliebe für weibliche Hinterteile, der immer nur Sex im Kopf hatte und unablässig Mon Chéri verschenkte, um ans Ziel zu kommen?

»Erinnern Sie sich noch an mich, Sir? Peter Diamond, Kripo Bath. Wir haben uns vor ein paar Jahren kennengelernt. Können Sie mir erzählen, was passiert ist?«

Billington sagte etwas Unhörbares.

»Können Sie ein wenig lauter sprechen?«

»... sehr benommen.«

»Das wundert mich nicht. Sie waren einen ganzen Tag lang weggetreten. Können Sie sich an gar nichts erinnern?«

»... mir nicht denken, wie ich Ihnen helfen kann.«

Der Satz löste bei Diamond eine Erinnerung aus. Vier Jahre zuvor hatte Billington vor Gericht zwar verständlicher geredet, aber im Grunde das gleiche gesagt: Er war ein anständiger Bürger, der furchtbar gern behilflich wäre, sich aber nicht vorstellen konnte, wie. Diamond dachte mit einem gewissen Zynismus, daß diese unschuldige Aura beim Verkauf zotiger Postkarten wahrscheinlich hilfreich war.

»Was ist passiert, Mr. Billington?«
»Meine Frau ...«
»Ja?«
»... hat mit Ihnen gesprochen?« Er mochte ja benommen sein, war aber noch clever genug, erst das Terrain zu sondieren.
»Das hat sie.«
»Wir hatten eine schlimme Auseinandersetzung. Hat sie Ihnen das erzählt?«
»Ich würde gern Ihre Version hören, Sir.«
»... diesmal ziemlich außer Kontrolle geraten. Sie muß mich geschlagen haben. Keine Ahnung, womit.«
»Mit einem Beutel Münzen, wie sie uns sagte.«
»Nur Münzen?«
»Ein ordentlicher Berg davon kann sehr schwer sein. Genug, um ernstlich Schaden anzurichten.«
»Mm. Furchtbar wütend.«
»Sie können von Glück sagen, daß Sie noch leben. Was war denn der Anlaß für die Auseinandersetzung.«
Er nahm sich lange Bedenkzeit. »Etwas, was sie sich eingebildet hat.«
Diamond betrachtete den Lippenstiftabdruck auf Billingtons Stirn. »Sie haben sie nicht provoziert?«
»Alles nur in ihrem Kopf.«
»Sie können nicht mit Sicherheit sagen, warum Ihre Frau Sie angegriffen hat?«
»Ich möchte keine ...«
»Ja?«
»Ich möchte keine Anzeige erstatten. Die Sache unter uns klären.«
»Es handelt sich um schwere Körperverletzung, Sir. Sie hätte Sie um eine Haar umgebracht.«
»Mein Gott.«
Warte erst, bis du erfährst, was sie dir zur Last legt, dachte Diamond. »Mrs. Billington hat uns erzählt, daß der Grund für ihren Zorn vier Jahre zurückreicht, bis zu der Zeit, als die Schwedin in Ihrem Haus ermordet wurde.«
»Ja?« Die Stimme klang hohl, die Pupillen glitten zur Seite, als wollte er sein Gedächtnis nicht weiter anstrengen.

»Sie hat ausgesagt, daß Sie von Teneriffa zurückgekommen sind, bevor Britt Strand ermordet wurde. Das haben Sie damals weder uns gegenüber noch vor Gericht ausgesagt.«

Billington nuschelte: »Ist das wichtig?«

»Es ist verflucht wichtig«, erwiderte Diamond, bemüht, ruhig zu sprechen.

»Lange her.«

»Ich muß wissen, was wirklich geschehen ist.«

Billington blickte Diamond erneut in die Augen, und er sagte erstaunlich deutlich: »Ich möchte nicht gegen meine Frau aussagen. Der Grund, warum sie mich angegriffen hat, ist rein hypothetischer Natur.«

»Ich interessiere mich eigentlich weniger dafür, was gestern passiert ist, Sir. Mir geht es um das Jahr 1990. Ihre Frau hat Sie beschuldigt, Britt Strand ermordet zu haben.«

Billington verarbeitete diese Eröffnung und brachte dann ein Lächeln zustande: »Ein bißchen durchgedreht, oder?«

»Sind Sie zwei Tage vor dem planmäßigen Ende Ihres Urlaubs von Teneriffa zurückgekehrt?«

»Ich glaube nicht, daß ich Ihnen darauf antworten muß.«

»Mr. Billington, Sie wissen das nicht, aber John Mountjoy, der Mann, der 1990 wegen des Mordes an Britt Strand verurteilt wurde, ist aus dem Gefängnis ausgebrochen und hält derzeit eine junge Frau als Geisel fest. Er schwört, daß er unschuldig ist. Und Ihre Frau hat Sie des Mordes bezichtigt.«

Darauf folgte langes Schweigen.

»Da sieht man, wieviel sie weiß«, war Billington schließlich genötigt zu sagen, »sie war ja noch nicht mal im Land, als Britt getötet wurde.«

»Aber Sie waren im Land. Was Ihre Frau mir erzählt hat, ist die Wahrheit.«

»Ja.«

»Sie hat auch gesagt, daß Sie am Flughafen auf Teneriffa Blumen gekauft haben.«

»Woher weiß sie das?«

»Der Kreditkartenbeleg.«

Billington zeigte keine Reaktion.

»Warum? Warum sind Sie früher zurückgekommen?«

»Eine geschäftliche Sitzung. In London.«

Diese legendäre Sitzung. Diamond sah sich nach Julie um, aber die hatte er natürlich hinter der Besucherin hergeschickt. Er hatte sie beauftragt herauszufinden, ob diese Sitzung je stattgefunden hatte. Hatte sie auf der Fahrt hierher versucht, ihm das mitzuteilen? Er riskierte es. »Es gab keine Sitzung. Sie sind mit diesen Blumen hierher nach Bath gekommen. Sie wurden in der Mordnacht gesehen, wie Sie ins Haus gingen.«

»Es ist mein Haus.«

»Dann bestreiten Sie es also nicht?«

»Ich bestreite, Britt ermordet zu haben.«

»Aber Sie waren da, als sie getötet wurde.«

»Nein, war ich nicht.«

Mit vorsichtig gewählten Worten ging Diamond zum Angriff über: »Es gibt etwas, das Sie wissen sollten, Mr. Billington. Wir haben einen Zeugen, der gesehen hat, wie ein Mann, auf den Ihre Beschreibung paßt, zwischen elf Uhr und Mitternacht das Haus betrat. Dieser Zeuge hat sogar ausgesagt, daß die betreffende Person sich so benahm, als würde ihr das Haus gehören. Der Mann hatte einen Haustürschlüssel. Und nur wenige Minuten zuvor war Britt Strand an der Tür gewesen, um Mountjoy zu verabschieden. Verstehen Sie, was ich sage? Mountjoy, der Mann, der wegen Mordes verurteilt wurde, verließ das Haus, und kurz darauf gingen Sie hinein. Britt Strand war noch am Leben, als Sie das Haus betraten.«

Billingtons feuchtbraune Augen hielten Diamonds Blick stand. Er sagte ganz klar: »Und hat dieser Zeuge mit den Adleraugen mich auch gesehen, als ich das Haus wenige Minuten später wieder verlassen habe?«

Diese gelegentlichen Anfälle artikulierten Sprechens überzeugten Diamond, daß die Benommenheit nur geblufft war. Billington war im Vollbesitz seiner geistigen Kräfte.

»Daß Sie das Haus wieder verlassen haben? Nein, Mr. Billington. Davon hat er nichts gesagt.«

»War er denn noch da?«

Die Frage brachte Diamond ins Grübeln. Er überlegte, was genau GB gesagt hatte. War er noch länger auf seinem Beobachtungsposten geblieben, nachdem der zweite Mann ins Haus gegangen war? Diamond suchte nach der Formulierung, die GB verwendet hatte: »Dann bin ich gegangen. Als ich den Typen kommen sah, habe ich mich entschlossen zu gehen. Er wäre bestimmt an die Tür gekommen, wenn ich geklopft hätte, und ich wollte keinen Ärger.« Also stand Billingtons Darstellung in dieser Hinsicht nicht im Widerspruch zu der von GB. Es mußte noch mehr überprüft werden. Er nahm seinen Hut ab und legte ihn aufs Bett.

Sofort sagte eine Stimme hinter ihm: »Sie brauchen es sich gar nicht erst gemütlich zu machen. Mr. Billington hatte schon zwanzig Minuten Besuch, bevor Sie kamen. Wir können nicht zulassen, daß er sich überanstrengt.«

Er wandte sich halb um und sah undeutlich aus den Augenwinkeln eine dunkelblaue Uniform. Der Stimme nach zu urteilen, gehörte die Oberschwester nicht zu der Sorte Mensch, die auf Überredungskünste hereinfiel.

Diamond nickte neutral. Er beugte sich näher zu Billington vor. »Wo sind Sie hingegangen?«

Billington beschloß zu schweigen, vermutlich weil er darauf vertraute, daß die Oberschwester die Situation rasch beenden würde.

»Wenn Sie das Haus wieder verlassen haben, wie Sie sagen, wohin sind Sie dann gegangen?«

Er schüttelte den Kopf.

»Kann irgend jemand das bestätigen? Wo haben Sie den Rest der Nacht verbracht, wenn nicht zu Hause?«

Billington wandte den Blick ab.

»Wenn Sie nicht antworten, muß ich annehmen, daß Sie es nicht können, weil Sie die Geschichte erfunden haben.«

»Sie können annehmen, was Sie wollen.«

»Haben Sie in der fraglichen Nacht bei Britt was probiert?«

Billington runzelte die Stirn. »Was soll das heißen – was probiert?«

Diamond wandte den Kopf, um sich zu vergewissern, daß die Schwester fort war. »Ein bißchen Fummelei?«

Ein blasses Rosa stieg dem Patienten in die Wangen. »Ich habe sie noch nicht mal gesehen. Sie war oben. Wir wohnen im Erdgeschoß.«

»Woher wissen Sie, daß sie oben war? Haben Sie sie gehört?«

»Ich habe Licht bei ihr gesehen, als ich aufs Haus zuging.«

Eine plausible Antwort. »Sie sagen also, daß Sie ihre Wohnung in jener Nacht nicht betreten haben? Auch nicht an die Tür geklopft?«

»Ganz sicher nicht.«

»Es ist kein Geheimnis, daß Sie ein Auge auf sie geworfen hatten, ihr Pralinen und Blumen geschenkt haben. Und da waren Sie endlich einmal mit ihr allein im Haus. Erzählen Sie mir nicht, Sie hätten diese Chance nicht genutzt.«

»Ich war keine fünf Minuten im Haus.«

»Ach ja. Diese unwahrscheinliche Geschichte, daß Sie wieder gegangen sind. Wenn Sie mir schon nicht sagen wollen, wo Sie den Rest der Nacht verbracht haben, vielleicht erzählen Sie mir wenigstens, was Sie während dieser fünf Minuten getan haben.«

»Meine Wagenschlüssel gesucht. Zur Toilette gegangen.«

»Und dann haben Sie das Haus wieder verlassen?«

»Ja.«

»Nachdem Sie Ihre Wagenschlüssel gefunden hatten. Also sind Sie irgendwo hingefahren?«

Die Schlußfolgerung lag nun wirklich nahe. In Billingtons angeblich geschwächtem Zustand hätte ein sarkastischer Kommentar zu scharf geklungen, daher bedachte er Diamond nur mit einem verächtlichen Blick. »Ja. Im Urlaub brauchte ich meine Autoschlüssel nicht, also hatte ich sie zu Hause gelassen. Mein alter Wagen stand zwei Wochen auf der Straße. Ich bin nach Hause, weil ich vorhatte, ihn zu benutzen. Sind Sie nun zufrieden?«

»Warum sagen Sie uns nicht, wo Sie den Rest der Nacht verbracht haben? Sind Sie irgendwann im Laufe der Nacht zurückgekehrt?«

»Nein.«

»Waren Sie bei einer Frau?«

Keine Antwort.

Wenn diese Vernehmung auf dem Revier stattgefunden hätte, wäre Diamond energischer vorgegangen. Es gab Leute, die bei der ersten Andeutung einer härteren Gangart mit der Wahrheit herausrückten, und Billington zeigte alle Anzeichen, einer von diesen zu sein, aber das hier war die falsche Zeit und der falsche Ort.

Statt dessen: die indirekte Methode. »Reden wir über Britt. Wir wissen, daß sie während der Zeit, die sie bei Ihnen im Haus wohnte, mehrere Verhältnisse zu Männern hatte. Haben Sie je diesen Rockmusiker kennengelernt – wie hieß er noch? – Jake, äh ...«

»Pinkerton.«

»Dann kannten Sie ihn also.«

»Ich bin müde«, sagte Billington.

»Der ist ein helles Köpfchen. Wußte, wo's im Musikgeschäft langgeht, und hat die Millionen, die er mit seinen Platten gemacht hat, in eine eigene Produktionsfirma investiert. War er auch bei Ihnen im Haus?«

»Wenn Sie mit jemandem plaudern wollen, versuchen Sie es doch mal in einer anderen Abteilung.«

»Haben Sie Jake Pinkerton kennengelernt?«

Ein schwerer Seufzer.

»Sie müssen ihn erkannt haben. Der Mann ist berühmt. Ein Megastar. Dauernd im Fernsehen. Erinnern Sie sich an ihn?«

Ein Gähnen.

Diamond ließ nicht locker. »Die beiden hatten eine Affäre, Britt und dieser millionenschwere Musiker, ein paar heiße Nächte bei ihm zu Hause, vermute ich, aber sie waren beide Freigeister. Solche Leute ziehen nicht gleich zusammen.«

Billingtons Augenlider sanken herab.

Es brachte nichts, und Britts andere Liebhaber durchzugehen, war vermutlich auch fruchtlos. »Was für einen Wagen haben Sie, Mr. Billington?«

»Einen MGB.«

»Wie bitte?«

Die Augen öffneten sich. »Einen MGB.«

Selbst Peter Diamond, beileibe kein Autonarr, wußte, daß ein MGB mittlerweile als Klassiker galt. Die Produktion war um 1980 eingestellt worden. Er hätte nicht gedacht, daß ein so farbloser Typ wie Billington einen MGB fuhr. »Wollen Sie behaupten, daß Sie tatsächlich einen MG Sportwagen zwei Wochen lang auf der Straße haben stehenlassen, während Sie in Urlaub waren?«

Billington blinzelte, starrte ihn an. »Habe ich nicht gesagt.«

»Vorhin haben Sie mir erzählt, daß Sie aus diesem Grunde in der Mordnacht Ihr Haus betreten haben: um Ihre Wagenschlüssel zu holen.«

»Aber ich habe nicht meinen Wagen gemeint. Ich fahre einen alten Vauxhall.«

Also ein Mißverständnis. Echt oder beabsichtigt?

»Und warum haben Sie eben von einem MGB gesprochen?«

»Das war Britts Auto – in der Zeit, als sie mit Pinkerton zusammen war. Rot. Schöner kleiner Flitzer.«

»Ich dachte, sie wäre gar nicht Auto gefahren.«

»Sie hat ihn später verkauft und sich, soweit ich weiß, keinen anderen mehr zugelegt.«

»Dann reden wir jetzt also über eine Zeit, die schon eine ganze Weile her ist?«

»Ich, ja. Und Sie?« Das klang fast so, als wäre es Diamond, der unter den Nachwirkungen einer Gehirnerschütterung litt.

»Wie lange vor dem Mord?«

»Gut zwei Jahre. Ich weiß nicht. Ging mich ja schließlich auch nichts an, oder?«

»Aber wenn Sie sich nach dem MGB einen anderen Wagen gekauft hätte, wüßten Sie das?«

»Hat sie nicht.«

»Also hatte sie keinen fahrbaren Untersatz. Haben Sie sie je in ihrem alten Vauxhall irgendwo hingefahren?«

»Ein paarmal zum Bahnhof.«

»Haben Sie sie auch schon mal dort abgeholt?«

»Nein.«

»Haben Sie je Blumen für sie gekauft?«

»Gekauft? Nein.«

»Sie hatten sie aus Ihrem Garten.«

»Warum nicht?« entgegnete Billington. »Sie wohnte in meinem Haus. Man kann schließlich auch ohne Hintergedanken freundlich zu anderen sein.«

Diese kleine Rede wurde glattzüngig vorgetragen, und Diamond spürte genau, daß sie gut eingeübt war. Diamond hätte ihn am liebsten mit dem Hinweis auf die zotigen Fotos, die Julie gefunden hatte, aus dem Konzept gebracht. Aber die Oberschwester würde die Vernehmung bestimmt gleich abbrechen, deshalb ging er rasch zu einem anderen, dringenderen Thema über. »Es gab da noch einen Mann, mit dem Britt kurz vor ihrem Tod zusammen war. Ein Springreiter namens Marcus Martin. Ist der zu Ihnen ins Haus gekommen?«

Billington spitzte die Ohren und bekam offensichtlich einen kleinen Adrenalinstoß, weil vielleicht jemand anders verdächtigt wurde. »Der ist regelmäßig gekommen, bis wir in Urlaub fuhren.«

»Dann haben Sie ihn also kennengelernt? Wann war er das erste Mal da?«

»Knapp eine Woche vor unserer Abreise nach Teneriffa. Ein arroganter Flegel. Hat uns wie Lakaien behandelt.«

»In welcher Hinsicht?«

Er plauderte los. »Ich weiß noch, daß er einmal einen Hund dabeihatte. Ein großes, geschecktes Vieh. Ich weiß nicht, was für eine Rasse. Er hat die Leine an unserem Treppengeländer festgemacht und mir gesagt, ich solle auf den Hund aufpassen, ohne auch nur einmal bitte zu sagen. Wir hatten einen glatten Holzboden, und ich konnte hören, wie die Hundekrallen darauf herumkratzten, während Mr. Martin ganz lässig die Treppe zu Britts Wohnung hochging. Ich habe ihn höflich gebeten, den Hund draußen vor der Tür festzumachen. Schließlich haben wir auch noch eine Katze. Aber dieser Schnösel hat sich einen Dreck darum geschert. Also habe ich den Hund selbst rausgebracht und draußen festgebunden.« Der Vorfall mußte einen tiefen Eindruck bei Billington hinterlassen haben, daß er sich vier Jahre später noch daran erinnerte. Und die Gehirnerschütterung schien per Wunderheilung verschwunden, um seiner offensichtlichen Empörung freien Lauf zu lassen.

»Was passierte, als er gemerkt hat, daß der Hund draußen war?«

»Er ist runtergekommen, weil die Töle gejault und einen Riesenaufstand veranstaltet hat. Und dann ist dieser großspurige Trottel mit dem Hund in unsere Wohnung marschiert und hat gesagt, dazu hätte ich kein Recht gehabt. Unverschämtheit. Der hat ganz schön blöd geguckt, als Snowy auf ihn losging.«

»Snowy?«

»Die Katze. Verstehen Sie, die fühlte sich bedroht. Der Hund kam rein und ist gleich auf sie los. Snowy hat ihm die Nase zerkratzt. Die hat keine Angst. Das Gejaule war ohrenbetäubend. Das war das letzte Mal, daß er den Hund mitgebracht hat.«

»Hat Britt irgendwas dazu gesagt?«

»Sie war so vernünftig, sich nicht einzumischen.«

Diamond kam ein Gedanke. »Was machen Sie mit der Katze, wenn Sie in Urlaub fahren?«

»Die Nachbarn nehmen sie. Snowy geht bei ihnen im Haus ein und aus. Die haben eine alte Tigerkatze, die sich nach oben verzieht und Snowy den Futternapf überläßt.«

Diamonds Interesse am Wohlergehen der Katze erlosch. »Britts Beziehung zu dem Mann begann nur wenige Wochen vor ihrem Tod, richtig?«

»Soweit ich weiß.«

»Zu dem Zeitpunkt, als Sie in Urlaub fuhren, waren die beiden noch zusammen?«

»Ich glaube, ja.«

»Hat Martin Blumen für Britt mitgebracht?«

Er schüttelte den Kopf. »Dazu war der viel zu knauserig.«

»Sonst jemand? Wurden schon mal Blumensträuße bei Ihnen abgeliefert?«

»Nicht daß ich wüßte.«

»Ist Martin je über Nacht geblieben?«

»Das hat keiner gemacht. In diesem Punkt waren wir Britt gegenüber sehr deutlich, und sie hat es respektiert.«

»Haben Sie sie respektiert?«

Billington runzelte die Stirn. »Was soll das heißen?«

»Ihre Privatsphäre. Sind Sie je in ihre Wohnung gegangen, wenn Britt nicht zu Hause war?«

»Nur zur Wartung.«

»Was gab es denn zu warten?«

»Überprüfen, ob die Heizkörper dicht sind, Glühbirnen auswechseln, das Übliche eben, Sie wissen schon.«

»Ich kann es mir denken«, sagte Diamond, und das konnte er wirklich.

»Sie hatte keinen Grund zur Klage.«

»In der Nacht, als Sie sie tot aufgefunden haben, sind Sie doch so gegen ein Uhr in ihre Wohnung gegangen, stimmt's? Mußten Sie da etwa auch irgendwas warten?«

»Das ist nicht komisch.«

»Aber ich will eine Antwort.«

Billingtons Blick wanderte zur Decke, während er sich an den Abend erinnerte. Er sprach noch immer völlig klar. »Es war so still. Normalerweise konnten wir sie oben hören. Sie duschte immer, bevor sie ins Bett ging, und wir hörten dann das Wasser rauschen. Und wir hörten ihre Schritte auf dem Boden. Aber in dieser Nacht, nichts.«

»Aber es muß doch schon mal vorgekommen sein, daß sie die Nacht woanders verbrachte. Sie hatte Liebhaber. Was war an diesem Abend so anders, daß Sie beschlossen nachzusehen?«

»Es war einfach der Umstand, daß wir von einer Reise zurückgekommen waren. Man achtet dann mehr auf alles, Geräusche und so. Außerdem war uns aufgefallen, daß sie die Milchflaschen nicht reingeholt hatte. Wir nahmen an, daß sie fort war, aber es sah ihr nicht ähnlich, einfach abzureisen, ohne dem Milchmann Bescheid zu sagen. Sie war ein sehr gründlicher Mensch. Violet fing an, sich Sorgen zu machen, und konnte nicht einschlafen. Sie gab keine Ruhe, und schließlich bin ich nachsehen gegangen.«

So, wie er Violet Billington kannte, hielt Diamond es für wahrscheinlich, daß sie sich weniger um Britt Strands Wohlergehen Sorgen gemacht hatte als vielmehr darum, daß sie sich vielleicht heimlich davongemacht hatte, ohne die Miete zu bezahlen. »Erzählen Sie mir, was Sie entdeckt haben.«

»Das habe ich Ihnen doch schon erzählt. Und auch vor Gericht. Dutzende von Malen.«

»Helfen Sie meinem Gedächtnis auf die Sprünge.«

Er setzte eine mürrische Miene auf und blickte in die Richtung, in der die Schwester verschwunden war. »Also«, sagte er nach einer Weile, als keine Hilfe in Sicht war, »ich bin mit meinem Schlüssel in die Wohnung und habe ihren Namen gerufen.

Es kam mir so vor, als wäre die Wohnung leer und doch nicht leer. Ein komisches Gefühl. Soweit ich mich erinnere, bin ich geradewegs zum Schlafzimmer gegangen. Die Tür stand auf. Zuerst habe ich das Licht nicht eingeschaltet. Ich konnte so eben erkennen, daß jemand auf dem Bett lag, aber da war so ein fremder Geruch in der Luft. Ich habe gefragt, ob alles in Ordnung sei. Auf dem Bett rührte sich nichts. Also habe ich die Lampe im Flur eingeschaltet, und die gab soviel Licht, daß ich sehen konnte, was passiert war. Das war der schlimmste Moment meines Lebens. Ich habe heute noch Alpträume.«

»Was haben Sie dann gemacht?«

»Ich bin nach unten gegangen und habe es Violet erzählt. Sie ist rauf, um selber nachzusehen. Dann haben wir die Polizei verständigt. Das war's.«

»Beschreiben Sie mir, wie Britt aussah.«

Er zuckte die Achseln. »Was soll das – wie sie aussah? Sie war tot.«

»Beschreiben Sie die Szene.«

»Sie haben es doch selbst gesehen. Sie waren einer der ersten.«

»Ich möchte es aber von Ihnen hören.«

Er schloß die Augen und fing an, wie ein Medium in Trance zu sprechen. »Die Vorhänge sind geschlossen. Ihre Sachen liegen auf einem Stuhl neben der Frisierkommode, gefaltet. Schuhe ordentlich nebeneinander auf dem Boden. Sie liegt mit dem Gesicht nach oben auf dem Bett, nicht zugedeckt, in einem weißen Bademantel und einem blauen Pyjama. Der Bademantel ist aus Frottee. Vorne offen. Der Pyjama ist voller Blutflecken, ziemlich schlimm, aber trocken und eher braun als rot, ebenso die Decke, auf der sie liegt. Ein Arm – der rechte – ist quer über das Bett ausgestreckt. Der andere liegt auf ihrem Bauch. Sie hat eine fahle Hautfarbe, und ihr Mund sieht gräßlich aus. Dunkelrot. Vollgestopft mit welken Rosen.« Er schlug die Augen auf. »Wenn Mountjoy es nicht war, müssen Sie den Schweinehund finden, der das getan hat.«

»Ihre Zeit ist abgelaufen, Inspektor, schon lange«, meldete sich eine Stimme. Die respekteinflößende Schwester war zurück.

»Ich hoffe nicht«, sagte Diamond.

»Was?«

Er lächelte sie an. »Es gibt Dinge, die ich noch erledigen muß. Aber ich gehe jetzt.«

22

Es lief längst nicht alles so, wie Diamond es sich wünschte. Erstens war, als er aus dem Krankenhaus kam, der Escort verschwunden; Julie hatte damit die Verfolgung der Frau aufgenommen, die bei Billington zu Besuch gewesen war. Zweitens hatte er kein Funkgerät dabei, hatte noch nicht mal daran gedacht, sich eines geben zu lassen. Also mußte er ein öffentliches Telefon benutzen, um ein Taxi zurück nach Bath zu bekommen. Aber dann fand er ein wenig Trost: Der Fahrer kannte ihn noch von früher. Sie hielten ein angeregtes Schwätzchen, bei dem sie alles aufzählten, was ihrer Meinung nach das Stadtbild von Bath verschandelte: schwarze Taxis wie in London, Sightseeing-Busse, Tourismus, Razzien, New-Age-Spinner, Einkaufszentren, Politessen, Straßenmusik, Weihnachtsdekoration, Studenten, alte Leute, Schulkinder, Stadträte, Tauben, Volksbefragungen, Pferdekutschen und Opernaufführungen vor dem Royal Crescent. Diamond fühlte sich danach viel besser, als das Taxi vor dem heruntergekommenen Haus fast am Fuße des Widcombe Hill hielt, in dem Una Moon und, bis vor kurzem noch, Samantha Tott als Hausbesetzerinnen quartierten.

Seine Stimmung sank wieder auf den Nullpunkt, als er von einem haarigen jungen Mann in einem Armee-Overall erfuhr, daß Una ausgezogen war.

»Wo kann ich sie finden?«

»Wer sind Sie überhaupt?«

»Ein Bekannter.«

»Wieviel Uhr haben wir?«

Normalerweise stellte Diamond diese Frage und erwartete eine Antwort. »So gegen halb vier, schätze ich. Wo finde ich sie um diese Uhrzeit?«

»Auf dem Einer.«

»Im Schwimmbad?«

»Dem Einrad.«

»Aha.« Auf Diamonds Gesicht spiegelte sich die Anstrengung wider, diesen plötzlichen Gedankensprung nachzuvollziehen.

»Unten an der Abteikirche«, fügte sein Informant ungefragt hinzu und wollte dann wissen: »Wenn Sie ein Bekannter von ihr sind, wieso wissen Sie dann nicht, daß sie jongliert?«

Diamond stieg wieder ins Taxi.

Etwa achtzig Menschen drängten sich im Halbkreis um zwei Straßenkünstler auf dem Platz vor der Abteikirche neben dem Pump Room. Ein Mann in einem schmuddeligen Frack mit Zylinder führte eine Nummer als Feuerschlucker vor, bevor er die brennenden Fackeln an eine junge Frau weiterreichte, die auf einem Einrad schaukelte und dann anfing, mit den Fackeln zu jonglieren. Kein sonderlich passender Augenblick, sie zu der Hausbesetzung in der Trim Street zu befragen.

Sie war dünn wie Schilfrohr, mit einem Ballerinagesicht und feinem, dunklem Haar, das zu einem Zopf geflochten war, der auf ihrem Rücken hin und her schwang, im Rhythmus der Bewegungen, mit denen sie das Einrad steuerte. Kein Zweifel: Ms. Moon.

Eine Kirchenglocke schlug die dritte Viertelstunde an, und Diamond erwog ernstlich, die Vorstellung zu unterbrechen, selbst wenn er sich damit unbeliebt machte und vielleicht sogar in Gefahr brachte. Dann jedoch beschloß er, noch ein paar Minuten zu warten, Minuten, die er nutzen konnte, um sich über den Stand der Belagerung vor dem Hotel zu informieren, denn das Nordende des Platzes grenzte an Orange Grove. Er ging in diese Richtung.

Auf dem Fußgängerüberweg vor dem Rathaus standen Straßensperren, die den Zugang zum Orange Grove blockierten. Ein Constable spannte gerade kariertes Absperrband quer über den Bürgersteig.

Diamond erklärte, wer er war, und fragte, was gerade passierte. Auf Befehl von Commander Warrilow, so erfuhr er, war der Bereich vor dem Hotel für Autos und Fußgänger gesperrt worden. Hochsensible Abhörgeräte waren aufgestellt worden, und einige markante Stellen um Orange Grove herum dienten als Beobachtungspunkte. Auf dem Dach der Abtei im Nordostturm war jemand postiert; allerdings kein Scharfschütze, glaubte der Constable. Es käme bei der Öffentlichkeit wohl kaum gut an, wenn man ein Gotteshaus als Stellung für Gewehre mißbrauchte.

»Sind sie am Fenster gesehen worden, seit man das Mädchen gesichtet hat?« fragte Diamond.

»Soweit ich weiß, nein, Sir. Das wird er wohl nicht wieder zulassen, was? Der hat das ganze Hotel für sich, also hält er sie vielleicht in einem der hinteren Räume fest. Da ist reichlich Auswahl.« Der Polizist wollte anscheinend zur Kripo wechseln.

»Ja, aber er wird auch beobachten wollen, was hier unten vor sich geht«, gab Diamond zu bedenken.

»Er sollte lieber die Treppen im Gebäude beobachten. Über die kommen wir nämlich an ihn ran – es sei denn, Mr. Warrilow plant etwas Dramatisches mit einem Hubschrauber.«

»Überraschen würd's mich nicht.«

Es war Zeit, zurück zu den Straßenkünstlern zu gehen. Die Menge klatschte gerade, als er den Platz überquerte. Offenbar war die Vorstellung zu Ende. Die Leute am Rand der Menschentraube entfernten sich. Ein paar freigiebige Seelen warfen Münzen in den Zylinder. Die nächste Nummer, ein Streichquartett, wartete schon.

Una Moon war dabei, qualmende Fackeln einzusammeln, als Diamond sie ansprach und sich vorstellte. In dem Augenblick, als er Samantha erwähnte, richtete sie sich auf und fragte ernst: »Geht's ihr gut? Habt ihr sie gefunden?«

»Ich lade Sie zum Tee ein; dann können wir uns unterhalten«, bot er an, ohne die Frage zu beantworten. »In der Markthalle ist ein Café, wo man gut sitzen kann, zumindest war es mal da.«

Sie fragte, ob ihr Freund, der Feuerschlucker, mitkommen könne. Straßenkünstler halten zusammen, wenn eine Einladung winkt. Der Bursche mit dem Zylinder zwinkerte freundlich.

Diamond fischte ein paar Silbermünzen aus seiner Tasche und bat den Feuerschlucker, sich den Mund anderswo abzukühlen. Und zwinkerte zurück.

Er erbot sich, das Einrad das kurze Stück bis zum Markt zu tragen, der sich zwischen Empire Hotel und Rathaus versteckt. Das Marktcafé war nicht ganz so elegant wie der Pump Room für den Fünfuhrtee, aber fast ebenso gemütlich, und es eignete sich besser für die Vernehmung einer Straßenkünstlerin. Sie saß Diamond gegenüber, auf der anderen Seite der grünen Resopaltischplatte, wärmte sich die Hände an der bauchigen Porzellantasse und betrachtete ihn forschend aus dunkelbraunen Augen.

»Bei dem Wetter sollten Sie sich wärmer anziehen«, sagte er und musterte kritisch ihr dünnes schwarzes Sweatshirt.

Sie überhörte das. »Erzählen Sie mir, was mit Sam ist.«

Auch er konnte Dinge überhören, wenn er wollte. »Wir haben nicht viel Zeit. Una Moon. Das ist Ihr richtiger Name, ja?«

Sie runzelte die Stirn. »Wieso interessiert Sie das?«

»Leute wie Sie benutzen meist nicht ihren richtigen Namen, tun Sie's?«

»Wieso sollten wir?« fuhr sie ihn an. »Das ist ein freies Land. Wir haben das Recht, uns vor Spießern wie Ihnen zu schützen, die uns in das System zwängen wollen. Ich will ein freier Mensch sein, nicht bloß eine Zahl im Computer.«

»Aber Una Moon ist Ihr richtiger Name?«

»Woher wollen Sie das wissen?«

»Von einem Computer. Und bevor Sie anfangen, Ihre Bürgerrechte einzuklagen, das ist ein landesweiter Computer. Ich bin auch drin, ebenso wie der Premierminister und jeder, der ein Auto besitzt.«

Sie knurrte: »Ich besitze kein Auto.«

Er sagte: »Die Gründe, warum Sie drin sind, spielen jetzt keine Rolle.« Er fand, ein bißchen Einschüchterung könnte die Sache beschleunigen. Sie starrte ihn trotzig an.

»Sam benutzt auch ihren richtigen Namen«, stellte er fest.

»Sie ist noch neu. Sie wird es lernen – falls sie überlebt. Es ist eine verdammte Schande, daß Ihr den Kerl noch immer nicht geschnappt habt.« Una war aggressiver, als die mädchenhaften Züge und der Zopf vermuten ließen.

Er bemerkte: »Ich habe das Gefühl, daß es Ihnen nicht behagt, wenn jemand wie ich Ihren Namen kennt.«

»Du kannst mich mal, Bulle.«

»Ihrer Sprache nach zu urteilen, stammen Sie aus einer Mittelschichtsfamilie und hatten eine gute Schulausbildung. Waren Sie auch auf der Universität?«

»Hören Sie«, sagte sie. »Ob ich auf der Uni war oder nicht, ist doch scheißegal. Was wollen Sie – eine persönliche Beziehung zu mir herstellen oder was? Es gibt Wichtigeres zu tun, wissen Sie.«

»Sie leben schon seit ein paar Jahren so, nehme ich an?«

»Was soll das heißen – ›so‹? In besetzten Häusern? Natürlich, seit ich mein Studium in Oxford geschmissen habe. Na, nun wissen Sie's – ich war etwas über ein Jahr auf der Uni. Können wir jetzt zu sinnvolleren Themen übergehen, zum Beispiel, was ihr für Sam tut?«

Er blieb bei der Sache: »Zu dem Zeitpunkt, als Britt Strand ermordet wurde, haben Sie in einem besetzten Haus auf der Trim Street gewohnt. Ich habe Sie auf einem Foto erkannt.«

Sie wurde defensiver: »In dem Haus ist sie nicht umgebracht worden. Von uns hatte keiner was damit zu tun.«

»Sie hat das Haus besucht, um für einen Artikel zu recherchieren und ein paar Fotos machen zu lassen. Das war nur zehn Tage vor ihrem Tod. Können Sie sich daran erinnern?«

»Haben Sie eine Zigarette?«

Er schüttelte den Kopf. »Sie müssen Ihre eigenen rauchen.«

Sie nahm eine Streichholzschachtel aus der Tasche, holte eine halbgerauchte Zigarette und ein Streichholz heraus und zündete sie sich an. »Britt Strand wußte, was sie wollte und wie sie es kriegte. Sie hat sich einen von den Typen bei uns ausgeguckt, eigentlich den Obertypen, und hat ihn dazu gebracht, uns andere breitzuschlagen für den Artikel, den sie schreiben wollte.«

»Sie meinen GB?«

Sie nickte.

»Noch so einer, der lieber namenlos bleiben möchte«, meinte Diamond trocken.

»Das ist seine Entscheidung.«

»Schön, aber ich würde wetten, daß auf seiner Sozialversicherungskarte nicht GB steht.«

»Woher soll ich das wissen?«

»Waren Sie je mit ihm liiert?«

Sie funkelte ihn empört an. »Das ist typisch für die Art, wie ihr uns seht. Bloß weil wir im selben Haus gewohnt haben, heißt das noch lange nicht, daß wir zusammen ins Bett gegangen sind. Es gab noch andere Leute da. Wir waren eine Gemeinschaft, klar?«

»Dann hatte also keiner was dagegen, daß er diese clevere schwedische Blondine mitbrachte, die über euer Haus schreiben wollte?«

»Keiner will ich nicht sagen, aber es war nun mal GBs Bude. Er hat die Hütte aufgetan und sich vergewissert, daß sie auch wirklich leer stand.«

»Wie das?«

»Da gibt es viele Möglichkeiten. Man schiebt trockenes Laub in die Türritzen und sieht ein paar Tage später nach, ob es noch da ist. Man kann Flugblätter in den Briefkasten stecken und abwarten, ob sie rausgenommen werden. Natürlich geht man nachts hin und schaut nach, ob Licht brennt. GB hat das alles gemacht. Er war als erster drin. Ihm hatten wir es zu verdanken, daß wir irgendwo pennen konnten.«

»GB ist ein helles Köpfchen.«

»Er ist gut drauf, aber einige von uns sind mißtrauisch geworden, als jeder sehen konnte, daß diese schwedische Tussi mit ihm machen konnte, was sie wollte. Es hatte ihn ganz schön erwischt.«

»Woher wissen Sie das?«

Sie seufzte und blickte ihn finster an. »Sie sind gesehen worden. In diesem Kaff hier kann man doch kaum was machen, ohne daß alle Welt es mitkriegt.«

»Aber er hat mit euch allen gesprochen, bevor er sie mit ins Haus brachte, oder?«

»Ja, er hat uns erzählt, was sie wollte. Wir haben darüber geredet. Ein paar von uns wollten keine Fotos von sich in der Zeitung sehen. GB hat gemeint, der Artikel, den Britt schreiben wollte, wäre nicht für britische Zeitschriften. Sie wollte die Story ins Ausland verkaufen, und deshalb waren wir schließlich einverstanden. Schließlich war sie bereit, was zu zahlen.«

»Und es gab keinen, der es sich hinterher anders überlegte?«

»Wie meinen Sie das?«

»Nach dem Besuch, hat da vielleicht einer Bedenken gehabt, was sie schreiben könnte?«

»Was denn zum Beispiel – daß sie uns als Schnorrer hinstellt? Daran sind wir gewöhnt.«

»Hat sie irgendwelche persönlichen Fragen gestellt?«

»Mir nicht.« Una griff nach dem Aschenbecher zwischen ihnen. »Worauf wollen Sie hinaus? Daß einer von uns sie abserviert hat?«

»Wäre möglich. Vielleicht hatte jemand was dagegen, fotografiert zu werden, wie Sie schon sagten.«

»Wenn ja, hätten sie die Fotografin abservieren müssen, nicht die Journalistin.«

»Zu spät. Die Fotos waren ja schon aufgenommen«, entgegnete Diamond. »Der Artikel wurde nie geschrieben, also wurden auch die Fotos nie veröffentlicht.«

»Wo haben Sie sie gesehen?« fragte sie.

»Bei der Fotografin. Erinnern Sie sich noch an Prue Shorter, die korpulente Dame.«

Sie nickte, beäugte seine Leibesfülle, und ihr schien etwas auf der Zunge zu liegen, aber sie überlegte es sich anders und führte statt dessen die Zigarette zum Mund.

»Ich habe sämtliche Fotos gesehen, die an jenem Nachmittag aufgenommen wurden«, fuhr er fort. »Nicht gerade eine Story für Hochglanzmagazine. Ich habe mir schon den Kopf darüber zerbrochen, warum Britt sich so für euch interessiert hat. Mit einem Haufen Punkern und ihren Hunden und Bergen von Bierdosen in einem besetzten Haus in einer Seitenstraße von Bath kann man keine Lorbeeren ernten.«

»Ein paar von uns haben noch saubergemacht, bevor die Fotos gemacht wurden«, erinnerte sich Una.

»Verzeihen Sie, aber nicht lange nach dem Mord seid ihr alle ausgezogen, stimmt das?«

»Nicht lange danach.«

»Irgendein besonderer Grund?«

»GB«, sagte sie. »Trim Street war seine Hütte. Er war deprimiert. Der ganze Laden war ein Jammertal, wenn er mies drauf war. Dauernd gab es Krach. Ein paar von uns haben es nicht mehr ausgehalten und sich verdrückt. Seit damals war ich bestimmt in sechs verschiedenen Bruchbuden.«

»Auch welche von der alten Gruppe dabei?«

»Hier und da.«

»GB ist immer noch im Lande.«

»Ja.« Sie grinste. »Der hat's geschafft. Der ist jetzt ein richtig cooler Typ.«

»Sind Sie nicht sauer auf ihn?«

»GB ist in Ordnung.« Der Wortlaut entsprach nicht der Hochachtung in ihrer Stimme. Das war ein großes Kompliment.

»Ein Mordskerl?«

»Mehr. Er hätte Geld von uns nehmen können. Ich habe von Typen gehört, die leere Häuser auftun und sich dann bei den Hausbesetzern als Makler aufführen. GB hat nie einen Penny von uns verlangt.«

»Ich glaube, er verdient sein Geld mit Drogenhandel«, sagte Diamond.

Sie pustete den Rauch aus und blickte nach oben gegen das Kuppeldach.

»Und Samantha?« Er wechselte das Thema. »Wann ist sie eingezogen?«

»Am Widcombe Hill? Noch nicht so lange her. Im Sommer. Sie hatte Zoff mit ihren Eltern. Das Übliche. Sie ist jünger als ich, hat sich noch nicht so richtig die Hörner abgestoßen, wenn Sie verstehen, was ich meine, aber ich mag Sam. Es war verdammt verantwortungslos, daß die Zeitungen diese Story gebracht haben, daß sie Straßenmusik macht und ihr Alter bei der Polizei ist und so.«

»Sie können nicht die Presse für das, was geschehen ist, verantwortlich machen.«

»Ich kann, und ich tu's.« Ihr schmaler Mund verhärtete sich so, daß die Farbe aus den Lippen wich.

»Sie kennen sie«, sagte Diamond. »Wie wird sie diese Entführung verkraften?«

»Sie ist eine ziemlich starke Persönlichkeit. Sie wird durchhalten, wenn sie die Chance hat. Ich fürchte nur, daß dieser Mountjoy brutal zu ihr ist. Das Arschloch war doch vorher schon gewalttätig gegen Frauen. Ich weiß noch, was ich über ihn gelesen habe, nachdem er verurteilt worden war. Seine Ehe ist daran kaputtgegangen, wie er seine Frau behandelt hat. Und dann gab's noch eine andere Frau, die er zusammengeschlagen hat.« Una stieß die Zigarette in den Aschenbecher. »Sie müssen sie schnell finden.«

»Oh, das haben wir schon. Sie ist im Gebäude gleich nebenan.« Während Diamond ihr von dem Vorfall am Fenster des Empire Hotels erzählte, starrte Una ihn an, als mimte sie in einem Stummfilm. »Wir haben also im Augenblick«, faßte er zusammen, »eine Art Belagerungszustand, dazu mit Schußwaffen.«

»Er ist bewaffnet?« flüsterte sie.

»Wenn wir eine Tragödie verhindern wollen, muß ihn jemand davon abbringen, und das bin ich. Aber er will erst dann mit mir reden, wenn ich den Mord an Britt Strand aufgeklärt habe. Ich bin mittlerweile zu neunundneunzig Prozent davon überzeugt, daß Mountjoy nicht der Mörder ist. Wir haben jetzt eine Handvoll Verdächtige, und deshalb rede ich mit Ihnen.«

»Sie verdächtigen mich?«

Unter ihrem ängstlich prüfenden Blick antwortete er freimütig: »Dazu habe ich keinen Grund, aber Sie zählen zu den Leuten, die ich vor vier Jahren nicht vernommen habe. Vielleicht wissen Sie etwas, das niemand sonst weiß.«

»Haben Sie mich deshalb nach GB gefragt? Verdächtigen Sie etwa ihn?«

Er ließ den letzten Rest seines Tees in der Tasse kreisen und trank dann aus.

»Er ist nicht gewalttätig«, sagte sie, und die empörten Worte purzelten ihr so schnell über die Lippen, daß sie miteinander verschmolzen und praktisch jeden Sinn verloren. »Ich habe nie erlebt, daß GB jemanden angegriffen hätte. Nie. Bloß weil er groß ist, heißt das nicht, daß er auch gefährlich ist. Da liegen Sie völlig falsch.«

Er lehnte sich zurück und fuhr mit einer Hand über seinen glatten Schädel. »Da bin ich mir noch nicht so ganz schlüssig.«

Sie sagte: »GB hatte sich in Britt verguckt. Er hätte ihr nichts getan.«

Er wies sie nicht darauf hin, daß ein verliebter Mann, selbst wenn er nicht zur Gewalttätigkeit neigt, zum Mörder werden kann, wenn er erfährt, daß seine Geliebte ihn betrügt. »Was ich wirklich klären möchte«, sagte er, »ist, warum Britt Strand sich überhaupt an GB herangemacht hat.«

»Sie hat ihn offensichtlich nur benutzt, um ins Haus zu kommen.«

»Aber warum? Wie ich schon gesagt habe, was war an euch so interessant?«

»Nicht wir waren interessant«, sagte Una. »Sondern eine frühere Bewohnerin des Hauses.«

Neugierig wartete er darauf, daß sie fortfuhr.

Und sie wartete, bevor Sie sagte: »Tja, Sie wissen ja wohl, wer auf der Trim Street gewohnt hat.«

»Leider nein.«

»Jane Austen.«

Er runzelte die Stirn. »Die Schriftstellerin?« Die Frage war ziemlich töricht, aber er hatte mit jemandem aus dem zwanzigsten Jahrhundert gerechnet.

»Nun ja, sie hat vier oder fünf der bedeutendsten Romane in englischer Sprache geschrieben.«

»Jane Austen hat in dem Haus gelebt, das ihr besetzt hattet? Sind Sie sicher?« Das war anscheinend die Antwort, nach der er tagelang gesucht hatte.

»Nein«, erwiderte sie. »Ich bin nicht sicher, und das kann auch niemand sein, weil die Hausnummer in den Briefen nicht erwähnt wird. Sicher ist nur, daß sie und ihre Mutter sich eine Wohnung in der Trim Street nehmen mußten, nachdem ihr Vater gestorben war. Das war eine schlechte Adresse, und sie haben es gehaßt, dort zu wohnen.«

Er war begeistert. Es war zwar nicht unbedingt sein Verdienst, diese Information ausgegraben zu haben, aber anscheinend war zumindest ein Teil des Rätsels gelöst. »Woher wissen Sie das alles?«

»Ich habe Jane Austen gelesen, bevor ich mein Studium in Oxford geschmissen habe. Sie war die einzige Autorin, die ich vertragen konnte. Ich habe sämtliche Romane von ihr verschlungen, und die Jugendwerke und die gesammelten Briefe. Als wir in die Trim Street zogen, kam mir der Name irgendwie bekannt vor, und ich bin in die Stadtbibliothek gegangen, um nachzusehen. In einem Brief, bevor die Familie überhaupt nach Bath kam, hat Jane geschrieben, daß ihre Mutter alles in ihrer Macht Stehende tun würde, um nicht in die Trim Street ziehen zu müssen. Sie können sich also vorstellen, wie sie sich gefühlt haben muß, als sie 1806 doch dort gelandet ist. Es muß fürchterlich gewesen sein. Aber Sie verstehen, warum Britt Strand sich dafür interessierte.«

Er versuchte vergeblich, seine Aufregung zu zügeln. »Eine ehemalige Wohnung Jane Austens in der Hand von Hausbesetzern? Ja, das kann ich. Das war der Aufmacher für ihre Story.«

Una war offensichtlich schon vor längerer Zeit zu dieser Erkenntnis gelangt. »Es ist nicht bekannt, in welchem Haus auf der Trim Street die Familie Austen nun tatsächlich gelebt hat, also konnte Britt sich unseres aussuchen, wohl wissend, daß ihr nie jemand das Gegenteil würde beweisen können. Es war genauso wahrscheinlich wie jedes andere.«

»Genau«, stimmte er zu. »Wenn man diese Fotos sieht, braucht man keine weiteren Argumente. Elegante georgianische Kamine voller Bierdosen. Graffiti. Punker und ihre Hunde liegen überall herum. Jane Austens Zuhause geschändet.«

Das war denn doch zuviel für Una. »Moment mal, wir haben überhaupt nichts geschändet. Wir haben ordentlich die Toilette benutzt. Wir haben keine Fenster eingeschlagen oder Brände gelegt.«

»Es geht nicht darum, wie ihr euch benommen habt. Es geht darum, wie die Geschichte in den Zeitungen angekommen wäre. Jane Austen ...«

Sie unterbrach ihn schroff. »Zum Teufel mit Jane Austen. Während Sie hier sitzen und sich über eine tote Schriftstellerin auslassen, sitzt Sam in diesem Hotel mit einer Pistole am Kopf und wartet darauf, daß Sie etwas unternehmen.«

Er war unbeeindruckt. »Das ist kein Einmannunternehmen. Das Haus wird überwacht. Was Sie mir gerade gesagt haben, ist wichtiger, als Sie ahnen. Ich mußte das herausfinden. Wem haben Sie das sonst noch erzählt?«

»Keinem. Wen interessiert denn so was?«

»GB? Haben Sie es auch ganz bestimmt nicht GB erzählt?«

Sie schüttelte den Kopf.

»Hundertprozentig?«

»Warum hätte ich ihm unnötig weh tun sollen?« fragte sie.

»Weh tun? Wieso hätte ihm das weh getan?«

»Er hat doch gedacht, daß Britt auf ihn steht, der arme Tropf.«

Julie war in ihrem Büro in der Manvers Street, als Diamond hereinkam. »Ich hab Sie nicht finden können«, sagte sie, und weil das nach einer lahmen Entschuldigung klang, fügte sie mit größerer Bestimmtheit hinzu: »Finden Sie nicht, daß Sie ein Funkgerät dabeihaben sollten, oder ein Handy?«

Wenn das ernsthaft als Vorschlag gedacht war, hätte sie ihn sich sparen können. »Sind Sie der Frau gefolgt, Billingtons Besucherin?« fragte er.

»Ja.«

»Und …?«

»Sie ist nicht seine Schwester.«

»Wer ist sie?«

»Ihr Name ist Denise Hathaway, und sie leitet eine kleine Poststelle in Iford.«

»Bei Bradford-on-Avon?«

»Ja. Ich bin ihr bis nach Hause gefolgt.«

»Und haben mit ihr gesprochen, hoffe ich?«

»Natürlich.« Julie hielt inne und wechselte den Rhythmus dieses Frage-und-Antwort-Spiels. »Ich weiß nicht, ob das eine gute oder eine schlechte Nachricht ist. Sie hat Winston Billingtons Alibi bestätigt. In der Mordnacht waren sie beide im Brunel Hotel in Bristol. Sie hatten seit ungefähr einem Jahr eine Affäre, seitdem er sich an sie rangemacht hatte, als er sie überreden wollte, seine Postkarten in ihrem Postamt zum Verkauf anzubieten.«

Diamond blickte finster: »In der Mordnacht war Billington in Bath.«

»Es paßt alles zusammen, wenn Sie mich ausreden lassen. Er war in Bath, wie Sie schon sagten. Er war bei sich zu Hause, um seine Autoschlüssel zu holen, genau, wie er behauptet. Mrs. Hathaway …«

»Sie ist also verheiratet?«

»Ja. Sie hat versucht, diese Beziehung geheimzuhalten. Sie hat furchtbare Angst, daß ihre Kunden in Iford von ihrem Seitensprung erfahren könnten.«

»Was ist mit ihrem Mann?«

»Der arbeitet nachts in der Hauptpost in Bath. Seinetwegen scheint sie sich weniger Kopfzerbrechen zu machen. Die Nachbarn machen ihr Sorge. Es war eine Mordsarbeit, ihr mit Drohungen und Zusicherungen die Wahrheit aus der Nase zu ziehen. Die Affäre ist wirklich absolut geheim. Sie besteht darauf, daß sie mit zwei Autos anreisen und zu verschiedenen Zeiten in dem jeweiligen Hotel absteigen. Sie nehmen getrennte Zimmer, und er schleicht sich über den Gang in ihr Zimmer, wenn alles ruhig ist.«

»Klingt wie eine Szene aus einem viktorianischen Roman.«

»Das ist englisches Dorfleben im Jahre 1994, zumindest so, wie Mrs. Hathaway es lebt. Am 18. Oktober kam Winston von Teneriffa zurück, und sie wollten die Nacht gemeinsam in Bristol verbringen. Sie kam gegen acht Uhr abends im Brunel an und ließ sich ein Abendessen aufs Zimmer bringen. Winston rief sie von Bath aus an, um ihre Zimmernummer zu erfahren, ging dann nach Hause, holte die Autoschlüssel und fuhr nach Bristol. Gegen halb eins klopfte er an ihre Tür. Und er hatte Blumen dabei, aus Teneriffa.«

»Dann hat er sie also für sie gekauft.«

»Ja.«

»Rosen?«

»Nelken. Sie liebt Nelken. Am nächsten Morgen haben sie getrennt gefrühstückt und sind jeder mit dem eigenen Auto wieder abgereist.«

»Sehr diskret.«

»Das sind sie.«

»Ich meinte, Ihre Art, die Dinge zu formulieren.«

»Danke.«

»Aber ist das wirklich ein Alibi?« wandte Diamond ein.

»Es paßt zu Billingtons Aussage und zu der von GB. Ich habe im Hotel nachgefragt; er hat sich um Viertel nach zwölf ins Gästebuch eingetragen.«

»Unter seinem Namen?«

»Ja.«

»Das bringt uns einen Schritt weiter«, räumte er ein, »aber es ist kein Alibi. Überlegen Sie mal. GB hat ausgesagt, daß er gegen elf gesehen hat, wie Mountjoy das Haus verließ und Billington kurz darauf hineinging. Sagen wir Viertel nach elf. Er könnte Britt getötet haben und um halb zwölf schon unterwegs nach Bristol gewesen sein. Wie lange braucht man bis Bristol?«

»Hängt vom Verkehr ab. Na schön«, gab sie zu, »spät abends, wenn die Straßen frei sind, ist es in der Zeit zu schaffen.«

»Bequem.«

»Aber ist wirklich anzunehmen, daß er mit Mrs. Hathaway geschlafen hat, nachdem er gerade einen Mord begangen hatte?«

»Wer weiß?« meinte Diamond. »Vielleicht hat ihn die Anspannung scharf gemacht?«

»Ach, hören Sie auf«, sagte sie. »Wir reden hier über Winston Billington, nicht Jack the Ripper.«

Er lächelte schwach. »Zugegeben. Hat Mrs. Hathaway Ihnen berichtet, welche Leistung Winston vollbrachte, nachdem er an ihre Tür geklopft hatte?«

Sie war nicht erheitert. »Natürlich nicht. Sie ist äußerst peinlich berührt wegen der ganzen Geschichte.«

»Sie sind also nicht in sie gedrungen?«

»Nein, bin ich nicht.«

»Winston vielleicht auch nicht.«

Julie verzog den Mund und drehte die Augen nach oben, ihre Art, Unmut auszudrücken, wenn die Männer von der Manvers Street zweideutige Bemerkungen machten.

»Aber Sie haben ein Rätsel gelöst.« Diamond nahm den Faden wieder auf, bevor Julie etwas sagen konnte. »Wir wissen jetzt, wo Winston Billington den Rest der Nacht verbracht hat. Währenddessen habe ich ein anderes gelöst.« Er erzählte ihr, was er von Una Moon über die Verbindung zwischen Jane Austen und der Trim Street erfahren hatte.

»Was bringt uns das?« fragte sie, als er fertig war. »Das liefert doch niemandem ein Motiv für den Mord, oder? Ich komme mir vor, als würden wir nur Pflaster aufkleben, wo wir eigentlich sofort operieren müßten.«

Dieses eine Mal widersprach er ihr nicht. Er zog den Stuhl unter seinem Schreibtisch hervor und setzte sich ihr gegenüber.

»Julie, Sie haben vollkommen recht. Seien wir ehrlich, wir sind zu wenige. Das ist keine Mordermittlung im üblichen Sinne.«

»Dann lassen Sie uns Verstärkung anfordern«, sagte sie.

Er schüttelte den Kopf. »Die sind bei der Hotelüberbewachung besser aufgehoben. Wir haben noch Zeit bis Mitternacht – keine acht Stunden mehr –, und das auch nur, wenn Farr-Jones Wort hält. Da Warrilow schon an den Zügeln zerrt, rechne ich nicht damit.«

»Und was machen wir jetzt?« sagte Julie düster. »Wir haben sämtliche Verdächtigen vernommen, die wir auftreiben konnten. Die einzige, die wir ausschließen müssen, ist bislang Mrs. Billington, weil sie im Ausland war. Ich habe alle in den ZPC eingegeben, wie Sie mich gebeten haben, und es ist nichts dabei herausgekommen.«

»Alle?« wiederholte Diamond und schien irgendeine neue Erkenntnis zu erwarten.

»Jake Pinkerton, Marcus Martin, Winston Billington. Prue Shorter, Una Moon. Wie ich schon sagte, das Geheimnis um GBs Namen habe ich noch nicht gelüftet, also konnte ich ihn auch nicht eingeben. Sollten wir uns jetzt vielleicht darauf konzentrieren?«

Er war still, sein Gesicht angespannt, seine Miene besorgt. Schließlich sagte er: »Es hat alles mit Britt angefangen. Sie ist es, die wir in den Mittelpunkt stellen sollten. Ist sie im Computer?«

»Britt?« Julie sah ihn fassungslos an. »Dürfte sie eigentlich nicht sein. Sie ist tot.«

»Haben wir sie damals in dem verdammten Computer überprüft?«

»Kann sie denn als Ausländerin drin gewesen sein?«

»Sie hatte damals ein Auto, einen MGB.«

»Dann allerdings. Könnte sein, daß wir einen Ausdruck haben. Der müßte eigentlich routinemäßig gemacht worden sein«, sagte Julie. »Ich kann in der Akte nachsehen, wenn Sie wollen.«

»Ja«, sagte er. »Tun Sie das.«

»Sofort?«

Er nickte.

Julie nahm sich die Ordner vor. Während sie die Akten durchblätterte, lehnte Diamond sich zurück, grübelte, wippte mit dem Stuhl vor und zurück. Er war Julie zutiefst dankbar für ihre ruhige Unterstützung in diesem schwierigen Augenblick. Sie bekam all die Grobheiten und Sticheleien ab, die zu seiner Arbeitsweise gehörten. Normalerweise hatte die gesamte Mordkommission darunter zu leiden.

»Da ist er«, sagte sie, nahm einen Computerausdruck aus der Akte und reichte ihn herüber. »Aber viel steht nicht drin.«

Er las ihn durch.

Unter Britt Strands Namen und Anschrift war ihr Wagen angegeben, ein MGB, Kennzeichen VPL 294S, am 1. August 1988 für zwölf Monate zugelassen.

Diamond zupfte an seinem Doppelkinn. »Dann war sie also zum Zeitpunkt ihres Todes noch immer Besitzerin des Wagens. Das müßte es doch heißen, oder?«

»Darf ich mal sehen?« Julie warf einen Blick auf den Ausdruck. »Sieht ganz so aus. Wenn sie ihn verkauft hätte, wären die Daten auf den neuen Wagenhalter übertragen worden.«

»Was ist aus dem Auto geworden? Bei unseren Ermittlungen ist mir nichts über eines zu Ohren gekommen. Wir hätten es natürlich untersucht.«

»Könnte ein Computerfehler sein«, sagte Julie. »Die Zulassung ist nicht auf den neuesten Stand gebracht. Wenn das hier stimmt, wäre sie im August 1989 ausgelaufen, also über ein Jahr, bevor der Ausdruck gemacht wurde. Wenn Sie möchten, kann ich den derzeitigen Besitzer anhand der Zulassung überprüfen.«

Er nickte, und Julie ging aus dem Zimmer, um im ZPC nachzuschauen.

Statt sich ermutigt zu fühlen, weil immer mehr Teile des Puzzles zusammenkamen – er kannte jetzt den Grund, warum Britt sich so für die Hausbesetzer auf der Trim Street interessiert hatte, und er wußte auch, wo Billington die Mordnacht verbracht hatte –, war er nervös. Diese Arbeitsweise war für ihn ungewohnt. In seiner Zeit bei der Mordkommission hätten seine besten Detectives gleichzeitig an mehreren Aspekten der Ermittlung gearbeitet. Es hatte keine Rolle gespielt, wenn neun Zehntel davon ohne Ergebnis blieben. Das Team hatte ihm die Ergebnisse vorgelegt, und er hatte sie gedeutet. Seine Fähigkeit –

und es war wirklich eine – lag darin, das Gold zu waschen, die Nuggets aus dem Schlamm zu spülen. Diesmal jedoch mußte er selbst die Schaufel in die Hand nehmen und graben. Weil die Zeit knapp wurde, und mit Julie als einziger Hilfe, mußte er verdammt sicher sein, daß die Wühlerei auch zu Ergebnissen führte. Der Druck war groß. Er durfte sich keinen Fehler erlauben.

Julie kehrte zurück und schüttelte den Kopf. Das ist seltsam. Ich habe VPL 294S überprüft, und Britt ist noch immer als Halterin eingetragen.«

Diamonds Verachtung für Computer erhielt neue Nahrung. »Sie ist seit 1990 tot.«

»Diese Information hat der Computer nicht. Das ist an sich nicht ungewöhnlich. Aber mich wundert, daß keiner den Wagen übernommen hat. Was ist nach ihrem Tod damit passiert?«

»Irgend jemand hat doch bestimmt Interesse an einem MGB gehabt«, sagte Diamond.

»Geklaut?«

»Wenn ja, müßte was darüber im Computerauszug stehen.«

»Tut es aber nicht.«

»Überlegen wir mal ganz in Ruhe, Julie. Der Wagen wurde am 1. August 1988 für ein Jahr zugelassen. Die Zulassung ist, vierzehn Monate bevor Britt ermordet wurde, abgelaufen. Sie hat sie nicht erneuert. Es scheint keinen anderen Besitzer zu geben. Wo also ist der Wagen?« Während er noch sprach, schoß ihm eine weitere Frage durch den Kopf: Ist der rote MGB auch wieder bloß ein falsche Spur? Nach einer Kette von Assoziationen, die Julie wohl kaum nachvollziehen konnte, sagte er: »Diese verdammten Rosen. Die haben wir auch nie zurückverfolgen können.«

Sie schwieg und wartete ab.

»Ein Wagen, der verschwindet. Ein Dutzend Rosen, die aus dem Nichts kommen. Julie, wir brauchen Antworten!«

Sie sagte: »Bei dem Auto scheinen wir nicht weiterzukommen.«

»Na gut. Dann lassen Sie uns noch mal über die Rosen nachdenken. Jemand schickt Ihnen ein Dutzend rote Rosen. Wie reagieren Sie als Frau?«

»Ich freue mich. Wahrscheinlich ist Valentinstag, und ich habe einen Verehrer.«

Er sagte: »Weder das eine noch das andere.«

»Danke«, sagte sie sarkastisch. »Das habe ich jetzt wirklich gebraucht.«

»Nehmen Sie's nicht persönlich. Wir spekulieren. Der Mord geschah am 18. Oktober, nicht am 14. Februar. War das ein besonderes Datum? Vielleicht ihr Geburtstag?«

Julie blätterte wieder in der Akte. »Sie wurde am 12. April geboren.«

»Also nicht. Rote Rosen sind ein Zeichen der Liebe, richtig? Selbst ein Trottel wie ich kennt die Sprache der Blumen.«

»Rosen können auch bedeuten, daß jemand um Verzeihung bittet«, warf Julie ein.

»Ich wüßte nicht, wie uns das weiterbringen sollte.«

»Ich ziehe nur andere Möglichkeiten in Erwägung.«

Er wirkte nicht sonderlich dankbar. »Was wissen wir mit Sicherheit? Jeder Blumenladen in der Stadt und der weiteren Umgebung ist überprüft worden, ob von dort Rosen geliefert wurden. Ohne Ergebnis. Wahrscheinlich hat jemand sie gekauft, ohne einen Namen zu hinterlassen, und sie persönlich überbracht.«

»Und wir können davon ausgehen, daß es jemand war, den sie kannte«, fügte Julie hinzu. »So spät abends hätte sie keinen Fremden mehr ins Haus gelassen.«

»Richtig. Gehen wir mal ihre Besucher durch. Mountjoy ist der nächstliegende, weil er mit ihr verabredet war, aber er hatte keine Rosen dabei, zumindest behauptet er das. Er kann sich nicht erinnern, welche in der Wohnung gesehen zu haben. Billington hat Blumen gekauft, aber für eine andere Frau.«

»Und das waren keine Rosen.«

»Und GB behauptet, gar nicht bei ihr gewesen zu sein.«

Julie sagte: »Warum sollte jemand abstreiten, ihr Rosen geschenkt zu haben? Der Mörder war sicher nicht derjenige, der ihr die Blumen geschenkt hat. Das war jemand anders.«

»Warum?«

»Es muß jemand anders gewesen sein. Ganz bestimmt. Jemand, der aufgrund der Rosen eifersüchtig wurde.«

Diamond überlegte kurz und sagte dann: »Vielleicht liegen Sie da falsch. Nehmen wir mal an, daß keiner lügt.«

»Die Blumen waren schon in der Wohnung?«

»Nein. Wir haben ja festgestellt, daß sie nicht von einem Blumenladen angeliefert wurden, und Mountjoy hat keine gesehen, als er bei Britt war. Ich denke, wir müssen in Erwägung ziehen, daß der Mörder auch der Überbringer der Rosen war.«

»Warum?«

»Wir konnten sie zu keinem Geschäft zurückverfolgen. Es gibt keinerlei Kassenbeleg, keine Erinnerung an jemanden, der auch nur entfernt wie einer unserer Verdächtigen aussah und an diesem Tag Rosen gekauft hat. Was bedeutet das? Wahrscheinlich hat die Person, die diese Rosen mitgebracht hat, großen Wert darauf gelegt, anonym zu bleiben. Vielleicht hat sie sie in einer anderen, weit entfernten Stadt gekauft.«

»Das würde bedeuten, daß der Täter schon an Mord gedacht hat, bevor er die Blumen kaufte.«

Diamond hob zustimmend einen Finger. »Jetzt verstehen Sie, was ich meine. Vorsätzlicher Mord.«

Julies verwirrter Gesichtsausdruck verriet, daß sie noch nicht ganz verstand, was er meinte. »Wollen Sie damit denn sagen, daß jemand rote Rosen gekauft und sie zu Britt Strand gebracht hat, mit dem Vorsatz, einen Mord zu begehen? Warum? Wozu?«

»Um etwas ganz Bestimmtes damit auszudrücken.«

»Jetzt komme ich überhaupt nicht mehr mit«, erklärte sie.

»Die Rosen waren kein Zeichen der Liebe, sondern ein Zeichen der Rache, das Britt verstand.« Er appellierte an ihre Vorstellungskraft: »Erinnern Sie sich an die Szene – die Rosenknospen, die man ihr in den Mund gestopft hatte. Das deutet nicht nur auf Mordabsichten hin, sondern noch auf etwas anderes. Die Blumen bedeuteten etwas, Julie.«

»Sie meinen, sie waren symbolisch?«

»Sie hatten eine Bedeutung, die sowohl dem Opfer als auch dem Täter bekannt war. Vielleicht hatte Britt in der Vergangenheit Rosen geschenkt bekommen, als noch Liebe und Vertrauen herrschten, die der Mörder jetzt verraten sah.«

»Das ist möglich.«

»Das ist furchtbar«, sagte Diamond, »aber es ergibt Sinn. Wir sind immer davon ausgegangen, daß der Mörder die Blumen vorfand, sie für ein Geschenk von einem Liebhaber hielt, sie in einem Anfall von Eifersucht zerfetzte und die Leiche damit entwürdigte. Ich vermute, daß sie von vornherein als Teil der Mordszene geplant waren. Der Mörder hat sich die Mühe gemacht, diese Blumen irgendwo weit weg von Bath zu kaufen. Es war vorsätzlicher Mord, kein plötzlicher Gewaltausbruch. Wenn ich recht habe, wurde Britt Strand nicht wegen etwas getötet, das an diesem Abend passierte, sondern die Tat war eiskalt geplant.«

Julie mußte das erst verarbeiten. »Wegen etwas, das schon viel früher geschehen war? Wollen Sie das damit sagen?«

Er nickte. »Wir haben uns fast ausschließlich mit der Mordnacht beschäftigt und mit den Menschen, von denen wir wissen, daß sie damals in Larkhall waren: Mountjoy, Billington und GB, die sich alle drei zu Britt hingezogen fühlten und auch bereit waren, das zuzugeben. Aber es gibt noch zwei andere, die mit Nachdruck behaupten, daß ihre Beziehungen zu der Dame bereits Schnee von gestern waren.«

»Jake Pinkerton und Marcus Martin.«

»Ja. Jetzt werden die beiden auf einmal sehr interessant.«

»Aber wenn sie nicht am Tatort waren ...«

»Haben sie ein Alibi?«

Sie zögerte.

Diamond griff nach seinem Hut. »Fangen wir mit Marcus Martin an.«

23

Es war gut, daß Julie den Vorschlag machte, Marcus Martin vorher anzurufen. Seine Haushälterin teilte ihnen mit, daß er an diesem Nachmittag nicht zu Hause sei; er war auf einer Beerdigung. Statt eine höfliche Beileidsbekundung zu murmeln, fauchte Diamond ins Telefon: »Zum Donnerwetter, was kommt denn noch alles? Wo findet die statt?«

Die Haushälterin befand offenbar, daß diese ungehobelte Person nichts auf einer Beerdigung zu suchen hatte. »Mr. Martin müßte am frühen Abend wieder im Hause sein.«

»So lange kann ich nicht warten. Welcher Friedhof?«

»Es tut mir leid, aber das käme Mr. Martin wohl kaum gelegen.«

»Ob ihm das gelegen kommt oder nicht, spielt überhaupt keine Rolle, Madam. Sie sprechen mit der Polizei.«

»Oh.« Gefolgt von kurzem Schweigen. Dann: »Ich glaube, er liegt an der Lower Bristol Road.«

»Der Friedhof Haycombe?«

»Nein. Der letzte Baum.«

»Könnten Sie das wiederholen, Ma'am?«

»Der letzte Baum. Ich bin mir ziemlich sicher, daß es so heißt.«

»Noch nie gehört«, murmelte Diamond. »Ist das ein Pub beim Friedhof oder was?«

Sie sagte: »So heißt der Beerdigungsort. Haben Sie denn nichts davon in der Zeitung gelesen? Es ist die Beerdigung von Horatio.«

»Horatio wer?«

»Horatio, das Springpferd. Ich hätte gedacht, das ganze Land erinnert sich an Horatio bei den Olympischen Spielen, auch wenn er schon seit ein paar Jahren nicht mehr an Wettkämpfen teilgenommen hat. Er mußte vorgestern nach einem tragischen Jagdunfall eingeschläfert werden.«

»Ein Pferd? Eine Beerdigung für ein Pferd?«

»Horatio war ein Champion, ein Ausnahmepferd. Beinahe ein nationales Heiligtum. Das Telefon steht nicht mehr still. Er wird um halb vier zur letzten Ruhe gebettet.«

Im Wagen verkniff er sich eine Meinungsäußerung über Pferdebegräbnisse. Statt dessen fragte er Julie, was für einen Eindruck sie von Marcus Martin gewonnen hatte, ein durchsichtiges Manöver, um seine eigene Erinnerung aufzufrischen, da Julie ein außergewöhnlich gutes Gedächtnis für die wirklich wichtigen Dinge hatte.

Sie sagte: »Er ist so ein Typ, auf den Frauen hereinfallen. Diese feine Sprache, das Gutsherrengetue.«

»Sie würden sich nicht mit ihm einlassen, oder?«

Die kurze Pause, bevor sie antwortete, verriet ihren Unmut über diese persönliche Frage: »Wohl kaum.«

»Meinen Sie, daß Britt auf ihn hereingefallen ist?«

»Ausgeschlossen, nach dem, was wir über sie wissen.«

»Schade, daß wir nur seine Version der Affäre haben.«

Sie nickte. »Und eine ziemlich unwahrscheinliche dazu.«

»Das müssen Sie erklären.«

»Er hat gesagt, daß ihre Beziehung kurz und sinnlich war, als wäre es rein körperlich gewesen, wie mit einer Prostituierten.«

»Könnte doch sein, daß nur er es so gesehen hat.«

»Er sprach auch von drei wilden, heißen Wochen – und danach sagte er, ihre Beziehung sei im Sande verlaufen –, was wie ein Widerspruch klang. Sie haben in dem Punkt nachgefragt, und seine Antwort war wenig überzeugend.«

»Meinen Sie, sie hat Schluß mit ihm gemacht?«

»Ich frage mich, ob sie überhaupt je was mit ihm angefangen hat. Bei manchen Männern, die mit ihrem Sexualleben protzen, herrscht in Wirklichkeit tote Hose.«

»Glauben Sie, die beiden hatten gar keine Affäre?«

»Ich glaube nicht an diese drei wilden, heißen Wochen. Jede Frau kennt diesen Typ. Schlafzimmerblick. Zudringliche Hände. Sie wollen etwas beweisen.«

»Und haben ihren Verstand in der Hose?«

Sie lächelte.

»Julie, ich muß sagen, Sie verlassen sich da sehr auf Ihre Intuition.«

»Urteilsvermögen.«

»Erfahrung?«

»Urteilsvermögen«, wiederholte sie mit Bestimmtheit, ohne den Blick von der Straße zu nehmen.

»Der Fairneß halber muß ich sagen, daß der Bursche bei seiner Vernehmung vor vier Jahren genau die gleiche Geschichte erzählt hat.«

»Ich wette, er hat sogar genau die gleichen Worte benutzt.«

Diamond dachte darüber nach. »Angenommen, Sie haben recht. Hätte er nicht doch die Wahrheit gesagt, weil er Zeuge in einem Mordfall war?«

»Wenn es um ihr Sexualleben geht, sind Männer unverbesserliche Lügner.«

»Jetzt reden Sie wie eine radikale Feministin.«

»Vernünftig, meinen Sie.«

Er überging die Bemerkung. Sie übergingen beide so einiges im Interesse des Falles. »Es könnte noch eine andere Erklärung geben. Er hat versucht, bei Britt zu landen, und sich eine Abfuhr geholt. Das hat an ihm genagt. Nein, noch schlimmer, es hat sein Ego verletzt. Er war wütend, vielleicht so wütend, daß er sie umgebracht hat.«

Julie blickte skeptisch. »Hätte sie ihn denn ins Haus gelassen?«

»Deshalb hat er die Rosen mitgebracht. Es wäre ihr bestimmt schwergefallen, ihm die Tür vor der Nase zuzuknallen.«

»So spät nachts?« sagte sie. »Mir nicht.«

»Sie sind eine ausgebildete Polizistin. Sie war eine kesse Schwedin.«

Sie holte tief Luft, um etwas zu kontern, überlegte es sich dann jedoch anders und sagte: »Möchten Sie noch eine Theorie hören? Er hat immer wieder versucht, sie rumzukriegen, und die Rosen bescherten ihm schließlich Erfolg. Sie ist mit ihm ins Bett gegangen. Als es dann ernst wurde, konnte er nicht.«

Diamond schwieg und dachte über das neue Szenario nach. Sie fuhren auf der Churchill Bridge über den Avon und waren schon an der Kreuzung der Midland Bridge Road, als er schließlich sagte: »Das gefällt mir. Klingt besser. Es paßt zu ihren Persönlichkeiten.« Eher für sich selbst formulierte er Julies Gedanken um. »Er macht einen letzten Versuch. Bringt ihr Rosen. Sie läßt ihn herein. Sie ist in der richtigen Stimmung, und er versagt. Vor lauter Frustration bringt er sie um. Das ist die bislang beste Erklärung, die uns eingefallen ist.« Er seufzte. »Aber es ist reine Spekulation, Julie. Wir haben nichts gegen diesen Typen in der Hand, noch nicht mal ein Knöllchen für falsches Parken.«

»Wie wollen Sie die Sache angehen?« fragte sie, als wäre nicht mehr dazu zu sagen. »Vielleicht sollten Sie besser allein mit ihm reden. Wenn ich dabei bin, wird er wohl kaum zugeben, daß er nicht der Draufgänger ist, für den er sich ausgibt.«

»Nein, ich möchte Sie dabeihaben. Bekräftigen Sie einfach alles, was ich sage. Er wird singen, und wir werden ja sehen, ob es die Melodie ist, die wir hören wollen. Die nächste links.«

Sie bogen in die Locksbrook Road ab und fuhren vorbei an schmucklosen viktorianischen Reihenhäusern, die so gar nicht zum Klischee der Stadt paßten. Die Straße ging in die Brassmill Lane über, die von Fabriken und Lagerhäusern gesäumt war. Dann kam ein Stück offenes Land, auf dem ein paar Ziegen grasten. Daneben war ein Garten mit einer niedrigen Mauer.

»Da.«

Auf dem Schild über dem Tor stand in gotischer Schrift:

Der letzte Baum

Haustierkrematorium und -friedhof.

Eine Reihe von parkenden Wagen auf der Straße ließ darauf schließen, daß die Trauerfeier für Horatio noch nicht zu Ende war.

»Beliebtes Pferd«, meinte Diamond, als sie ausstiegen.

»Wie haben die das Tier nur hierhergeschafft?« wunderte sich Julie mit Blick auf die Autos. »Ich sehe keinen Wagen, der groß genug wäre.«

»Vielleicht ist es schon früher hergebracht worden.«

Hinter der Mauer befand sich ein Rasen, der von Blumenbeeten in Fischgrätformation geziert wurde. Zu dieser Jahreszeit waren die wenigen noch erhaltenen Rosen schlaff und welk. In regelmäßigen Abständen waren Pfosten mit kleinen Gedenktafeln in den Boden gesteckt, und auf jeder Tafel waren Name, Geburts- und Todesjahr eines verstorbenen Tieres sowie in manchen Fällen noch ein paar Verse zu lesen. Es gab Plastik- und Metallskulpturen von Katzen und Hunden, gerahmte, von Wind und Wetter verblichene Fotos, modernde Kränze und hier und da frische Blumen.

Am hinteren Ende stand die Trauergemeinde, mindestens vierzig Teilnehmer, vielleicht auch mehr, darunter ein Priester in schwarzer Soutane. Die meisten schienen junge Frauen zu sein, etliche hielten Blumen in der Hand. Marcus Martin, dessen rötliche Haarsträhnen sich in der leichten Brise immer mal wieder von der kahlen Stelle auf seinem Schädel erhoben, stand links von der Gruppe, ein Holzkästchen von der Größe eines Schuhkartons in Händen haltend.

»Kleines Pferd«, raunte Diamond Julie zu.

Sie bedachte ihn mit einem finsteren Blick.

Die Beerdigungsteilnehmer senkten die Köpfe wie zum Gebet.

Hinter Diamond erklärte eine Stimme laut flüsternd: »Sie können sich durchaus noch dazugesellen. Es ist nicht zu spät.«

Der Sprecher war ein bärtiger Mann im dunklen Anzug.

»Sind Sie der Bestatter?« fragte Diamond.

»Der Besitzer der Anlage.«

»Aha. Hatten Sie schon mal soviel Andrang wegen eines Tieres?«

Er befingerte seinen Kragen. »Das ist, denke ich, ein einmaliger Anlaß.«

»Ist das Pferd hier eingeäschert worden?«

»Nein, in Frome. Da ist die Verbrennungsanlage. Kein geweihter Ort. Die Asche wurde zur Bestattung hierhergebracht. Da Horatio derart bekannt und beliebt war, hielt der Besitzer es für richtig, seine Asche in einer Anlage wie dieser hier beizusetzen, wo seine vielen Bewunderer ungehinderten Zugang haben. Das Tor ist immer offen.«

Eines von Diamonds nützlichsten Talenten war seine Fähigkeit, ein ernstes Gespräch in Gang zu halten, ganz gleich zu welchem Thema. »Ist das Ihre erste Pferdebestattung.«

»Allerdings, ja.«

»Normalerweise bieten Sie Katzen und Hunden eine letzte Ruhestätte?«

»Deshalb haben wir unsere Anlage ja auch ›Der letzte Baum‹ genannt. Die meisten Katzen haben irgendwo einen Kratzbaum, und Hunde interessieren sich ein Leben lang für Bäume.«

»Ganz zu schweigen von Postboten«, sagte Diamond.

Dafür erntete er ein ernstes Nicken. »Hin und wieder haben wir auch ein Kaninchen. Ein Pferd können wir hier nicht einäschern. Aber es gibt keinen Grund, warum es nicht anderswo gemacht werden kann. Das Problem ist nur, daß ein großes Tier gewisse Probleme und Kosten mit sich bringt.«

»Normalerweise hätten sie den Kadaver an Katzenfutterproduzenten verkauft, nehme ich an«, sagte Diamond.

Der Mann räusperte sich, anscheinend besorgt, daß Diamonds Bemerkung über den Rasen hinweg bis zur Trauergemeinde zu hören sein könnte.

»Und eine normale Beerdigung?«

Die Antwort verlangte nach einer schützenden Hand vor dem Mund. »Das hätten wir hier nicht machen können. Dafür braucht man einen kleinen Bagger. Die Queen läßt allerdings ihre Lieblingspferde auf königlichem Grund und Boden bestatten.«

Diamonds Aufmerksamkeit war wieder zu der Trauergesellschaft gewandert. Er sagte zu Julie: »Ein paar von den jungen Frauen tragen rote Rosen.«

Der Besitzer der Anlage klärte sie auf: »Sie empfinden es als einen persönlichen Verlust, diese jungen Dinger.«

»Ich habe rote Rosen nie als ein Zeichen der Trauer betrachtet«, sagte Diamond, mehr zu sich selbst. »Ich möchte niemanden beleidigen«, er wandte sich wieder seinem Gesprächspartner zu, »aber manche Leute halten es bestimmt für übertrieben, Tiere zu beerdigen.«

»Es ist ja keine Beerdigung im herkömmlichen Sinne des Wortes, eher eine Danksagung für das Leben der Verstorbenen und für die Freude, die sie uns geschenkt haben. Falls Sie ein Haustier haben, können Sie darauf vertrauen, daß wir Ihnen, wenn die Zeit des Abschieds kommt, was zwangsläufig der Fall sein wird, Seelenfrieden und ein bleibendes Andenken bieten.«

Julie dankte ihm.

Diamond sagte: »Sie hätten einen von diesen Preisen verdient, die die Queen an Unternehmen vergibt.«

Bei dieser Vorstellung leuchteten die Augen des Mannes auf.

Auf der anderen Seite des Rasens tat sich was. Marcus Martin hatte das Kästchen in ein Loch im Boden gesenkt, und einige Gäste beugten sich nieder, um ihre Blumen in oder um das Grab zu legen. Blitzlicht flammte auf. Der Priester trat zurück, und eine Rose blieb an seiner Soutane hängen.

Martin wandte sich um und erblickte Diamond und Julie, die auf ihn zuschritten, doch er sah sofort wieder weg und begann ein Gespräch mit einem anderen Trauergast.

»Sie gestatten?« sagte Diamond dicht neben ihm. »Wir müssen noch mal miteinander reden.«

»Ich habe Ihnen bereits alles erzählt«, entgegnete Martin. »Und das ist wohl kaum der passende Anlaß ...«

»Dann kommen Sie mit uns zum Wagen«, erwiderte Diamond mit Bestimmtheit.

Unbequem neben Martin auf den Rücksitz des Escort gezwängt, sagte Diamond: »Wir stehen unter Zeitdruck. Haben Sie Britt Strand während Ihrer heißen Beziehung je nackt gesehen?«

Marcus Martin hätte allen Grund gehabt, ob der Direktheit der Frage verblüfft zu sein, aber er antwortete recht gelassen: »Natürlich.«

»Mehr als einmal?«

»Häufig.«

»Sie hatte also keine Hemmungen, was ihren Körper anging.«

»Ganz sicher nicht. Warum fragen Sie?«

»Weil Sie ganz offensichtlich der Mann sind, den wir nach dem tätowierten Schmetterling auf ihrer linken Gesäßhälfte fragen können.«

Die Falle war nicht sonderlich raffiniert, aber sie funktionierte.

»Ach das«, sagte Martin so beiläufig wir nur möglich.

»Muß niedlich ausgesehen haben, wenn sie ging«, sagte Diamond. »War es ein Admiral oder ein Pfauenauge?«

»Keine Ahnung«, erwiderte Martin. »Von Schmetterlingen verstehe ich nichts.«

»Sie haben keine Ahnung von Britts Hintern. Punktum«, sagte Diamond. »Sie hatte keine Tätowierung, guter Mann. Das habe ich mir ausgedacht, genau, wie Sie sich Ihre Affäre zu der Lady ausgedacht haben.«

»Oh, aber ...«

»Jetzt mal ehrlich. Sie hat Ihnen eine Abfuhr erteilt, richtig? Die drei wilden, heißen Wochen hat es nie gegeben.«

»Äh ...«

»Ich hätte mir denken können, daß Sie viel Mist erzählen. Wir könnten Sie wegen Falschaussage drankriegen, wissen Sie das? Überspannen sie den Bogen nicht, Freundchen. Können wir überhaupt irgendwas von dem glauben, was Sie uns erzählt haben? Sie ist zu Ihnen gekommen, um zu reiten, aber ausschließlich auf Pferden. Ist das richtig?«

Diamond sprudelte förmlich. Es gab nichts Befriedigenderes, als einen Lügner zu ertappen. Diesen schlagfertigen, glattzüngigen Marcus Martin erwischt zu haben, war ein ganz besonderes Vergnügen.

Martin lehnte sich zurück, schloß die Augen und versuchte, ruhig zu bleiben. »So ungefähr.«

»Sie haben's bei ihr versucht, und sie wollte nichts von Ihnen wissen.«

»Aus Polizistenmund klingt immer alles so geschmacklos.«

»Aber Ihren früheren Aussagen nach waren Sie mehr als nur einmal in dem Haus in Larkhall.«

»Das stimmte auch«, beteuerte er, öffnete die Augen und beugte sich vor. »Sie hatte kein Auto. Ich habe sie oft in meinem Range Rover nach Hause gefahren.«

»Der Mensch hofft, solange er lebt. Aber sie hat Ihnen jedesmal die kalte Schulter gezeigt, nicht wahr? Der Nachmittagstee im Canary gehörte auch zu ihrem Liebeswerben, oder?«

Martins Stimme war einen Halbton höher geklettert. »Nein, der war tatsächlich völlig ungeplant. Sie wollte an diesem Nachmittag ein paar Einkäufe machen, also habe ich meinen Wagen in der Stadt geparkt und mit ihr Tee getrunken.«

»Bei der Gelegenheit haben Sie GB gesehen und haben sich darüber gewundert, was für einen Umgang sie pflegte, das haben Sie zumindest behauptet.«

»Das war die Wahrheit. Ich machte mir noch immer gewisse Hoffnungen ...«

»Ihr die Reithose ausziehen zu können?«

»So könnte man wohl sagen, wenn man es vulgär ausdrükken möchte.«

Diamond konzentrierte sich auf den bedeutsamen Teil der Antwort. »Sie hatten nicht aufgegeben? Sie wollten ihr Nein nicht akzeptieren?«

»Wer tut das schon?« sagte Martin und ergriff die Gelegenheit, um zu verallgemeinern. »Zu Anfang sagen sie immer nein.«

»Und meinen ›ja‹?« sagte Diamond. »Seien Sie lieber vorsichtig mit solchen Äußerungen, mein Lieber. Detective Hargreaves ist eine militante Feministin.«

Julie saß reglos auf dem Fahrersitz und sagte nichts, aber der Blick, mit dem sie die beiden im Rückspiegel bedachte, ließ an ihrer Mißbilligung keinen Zweifel aufkommen.

»Sie blieben also am Ball«, setzte Diamond seine Demontage von Marcus Martin fort. »Sie konnten einfach nicht fassen, daß sie ein Angebot von Ihnen abgelehnt hatte, von Ihnen, dem internationalen Springreiter, der von all den jungen Mädels angehimmelt wird, die die Ställe ausmisten. Sind Sie sicher, daß Sie ihr nie Blumen gekauft haben? Vorsicht. Einmal haben wir Sie schon bei einer Lüge erwischt.«

»Absolut.«

»Ein Berg Rosen würde besser zu Ihnen passen als zu manch anderem. Wir haben jedes Blumengeschäft im Umkreis von etlichen Meilen überprüft. Möchten Sie vielleicht noch mal darüber nachdenken?«

»Ich habe ihr niemals Blumen irgendwelcher Art gekauft.« Martins Stimme klang angespannt, unter Druck. Kein Zweifel, er wußte um die Bedeutung der Frage, aber sagte er die Wahrheit?

»Wann haben Sie sie das letzte Mal gesehen?«

»Das habe ich Ihnen schon gesagt.«

»Und ich gebe Ihnen noch eine Chance, uns zu sagen, was wirklich passiert ist.«

Martin schüttelte matt den Kopf. »An dem Wochenende, als sie ermordet wurde, bin ich mit der Nationalmannschaft der Springreiter nach Brüssel gefahren. Ich glaube, es war der Donnerstag davor, da kam sie nachmittags raus zum Parcours. Sie sagte, es wäre ihre letzte Gelegenheit, weil sie sich zu einem Kurs an so einem Institut angemeldet hatte, der all ihre Zeit in Anspruch nehmen würde. Ich bot ihr wie üblich an, sie nach Bath zurückzufahren. Sie sagte, sie hätte bereits ein Taxi bestellt. Die Botschaft war klar und deutlich. Wir haben uns nach der Stunde nicht mal mehr die Hand gegeben.«

»Wann sind Sie aus Brüssel zurückgekommen?«

»Sonntag abend, spät.«

»Und Sie haben Britt nicht wiedergesehen?«

»Nein.«

»Und hatten auch keinen Kontakt mehr zu ihr?«

»Keinerlei.«

»Schildern Sie mir noch einmal, was Sie am Donnerstag, dem 18. Oktober 1990, gemacht haben, dem letzten Abend im Leben von Britt Strand.«

»Ich habe einen ruhigen Abend mit einer Freundin verbracht.«

»Die junge Frau, die kurz danach an Meningitis gestorben ist?«

»Das ist richtig. Wenn sie noch leben würde ...«

»Dann würden wir jetzt nicht dieses Gespräch führen, Sir. Sie hätten ein wasserdichtes Alibi.« Diamond war in bester Kampfeslaune. Die Gefahr, das wußte er, lag darin, daß er zu dominant werden und seinen Widersacher zum Verstummen bringen könnte. »Ihrer Aussage von damals zufolge waren Sie an dem Mordabend in der Wohnung auf der Walcot Street mit jener jungen Frau. Wie hieß sie?«

»Kelly McClure.«

»Könnte jemand anders das bestätigen?«

»Das habe ich Ihnen damals schon gesagt. Nein.«

»Pech. Ich tue für Sie, was ich kann. Sie haben mir eine wichtige Information geliefert, die sich als richtig erwiesen hat, und als Gegenleistung kann ich wenigstens versuchen, Ihnen zu helfen.«

»Was für eine Information war das?« fragte Martin, durch die plötzlich geänderte Taktik verunsichert.

»Was Britt Ihnen über ihren Vermieter erzählt hat. Daß er sie belästigte, mit Geschenken überhäufte und so weiter. Das stimmte. Ich habe es überprüft. Sie müssen für Britt ein guter Zuhörer gewesen sein, daß sie so offen mit Ihnen geredet hat.«

Martin nahm das Kompliment nicht an. »Damit wollte sie mir nur zu verstehen geben, daß ich die Finger von ihr lassen soll. Als sie mir das erzählte, hat sie nicht gerade schmeichelhaft über Männer im allgemeinen gesprochen.«

»Sie haben uns auch auf einen anderen Mann in ihrem Leben aufmerksam gemacht: GB, den Punker.«

»Das war keine richtige Beziehung«, sagte Martin. »Sie hat ihn benutzt.«

»Hat sie Ihnen das erzählt?«

»Deutlicher hätte sie es nicht sagen können.« Jetzt, da er selbst nicht mehr so im Rampenlicht stand, wurde er redseliger. »Sie war eine verdammt gute Journalistin, die für eine Story professionell einem Kontaktmann schöne Augen gemacht hat. Sie arbeitete an einem Artikel über die Punker in Bath.«

»Ich weiß. Sind Sie sicher, daß sie mit Ihnen nicht das gleiche Spielchen gespielt hat?«

Er runzelte die Stirn. »Welches Spielchen?«

Diamond entwickelte eine Theorie, über die er weder mit Julie noch mit sonst jemandem geredet hatte, und zwar aus dem einfachen Grund, weil sie ihm gerade erst in den Sinn gekommen war: »Wie Sie gerade sagten: einem Kontaktmann schöne Augen machen.«

»Was hätte ich ihr denn erzählen können?«

»Das frage ich Sie, Mr. Martin. Springreiten ist ein Sport der Reichen, für den sich ganz bestimmt auch die Hochglanzmagazine interessieren, an die sie ihre Artikel verkaufte. Sie war selbst eine gute Reiterin und hat wahrscheinlich die Karrieren der besten Reiter des Landes verfolgt, also auch Ihre. In jedem Profisport gibt es Skandale, und um darüber was in Erfahrung zu bringen, wären Sie eine ausgezeichnete Quelle.«

Martin klang skeptisch. »Ach ja?«

Diamond, der keine Ahnung von der Welt des Reitsports hatte, mußte tief in seinem Gedächtnis kramen: »Zum Beispiel das Doping von Pferden. Da gab es doch mal so ein schmerzstillendes Mittel, das man den Tieren verabreicht hat, wie hieß das noch gleich?«

»Das ist doch Schnee von gestern.« Martin wehrte das Thema mit schneidender Schärfe ab.

Ungerührt sagte Diamond: »Aber was die Auflagen der Zeitschriften, für die Britt geschrieben hat, wirklich in die Höhe treibt, sind nicht die Geschichten über unsere vierbeinigen Freunde, sondern über menschliche Schicksale. Das, was manche Menschen bereit sind zu tun, um groß rauszukommen. Ich wette, sie könnten da so einiges erzählen.«

»Wenn ich das täte«, sagte er, »wäre ich weg vom Fenster. Meinen Sie, ich würde meine Karriere ruinieren?«

»Wenn Sie das getan hätten, hätten Sie ein Mordmotiv.«

»Was?«

»Sie liefern ihr die schmutzigen Fakten, bereuen es später, gehen hin und bringen sie zum Schweigen.«

»Nein.« Martin schlug mit der Faust auf den Vordersitz. »Ich habe Ihnen die Wahrheit gesagt. Britt war weder an mir noch an meinem Beruf interessiert. Sie ist nur zum Reiten gekommen. Sie hat mir gefallen, ich habe sie ein paarmal nach Hause gefahren, aber sie hat mir unmißverständlich klargemacht, daß sie in Ruhe gelassen werden wollte. Ist das denn so schwer zu begreifen?«

Es war plötzlich dunkel geworden. An manchen Oktoberabenden gibt es einfach keine Dämmerung. Alle anderen Wagen waren weg, bis auf einen Range Rover, der wohl Martin gehörte. Und noch immer war nichts Wesentliches bei diesem Gespräch herausgekommen. Verbissen fing Diamond an, das Netz für einen weiteren Fischzug auszuwerfen.

»Also gut, Mr. Martin. Ich akzeptiere das, was Sie mir erzählt haben. Sie waren nicht mit ihr im Bett. Sie haben ihr kein Material für eine Story geliefert. Sie haben Sie nicht ermordet.« Das ließ er erst mal sacken, bevor er weiterredete. »Sie sind nach wie vor ein Zeuge, und Sie könnten ein entscheidender Zeuge sein. In dem letzten Monat ihres Lebens haben Sie öfter mit ihr geredet. Sie haben mir von den anderen Männern erzählt, die sie erwähnte ... Billington und GB. Gab es da noch jemanden?«

Martin überlegte einen Moment und sagte: »Nein.«

Diamond ließ nicht locker. »Ich habe Sie schon einmal gefragt, ob sie je von John Mountjoy gesprochen hat.«

»Ich habe nichts von seiner Existenz gewußt, bis ich hörte, daß er verhaftet worden war.«

»Gut. Hat sie indirekt jemanden erwähnt, ohne seinen Namen zu nennen, irgendeinen Mann, mit dem sie ausging?«

»Nein.«

»Vielleicht jemand, der sie beobachtete, jemand, den sie noch nicht mal kannte? Hatten Sie den Eindruck, daß sie das Gefühl hatte, bedroht zu werden?«

»Nein. Ganz im Gegenteil. Sie hatte so ein ungemein selbstbewußtes Auftreten.«

»Als hätte sie ihr Leben völlig im Griff?«

»Ja. Aber ...« Er stockte.

In der Dunkelheit neben Martin wartete Peter Diamond.

»Einmal hat sie gesagt, daß sie – wie hat sie das ausgedrückt? – daß sie niemandem verpflichtet sein wollte. Ich glaube, ich hatte ihr angeboten, das Geld für die Reitstunden zu vergessen, das sie mir schuldete. Sie bestand darauf, es zu bezahlen. Sie sagte, daß ihr einmal jemand in in einer schwierigen Situation geholfen habe. Sie sagte so etwas in der Art, daß Hilfsbereitschaft den Nutznießer irgendwie verpflichtet.«

»Hat sie einen Namen genannt?«

»Nein.«

»Ein Mann?«

»Ja, den Eindruck hatte ich.«

»Und er machte ihr Ärger?«

Martin schüttelte den Kopf. »So hat sie es nicht ausgedrückt. Ich versuche, mich zu erinnern, was sie gesagt hat. Ich hatte jedenfalls das Gefühl, daß sie wenige Jahre zuvor eine schwere Krise durchgemacht hatte.«

»Hier, in England?«

»Ich glaube, ja. Es muß hier gewesen sein, weil sie über ihn redete, als wäre er noch irgendwo hier in der Nähe. Er hat ihr wohl über diese Krise hinweggeholfen und ist dabei ein Risiko eingegangen. Sie hatte das Gefühl, in seiner Schuld zu stehen, und das behagte ihr nicht.«

»Sie machte sich Sorgen, daß er die Schuld sozusagen einfordern könnte?«

»Ich weiß nicht.«

»Und das war alles?«

»Vielleicht habe ich es jetzt als zu wichtig dargestellt. Es war nur so dahingesagt ...«

Diamond fiel ihm abrupt ins Wort. »Sie können jetzt gehen.« Er beugte sich vor und stieß die Wagentür auf.

Als sie wieder zu war, wies Diamond Julie an: »Conkwell. Wir fahren nach Conkwell.«

Sie fragte, ob er vor auf den Beifahrersitz kommen wolle.

»Nein«, sagte er. »Wir müssen uns beeilen. Wir haben nicht mehr soviel Zeit, wie ich dachte.«

24

Als sie sich dem Weston-Pub näherten, sahen sie Bremslichter aufleuchten: der allabendliche Stau auf diesem Abschnitt der Upper Bristol Road. Diamond war ungeduldig. Er fragte, ob sie nicht irgendeine Abkürzung nehmen konnten.

»Die beste Möglichkeit ist die Windsor Bridge«, schlug Julie vor. »Die wollte ich ohnehin nehmen. Wieso nach Conkwell?«

»Mm?«

»Sie wollen, daß ich Sie nach Conkwell fahre. Ich habe gefragt, wieso, mehr nicht.«

»Wissen Sie denn nichts mehr?« tadelte er sie. »Da hat Jake Pinkerton sein Aufnahmestudio. Im Wald bei Conkwell.«

Sie sagte eisig: »Ich war nicht dabei, als Sie mit Pinkerton geredet haben.«

»Und wo waren Sie?«

»Wissen Sie denn nicht mehr?« wiederholte sie seine Worte, allerdings mit einem harmloseren »nicht« statt des polemischen »nichts«. »Ich mußte zu Prue Shorter, sehr zu meinem Bedauern. Ich habe mich noch nie mit einem Popstar unterhalten.«

»Sie haben nichts verpaßt«, sagte er.

Sie atmete tief ein. »Vor zehn Jahren wäre ich Ihnen für diese Bemerkung an die Gurgel gegangen. Ich hatte ein Poster von ihm über meinem Bett hängen.«

»Ein Himmelbett?«

Sie entspannte sich und lachte: »Damals hätte ich nichts dagegen gehabt.«

»Die meisten Popstars sind ein bißchen blöd.«

»Er muß schon zwei und zwei zusammenzählen können, sonst hätte er sich nicht so lange gehalten.« Sie fädelte sich in die rechte Autoschlange ein, die darauf wartete, die Brücke zu überqueren. »Sie möchten also darauf wetten, daß Jake Pinkerton der Mann war, der Britt bei ihrem mysteriösen Problem geholfen hat?«

»Darauf kann man nicht wetten«, sagte er, »weil es eine mathematische Gewißheit ist. Wir wissen, daß diese Person ein Freund war, männlich, hier in der Nähe wohnt, in der Lage war, Britt zu helfen, und sie schon einige Jahre vor dem Mord kennengelernt hat. Wie viele Übereinstimmungen sind das?«

Sie verweigerte die Antwort.

»Es paßt alles zusammen«, sagte Diamond. »Als ich die Mädchen mit den Rosen auf der Pferdebeerdigung gesehen habe, mußte ich an etwas denken, das mir Pinkerton erzählt hat, daß nämlich irgendein Idiot – ich glaube, er sagte Trottel – ein Dutzend rote Rosen zu Britts Beerdigung geschickt hat. Deshalb hatte ich Pinkerton im Kopf, verstehen Sie.«

»›Trottel‹ ist vermutlich genau das richtige Wort«, sagte Julie. »Wie unsensibel!«

»Es sei denn, es war Absicht«, bemerkte Diamond. »Es sei denn, der Mörder hat sie geschickt.«

»Ist das wahrscheinlich?«

»Ob wahrscheinlich oder nicht, es ist jedenfalls möglich.« Er sah nach vorn auf die Wagenschlange. »Fahren Sie. Es wird grün. Wir haben es schließlich mit einem Irren zu tun, der eine Leiche in ein Blumenarrangement verwandelt, wieso also sollte er nicht auch noch Blumen zur Beerdigung schicken?«

Hinter der Windsor Bridge rollte der Verkehr wieder, doch er blieb weiter dicht. Sie kamen gut auf der Lower Bristol Road voran, aber an der Kreuzung zur A 36 sahen sie einen weiteren Stau vor sich. Diamond trommelte mit den Fingern auf die Kopfstütze vor ihm. »Haben wir eine Taschenlampe dabei?« fragte er.

»Ich hab nicht nachgesehen«, sagte Julie.

»Wir werden eine brauchen.«

Es ging weiter, und in Limpley Stoke hielten sie kurz an, um eine ordentliche Taschenlampe mit kräftigem Lichtstrahl zu kaufen, den sie an der Wand des Pubs auf der anderen Straßenseite testeten. Mittlerweile war es stockfinster.

»Kennen Sie den Weg von hier aus?« fragte Diamond, als Julie weiterfuhr.

»Ich glaube, ich weiß, wie man nach Conkwell kommt«, sagte sie. »Ich bin oft an dem Wegweiser an der Winsley Road vorbeigefahren.«

»Es gibt einen schönen Wanderweg nach Conkwell«, sagte er. »Man geht vom Dundas-Aquädukt los, über ein weites Feld und dann einen steilen Pfad rauf in den Wald. Aber nicht heute.«

Ein weiterer Einblick in sein Privatleben? »Ich wußte gar nicht, daß Sie gern wandern«, bemerkte Julie.

»Mein Nachbar«, erklärte er. »Stiefel, Rucksack, Wanderhut, Spazierstock, alles dabei. Der Schwachkopf!«

Sie sahen die Abzweigung und bogen in eine schmale Landstraße, die zwischen hohen Hecken verlief. Die Sicht wurde durch Nebel behindert; das Fernlicht verstärkte dessen Wirkung noch. Julie begnügte sich mit dem Abblendlicht, bei dem man rund zwanzig Meter weit sehen konnte. Unter diesen Bedingungen mit vierzig Meilen pro Stunde zu fahren, schien der reine Wahnsinn. Die Straße war so eng, daß sie noch nicht mal einen Fahrradfahrer hätten überholen können. Unter Aufbietung aller Selbstbeherrschung hielt Diamond den Mund, damit Julie sich konzentrieren konnte. Er beschäftigte sich damit, durch reine Willenskraft alle anderen Verkehrsteilnehmer dazu zu zwingen, dieser schmalen Straße in den nächsten fünf Minuten fernzubleiben und gleichzeitig Julie dazu zu bringen, den Fuß auf dem Gaspedal zu halten.

Nach ungefähr einer Meile tauchten vor ihnen ein paar Häuser auf. Ein Schild warnte davor, daß es keine Wendemöglichkeit gab, also fuhren sie auf einen Grasstreifen und stiegen aus. Die Taschenlampe sollte ihnen gute Dienste tun.

Conkwell ist ein kleiner Weiler mit steinernen Cottages, die rund vierzig Meter hoch am steilen Hang des Avon-Tales liegen. Ein Besuch des Örtchens bei Tage ist herrlich, des Nachts dagegen eher beängstigend. So früh am Abend brannte noch in etlichen Fenstern Licht. Diamond klopfte am erstbesten Haus an und bat den älteren Herrn, der an die Tür kam, ihnen den Weg zum Aufnahmestudio zu beschreiben. Der Mann wußte, was sie meinten. Sie erfuhren, daß es kaum eine Meile entfernt lag, aber er riet ihnen davon ab, bei Dunkelheit durch den Wald zu gehen.

Sie dankten ihm und schlugen, seinen Rat mißachtend, einen Fußweg ein, der aussah, als führte er in einen Privatgarten, sie aber gleich darauf in den Wald von Conkwell brachte. Diamond erhellte den Weg mit der Taschenlampe und stapfte durch das zentimeterhohe Laub voraus. »Zu gewissen Zeiten im Jahr kann man noch immer Nachtigallen hören«, informierte er Julie, als marschierten sie über einen Waldlehrpfad. Dann fügte er hinzu: »Das hat mir mein Nachbar erzählt.« Das einzige

Geräusch, das sie an diesem Abend hören konnten, war das stetige Rauschen des Verkehrs auf der A 36 unten im Tal. Gelegentlich sahen sie Scheinwerfer leuchten, denn rechts von ihnen ging es steil abwärts.

Diamond war noch nicht zu Ende mit dem Thema Nachtigallen. »Heutzutage muß man in dieser Gegend wohl eher damit rechnen, daß einem laute Rockmusik das Trommelfell zerfetzt.«

»Das glaube ich nicht«, erwiderte Julie. »Das Studio ist bestimmt schallisoliert.«

In regelmäßigen Abständen leuchtete er mit der Taschenlampe weiter voraus, aber vorläufig konnten sie lediglich gleichförmige Baumstämme und Büsche ausmachen, nur daß einige Bäume abgestorben waren, in bizarren Winkeln gegen die Äste ihrer Nachbarn lehnten und von Kletterpflanzen umrankt waren. Der Pfad war einigermaßen frei, wohl weil er regelmäßig von Wanderern und Reitern benutzt wurde, aber auf beiden Seiten säumte ihn dichtes Gebüsch, hauptsächlich Brombeersträucher. Einmal schreckten sie einen schlafenden Vogel auf, der sich kreischend ein sichereres Plätzchen suchte.

Nachdem sie einige Minuten gegangen waren, ganz behutsam, um nicht über versteckte Steine zu stolpern, kamen sie an einem hohen Maschenzaun vorbei, der oben mit Stacheldraht gesichert war. Eine genauere Untersuchung im Schein der Taschenlampe ergab, daß er zu verrostet war, um zu Jake Pinkertons Anwesen zu gehören, der das Studio erst Mitte der achtziger Jahre hatte bauen lassen. Der Pfad führte an dem Zaun entlang, und sie gingen weiter.

Pinkertons Zaun, der schließlich in Sicht kam, war höher, rostfrei und oben elektrisch gesichert. Auf einem Schild war der Name eines Wachdienstes zu lesen. Sie gingen herum und suchten nach dem Eingang. Von Zeit zu Zeit leuchtete Diamond mit der Taschenlampe durch den Zaun.

»Suchen Sie was Bestimmtes?« fragte Julie.

»Vielleicht«, murmelte er. »Aber es wird gut versteckt sein.«

»Schwierig, nur mit einer Taschenlampe.«

»Ja.«

Einen Augenblick später, als sie fast den höchsten Punkt des Waldes erreicht hatten, lösten sie zwei Flutlichtstrahler aus.

Geblendet und wie erstarrt blieben sie stehen, wie Kaninchen auf der Autobahn: Sie hatten den Eingang gefunden. Eine relativ breite Straße führte hinauf zum Studio.

»Dann hätte ich mir meine Schuhe also nicht ruinieren müssen«, bemerkte Julie, bemüht, die Situation herunterzuspielen und die Fassung wiederzugewinnen.

Diamond hörte gar nicht zu. Er hatte einen Kasten mit einer Sprechanlage und einer Überwachungskamera darüber entdeckt. »Polizei«, sagte er, als der Lautsprecher knisterte, »wir möchten zu Mr. Jake Pinkerton.«

»Mr. Pinkerton ist schon weg«, antwortete eine Stimme.

»Wir möchten trotzdem hereinkommen.«

»Dann warten Sie, bis die Schranke aufgeht.«

Sie gingen durch ein Sicherheitstor. Weiter vorne öffnete ein Mann mit Schirmmütze und in einer schwarzen Uniform mit Silberknöpfen eine Tür und fragte, ob er ihnen irgendwie helfen könne – aber in einem Tonfall, der eher Abwehr als Hilfsbereitschaft signalisierte. »Ich bin sicher, daß Sie das können«, sagte Diamond, der selbst schon eine ähnliche Arbeit gemacht hatte und wußte, wie man in dieser Branche mit unangemeldeten Besuchern umzugehen pflegte. »Das ist Inspector Hargreaves, und mein Name ist Diamond. Zeigen Sie ihm bitte Ihre Dienstmarke, Julie. Wie lange ist Mr. Pinkerton schon weg?«

»Mindestens eine Stunde.«

»Wollte er nach Hause?«

»Das kann ich nicht sagen, Sir.«

»Ich vermute, er hat ein Autotelefon«, warf Julie ein.

»Gute Idee«, sagte Diamond und wies den Wachmann an: »Teilen Sie ihm lieber mit, daß wir hier sind. Ist sonst noch jemand im Gebäude?«

»Zwei von den Studios sind belegt. Eine Band macht gerade Aufnahmen.«

»Reguläre Mitarbeiter, meinte ich.«

»Der leitende Toningenieur ist mit dem Studiomanager im Kontrollraum, aber die möchten nur in extrem dringenden Fällen gestört werden.«

»Dann wollen wir sie nicht belästigen. Sie können mir zeigen, was ich sehen möchte, Mr., äh, Humphrey. Sind Sie zufällig

Expolizist?« Nach dem Prinzip, daß man mehr Erfolg hat, wenn man Leute mit Namen anspricht, war Diamond dicht genug an Cyril Humphrey herangetreten, um dessen Namensschildchen lesen zu können.

Der Wachmann lief puterrot an. »Ich kann Ihnen nicht helfen. Ich weiß absolut nichts über die Arbeitsweise der Studios.«

»Die Studios interessieren uns nicht«, sagte Diamond, in dem Bewußtsein, daß er nur für sich selbst sprach, nicht für Julie. »Ich möchte sehen, wo hier die Wagen geparkt sind.«

»Das ist hinten.«

»Dann würden wir gern nach hinten gehen.«

Wie sich herausstellte, hatten sie auf dem Weg zum Parkplatz einen vorzüglichen Blick in die Studios, weil die moderne Architektur für Aufnahmeräume riesige Fenster bevorzugt, wo man früher schalldämmende Wandverkleidungen für nötig hielt. Die Künstler müssen sich nicht mehr wie in einem Bunker fühlen. Somit war die Proben- und Aufnahmearbeit für jeden sichtbar, der an dem Fenster vorbeiging; deshalb vermutlich auch die scharfen Sicherheitsvorkehrungen. Im Moment jedoch schien keiner irgend etwas zu tun; langhaarige Jugendliche lümmelten gelangweilt herum und tranken aus Pappbechern.

»Der Parkplatz ist hier entlang«, teilte Humphrey ihnen mit.

Ungefähr zehn Fahrzeuge standen auf einem geteerten Rechteck, auf dem ungefähr dreimal so viele Platz gefunden hätten. Diamond leuchtete sie rasch mit der Taschenlampe ab. »Stellt der Boß seinen Wagen hier ab?«

»Mr. Pinkerton? Nein, Sir. Er hat eine Privatgarage auf der anderen Seite.«

»Die würden wir gern als nächstes sehen.«

»Ausgeschlossen. Sie geht elektronisch auf.«

»Von außen, meinen Sie.«

»Ja, er hat einen Sensor im Wagen.«

»Der den Mechanismus auslöst?«

»Ja. Wir haben keinen zweiten.«

»Wenn die Tür sich geöffnet hat und er reingefahren ist, schließt sie sich wieder hinter ihm?«

»Ja, Sir.« Cyril Humphrey schien äußerst zufrieden mit sich zu sein, daß er das Prinzip vermittelt hatte – und die Unmöglichkeit, sie in die Garage zu lassen.

»Also muß es eine Innentür geben«, sagte Diamond, »die in sein Büro führt, richtig? Dann werden wir jetzt alle reingehen und auf diesem Weg in die Garage gelangen.«

»Ich kann das unmöglich verantworten, Sie in Mr. Pinkertons Büro zu lassen. Nicht ohne Genehmigung.« Eine Machtprobe bahnte sich an.

»Das Büro ist uns völlig egal«, sagte Diamond. »Wir wollen die Garage sehen.«

»Sie ist leer.«

»Ich sagte, die Garage, nicht den Wagen.«

»Sie könnten ihn anrufen«, rief Julie dem Mann ins Gedächtnis.

Die Aussicht, Pinkerton mitzuteilen, daß die Polizei einen Blick in seine Garage werfen wollte, ließ Humphrey zurückschrecken. Er führte sie ins Gebäude, über einen mit Teppichboden ausgelegten Gang, in dem moderne Gemälde hingen, durch ein Sekretariat und hinein ins Allerheiligste, einen Raum, der wie die Kulisse für eine Wagner-Oper wirkte, ganz in Schwarz und Silber gehalten, mit eisenbeschlagenen Thronsesseln (als Stühle konnte man sie nicht bezeichnen), einem riesigen runden Eisentisch, zu Lampen umfunktionierten Kohlenpfannen und Ritterrüstungen an den Wänden.

Sie wurden zu einer Stelle an der schwarzen Wand geleitet, wo eine Tür kunstvoll versteckt war. Dann einige Stufen hinunter in Jake Pinkertons Privatgarage, einen sauberen, betonierten Raum mit Platz für vier Fahrzeuge.

»Sehen Sie?« sagte Humphrey. »Nichts drin.«

Diamond machte einen kurzen Rundgang und sagte dann: »Ist das die einzige Garage? Was ist mit den anderen Oberbossen? Haben die eine Möglichkeit, ihre Wagen unterzustellen?«

»Das ist die einzige.«

»Dann vielen Dank. Welche Sicherheitsvorrichtungen haben Sie draußen?«

Humphrey blickte unbehaglich drein. »Was meinen Sie – den Zaun?«

»Das gesamte Gelände. Hundepatrouillen? Scheinwerfer? Alarmsysteme?«

Er antwortete zurückhaltend: »Ein wirkungsvolles System.«

»Kann ich über das Gelände gehen, ohne daß mir gleich ein Dobermann an die Gurgel springt?«

Humphrey begriff, daß er es mit einem Exzentriker zu tun hatte. »Sie wollen nach draußen, aufs Gelände? Das ist unmöglich.«

»Warum?«

»Na ja, erstens einmal ist es verwildert. Dickicht.«

»Das wissen wir. Wir sind am Zaun entlanggekommen. Bringen wir's hinter uns, Mr. Humphrey. Wir haben keine Zeit mehr.«

»Da kann man nicht herumspazieren«, versuchte Humphrey, ihn zur Vernunft zu bringen. »Und da ist auch nichts.«

»Wird es aber bald«, erwiderte Diamond. »Da werden nämlich Inspector Hargreaves und ich sein, mit unserer Taschenlampe und jedem, der bereit ist mitzukommen. Sie werden eine Lampe brauchen, falls Sie mitkommen. Zwei Lampen wären eigentlich noch besser.«

Unfähig zu begreifen, wieso diese Leute gekommen waren, um ihn zu quälen, gab Humphrey auf. Er führte sie zurück zu dem Sicherheitskontrollraum in der Nähe des Eingangs, um die Lampen zu holen. »Was suchen Sie eigentlich?«

»Die untergegangene Stadt der Inkas«, brummte Diamond.

»Da draußen? Da ist nichts, glauben Sie mir.«

»Woher wissen Sie das, wenn nie einer rausgeht?«

»Nun ...«

»Wenn dort vor sechs Jahren was versteckt worden ist, muß es mittlerweile völlig überwuchert sein.« Er führte sie um das Gebäude und schwenkte dabei die Taschenlampe, bis sie die Stelle erreichten, wo das Buschwerk bis auf wenige Meter an den Parkplatz heranreichte. Entfernungen sind im Dunkeln schwer abzuschätzen, aber er vermutete, daß das Studio in einem Areal von der Größe eines halben Fußballfeldes lag, und der größte Teil lag hinter den Gebäuden.

Das Gestrüpp bildete eine stachlige, bedrohliche Sperre. Diamond nahm sich einen Stock und schlug eine Bresche durch zwei Büsche. Er tauchte hinein, fluchte leise und kehrte mit zwei kräftigen Stöcken für Julie und Humphrey zurück. Aber bevor die Expedition losging, kamen Leute aus den Studios, die wissen wollten, was los war. Die Popkünstler fanden es eine »geile Sache« und wollten bei dem Spaß dabeisein. Ebenso ein paar von den Technikern. Diamond hatte die gute Idee, drei Wagen zu requirieren, die so positioniert wurden, daß ihre Scheinwerfer das Gestrüpp anstrahlten. Das Ganze nahm den Charakter einer polizeilichen Suchaktion an, wobei Diamond die Helfer in einer Reihe aufmarschieren und das Gelände durchkämmen ließ.

Eine Zeitlang war nur das Rascheln von Schuhen im Laub zu hören, unterbrochen von Hackgeräuschen und gelegentlichen Rufen, wenn einer irgendein Stück Abfall gefunden hatte. Es war kalt und ungemütlich, aber die Helfer waren gutgelaunt bei der Sache, da es für sie eine Abwechslung bedeutete. Schließlich rief einer aus der Popgruppe von links außen: »Und was mache ich jetzt?«

»Wieso, was ist denn?« rief Diamond hinüber.

»Hier geht's nicht weiter.«

»Warum nicht?«

»Hier ist so eine Art Schuppen.«

»Ich komme.«

Als er dort war, hatten die anderen sich schon versammelt. Tatsächlich stand dort ein gemauerter Schuppen mit einem verrosteten Blechdach und so überwuchert, daß man ihn unmöglich vom Studio oder vom Zaun aus hätte sehen können. Sie mußten Unmengen von Efeu und Kletterwinden losreißen, um an die Tür zu gelangen. Ein stark verrostetes Vorhängeschloß ließ sich leichter entfernen als einige der Pflanzen, und die Tür zerbarst in zwei Teile, als sie sie aufzerrten.

Die Lampen leuchteten in das dunkle Innere. Jemand fragte: »Haben wir danach gesucht?«

Das Licht erfaßte eine gewölbte Fläche, die den eingedellten Chromring eines Autoscheinwerfers umschloß. Das Glas war bis auf wenige Scherben entfernt worden. Diamond beugte sich vor und wischte über die Mitte der Motorhaube. Sie war rot, und über einer schwarzen Stoßstange war das achteckige MG-

Zeichen zu erkennen. Sein Puls beschleunigte sich. Er bückte sich tiefer und entfernte eine Schicht aus Dreck und Moos vom Nummernschild. Das Kennzeichen war das, das er gesucht hatte: VPL 294S. Vor ihm stand Britt Strands Wagen, der seit 1988 nicht mehr benutzt worden war.

»Ich brauche mehr Licht«, befahl er und zwängte sich zwischen Schuppenwand und Wagenflanke, wischte Staub und vermodertes Laub weg, das seit Jahren durch die Löcher im Dach gefallen sein mußte. Julies Taschenlampe ermöglichte ihm eine bessere Sicht.

»Der Kotflügel auf der Beifahrerseite ist beschädigt, sehen Sie?« sagte er. »Er hat eine tiefe Beule. Wie sieht die andere Seite aus?«

Irgend jemand leuchtete dorthin und sagte: »Hier ist alles in Ordnung.«

»Tja, der Scheinwerfer hier ist gesplittert und die Stoßstange eingedrückt«, stellte Diamond fest. »Der Wagen ist ganz eindeutig irgendwo gegen geprallt.« Er blickte zu Julie auf. »Das war's dann. Wieviel Zeit haben wir noch?«

Sie sah auf ihre Uhr. »Bis Mitternacht? Knapp vier Stunden.«

25

Samantha tauchte langsam aus dem Schlaf auf und spürte einen warmen Lufthauch auf ihrem Gesicht. Es war ein angenehmes Gefühl, vor allem weil ihr übriger Körper so kalt war – angenehm, bis ihr allmählich bewußt wurde, daß die Wärme, die sie empfand, menschlicher Atem war. Sie konnte sogar das scharfe Ein- und das langsame Ausatmen hören. Entsetzt öffnete sie die Augen und sah nichts. Um sie herum herrschte völlige Dunkelheit. Unmöglich festzustellen, wer da atmete und wie nah er ihr war. Aber sie hatte sich nicht getäuscht. Der ruhige, rhythmische Lufthauch hielt an.

Sie wollte sich abwenden und stellte fest, daß es nicht ging. Sie war an Händen und Füßen gefesselt. Ihr fiel wieder ein, warum und wo sie war. Nach ihrem Versuch, auf dem Hotelbalkon auf sich aufmerksam zu machen, und nachdem sie von Mountjoy zu Boden gerungen worden war, hatte er sie in das Zimmer geschleift und fester als zuvor gefesselt. Er war außer sich vor

Wut gewesen und ziemlich brutal geworden, so daß er beim Festzurren der Knoten vor Anstrengung geächzt hatte. Diesmal hatte er sie noch dazu mit einem Stück Klebeband geknebelt. Dann hatte er sie auf dem Boden liegenlassen, und sie war darauf gefaßt gewesen, daß er sie treten oder schlagen würde. Sie war noch immer von der Hüfte aufwärts nackt.

Aber nachdem er sie sicher verschnürt hatte, war er weggegangen. Irgendwann später mußte er wohl eine Decke über sie gelegt haben.

Und jetzt diese lautlose Annäherung. Es war das erste Mal, daß er sich so angeschlichen hatte. Bis jetzt hatte er sie respektiert – wenn man bei jemandem, der einen gefangenhält, überhaupt von Respekt reden konnte. Er hatte keine sexuellen Annäherungsversuche gemacht, sie nie in schamverletzender Weise berührt.

Das Atmen wurde schneller.

Sie verkrampfte sich.

Sie spürte seine Hand auf ihrer Schulter.

Er sagte: »Bist du wach?«

Sie konnte durch den Knebel nicht antworten und hätte ohnehin nicht gewußt, was sie sagen sollte.

»Einfach nicken.«

Sie gehorchte. War er ihr vielleicht nur deshalb so nahe gekommen, weil er prüfen wollte, ob sie noch atmete?

Er fing an, ihr das Klebeband vom Mund zu ziehen, eine Hand an ihre Wange gelegt, um ihren Kopf festzuhalten. Er warnte: »Wenn du schreist, gibt's nichts zu essen.«

Ihr Gesicht brannte. Gierig sog sie Luft ein. Sie hatte einen widerwärtigen Geschmack im Mund.

Er befreite ihre Hände und legte etwas hinein: eine Banane. Sie schälte sie. Sie war ausgehungert.

Er sagte: »Ich habe die da unten beobachtet. Jaja, die wissen, daß wir hier sind, dank deiner Mätzchen. Sie haben den Verkehr umgeleitet und auf sämtlichen umliegenden Dächern ihre Leute postiert.«

Innerlich jubelte sie. Jemand mußte gesehen haben, wie sie ihr T-Shirt geschwenkt hatte. Sie verschlang die Banane mit drei Bissen. Ihre Lippen waren von dem Knebel taub. Sie betupfte sie mit den Fingerspitzen und sagte so harmlos wie möglich: »Und was passiert jetzt?«

Er sagte: »Woher soll ich das wissen?«

»Was erwarten Sie?«

»Ich werde dir verraten, was ich erwarte«, sagte er verbittert. »Ich erwarte, daß dieser fette Detective mir die Gerechtigkeit verschafft, die er mir schuldet. Wo ist der bloß? Ich kann ihn da unten nirgends entdecken.«

Der leicht hysterische Unterton in seiner Stimme machte ihr angst. Das einzige, was sie tun konnte, war, ihn möglichst bei Laune zu halten und zu beten, daß die Polizei nichts unternahm, was ihn vollends in Panik versetzen würde. Irgendwo hatte er noch immer eine Pistole.

Sie dachte an ihren Vater und sandte ein zusätzliches Gebet gen Himmel, daß er die Polizeiaktion nicht leiten möge. Daddy war nicht in der Lage, sich ruhig und leidenschaftslos zu verhalten. Er würde es nicht schaffen, diese Situation friedlich zu beenden.

Mountjoy sagte: »Wir müssen umziehen.«

»Schon wieder?«

Er hatte wohl die Verzweiflung in ihrer Stimme gehört, denn er fügte hinzu: »Nicht in ein anderes Haus. Nur innerhalb des Gebäudes. Sie im ungewissen lassen.«

»Aber wo können wir denn hin?«

»Wo es sicherer ist, wo sie uns nicht überraschen können. Während du geschlafen hast, habe ich mich ein wenig umgesehen. Willst du was trinken?«

Sie bejahte schwach. Das hätte sie auch getan, wenn sie nicht durstig gewesen wäre. Jedes Angebot, zu essen oder zu trinken, mußte angenommen werden.

Er legte ihr eine Dose von irgendwas in die Hand. Sie ertastete den Ringverschluß, aber ihre Finger waren zu steif, um ihn hochzuziehen. Sie sagte ihm, daß sie die Dose nicht aufkriegte, und er öffnete sie für sie.

»Ich mache mir nichts vor«, gestand er. »Die sind für so was ausgebildet. Geiselnahme, meine ich. Die haben die modernste Überwachungstechnik. Abhörvorrichtungen. Könnte sogar sein, daß sie jedes Wort mithören, das ich jetzt sage.« Als hätte ihn seine eigene Überlegung erschreckt, verstummte er für eine Weile.

Sie trank ein paar Schlucke. Er sprach weiter. »Das alte Haus ist keine Festung. Es gibt Möglichkeiten, wie sie hier raufkommen können, bis hier ganz nach oben, ohne die Haupttreppe zu benutzen. Auf der Rückseite ist außen eine Feuertreppe, und es gibt Hintertreppen bis hinunter in den Keller. Oder sie könnten über die Balkone an der Fassade hochklettern. Sie könnten einen Kran oder einen Hubschrauber einsetzen.«

Samantha fand es ratsam, nichts zu sagen, während er in diesem Stil sprach. Wie Geiselnahmen beendet wurden, kannte sie nur aus dem Fernsehen: Tränengas und Spezialeinheiten, die mit Masken und Schutzanzügen das Gebäude stürmten.

Mountjoy sagte eine Spur zuversichtlicher: »Was sie daran hindert, ist, daß sie nicht wissen, in welchem Raum wir sind.« Er hielt inne, und erneut bemerkte sie sein geräuschvolles Atmen. »Weißt du, wo wir im Augenblick sind?«

Natürlich wußte sie das. Sie wußte nur nicht, wie sie auf eine solche Frage antworten sollte. »Irgendwo weit oben?«

»Höher geht's kaum«, sagte er. »Wenn man unten auf der Straße steht und hinaufschaut, ist es der Teil links außen mit dem Doppelgiebel. Hast du jemals an dem alten Hotel hochgeschaut?«

»Nicht oft«, sagte sie wahrheitsgemäß.

»Dann wüßtest du nämlich, wo ich dich gleich hinbringe. Es liegt am gegenüberliegenden Ende und sieht aus wie ein Türmchen mit Zinnen. Das ist dann wirklich der höchste Punkt. Da hinein führt bloß eine einzige Wendeltreppe. Ich kann jeden, den sie da hochschicken, mit meiner Pistole in Schach halten. Und nur für den Fall, daß es dich interessiert, da gibt es keinen Balkon. Steh auf.«

Er schaltete eine Taschenlampe an, und sie sah, daß er die Pistole in der anderen Hand hielt. Er befahl ihr, die Kabelstücke aufzusammeln und sich die Decke um die Schultern zu legen. Sie fragte, ob sie zuerst das T-Shirt anziehen dürfe, das sie, wie sie jetzt feststellte, als Kopfkissen benutzt hatte, und er war einverstanden. Sie nahm ihren Geigenkasten; sie würde ihn nicht hierlassen. Dann legte sie sich die Decke über den Rücken.

Sie gingen aus dem Zimmer und schlichen einen Gang entlang. Sie dachte, daß es eine einmalige Chance sei, sich zu orientieren, und sah sich um, aber ziemlich erfolglos, weil er den Strahl der Taschenlampe gesenkt hielt, auf einen Punkt knapp vor ihren Füßen gerichtet. Am Ende des Ganges wies er sie an, nach rechts und dann gleich wieder nach links zu gehen, wo der Lichtschein die ersten Stufen der Wendeltreppe erfaßte.

Als sie die Treppe hinaufstieg, wurde sie von Mutlosigkeit überwältigt. Was er gesagt hatte, war absolut richtig. Das Turmzimmer würde uneinnehmbar sein. Dort konnte sie niemand überraschen. Die eine Tür würde er mit seiner Pistole kontrollieren können. Die Situation mußte in einer tödlichen Schießerei enden. Wie sonst?

»Die Tür geradeaus.«

Auf der Treppe hielt er sich dicht hinter ihr, damit sie nicht nach ihm treten konnte. Er stieß sie mit der Pistole vorwärts. Oben angekommen, sah sie einen kurzen Gang mit drei Türen. Das Türmchen bestand nicht aus einem Raum, sondern war in drei aufgeteilt.

»Muß vom Personal bewohnt worden sein«, sagte Mountjoy, als sie das winzige Zimmer betraten. Irgendwie klang es fast so, als wollte er sich für die Unterbringung entschuldigen.

Das war die erste halbwegs freundliche Bemerkung, die er in den letzten Stunden von sich gegeben hatte. Samantha versuchte, ein Gespräch in Gang zu bringen. »Heutzutage würden sie eine Zwischenwand rausreißen, einen Whirlpool einbauen und das ganze Penthouse-Suite nennen.« Als der Lichtkegel durch den Raum huschte, sah sie, daß das Bogenfenster, das nach vorn ging, bis gut über Kopfhöhe mit Brettern vernagelt war. »Wenn man die wegnähme, hätte man bestimmt einen herrlichen Blick.«

»Wir sind hier, eben weil es vernagelt ist«, sagte er wieder feindselig. »Der Raum kann weder von der Abteikirche noch von sonstwoher eingesehen werden. Leg die Hände auf den Rücken.«

Mit der Höflichkeit war es vorbei. Er fing wieder an, sie zu fesseln, gründlich, aber nicht mehr so brutal.

»Müssen Sie mir wirklich die Beine fesseln?« fragte sie.

»Der Sinn der Sache ist schließlich, daß du in diesem Raum bleibst.« Aber diesmal knebelte er sie nicht. Als sie mit dem Rücken an der Wand auf dem Boden saß, das Kabel fest verknotet, breitete er die Decke über ihre Beine. »Ich seh mal nach, was sich tut.« Er ging aus dem Zimmer und durchquerte den Gang. Sie sah, wie recht er mit dem Türmchen hatte. Er konnte sie in diesem Raum festhalten, ohne daß sie von der Straße aus gesehen werden konnte. Vermutlich war das Fenster nebenan nicht vernagelt, so daß er es zur Beobachtung nutzen konnte.

Kurz darauf hörte sie ihn in dem anderen Zimmer rufen: »Diese Schweine!« Ihr Herz fing an zu rasen; alles, was Mountjoy aufregte, brachte sie in Gefahr. Im selben Moment erkannte sie den Grund seines Aufschreis: Ein starker Lichtstrahl drang durch den oberen freien Bereich des Bogenfensters ins Zimmer. Unten auf der Straße verwendeten sie starke Suchscheinwerfer.

Er kam wieder zurück. »Die sollten lieber versuchen zu verhandeln, statt uns mit Scheinwerfern zu belästigen.«

Sie vermutete: »Vielleicht wollen sie herausfinden, in welchem Teil des Gebäudes wir sind. Wie sollen sie denn verhandeln, wenn sie nicht wissen, wo wir sind?«

Er schwieg.

Der Einwand kam ihr recht konstruktiv vor. Sie faßte Mut und fügte hinzu: »Sie brauchen ein Handy.«

»Danke«, sagte er hämisch. »Wenn ich das nächste Mal aus dem Gefängnis abhaue, werde ich dran denken, mir eins mitzunehmen.«

»Ich wollte damit sagen, daß sie Ihnen wahrscheinlich irgendwie eins zukommen lassen. Sie werden einsehen, daß es vernünftiger ist zu reden.«

»Ach ja? Das kann ich mir richtig gut vorstellen.«

»Sie haben doch auch mit diesem Mr. Diamond geredet.«

»Und es hat mir einen Scheiß genützt.«

Sie war sich selbst nicht ganz schlüssig über Mountjoy. Einerseits wollte sie, daß die Situation ein Ende fand, aber sie verstand seine Lage; schließlich war sie ein Teil davon. So verängstigt und wütend sie auch war, daß sie wegen einer Sache, von der sie noch nie gehört hatte, von der Straße weggeholt und zur Geisel gemacht worden war, sie spürte, daß er einen triftigen

Grund dafür gehabt haben könnte. Und wenn es so war, hatte man ihn unschuldig jahrelang ins Gefängnis gesperrt. Sie wollte um ihrer selbst willen nicht, daß er verletzt oder getötet wurde. Sie wollte nicht den Rest ihres Lebens darüber nachdenken müssen, daß er niedergeschossen worden war, damit sie befreit werden konnte.

Sie konnte sich auch vorstellen, daß das Gefängnis die Ursache für seine fatalistischen Stimmungen war, aber das machte sie nicht erträglicher.

Sie versuchte, ihm einen anderen positiven Aspekt aufzuzeigen. »Ich bin sicher, daß Mr. Diamond sein möglichstes tut, um die Wahrheit herauszufinden, und ich ...«

Er unterbrach sie mitten im Satz. »Hörst du das?«

Sie lauschte vergeblich, aber Mountjoy schlich aus dem Zimmer und blieb oben an der Wendeltreppe stehen.

Samantha beugte sich so weit vor, wie das Kabel es zuließ. Sie meinte, einen schwachen Laut zu hören, war aber nicht sicher, ob er aus dem Innern des Gebäudes kam.

Mountjoy trat wieder ins Zimmer, Pistole in der Hand. Er sprach mit hoher hysterischer Stimme: »Ich werde dich wieder knebeln. Um sicherzugehen, daß du auch still bleibst. Irgendwo hier im Haus ist jemand.«

Sie reagierte schnell: »Das könnte doch Mr. Diamond sein.«

»Vor allen Dingen!« Er nahm die Rolle Klebeband und löste das Ende mit den Fingernägeln.

Samantha sagte: »Wenn Sie die Pistole benutzen, ist es aus mit Ihnen. Dann spielt die Wahrheit keine Rolle mehr.«

Er riß ein Stück Klebeband ab, preßte es ihr auf den Mund und sagte: »Ich bin inzwischen an einem Punkt angelangt, wo ich zu müde bin, um noch darüber nachzudenken. Die Scheißkerle erledigen mich doch sowieso.« Er stand auf und ging zur Wendeltreppe.

26

Inzwischen war die Entführung allgemein bekannt. Nachdem das Empire Hotel abgesperrt worden war, konnte das Presseembargo nicht mehr aufrechterhalten werden. Als erste brachten die Nachrichten von Channel Four um sieben Uhr abends

Bilder von Mountjoy und Samantha, gefolgt von einer Liveschaltung zu dem Platz vor dem Hotel und einem Interview mit dem Chief Constable der Polizei von Avon und Somerset, Duncan Farr-Jones, der betonte, daß der entflohene Häftling zwar ein Mörder sei und, wie man wußte, bewaffnet, die Polizei aber dennoch Maßnahmen vorbereite, die Geiselnahme rasch zu beenden – worauf er hinzufügte: »... wobei die Sicherheit von Miss Tott höchste Priorität hat.« Zu Mountjoys Überlebenschancen sagte er nichts.

Etliche hundert Bürger von Bath hatten ihre Wohnzimmer verlassen, um ein wenig Action mitzuerleben. Peter Diamond traf kurz nach acht am Orange Grove ein und sah, daß dort, wo am Nachmittag nur kariertes Absperrband gespannt worden war, jetzt Reihen von Polizisten in gelben Jacken mit reflektierenden Streifen standen, um an jedem möglichen Zugangspunkt zum Platz vor dem Hotel Neugierige zurückzuhalten. Die zahlreichen großen und kleinen, neben Bog Island geparkten Polizeibusse zeugten davon, daß man von überallher Verstärkung angefordert hatte.

Julie setzte ihn am Nordende der Pierrepont Street ab, wendete und fuhr davon. In dieser kritischen Phase mußten sie getrennt marschieren. Es gab noch immer Wichtiges zu überprüfen, aber am wichtigsten war die Überprüfung von Mountjoys Nervenkostüm. Es war zuviel Zeit ohne jede Kommunikation vergangen. Der Mann saß in der Falle; er mußte erschöpft und verängstigt sein. Falls er in Panik geriet und von der Waffe Gebrauch machte, waren die Erfolge, die sie in den letzten Stunden erzielt hatten, vergeblich. Er mußte sobald wie möglich erfahren, daß die neue Beweislage ihn zweifelsfrei entlastete. Es war Diamonds Aufgabe, ihm das mitzuteilen, von Mann zu Mann. Megaphone und Funktelefone waren hier fehl am Platz. Inzwischen hatte Julie die Aufgabe, die Entdeckung im Wald von Conkwell mit weiteren Erkenntnissen zu untermauern.

Es war beunruhigend, daß ganz in der Nähe zwei Krankenwagen warteten, deren Besatzungen daneben standen und das Spiel der Suchscheinwerfer auf der Hotelfassade beobachteten. Der Chief Constable, lässig mit Schutzjacke und Tirolerhut, setzte gerade einige Presseleute vor dem Polizeicaravan, der als

Einsatzzentrale diente, über den Stand der Operation in Kenntnis. Als er Diamond näherkommen sah, brach er das Interview ab, und sie gingen in den Caravan, wenngleich nicht zu einem gemütlichen Plauderstündchen. »Wo zum Teufel sind Sie den ganzen Nachmittag gewesen? Sie hätten Verbindung zu uns halten sollen«, sagte er in Anwesenheit von drei weiteren Personen: einem Funker in Zivil, Keith Halliwell und Mr. Tott, der aufstand, als wollte er Diamond begrüßen, und sich gleich wieder setzte, als er die Zurechtweisung hörte.

Diamond war verblüfft über die Aggressivität. Aufgrund langjähriger Erfahrung mit Ausflüchten befand er, daß damit irgendeine miese Entscheidung gerechtfertigt werden sollte. Er überging die Frage des Chief Constable, die er in diesem Augenblick überflüssig fand, und fragte: »Wie stehen die Aktien? Haben wir Kontakt mit Mountjoy?«

Tott sagte: »Nein, haben wir nicht.«

Farr-Jones behielt seinen vorwurfsvollen Ton bei: »Ausgerechnet Sie reden von Kontakt.«

Diamond war durchaus bereit, sich mit beiden anzulegen; das war einer der Vorteile des Zivilistendaseins. »Was ist hier eigentlich los? Wir haben eine Geiselnahme. Ich dachte immer, die Kontaktaufnahme hätte oberste Priorität.«

Farr-Jones erwiderte schneidend: »Oberste Priorität ist herauszufinden, wo Mountjoy steckt und wo er Miss Tott festhält.«

»Ist das noch nicht geschehen?«

»Sie sind irgendwo im fünften oder sechsten Stock. Jedenfalls nicht mehr dort, wo sie zunächst gesichtet wurden. Stockwerke eins bis vier sind unter unserer Kontrolle.«

Diamond polterte los: »Sie haben Männer reingeschickt. Zum Donnerwetter, Sie haben mir Ihr Wort gegeben, daß Sie das Gebäude nicht stürmen lassen würden.«

Farr-Jones wies ihn barsch zurecht: »Nun dramatisieren Sie nicht. Wir haben das Hotel ja nicht stürmen lassen. Wir sind behutsam vorgerückt. Ich habe diese Entscheidung vor einer Stunde getroffen.«

»Bewaffnete Männer?«

»Ich konnte sie wohl nicht mit Gummiknüppeln und Plexiglasschildern reinschicken, wenn der Bursche eine Pistole hat.«

»Aber Sie haben mir garantiert, daß ich bis Mitternacht Zeit hätte, ihn zu überreden. Sie wollten sich bis Mitternacht zurückhalten. Das war abgemacht, verdammt noch mal!«

Farr-Jones drohte mit erhobenem Zeigefinger. »Debattieren Sie nicht mit mir, Diamond. Hier läuft ein Polizeieinsatz, für den ich die Verantwortung trage, hier, vor Ort, wo ich von einer Minute zur nächsten Entscheidungen treffen und Befehle erteilen muß. Sie waren nirgends in Sicht, und Sie haben sich nicht gemeldet.«

»Wie genau lauten diese Befehle?« fragte Diamond, entsetzt über die Möglichkeit eines Blutbades.

»Jeden möglichen Fluchtweg zu sichern und so hoch wie möglich vorzudringen, ohne ein Risiko einzugehen.«

Tott tat sein Bestes, um die Situation ein wenig zu entschärfen. »Wir arbeiten mit Plänen, die uns die Stadtverwaltung zur Verfügung gestellt hat. Leider ist das Gebäude das reinste Labyrinth. Die meisten Räume in den oberen Etagen haben Zugang zu Dachkammern. Das Wasserversorgungssystem ist total veraltet. Sie sagen, da oben sieht es aus wie im Maschinenraum eines Schlachtschiffes.«

»Wo ist Warrilow?« fragte Diamond, dem ein beunruhigender Gedanke gekommen war.

Farr-Jones sagte: »Commander Warrilow leitet die Einsatztruppe im Innern des Hotels. Wir stehen in Funkkontakt.«

Seine schlimmsten Befürchtungen schienen sich zu bewahrheiten. Warrilow konnte jede Aktion damit rechtfertigen, daß er in die Schußlinie geraten war. »Sagen Sie ihm, daß ich sofort komme, und weisen Sie ihn an, nichts zu unternehmen.«

»Sie haben Nerven, Diamond.«

Er konnte sich gerade noch beherrschen. »Mr. Farr-Jones, ich habe genau das, was ich versprochen habe: die Mittel, diese Geiselnahme friedlich zu beenden. Ich bin bereit, mit Mountjoy zu reden, aber ohne Scharfschützen, die darauf lauern, zum Schuß zu kommen.«

»Wollen Sie damit sagen, daß etwas herausgekommen ist, das für den Fall wichtig ist?«

»Herausgekommen ist nichts«, brummte Diamond, und sein Widerwillen gegen das Wort war nicht zu überhören. »Wir, Julie

Hargreaves und ich, haben etwas herausgefunden. Wir können beweisen, daß Mountjoy Britt Strand nicht ermordet hat.«

Tott ballte die Fäuste und sagte: »Gute Arbeit.«

Der Chief Constable war weniger milde gestimmt. »Wer zum Teufel hat sie dann ermordet?«

Falls er sich eingebildet hatte, er würde den Namen auf einem Silbertablett überreicht bekommen, so wurde er enttäuscht.

Diamond sagte streng: »Zuerst kümmern wir uns um die Geiselnahme. Würden Sie Commander Warrilow mitteilen, daß ich reinkomme, und ihn anweisen, seine Leute bis auf den dritten Stock zurückzuziehen? Ich werde nicht unter Androhung von Waffengewalt mit Mountjoy reden.«

»Sie verstehen anscheinend nicht ganz«, sagte Farr-Jones. »Die Lage ist äußerst gefährlich.«

»Das ist sie jetzt.«

»Wir haben Männer im gesamten Gebäude verteilt.«

»Ja, ungeachtet des Versprechens, das mir gegeben wurde«, sagte Diamond und spielte dann seine höchste Karte: »Möchten Sie auf meine Dienste verzichten, Chief Constable? Soll Warrilow die Geiselnahme mit einer Schießerei beenden?«

Tott rief erschrocken: »Um Himmels willen, nein!«

Farr-Jones flüchtete sich in Schweigen.

»Das hätte ich gern bestätigt«, setzte Diamond ihn unter Druck. »Ganz inoffiziell, wie unsere Freunde da draußen es formulieren.«

Die Anspielung auf die Presse war ein Volltreffer. Farr-Jones sog scharf die Luft ein, wandte sich dann zu dem Funker um und sagte: »Ich will mit Warrilow sprechen.«

Diamond wartete nicht länger. Er eilte geradewegs auf das Hotel zu, die Presseleute mißachtend, die den ganzen Weg neben ihm hertrabten, ihm Mikrofone unter die Nase hielten und ihn mit Fragen bombardierten. Oben an der Steintreppe, unter der weißen, schmiedeeisernen Eingangsüberdachung, winkte ihn der dort postierte Constable herein.

Die ehemals elegante Eingangshalle, die Diamond zum ersten Mal sah, wurde unelegant durch später eingebaute Soffittenlampen erhellt. Bewaffnete Männer in Kampfanzügen standen am Fuße der edlen Mahagonitreppe, die gewiß früher einmal mit Teppich ausgelegt war und nun durch Linoleumbahnen und Metallschienen verunstaltet war. Rechter Hand befand sich ein modern wirkender Empfang, der normalerweise von der Sicherheitsfirma benutzt wurde, die das Hotel betreute. Warrilow trat dahinter hervor wie der Chefportier, und seine ganze Haltung kündete davon, daß er der Mann war, auf den es ankam.

»Ich nehme an, der Lift ist außer Betrieb?« unterband Diamond alle müßigen Präliminarien.

Warrilow beschloß scharfsichtig, daß es nicht ratsam war, diesem angreifenden Nilpferd Hindernisse in den Weg zu legen. »Wenn Sie wirklich da raufwollen, müssen Sie die Treppe nehmen. Ich hoffe, Sie sind fit.«

»Und ich hoffe, der Chief Constable hat sich klar ausgedrückt«, stellte Diamond mit Bestimmtheit fest. »Ich gehe da nicht mit Waffenunterstützung rauf, und ich will nicht unterbrochen werden, ganz gleich, wie lange es dauert. Mein Ziel ist es, ihn dazu zu bewegen aufzugeben, und ich brauche sein Vertrauen.«

Warrilow sagte unvermittelt: »Wissen Sie vielleicht, wo er ist?« Er fragte das so, als würde er persönlich alles dafür geben, es zu erfahren.

»Sie nicht?«

»Das ist alles andere als klar. Wir glauben, daß er den Raum unterhalb der Doppelgiebel verlassen hat.«

»Das Zimmer mit dem Balkon, meinen Sie?«

»Ja.«

»Mit dem Mädchen?«

»Davon gehen wir aus. Aus dem Teil des Gebäudes empfangen wir keinerlei Geräusche.«

»Wo können sie hingegangen sein? Haben Sie die Pläne hier?«

Verdrossen, als hätte er es mit einem schwierigen Hotelgast zu tun, führte Warrilow ihn zum Empfangsschalter, nahm einen Papierstapel und reichte ihn Diamond. Der blätterte ihn rasch durch. Der fünfte Stock, wo man Samantha auf dem Balkon entdeckt hatte, war V-förmig und enthielt rund fünfundzwanzig Zimmer, die durch einen Gang getrennt waren. Die eine Seite bot einen Blick auf Orange Grove, die andere auf die Grand Parade und das Pulteney-Wehr. Die Spitze des V mündete in eine siebeneckige Fläche, die er für den Fuß des Türmchens hielt, das sich über dem Ostende der Hotelfassade erhob. »Ich denke, sie sind dort«, sagte er.

»Wohl kaum«, bemerkte Warrilow, nahm die Pläne und schlug rasch das Blatt mit dem sechsten Stock auf. »Sehen Sie, der Turm führt ein Stockwerk höher und ist völlig abgeschnitten. Er ist in drei Räume unterteilt, von denen jeder nur eine Tür hat. Da säßen sie wie die Ratten in der Falle.«

»Man gelangt über eine Wendeltreppe hinauf«, dachte Diamond laut, ohne auf das eben Gesagte einzugehen. »Die könnte er verteidigen. Und das hier sieht aus wie eine weitere Treppe zum Dach. Wahrscheinlich eine Feuertreppe. Wenn er das Mädchen gefesselt in einem der Räume festhält, hätte er von hier aus« – er deutete auf die Stelle – »gleichzeitig Feuer- und Wendeltreppe im Blick.«

»Trotzdem säße er in der Falle«, beharrte Warrilow. »Ich habe Männer auf dem Dach.«

Diamond atmete tief ein. »Wie sind die da raufgekommen?«

»Über die äußere Feuertreppe an der Rückseite des Gebäudes.«

»Wie lauten ihre Befehle?«

»Sie patrouillieren auf dem Dach. Sie gehen erst rein, wenn ich sie per Funk verständige. Alles ist unter Kontrolle, Diamond. Wenn Mountjoy begreift, daß es keinen Ausweg mehr gibt, wird er sich ergeben. Das sollte er zumindest.«

»Ich werd's ihm sagen«, erwiderte Diamond ruhig und neutral.

»Sie bleiben bei Ihrem Vorsatz?«

Diamond ersparte sich die Antwort. Er legte die Pläne hin und schaute sich um.

»Was nun?« fragte Warrilow. »Eine Waffe?«

Er schüttelte den Kopf.

»Sie werden eine brauchen. Sind Sie bewaffnet?«

Er sagte: »Einen Quatschkasten.«

»Wie bitte?«

»Ein Funkgerät, so sagt man wohl.«

Warrilow winkte einem der Constables neben der Tür zu und befahl ihm, sein Funkgerät Diamond zu leihen, der dann unterwiesen werden mußte, wie man das Ding benutzte. Seine Abneigung gegen technische Geräte aller Art war so tief verwurzelt, daß er selbst diejenigen, die er irgendwann einmal benutzte, sofort wieder aus dem Gedächtnis tilgte.

»Sie bestehen darauf hochzugehen?« wiederholte Warrilow, und sein Tonfall klang fast nach ehrlicher Sorge. Seine Feindseligkeit war durch Diamonds Unbeholfenheit im Umgang mit dem Funkgerät gemildert worden.

»Natürlich.«

»Und Sie wollen keine Waffe mitnehmen?«

»Nein.«

»Dann benutzen Sie beim ersten Anzeichen von Gefahr um Himmels willen das Funkgerät.«

»Das Funkgerät ist für Mountjoy«, entgegnete Diamond beiläufig.

Nachdem er sich noch einmal hatte garantieren lassen, daß keine Polizei im fünften oder sechsten Stock war, stieg er wie ein frisch eingetroffener Gast die große Treppe hinauf und blieb nur auf dem zweiten Absatz kurz stehen, um seinen Hut vor dem dreiteiligen Spiegel zurechtzurücken.

Im dritten Stock, schon eine Idee weniger schwungvoll, hielt er inne, um Luft zu schöpfen, und sprach mit einer Gruppe Beamter in Kampfjacken und mit Automatikgewehren. Sie sagten ihm, daß aus dem Dachboden mit den Wassertanks Geräusche gedrungen seien, daß man aber nicht sagen konnte, ob es nur der Wasserkreislauf war, weil zuvor jemand eine der alten Toiletten mit den hölzernen Brillen benutzt hatte.

Im nächsten Stock sah er weitere sechs bewaffnete Männer, und sie versicherten ihm, daß sie die vorderste Spitze seien, das Sondereinsatzkommando, allesamt Scharfschützen; sie hatten gerade in den fünften Stock vordringen wollen, als der Befehl von Warrilow gekommen war, sich in den vierten zurückzuziehen. Diamond fand, daß sie beängstigend jung aussahen, doch sie beteuerten, sie hätten Mountjoy »hochnehmen« und Samantha befreien können. Er erkannte keinen einzigen von früher wieder, und sie machten keinen sonderlich freundlichen Eindruck. Das hinderte ihn jedoch nicht daran, sie zu ermahnen, den oberen Stockwerken fernzubleiben, solange er dort war.

Die vielen Treppen waren nichts für ihn. Als er höher kam, immer heftiger schnaufend, wünschte er, er hätte eine Taschenlampe für die dunklen Korridore mitgenommen, denn das Risiko, das er einging – hauptsächlich das, von den eigenen Leuten erschossen zu werden –, machte ihm ernsthaft Sorgen. Am liebsten hätte er das ganze Gebäude von bewaffneter Polizei räumen lassen. Diese jungen Burschen, die drohend mit ihren Gewehren rumfuchtelten, machten ihm angst. Mehr als Mountjoy.

Da setzte er sein Leben aufs Spiel, um einen bewaffneten Geiselnehmer zur Aufgabe zu überreden. Warum? Weil es seine persönliche Angelegenheit war. Wegen der Fehler, die er vor vier Jahren begangen hatte. Das war er Mountjoy schuldig.

Und tat er es nicht auch noch aus einem anderen Grund? Nicht nur aus purem Altruismus. Warum zum Teufel noch? Sein Gedächtnis funktionierte nicht allzu gut. Ach ja! Er wollte diesen verdammten Job wiederhaben, nicht wahr? Niemand wäre auf diesen Gedanken gekommen, als er sich mit dem Chief Constable anlegte; tatsächlich hatte er seine Aussichten auf die Stelle damit ziemlich verschlechtert, aber Farr-Jones hatte nun mal sein Wort gebrochen, daran gab es nichts zu rütteln. Er hatte Warrilow die Kontrolle übergeben. Binnen kürzester Zeit hätten diese übereifrigen jungen Burschen Mountjoy aufgespürt und das Feuer eröffnet. Die Situation mußte friedlich beendet werden. Sie schrie förmlich nach der alten, unmodernen Polizeiarbeit, für die er stand. Er war zwar beileibe kein freundlicher alter englischer Bobby – Gott sei Dank –, aber zumindest suchte er nach der Wahrheit, ganz gleich, um welchen Preis. Und genau deshalb war er nicht schon früher gefeuert worden, wenn er sich mal wieder mit Leuten wie Farr-Jones angelegt hatte. Seine Wertvorstellungen stimmten.

Er näherte sich dem fünften Stock. Er beugte ein wenig den Rücken, als er die letzten Stufen hinaufging. Es war eine instinktive Reaktion, über die er sich selbst ärgerte, und sofort richtete er sich wieder auf. Das richtige Signal für Mountjoy war Offenheit, kein verstohlenes Herumschleichen. Er mußte sein Kommen sogar ankündigen. »Mountjoy, ich bin's, Peter Diamond.« Er hob die Stimme und sagte: »Ich will mit Ihnen reden. Ich habe versprochen, daß ich komme, und hier bin ich.«

Auf halbem Wege oberhalb des letzten Treppenabsatzes hielt er inne und lauschte. Er meinte, eine Bewegung zu hören.

»Mountjoy, sind Sie das?« fragte er.

Jemand schoß.

Er warf sich gegen die Wand.

Sofort danach ertönte ein zweiter Schuß.

Die Schüsse waren oben gefallen, im fünften Stock. Der Nachhall vibrierte noch immer im Gebäude.

Sein erster Gedanke war, daß Warrilow ihn hinters Licht geführt und dort oben Scharfschützen postiert hatte. Er war außer sich vor Zorn.

Volltrottel.

Doch dann folgerte er, daß sie nicht auf ihn geschossen hatten, sonst wäre er jetzt tot. Er war ein leichtes Ziel. Die Schüsse waren im Korridor gefallen. Sie mußten Mountjoy entdeckt haben.

Er wartete fast eine Minute lang mit klingelnden Ohren, ohne sich zu rühren. Dann kam ein anderes Geräusch hinzu, ein hohes, rhythmisches Piepsen.

Das Funkgerät. Er drückte auf den Knopf und hörte Knistergeräusche, gefolgt von Warrilows Stimme: »Zentrale an Diamond. Hören Sie?«

Diamond zischte in das Gerät: »Sie haben mir gesagt, hier oben wären keine Waffen. Jemand hat zweimal geschossen.«

»Haben wir gehört. Wo sind Sie jetzt?«

»Im fünften Stock.«

»Wir haben niemanden weiter oben als im vierten Stock, abgesehen von der Einheit auf dem Dach, und die hat sich nicht gerührt.«

»Irgendwer muß sich aber gerührt haben.«

»Ich stehe mit denen in Kontakt, zum Donnerwetter. Ich weiß, wo meine Leute sind. Keiner hat sich von der Stelle gerührt. Keiner. Mountjoy muß geschossen haben. Hören Sie, ich schicke jetzt eine Einheit zu Ihnen hoch.«

»Nein«, sagte Diamond sofort. »Ich werde schon damit fertig.«

»Das ist doch lächerlich. Er ist außer Kontrolle. Vielleicht hat er die Geisel erschossen.«

Diese beängstigende Möglichkeit war auch Diamond fast im gleichen Moment in den Sinn gekommen. So entsetzlich sie auch war, man mußte sie in Betracht ziehen. Er dachte laut: »Es waren zwei Schüsse, also hat er sich danach vielleicht selbst erschossen. Halten Sie Ihre Männer zurück, bis ich herausgefunden habe, was passiert ist.«

Warrilow sagte: »Ich nehme keine Befehle von Ihnen entgegen.«

»Ich bin vor Ort, und es muß meine Entscheidung sein«, erwiderte Diamond mit leidenschaftlicher Überzeugung. »Warten Sie ab. Haben Sie gehört, Mr. Warrilow? Haben Sie gehört? Ich melde mich per Funk, wenn ich nachgesehen habe.«

Er konnte sich nicht auf Warrilow verlassen, aber mit ein wenig Glück hatte er sich ein paar Minuten erkauft. Er schaltete das Funkgerät ab und rief in die Dunkelheit: »Mountjoy?«

Er hörte nur das Echo von den kahlen Wänden. Es roch nach verbranntem Pulver.

»Mountjoy, hier ist Peter Diamond. Wo sind Sie? Brauchen Sie Hilfe?«

Keine Antwort, aber er hatte auch keine erwartet. Die wahrscheinlichste Erklärung für die Stille war, daß Mountjoy der Anspannung nicht mehr standgehalten und sich eine Kugel durch den Kopf gejagt hatte, aber damit waren die Schüsse noch nicht ganz erklärt. Man braucht einen Schuß, um Selbstmord zu begehen, aber es waren ganz eindeutig zwei gewesen. Doppelmord? Er mußte sich seelisch darauf gefaßt machen.

Er rappelte sich auf, bewältigte die letzten paar Stufen und stand im fünften Stock. »Ich bin allein«, rief er erneut. »Unbewaffnet. Können Sie mich hören?«

Anscheinend nicht.

Aber es kam ihm so vor, als hörte er eine schwache Bewegung von weiter oben. Vielleicht von den Männern auf dem Dach. Er spitzte die Ohren.

Es hatte aufgehört.

Auf der anderen Seite des Ganges konnte er so eben die Spitze des V erkennen, wo die Wendeltreppe beginnen mußte. Zwischen nicht ganz parallel verlaufenden Wänden hindurch trat er in einen Bereich, bei dem es sich um die untere Ebene des

Türmchens handeln mußte. Vor ihm herrschte praktisch totale Finsternis.

»Mountjoy?«

Nichts.

»Wenn Sie da oben sind …« Mitten im Satz wurde er durch das erneute Piepen des Funkgeräts unterbrochen. Er packte das Gerät, fummelte an den Knöpfen herum und wollte es zum Schweigen bringen, aber dann war wieder dieses Knistern zu hören und anschließend Warrilows Stimme.

»Befehlszentrale an Diamond. Unsere Monitore empfangen Geräusche vom oberen Stockwerk des Türmchens. Hören Sie? Das obere Stockwerk des …«

Der Satz wurde nie vollendet, weil Diamond das Funkgerät wütend an der Wand zerschmetterte.

Wenn es dort Geräusche gab, dann auch Leben. »Mountjoy, ich bin's nur, Diamond.«

Er griff in die Dunkelheit vor sich und ertastete den Handlauf der Treppe. »Ich bin unbewaffnet. Ich möchte Ihnen helfen.«

Diesmal war er sicher, etwas gehört zu haben. Keine Antwort. Eher ein leises Flüstern. Er schöpfte wieder Hoffnung.

Er erfühlte die erste Stufe und stieg die Treppe hinauf. »Ich komme hoch«, sagte er. »Ich bin unbewaffnet. Ich habe versprochen, daß ich wiederkommen würde, und da bin ich.« Ruhig, fast ohne innezuhalten, nahm er Stufe für Stufe. Einmal erstarrte er, als die ganze Treppe von einem sich bewegenden Lichtschein erfaßt wurde, so daß ihm angesichts der langen rotierenden Schatten der Stufen fast schwindlig wurde. Es war der Strahl des Suchscheinwerfers, der über die Fassade glitt und ebenso schnell wieder verschwand.

Das Flüstern von oben – wenn er sich nicht getäuscht hatte – hatte aufgehört, seit er gesprochen hatte.

Wenn man in der Dunkelheit eine Wendeltreppe hinaufsteigt, verliert man jede Orientierung. Erst als der Handlauf endete, merkte er, daß er oben angekommen war. Verwirrt versuchte er sich den Plan des sechsten Stocks bildlich vorzustellen; oberhalb der Treppe gab es einen Absatz, oder nicht? Und es gab drei Türen, von denen jede in einen anderen Raum führte.

Wenn du die richtige erwischst, dachte er düster, mußt du damit rechnen, in eine Pistolenmündung zu blicken.

»Ich bin jetzt oben«, sagte er und wünschte sich, er klänge zuversichtlicher. »Falls Sie es noch nicht gehört haben, ich bin Peter Diamond, und ich bin allein.«

Er breitete die Arme aus. Wo waren die Türen? Eine mußte links sein, eine vor ihm, eine rechts. Seine suchenden Finger ertasteten gar nichts. Vielleicht war es am vernünftigsten zu warten, bis der Suchscheinwerfer wieder über diese Ecke des Gebäudes strich.

Nein. Er hatte sich gemeldet. Mountjoy erwartete ihn jetzt. Länger zu warten würde bei ihm nur den Verdacht wecken, daß man ihm eine Falle stellen wollte.

Er machte einen Schritt nach vorn. Seine rechte Hand ertastete eine glatte Fläche, die sich bei der Berührung von ihm fortbewegte – eine Tür. Er wandte sich zu ihr und drückte sie ganz auf. »Sind Sie beide da drin?«

Sie waren es nicht. Vom Fenster drang schwaches Licht in das Zimmer, das eindeutig leer war. Das konnte er sehen, ohne ganz einzutreten. Hineinzugehen wäre ein Fehler.

Er trat zurück auf den Korridor und tastete sich vor bis zur Tür am Ende. Beide Hände fanden sie gleichzeitig. Wie die andere stand auch sie einen Spaltbreit auf. Damit hatte er gerechnet. Sie konnten nicht wollen, daß sie geschlossen war. Er drückte sacht dagegen, diesmal ohne etwas zu sagen. Es gab nichts Sinnvolles mehr zu sagen. Aber er meinte, ein Keuchen zu hören.

Er stand in der Tür und hatte plötzlich die deutliche Empfindung, daß jemand ganz in seiner Nähe war. Dieses Zimmer war dunkler als das andere. Die Fensteröffnung schien durch etwas abgedunkelt zu sein, weil nur oben ein schwacher Lichthalbkreis zu sehen war. Vorsichtig schob er den linken Fuß gegen den unteren Türrand. Er überlegte, ob der Geruch, den er wahrnahm, von ungewaschenen Kleidern stammte. Nach Tagen auf der Flucht mußten sie stark riechen. Er schwankte nach vorn, stützte sich am Türrahmen ab und machte einen weiteren Schritt. Links von ihm war ein deutliches Scharren zu vernehmen, dann ein Aufkeuchen, ein stimmhafter Laut, und diese Stimme war weiblich.

Es sagte: »Samantha?«

Er ging auf den Ursprung der Stimme zu. Sein Fuß stieß gegen etwas Weiches, wie Stoff. Kleidung? Eine Decke?

Plötzlich war der Raum in Licht getaucht. Der Strahl des Suchscheinwerfers drang durch den oberen Halbkreis des Fensters und zeigte ihm zwei Menschen, die hinter der Tür an die Wand gepreßt standen, eine verängstigte Frau und ein Mann mit einer Waffe. Nur daß die Frau Una Moon war, der Mann GB, und die Waffe war eine doppelläufige Schrotflinte.

27

Das Licht schwenkte vom Turm weg. In der undurchdringlichen Dunkelheit sprach Diamond die Worte, die er zu John Mountjoy hatte sagen wollen: »Sie können die Waffe weglegen. Ich bin's.« Er war zu verblüfft, als daß ihm etwas anderes eingefallen wäre. Aber er zweifelte nicht an dem, was er gesehen hatte. Das war keine Fata Morgana, ausgelöst durch das Herumstolpern in der Dunkelheit und das Schwindelgefühl auf der Wendeltreppe. Una Moons blasses Gesicht und die glatt zu einem Zopf zurückgebundenen Haare waren unverkennbar; niemals hätte er sie mit Samantha Tott verwechseln können. Und der Mann mit der Schrotflinte war niemand anders als GB; sein gesamter Körperbau war wuchtiger als der von Mountjoy.

Unas Stimme ertönte in der Dunkelheit. »Um Himmels willen, bloß keine Panik. Ich mache jetzt die Taschenlampe an.«

Ein Lichtstrahl fiel auf Diamonds Füße und erhellte schwach den übrigen Raum. Er sah, daß GB seiner Aufforderung insoweit gefolgt war, als er die Waffe hochgenommen hatte, so daß der Gewehrlauf jetzt vor seiner Brust nach oben zeigte, wenngleich er die Finger noch immer am Abzug hielt. Der Punker, der jedem Respekt einflößte, stand neben Una wie ein Kind, das die Schule geschwänzt hat. Sie hatten in diesem Zimmer gewartet, den Rücken an die Wand gepreßt, und gehofft, nicht entdeckt zu werden.

Diamond sah sich in dem kleinen Raum um und gewann allmählich die Fassung wieder. Es gab Anzeichen auf dem Boden, daß sich kürzlich noch jemand hier aufgehalten hatte: ein Haufen Decken und ein Geigenkasten. »Haben Sie geschossen?«

GB nickte.

»Zweimal?«

Una sagte: »Ja, und beide Male daneben.«

»Das wissen wir nicht«, sagte GB.

Una raunzte ihn verächtlich an: »Komm schon – wo ist der Typ denn dann? Ich habe ihn jedenfalls nirgendwo rumliegen sehen, du etwa?«

Diamond sagte, mehr als Feststellung denn als Frage: »Sie haben auf Mountjoy geschossen?«

Una war unbeeindruckt. Heftig stieß sie hervor, beinahe nahtlos die Schmähtirade fortsetzend, die er sich schon in dem Café am Markt von ihr hatte anhören müssen: »Irgend jemand mußte Sam schließlich retten, also habe ich mich an GB gewandt. Ich hab's einfach nicht mehr ausgehalten zu wissen, daß sie hier drin ist und ihr Schweine euch einen Dreck darum kümmert.«

»Das ist nicht wahr«, sagte Diamond.

Una überging den Einwand: »Sam ist eine von uns, und wir halten zusammen.«

»Wie seid ihr reingekommen?«

»Durch ein Fenster. Wenn es darum geht, irgendwo reinzukommen, ist GB einfach genial. Keiner hat uns gesehen. Wir waren schon durch den Keller und die Hintertreppe hoch, als ihr Bullen noch immer in der Hotelhalle rumgehangen habt.«

»Und was hattet ihr vor – es mit Mountjoy aufzunehmen? Seid ihr ihm über den Weg gelaufen?«

»Wir haben das Mistvieh auf dem Korridor gesehen. Wir hatten jedes Zimmer in dem Stockwerk unter uns abgesucht und kamen gerade aus dem letzten am Ende, wo Sam heute nachmittag auf dem Balkon gesehen worden ist. Sie waren nicht mehr drin, aber genau in dem Moment bewegte sich etwas am anderen Ende des Ganges. Er war mitten auf den Korridor getreten. Und er war es, keine Frage, dieser Drecksack, und GB hätte ihm den Kopf wegpusten sollen, aber er hat danebengeschossen, zweimal.«

GB, den Una Moon durch ihre Beschimpfungen bereits auf eine reine Komparsenrolle reduziert hatte, sagte zu seiner Verteidigung: »Er war nur zwei Sekunden zu sehen, höchstens.«

Una erklärte: »Wir dachten, er wäre die Treppe hochgerannt, also haben wir hier oben weitergesucht.«

GB sagte etwas selbstsicherer. »Er war ganz offensichtlich vor gar nicht langer Zeit hier oben. Sehen Sie sich die Sachen an. Das ist Sams Geigenkasten. Sie waren hier drin.«

»Und jetzt habt ihr ihn verscheucht«, sagte Diamond.

»Ja und? Was ist daran schlimm?«

»Erstens war ich dabei, sein Vertrauen zu gewinnen, und zweitens könnte er dem Mädchen wirklich etwas antun, wenn er in Panik gerät. Sie müssen ja wohl bekloppt sein, mit einer Schrotflinte herumzuballern.«

»Er hat einen Jagdschein«, sagte Una.

»Für Menschenjagd? Wie lange seid ihr schon hier oben?«

»Eine halbe Stunde. Dreiviertelstunde. Wie soll ich das wissen?«

»Hättet ihr das nicht den Profis überlassen können?« schimpfte Diamond. Zweifel an seinem eigenen Status lagen ihm fern.

GB sagte mit voller Überzeugung. »Zu dritt schnappen wir ihn. Kein Problem.«

»Nein, tun wir nicht«, fauchte Diamond ihn an. »Ihr habt es versaut. Ist euch nicht klar, daß da draußen Scharfschützen nur auf ihr Ziel warten? Ihr spaziert hier mit einer Taschenlampe herum und einer Schrotflinte in der Hand. Ihr habt verfluchtes Glück gehabt, daß sie euch nicht schon längst abgeknallt haben. Für heute macht ihr keine Dummheiten mehr.«

»Und wenn wir uns weigern?« sagte Una.

»Dann krieg ich euch gleich wegen mehrerer Sachen dran: unbefugtes Eindringen, Schußwaffengebrauch, Gefährdung von Menschenleben, Behinderung der Polizei bei der Ausübung ihrer Pflicht.« Er ließ es drauf ankommen, aber mit viel Überzeugungskraft. »Ich mache das hier auf meine Art. Und bevor ihr verschwindet, wird die Flinte entladen, und ich nehme sämtliche Patronen an mich.«

»Das träumst du auch nur, Scheißbulle!« sagte GB, hob den Gewehrkolben und ging zum Angriff über.

Sämtliche Vorteile lagen bei GB: seine Größe, seine Statur, sein Alter und, nicht zuletzt, die Waffe. Noch nie hatte Diamond einen kräftigeren Mann abwehren müssen, aber aus den Jahren als Rugbystürmer hatte er sich einige Fähigkeiten bewahrt und vor allem ein Gefühl für gutes Timing. Er duckte sich unter dem Gewehrkolben weg und stieß eine Hand mit voller Kraft gegen GBs Schulter. GB krachte mit dem Kopf gegen die Türkante, verlor das Gleichgewicht und fiel. Das Gewehr schlitterte über den Fußboden.

Der kräftige Punker war gleich wieder auf den Beinen und stürzte sich erneut auf Diamond, diesmal in der Absicht, ihn mit dem Kopf niederzurammen. Das erinnerte nur noch mehr an einen typischen Angriff beim Rugby, und Diamond reagierte auf eine Art und Weise, die kein Schiedsrichter begrüßt hätte, indem er nach links auswich und das Knie hochzog. Knochen traf auf Knochen, und in GBs Fall war der Knochen sein Kiefer. Sein Kopf schnellte nach hinten, und er ging zum zweiten Mal zu Boden.

Dann schlug ihm Una mit der Taschenlampe über den Schädel und schrie: »Du Vollidiot! Du Riesentrottel! Verdammt, was denkst du dir eigentlich dabei?«

GB dachte gar nicht mehr viel nach den vereinten Stößen von Diamonds Knie und der Taschenlampe. Er rollte auf den Rücken und stöhnte.

Auch die Taschenlampe hatte gelitten. Sie flackerte noch ein paarmal und ging dann aus.

Una gewann rasch die Fassung wieder. Es war nicht gesagt, daß sie wirklich die Kontrolle verloren hatte. Wahrscheinlich hatte sie ihre Situation richtig eingeschätzt und GB eins übergezogen, um ihrer beider Lage zu verbessern. Sie sagte zu Diamond: »Das ist nie passiert, okay? Das Gewehr ist nicht mehr geladen, und wir haben keine Ersatzpatronen, aber Sie können es haben, wenn Sie wollen.«

»Lassen Sie's da liegen. Sagen Sie ihm, er soll aufstehen. Ich übergebe euch jetzt den Männern auf dem Dach.«

Sie widersprach nicht. Sie sagte bloß: »Werden Sie Sam retten?«

»Das ist der einzige Grund, aus dem ich hier bin.«

Damit mußte sie sich zufriedengeben. Sie sagte zu GB, er solle aufstehen. Er verwünschte sie und stand auf. Diamond trat zurück und ließ sie aus dem Zimmer und links den Gang hinunterschlurfen, wo das Licht etwas besser war, in Richtung auf die Feuerleiter, eine Holzleiter, die nach oben zu einem Notausgang führte.

»Nehmt die Hände über den Kopf, wenn ihr oben ankommt«, riet Diamond. »Die könnten euch verwechseln.«

Er sah zu, wie sie die Treppe hinaufstiegen, die Tür öffneten und aufs Dach traten. Eine Stimme rief etwas, die übliche Warnung an einen potentiell bewaffneten Verdächtigen, sich mit dem Gesicht nach unten auf den Boden zu legen. Der Sturmtrupp auf dem Dach übernahm die beiden, für die Männer da oben zumindest eine kleine Abwechslung.

Diamond schäumte vor Wut. Und das Knie, mit dem er GB erwischt hatte, fühlte sich so an, als würde es ihm bald den Dienst versagen. Durch die Naivität der Punker war seine Mission unendlich viel schwieriger und gefährlicher geworden. Er wußte, daß er den Zwischenfall vergessen und sich wieder ganz auf Mountjoy konzentrieren mußte. Zunächst vergewisserte er sich, daß die übrigen Räumlichkeiten des Turms leer waren. Es gab noch zwei Zimmer, beide von außen schwach erhellt. Er sah in beiden nach. Dann tastete er sich zurück zu der Wendeltreppe und wieder hinunter in den fünften Stock, wo er innehielt und die Lage abschätzte.

Mountjoy und seine Geisel konnten in jedem der rund zwanzig Räume sein, die entlang der beiden Korridore lagen, oder auf den Balkonen, oder in den Dachkammern, in die man von einigen der Räume aus gelangen konnte; aber er war sicher, daß sie irgendwo auf dieser Etage waren, und er hatte auch schon eine Idee, wo er zuerst nachsehen wollte. Tott hatte was in der Richtung gesagt, daß das Wasserversorgungssystem aussah wie das Innere eines Schlachtschiffes; auf dieser Etage mußten die Wassertanks für das gesamte Hotel untergebracht sein. In den Turmzimmern hatte er veraltete Heizkörper gesehen, die vermutlich für die Behaglichkeit des Admiralitätspersonals dort installiert worden waren. Es mußte Rohre und Speicher für heißes und kaltes Wasser geben. Der Raum mit den Tanks war gewiß sehr groß und befand sich wahrscheinlich in der Mitte des Gebäudes, also nicht weit von seinem derzeitigen Standort.

Diamond wartete den nächsten Schwenk des Scheinwerfers ab, um einen Überblick über den Korridor zu bekommen. Als das Licht kam, merkte er sich die Positionen der Türen und entdeckte das, wonach er gesucht hatte: eine schmucklose Tür ohne Paneele und mit Griffspuren um die Klinke. Er überquerte den Gang und öffnete sie.

»Mountjoy?«

Er konnte nicht viel sehen, aber er hörte ein regelmäßiges Wassertröpfeln nicht weit vor sich, und dieses Tröpfeln hatte einen metallischen Klang, wie von einem leeren Wasserbehälter. Er ließ die Tür auf, schob sich vorsichtig in den Raum, über einen Holzboden, der mit sandig knirschendem Staub bedeckt war. Sein Knie stieß gegen ein Hindernis, das sich gebogen und weich anfühlte: die Isolierung eines Wasserrohrs.

In die Dunkelheit hinein sagte er: »Hallo, falls Sie da drin sind, ich bin's, Diamond.«

Eine Stimme dicht neben seinem Ohr sagte: »Und Sie sind ein toter Mann, Diamond.«

Der harte Gegenstand, der gegen seinen Hals gepreßt wurde, war vermutlich eine Pistolenmündung.

»Ich habe Ihnen vertraut, Sie Scheißkerl.« John Mountjoy sprach jedes einzelne Wort so mühsam aus, als schmeckte es widerwärtig. Bei ihrer letzten Begegnung im Francis hatte er angespannt gewirkt, doch jetzt klang seine Stimme, als stünde er kurz vor dem Zusammenbruch.

»Ich habe nicht geschossen«, beeilte sich Diamond zu sagen.

»Dann habe ich mir das wohl nur eingebildet? Mein Rükken ist eine blutige Masse aus zerfetztem Fleisch und Schrotkugeln, und ich habe es mir nur eingebildet?«

Nach einer der schnellsten Einschätzungen, die Diamond je in seinem Leben hatte machen müssen, sprach er rasch und beschwörend. »Sie sind verletzt? Das war ich nicht, glauben Sie mir. Das waren ein paar Volltrottel, die ohne mein Wissen hier eingedrungen sind. Keine Polizei. Ich bin sie vorhin losgeworden. Man hat sie weggebracht. Die dachten, sie hätten Sie nicht getroffen.«

Mountjoy fuhr ihn an: »In einem schmalen Gang, mit einer Schrotflinte?«

»Sind Sie schwer verletzt?«

Die Frage wurde ignoriert. »Sie lügen, Diamond. Sie haben meinen Namen gerufen, noch bevor die Schüsse fielen. Ich bin in den Gang getreten und wurde angeschossen. Sie haben mich reingelegt, Sie Scheißkerl.«

»Das habe ich nicht. Ich wußte nicht, daß die hier oben waren. Ich will diese Sache friedlich beenden. Und ich habe Neuigkeiten für Sie.«

»Ja«, sagte Mountjoy verbittert, »hier wimmelt es nur so von Polizei. Gott!« Er stöhnte vor Schmerzen auf und preßte die Pistole fester gegen Diamonds Hals.

»Ihre Verurteilung war ein Irrtum. Das kann ich jetzt beweisen.«

Es entstand eine kurze Pause, aber nicht wegen dem, was Diamond gesagt hatte. Sie wurde durch Mountjoys Keuchen gefüllt. Er litt starke Schmerzen. Schließlich flüsterte er: »Sie falscher Hund.«

Diamond sagte mühsam, weil die Pistole ihn am Atmen hinderte: »Wir hatten eine Abmachung. Sie wollten die Wahrheit über Britt Strand – bis heute, haben Sie gesagt. Ich habe mein Wort gehalten. Ich weiß jetzt, wer es war.«

»Ich werde Ihnen eine Kugel durch den Kopf jagen.«

»Hören Sie mich doch an!« Seine Gedanken überschlugen sich. Der Mann war für vernünftige Argumente nicht mehr zugänglich, hatte zu starke Schmerzen.

Der Druck an seinem Hals ließ nach, und das war kein gutes Zeichen. Diamond war sicher, daß Mountjoy ihm die Waffe jetzt gegen den Kopf pressen und abdrücken würde. In dem Sekundenbruchteil, bevor das geschah, tat er das einzige, was ihm noch blieb. Blind riß er den Arm hoch, um die Pistole abzuwehren, und gleichzeitig zog er den Kopf ein. Sein Unterarm stieß gegen den von Mountjoy. Der Schuß krachte.

Angeblich gibt es nach jedem schweren Trauma, beispielsweise einer Schußverletzung, eine kurze gnadenvolle Phase, in der das Opfer aufgrund des Schocks, den das Nervensystem erlitten hat, keinerlei Schmerz empfindet. Diamond hatte keine Ahnung, ob er verletzt war. Er tauchte nach links ab, ließ sich auf den Boden fallen und rollte weg, bis die Dielen endeten und er in den Hohlraum zwischen den Deckenbalken fiel. Er wußte, daß es Deckenbalken waren, weil die Oberkanten, die hart gegen seine Gliedmaßen und Rippen stießen, parallel verliefen. Er mußte sich ungemein zusammenreißen, um nicht laut aufzuschreien. Er drückte sich in den Hohlraum und blieb bewegungslos liegen.

Dann drangen weiße Lichtstreifen durchs Dach, und es wurde hell. Der Suchscheinwerfer.

Mountjoy bückte sich gerade, um die Pistole aufzuheben. Er mußte wirklich starke Schmerzen haben, denn beim Niederbücken stöhnte er laut auf und verharrte mitten in der Bewegung. Er war gezwungen, auf ein Knie runterzugehen.

Diamond sprang auf und stürmte auf ihn los, als die Hand die Pistole zu fassen bekam. Mountjoy konnte sie gerade noch aufheben und halb auf Diamond richten, bevor dieser ihm mit einem Hechtsprung in die Seite krachte und er wie ein Kegel beim Bowling umfiel, die Waffe noch immer in der Hand. Er war kein Scharfschütze. Er hatte seine Chance vertan. Diamond preßte ihn flach auf den Boden, packte seine Handgelenke und hämmerte sie auf die Bodendielen, bis sich Mountjoys Griff lockerte und ihm die Pistole entglitt.

Mountjoy gab seinen Widerstand auf.

»Und damit sind wir beide quitt«, sagte Diamond. Er hob die Waffe auf und drückte sie Mountjoy gegen den Kopf. »Wo ist Samantha?«

Keine Antwort.

»Wenn Sie ihr was getan haben …«

»Nein«, sagte Mountjoy, als der Druck des Pistolenlaufs fester wurde. »Es geht ihr gut. Gehen Sie gefälligst runter von mir.«

»Wo?«

»Da drüben, hinter dem großen Tank.«

»Wo ist der?«

Der große Tank hätte Gott weiß wo sein können. Der Suchscheinwerfer war inzwischen weitergewandert.

»Nur ein paar Meter weg.«

»Führen Sie mich hin«, sagte Diamond. »Ist sie wirklich in Ordnung? Warum hat sie nichts gesagt?«

»Sie ist geknebelt.«

Diamond erhob sich langsam, so daß Mountjoy ächzend auf die Knie kam. Es schien inzwischen unwahrscheinlich, daß er noch zu einem Gegenangriff in der Lage war, aber die Waffe war eine beruhigende Vorsichtsmaßnahme. Er hielt sie gegen den verwundeten Rücken gepreßt, ohne auf das Zucken und Stöhnen zu achten, als Mountjoy sich aufrichtete und über Balken und Wasserrohre hinweg losstolperte. Als er den Kaltwassertank erreicht hatte, tastete er sich daran entlang bis zu dessen Rückseite.

»Hier. Vorsicht. Treten Sie nicht auf sie. Irgendwo da unten ist eine Taschenlampe.«

»Ich schieße sofort«, warnte Diamond ihn. Seine Sinne hatten sich auf die Dunkelheit eingestellt. Er konnte hören, wie nah er an Mountjoy dran war, war auf jede jähe Bewegung vorbereitet. Und er spürte die Nähe eines weiteren Menschen, ob durch Körperwärme oder Geruch, das wußte er nicht.

»Hab sie.«

Das Licht ging an und fiel auf eine junge Frau, die mit dem Gesicht nach oben zwischen zwei Balken lag. Ihre Fußknöchel und Oberschenkel waren mit weißem Elektrokabel umwickelt und ihre Hände hinter dem Rücken gefesselt. Ein brauner Klebebandstreifen war über ihrem Mund. Ein Auge war blutunterlaufen, und an der Stirn hatte sie einen Bluterguß.

»Alles in Ordnung, Kleines«, sagte Diamond. »Es ist vorbei.

28

Von den Hauptfiguren des Dramas im Empire Hotel war Diamond der einzige, der auch im letzten Akt noch mitspielte. Als spät nachts im Polizeirevier an der Manvers Street die wichtigen Vernehmungen durchgeführt wurden, lag John Mountjoy splitternackt mit dem Gesicht nach unten im Krankenhaus und bekam Schrotkugeln aus Rücken und Gesäß entfernt. Commander Warrilow stand mit zwei bewaffneten Beamten bereit, und der Patient wußte, daß er bei der ersten falschen Bewegung weiterer ärztlicher Behandlung bedurft hätte.

Samantha gestattete ihrem Vater, sie nach Hause zu fahren, wo sie im Elternhaus ein warmes Essen, ein heißes Bad und eine

Nacht zwischen sauberen Laken erwartete. So erschöpft sie auch war, sie bestand darauf, am nächsten Tag zu ihren Hausbesetzerfreunden zurückzukehren, obwohl sie versprach, fürs erste keine Straßenmusik mehr zu machen.

Nachdem GB und Una ausgesagt hatten, zwei Schüsse aus der Schrotflinte abgegeben zu haben, wurden sie von Keith Halliwell gebührend zusammengestaucht. Außerdem drohte er ihnen damit, daß zu einem späteren Zeitpunkt noch über eine strafrechtliche Verfolgung entschieden würde. Das war die reine Farce; sie wußten, daß sie nichts dergleichen zu befürchten hatten. Noch vor Mitternacht verließen sie das Polizeirevier.

Im oberen Raum mit dem ovalen Tisch und dem Portrait der Königin, dem Raum, in dem man Diamond ganz zu Anfang um seine Mithilfe gebeten hatte, bedankte sich der Chief Constable warmherzig bei ihm für die Befreiung von Miss Tott und die Wiederergreifung Mountjoys.

»Das hatte ich doch zugesichert«, sagte Diamond und fügte nach kurzem Zögern hinzu: »Sir. Ich glaube, diese Anrede ist jetzt angemessen.«

»Äh ... wirklich?«

»Ich meine im Hinblick auf unsere Abmachung.«

»Ach ja, die«, sagte Farr-Jones unverbindlich.

»Mein Teil der Abmachung war es, die Geiselnahme bis Mitternacht friedlich zu beenden«, rief Diamond ihm ins Gedächtnis.

»Stimmt, obwohl Mountjoy da vielleicht anderer Ansicht ist. Ganz so friedlich ist die Aktion ja nun nicht ausgegangen, wenigstens nicht für sein Hinterteil.« Farr-Jones grinste wie ein Hai.

»Er ist am Leben, Sir.«

»Wenn auch nicht ganz wohlauf, wenn ich so sagen darf.« Farr-Jones war zu Scherzen aufgelegt.

Diamond wartete.

»Nun, Diamond, ich kann zwar nicht behaupten, daß ich mit allem, was Sie in den letzten zwei Tagen gesagt und getan haben, einverstanden bin, aber ich habe Ihnen nun mal mein Wort gegeben, und ich will sehen, was sich für Ihre Wiedereinstellung tun läßt. Sie sind sich wirklich sicher, daß Sie zurück zur Polizei wollen?«

»Zur Kripo, Sir.«

Farr-Jones nickte. »Dann werde ich den entsprechenden Antrag zusammen mit einer Empfehlung von mir einreichen. Sie haben sehr tapfer gehandelt. Wir sind nicht undankbar.«

Diamond ergriff die feste, kräftige Hand, die sich ihm darbot.

Farr-Jones trieb die Kameraderie sogar noch weiter, indem er mit der linken Hand Diamonds rechte Schulter drückte. »Hinzu kommt, daß Sie ihn ohne blödsinnige Versprechungen geschnappt haben.«

»Was für blödsinnige Versprechungen, Sir?«

»Daß der Britt-Strand-Fall wiederaufgenommen wird.«

»Ach ja, das ist richtig, Sir«, erwiderte Diamond liebenswürdig. »Das war keineswegs blödsinnig.«

Diese gelassene Selbstsicherheit ließ das Lächeln des Chief Constable gefrieren. »Was genau wollen Sie damit sagen?«

»Wir haben den Fall gelöst, Inspector Hargreaves und ich. Deshalb hat Mountjoy sich ergeben. Ich habe ihm hoch und heilig versprochen, ein unterschriebenes Geständnis von der Person zu beschaffen, die Britt Strand in Wahrheit ermordet hat. Unanfechtbare Beweise. Das reicht zur Aufhebung des Urteils.«

Farr-Jones lief bedrohlich rot an. »Das ist doch wohl nicht Ihr Ernst! Der Mann befindet sich wieder in Gewahrsam. Der Fall ist abgeschlossen, zumindest was mich angeht, und auch was Sie angeht, falls Sie einigermaßen bei Verstand sind.«

»Es geht hier nicht um meinen Verstand, sondern um unser Verständnis von Gerechtigkeit, Sir. Den Fall wiederaufzurollen mag zwar meinem Ruf abträglich sein, aber es ist im Sinne der Gerechtigkeit. Ich bekomme dieses Geständnis noch heute nacht.«

»Den Teufel werden Sie tun! Wo denn überhaupt?«

»Hier, Sir. Während wir vor dem Hotel im Rampenlicht standen, hat Julie Hargreaves in aller Stille unsere Ermittlungen abgeschlossen. Sie ist eine Ihrer besten Detectives.«

»Das weiß ich durchaus.«

»Aber ich glaube, Sie wissen nicht, daß sie heute am frühen Abend einen Mann zur Vernehmung hergebracht hat.«

Die Augenbrauen des Chief Constable hoben sich wie die Tower Bridge.

»Er ist unten im Vernehmungsraum, und wie ich höre, ist er bereit, eine Aussage zu machen.«

Als hätte Farr-Jones die Sprache verloren, formte er mit den Lippen das Wörtchen: »Wer?«

»Jake Pinkerton.«

»Der Popsänger?«

»Produzent, Sir. Er selbst tritt nicht mehr auf.« Der unterwürfige Ton, den Diamond an den Tag legte, war trügerisch; insgeheim weidete er sich an der entsetzten Reaktion des Chief Constable. »Vielleicht möchten Sie ja gern zusehen. Ich habe gesagt, daß ich Julie assistieren würde. Sie scheint der Auffassung zu sein, daß meine Anwesenheit von Nutzen sein könnte.«

Pinkerton, diesmal im blaßblauen Trainingsanzug mit reflektierenden Streifen, war im Vernehmungsraum damit beschäftigt, sich die Nagelhaut zurückzuschieben, und machte einen relativ gelassenen Eindruck.

»Er war zu Hause und telefonierte«, sagte Julie zu Diamond.

»Haben Sie ihm gesagt, worum es geht?«

»Das war nicht nötig. Offensichtlich hat er es bereits von anderer Seite erfahren.«

»Hat er schon geredet?«

»Noch nicht. Aber ich glaube, er wird.«

Im Nebenzimmer beobachtete der Chief Constable die Vernehmung durch einen Einwegspiegel.

»Mr. Pinkerton, ich will nicht drum herumreden«, sagte Diamond, nachdem das Tonband eingeschaltet worden war und Julie die üblichen Formalitäten ins Mikrofon gesprochen hatte. »Bei unserem Gespräch neulich bei Ihnen zu Hause haben Sie mir einiges über Britt Strand erzählt, aber sehr selektiv.«

»Ich fand mich sehr offen«, sagte Pinkerton in einem Ton, der verriet, daß er sich nicht so leicht geschlagen gab. »Ich habe Ihnen gesagt, daß wir uns getrennt hatten. Daß es toll war, solange es währte. Was wollen Sie noch – die Stellungen, die uns am meisten Spaß gemacht haben?« Er zwinkerte Julie zu.

Unverfrorenheit störte Diamond nicht; sie war besser als Schweigen. »Sie sagten, die Affäre dauerte einige Monate, bis 1988. Ist das richtig?«

»Das habe ich doch schon ausgesagt«, erwiderte Pinkerton gereizt.

»Sie haben auch ausgesagt, daß Miss Strand Whisky pur trank.«

»Und Sie haben gesagt, Sie hätten gehört, daß sie Antialkoholikerin war, als hätte ich gelogen. Habe ich aber nicht. Sie hat erst später damit aufgehört.«

»Das glaube ich gern«, pflichtete Diamond ihm bei. »Jeder, den ich sonst noch nach ihren Trinkgewohnheiten gefragt habe, hat mir gesagt, daß sie keinen Tropfen anrührte. Sie wissen verdammt gut, warum ich Sie danach frage, nicht wahr?«

»Verraten Sie's mir«, parierte Pinkerton.

»Zuerst möchte ich Sie fragen, wie sie Auto fuhr. Darüber haben wir noch nicht gesprochen. Sie hatte doch ein Auto, als Sie sie 1987 kennenlernten, oder?«

Er zögerte, lehnte sich vom Tisch zurück. »Was soll das?«

Julie sagte: »Beantworten Sie die Frage, Mr. Pinkerton.«

Er rutschte auf dem Stuhl hin und her. »Ja, sie hatte einen Sportwagen, einen roten MGB.«

»Gut, jetzt kommen wir weiter«, sagte Diamond. »Haben Sie sich den je ausgeliehen.«

»Den MGB? Nein, ich war selbst motorisiert. Damals hatte ich einen Mercedes, glaube ich. Ich habe schon so viele Autos gehabt.«

»Mich interessiert Britts Wagen«, sagte Diamond, der seine Worte mit Bedacht wählte. Er mußte Pinkerton bei einer Lüge ertappen, und jetzt bot sich die beste Gelegenheit. »Zum Zeitpunkt ihres Todes besaß sie kein Auto. War nach Aussage einiger Bekannter von ihr schon seit mindestens zwei Jahren nicht mehr gefahren. Ich frage mich, was sie wohl mit dem MGB gemacht hat.«

»Verkauft, wahrscheinlich.«

So versuchst du's also, dachte Diamond. »Nein, verkauft hat sie ihn nicht. Wir haben das überprüft. Der Wagen gehört noch heute offiziell Britt, vier Jahre nach ihrem Tod.«

»Dann weiß ich es auch nicht«, sagte Pinkerton.

»Doch, Sie wissen es. Er befindet sich in Ihrem Besitz, nicht wahr?«

Er gab sich Mühe, verwundert dreinzublicken. »Was wollen Sie damit sagen?«

»Wir haben ihn heute abend gefunden, unter Mithilfe Ihrer Bekannten, sozusagen ›with a little help from your friends‹.« Diamond grinste. »Draußen bei Conkwell, in einem Schuppen im Wald hinter ihrem Studio. Hatten Sie das vergessen?«

Pinkerton spielte nervös mit dem Reißverschluß an seinem Trainingsanzug, seufzte und sagte: »Vollkommen. Das ist schon so lange her.«

»Das konnten wir sehen; der Wagen war völlig zugewachsen«, pflichtete Diamond ihm bei. »Es handelt sich eindeutig um Britts Wagen. Wie ist der da hingekommen?«

»Sie muß mich wohl gebeten haben, ihn bei mir unterzustellen. Ja, so wird es gewesen sein.«

»Und das war, während Sie beide die Affäre hatten.«

»Genau.« Er klang gelassen, sah aber kreuzunglücklich aus.

Diamond zog die Schraube fester an. »Nun kommen Sie schon, Jake. Die Affäre war gegen Ende 1988 zu Ende. Warum hat sie den Wagen nicht abgeholt?«

»Gute Frage.«

»Dann beantworten Sie sie.«

Pinkerton fuhr sich mit der Zungenspitze über die Oberlippe. »Wie sie sagte, wollte sie ihn nicht einfach auf der Straße lassen. Sie hatte keine Garage. Und sie hatte gesehen, daß der Schuppen in Conkwell groß genug für ein Auto war, deshalb fragte sie mich, ob sie ihn dort unterstellen könne.«

»Nicht sehr praktisch, wo sie doch in Larkhall wohnte.«

»Nein.«

»Was ist passiert? Hat sie den Wagen nie wieder benutzt?«

»Soweit ich weiß, nein.«

»Sie denn?«

»Das habe ich bereits beantwortet.«

»Ich frage das nur deshalb«, sagte Diamond, »weil der Wagen beschädigt ist. In dem Zustand sollte er nicht gefahren werden. Der Scheinwerfer auf der Beifahrerseite ist kaputt, der Kotflügel stark verbeult und die Stoßstange eingedrückt.«

»Na und?« sagte Pinkerton, bemüht unbekümmert. »Die Kiste ist schließlich gefahren worden.«

Diamond beugte sich vor und sagte leutselig: »Jake, das Problem ist, daß Sie mir nicht die ganze Wahrheit erzählt haben. Als sie den Wagen in ihrem Schuppen untergestellt hat, geschah das nicht aus praktischen Erwägungen, sondern weil sie den Schaden verbergen wollte, und Sie haben mit ihr gemeinsame Sache gemacht. Sie hat den Unfall nie gemeldet. Sie müssen gesehen haben, in welchem Zustand der Wagen war.«

Pinkerton untersuchte erneut seine Fingernägel: »Ja.«

»Er hätte repariert werden können«, stellte Diamond fest. »Wieso wurde er nicht repariert?«

»Weiß ich nicht.«

»Vielleicht weil sie Angst hatte, daß der Schaden gemeldet werden könnte?«

»Ich kann hier nicht für sie sprechen.«

»Dann sprechen Sie für sich selbst«, sagte Diamond schneidend. »Dieser Wagen steht seit sechs Jahren in Ihrer Garage. Er ist einiges wert, ein MGB. Er hätte in Britts Nachlaß gehört.«

»Ich klaue keine Autos, falls Sie darauf hinauswollen«, sagte Pinkerton. »Ich hab dieses Scheißding nie gewollt.«

»Sie wollten nicht, daß bekannt wird, daß sie gemeinsam mit ihr einen Unfall verschleiert haben.«

Nach einer Pause sagte er: »Geht's darum?«

»Deshalb haben Sie nichts unternommen, stimmt's oder hab ich recht?« Pinkerton sah weg.

Diesmal hakte Julie nach: »Sie haben den Zustand des Wagens gesehen. Sie müssen sie gefragt haben, woher der Schaden stammte, und sie muß es Ihnen gesagt haben.«

Noch immer keine Antwort.

»Erzählen Sie uns genau, was sie gesagt hat. In dieser Situation«, fügte sie hinzu, »hoffen wir auf Ihre Kooperation.«

Pinkerton war intelligent genug, einen dezenten Hinweis zu verstehen. Er sah Diamond an, dann wieder Julie, wissend, daß sie ihm keinen Deal anbieten würden, solange das Band lief. Sie saßen beide da, wie die Sphingen.

Er redete. »Britt kam eines Nachts sehr spät zu mir in mein Haus in Monkton Coombe. Sie war außer sich. Sie hatte draußen in Warminster an einer Story gearbeitet, wie sie sagte, und ein flüssiges Abendessen zu sich genommen.«

»Wann war das?« fragte Julie.

»Damals war ich gerade mit dem Album ›Sons of Slade‹ beschäftigt, also wird das im Oktober 1988 gewesen sein.«

»Sind Sie sich da sicher?«

»Ja. Sie hat mir erzählt, daß sie viel zuviel intus hatte und sich auf dem Nachhauseweg verfahren hat; sie ist in Richtung Westbury statt nach Bath gefahren. Das war nicht weiter schlimm, weil sie wußte, wie sie über Trowbridge wieder zurückkommen konnte. Aber dann hat sie im Rückspiegel einen Polizeiwagen gesehen und geglaubt, daß er ihr folgte. Sie wußte verdammt gut, daß sie ihren Führerschein verlieren würde, falls sie pusten mußte. Um sie abzuschütteln, ist sie von der Hauptstraße abgebogen und hat dann auf den kleinen Sträßchen vollkommen die Orientierung verloren. Es wurde schon dunkel, also muß das so gegen fünf Uhr gewesen sein. Wie sie mir erzählte, fuhr sie gerade durch ein kleines Dorf, als plötzlich ein Fußgänger auf die Straße trat. Britt hat versucht auszuweichen, aber die Person noch erwischt und umgestoßen, wie sie es ausdrückte. Der Wagen ist eine Mauer entlanggeschrammt, aber sie hat ihn wieder unter Kontrolle gebracht und ist weitergefahren.«

»Weitergefahren. Sie hat jemanden angefahren und nicht angehalten?«

»Richtig.«

»Mann? Frau?«

»Das hat sie nicht gesagt. Sie hat die Person ja auch nicht direkt überfahren, und sie hat gebremst, als sie sie erfaßte, deshalb meinte sie wohl, sie hätte sie nicht ernstlich verletzt. Aber wenn das gemeldet worden wäre, hätte sie große Schwierigkeiten gekriegt. Sie konnte den Wagen nicht auf der Straße vor ihrem Haus stehenlassen. Sie mußte ihn irgendwo verstecken. Sie bat mich um Hilfe, und ich habe gesagt, sie könne das Auto bei mir unterstellen, bis Gras über die Sache gewachsen wäre und sie das verfluchte Ding reparieren lassen und wieder damit rumkutschieren könnte.«

»Und das hat sie nie getan«, sagte Diamond.

»Stimmt.«

»Haben Sie je mehr über den Unfall erfahren?« fragte Julie.

»Sie hat ihn mir gegenüber nie wieder erwähnt.«

Diamond sagte: »Haben Sie denn nicht gefragt? Ich meine, schließlich stand der Wagen noch lange nach Ihrer Trennung in dem Schuppen.«

Pinkerton zuckte die Achseln: »Sie werden das nur schwer glauben können, aber es stimmt. Ich hatte die Kiste völlig vergessen. Mein Geschäft expandierte. Fast jeden Monat bekam ich eine neue Band, ich mixte phantastische neue Sounds. Ich konnte mich vor Arbeit nicht retten.«

»Sie sind sicher, daß sie den Unfall nie wieder erwähnte?«

»Mir gegenüber jedenfalls nicht. Das war ein heikles Thema. Ich meine, sie hat von heute auf morgen mit dem Saufen aufgehört, und wir wußten beide, wieso. Und soweit ich weiß, ist sie auch nie wieder Auto gefahren.«

»Bei unserem letzten Gespräch haben Sie das aber anders dargestellt. Angeblich hatten Sie nicht die blasseste Ahnung, warum sie aufgehört hatte zu trinken.«

Er schüttelte reumütig den Kopf. »Nun seien Sie doch nicht so hart, Mann. Ich wollte da nicht mit reingezogen werden.«

»Wir ermitteln in einem Mordfall, und Sie bitten mich, nicht so hart zu sein?« flötete Diamond. »Sie haben Beweise unterschlagen, mich in Lebensgefahr gebracht und bitten mich, nicht so hart zu sein? Sie scherzen. Und ich bin nicht zufrieden mit Ihren Antworten. Ich glaube nicht, daß Sie die Existenz des Wagens vergessen hatten.«

»Das ist die reine Wahrheit«, beteuerte Pinkerton.

»Das ist Schwachsinn. Als sie ermordet wurde und die Zeitungen darüber berichteten, muß es Ihnen wieder eingefallen sein.«

Er rieb sich das Gesicht.

»Raus mit der Sprache«, sagte Diamond.

Er seufzte. »Okay, ich habe das mit dem Wagen verschwiegen. Ich bin verdammt bekannt im Showgeschäft, Mr. Diamond, und wichtiger, als Sie vielleicht denken. Damals hatte ich schon die Presse auf dem Hals, die mich mit Fragen zu meinem Verhältnis mit Britt bombardierte. Ich habe gesagt, daß es vorbei war, endgültig, und das war auch die Wahrheit. Wenn die Presseleute erfahren hätten, daß ich noch immer ihr Auto hatte, hätten die nicht mehr lockergelassen, und Sie ebensowenig. Keiner hätte mir geglaubt, daß wir schon getrennt waren.«

»Sie haben mir erzählt, daß Sie beide weiterhin Kontakt hatten. Stimmte das?«

»Klar. Wir sind Freunde geblieben.«

»Und Sie hat den Unfall oder das Auto nie mehr erwähnt?«

»Ich habe Ihnen doch gesagt, daß das ein heikler Punkt war.«

»Wann haben Sie sie das letzte Mal gesehen?«

»Ungefähr drei Wochen vor ihrem Tod. Auf der Milsom Street, zufällig. Sie war allein, machte Einkäufe.«

»Worüber haben Sie geredet?«

»Nichts Besonderes. Wir haben uns gegenseitig auf den neuesten Stand gebracht. Ich hab ihr was über die Bands erzählt, mit denen ich damals zu tun hatte, und sie mir was über die Zeitschriften, für die sie arbeitete. Mehr nicht. Bloß ein paar Minuten auf der Straße.«

»Haben Sie danach noch mal telefoniert?«

»Nein. Das war definitiv das letzte Mal. Jetzt habe ich Ihnen wirklich alles erzählt, beim besten Willen.«

»Was sollte das alles?« erkundigte sich Farr-Jones gereizt. »Ich war der Meinung, daß Sie ein Mordgeständnis aus ihm herausholen wollten.«

»Mordgeständnis? Nein. Entscheidende Informationen, ja«, entgegnete Diamond.

»Hörensagen, das meiste davon.«

»Stimmt«, pflichtete er bei.

»Er hat zugegeben, daß er den Wagen versteckt hat«, sagte Julie. »Er hat gemeinsam mit ihr Beweismittel unterschlagen.«

»Sie haben doch nicht ernsthaft vor, ihn deswegen dranzukriegen?« sagte Farr-Jones. »Wissen Sie was? Ich hatte einen sehr langen Tag, und es ist spät. Ich mache für heute Schluß.«

»Gut, Sir«, sagte Diamond. »Um wieviel Uhr sollen wir uns treffen?«

»Gibt es denn noch was zu erörtern?«

»Einiges zu klären.«

»Dann um elf.« Schon bei dem Gedanken an einen weiteren Tag mußte Farr-Jones gähnen.

»Prima«, sagte Diamond. »Vor der Kirche?«

»Welche Kirche? Wir haben doch nicht Sonntag, oder?«

»In Steeple Ashton.«

»Wozu das denn, um Himmels willen?«

Als Farr-Jones gegangen war, schüttelte Diamond langsam den Kopf. »Er hatte einen sehr langen Tag. Rührt Sie das nicht zu Tränen, Julie?«

29

Es gehört zu den vielen Absonderlichkeiten, die zum Reiz der englischen Landschaft beitragen, daß die Pfarrkirche von Steeple Ashton keine Kirchturmspitze hat. Ein Sturm hat sie im Jahre 1670 abgeknickt. Der Turm ist erhalten geblieben und ragt hoch über das Dorf und die Landschaft nördlich von Westbury Hill, denn selbst in dieser gestutzten Form ist St. Mary's eine große Kirche. Eine Fülle verschnörkelter Fialen wiegt den Verlust der Kirchturmspitze auf, und der Bau wirkt eher überladen als unvollständig. Die verschwenderischen Verzierungen künden vom einträglichen Wollhandel im mittelalterlichen Wiltshire, und seltsamerweise erinnern die meisten Wasserspeier, die in die Simse und Zinnen gemeißelt sind, an die rundlichen Formen von Strickpuppen.

All dies entging der Gruppe ranghoher Polizeibeamter, die mit den Füßen stampften und sich die behandschuhten Hände rieben, während sie vor dem Südeingang der Kirche standen wie Trauergäste, darauf wartend, sich hinter einem Sarg aufzureihen. Bitterer Frost hatte den Friedhof weiß überpudert, und es wehte ein schneidender Ostwind.

Just in dem Augenblick, als die blaugoldene Turmuhr elf anzeigte, kamen Peter Diamond und Julie Hargreaves um die Ecke des Gebäudes.

»Schönen guten Tag, Gentlemen. Sind alle da?«

Die Zahl der Anwesenden bot Anlaß zur Zufriedenheit. Außer Farr-Jones und Tott waren John Wigfull, Keith Halliwell und zwei uniformierte Polizisten dabei, die zuvor Commander Warrilow zugeordnet gewesen waren. Letzterer war zur allgemeinen Erleichterung am selben Morgen mit seinem zusammengeflickten Gefangenen zur Isle of Wight zurückgekehrt.

Diamond und Julie waren schon eine Stunde zuvor eingetroffen und hatten jede Minute genutzt; im pudrigen Frost zeichneten sich, wo sie auf und ab gegangen waren, ihre Spuren grau zwischen den Gräbern westlich der Kirche ab.

»Würden Sie mir dann bitte folgen? Es wird nicht lange dauern.« Diamond entschied sich für einen frischen Weg über den festgefrorenen Boden und führte die anderen im Gänsemarsch zu einer Reihe von Gräbern, die so regelmäßig nebeneinanderlagen wie die Zähne eines Schauspielers. Schließlich blieb er vor einem Grab mit niedrigem Grabstein stehen. Darauf war eine schlichte Inschrift:

GEORGINA MAY HIGGINSON
13.9.1981–17.10.1988

»Gerade sieben Jahre alt«, bemerkte Tott.

»Wie furchtbar«, flüsterte Halliwell, der Sensibelste in der Gruppe. Es hatte noch etwas gesagt werden müssen, auch wenn Worte unzulänglich waren.

»Ihnen wird das Datum aufgefallen sein, Sir«, sagte Diamond an Farr-Jones gerichtet.

»Oktober '88. Sie vermuten, daß dieses kleine Mädchen das Opfer des Unfalls mit Fahrerflucht war?«

»Wir sind uns sicher. Das hier ist das einzige Kindergrab aus dem Jahr 1988, das wir finden konnten.«

Farr-Jones stieß ein weißes Atemwölkchen aus. »Ist dieses Kind denn tatsächlich bei einem Autounfall ums Leben gekommen? Haben Sie das überprüft?«

»Das hat Inspector Hargreaves soeben getan, über Funk.«

Julie berichtete: »Ein Kind dieses Namens wurde an diesem Tag hier in Steeple Ashton um Viertel vor fünf gegenüber dem Lebensmittelgeschäft von einem Wagen überfahren und starb. Der Fahrer konnte nie festgestellt werden.«

Diamond fügte hinzu: »Die nächsten Angehörigen sind John Higginson, der Vater, wohnhaft in Belfast, und Prue Shorter, die Mutter, die noch immer hier wohnt. Sie ist die Fotografin, die für Britt Strand gearbeitet hat.«

Bis jetzt hatte Farr-Jones allen Aussagen folgen können. Der letzten nicht mehr, und das spiegelte sich auch in seinem Gesicht.

Diamond erklärte: »Miss Shorter bot Britt irgendwann im Sommer 1990 ihre Mitarbeit an, also fast zwei Jahre nach dem Unfalltod des Kindes. Sie hatte schon den starken Verdacht, daß Britt die Fahrerin des Wagens gewesen war, aber sie wollte sichergehen, denn sie hatte vor, den Tod ihrer Tochter zu rächen, indem sie den Menschen tötete, der dafür verantwortlich war. Also arbeitete sie den Sommer und Herbst des Jahres 1990 als ihre Fotografin, bis sie hundertprozentig sicher war und sich die passende Gelegenheit bot.«

»Wußten wir denn damals nichts davon?«

»Von dem Unfall? In den Akten wurde er als Fahrerflucht geführt, aber wir hatten keine Veranlassung, ihn mit dem Mord an Britt Strand in Verbindung zu bringen. Routinemäßig überprüften wir sämtliche Zeugen im Hinblick auf frühere Vergehen, und Miss Shorter war unbelastet. Die Information, daß sie die Mutter eines Unfallopfers war, hat der Computer nicht geliefert.«

»Das kann er nicht«, bestätigte Wigfull.

Farr-Jones fragte: »Wie sind Sie dann auf sie gekommen?«

Diamond trippelte plötzlich auf der Stelle wie einer der Jungschwäne in »Schwanensee«. »Verzeihen Sie, Sir, aber ich muß mal. Das liegt wohl an der Kälte.«

»Hier?« sagte Farr-Jones stirnrunzelnd.

»Zufällig weiß ich, daß Prue Shorter in ihrem Häuschen immer den Kamin an hat. Was halten Sie davon, sie jetzt gleich festzunehmen?«

Es war die höflichste Festnahme in der Erinnerung aller anwesenden Detectives. Der Zeitpunkt hätte nicht besser gewählt sein können. »Wie viele seid ihr denn?« fragte Prue Shorter. »Acht, stimmt das? Ich fürchte, so viele Stühle habe ich gar nicht. Würden Sie bitte das Messer nehmen, Mr. Diamond? Das große auf dem Schränkchen hinter Ihnen.«

Sie schob einen dampfend warmen Mandelkuchen über den Küchentisch, damit Diamond ihn anschnitt.

Angesichts dieser unerwarteten Situation blickten ein paar von den Beamten ratsuchend zum Chief Constable hinüber. Er war vernünftig genug, die Vorgehensweise gutzuheißen: »Als ich noch ein kleiner Junge war, habe ich immer die Rupert-Bücher gelesen«, sagte er zur Verwunderung aller. »›Rupert Bear‹ – die originalen von Mary Tourtel, mit dem gelben Einband und schwarzweißen Illustrationen. Am Ende kam Rupert immer von irgendeinem Abenteuer nach Hause zurück, und die fürsorgliche Mrs. Bear hatte einen Kuchen gebacken.«

Es entstand eine verlegene Stille. Hohe Polizeibeamte boten normalerweise keinen Einblick in ihr Privatleben.

Prue Shorter unterbrach das Schweigen, indem sie bemerkte: »Ich persönlich konnte mich nie damit anfreunden, daß Tiere angezogen herumliefen. Ich mochte die ›Fünf-Freunde‹-Bücher mehr.«

»Enid Blyton«, sagte Wigfull, die wandelnde Enzyklopädie.

Tott sagte: »Hieß einer davon nicht ...«

»George. Ja«, sagte Prue Shorter rasch und fügte fast unhörbar hinzu: »Georgina.«

Das Polizeiaufgebot vor ihrer Haustür hatte sie nicht aus der Fassung gebracht. Sie hatte die Beamten hereingebeten und gesagt: »Wo Sie jetzt da sind, kann ich Ihnen gar nicht sagen, wie erleichtert ich bin. Was möchten Sie zuerst, meine Lieben, ein Stück Kuchen oder mein Geständnis?«

Danach war es ihnen unpassend erschienen, sie darauf hinzuweisen, daß zwei uniformierte Beamte an der Hintertür postiert waren, um einen eventuellen Fluchtversuch zu vereiteln. Dessen ungeachtet hatte sie alle willkommen geheißen und Kaffee gekocht.

Diamond war mit dem Zerteilen des Kuchens fertig und legte das Messer ins Spülbecken, außer Reichweite von Prue Shorter. Noch immer hatte er Britt Strands zerfleischten Leichnam deutlich in Erinnerung. Diese fürsorgliche Mrs. Bear konnte ebensogut mit dem Messer umgehen, wie sie Kuchen backte. »Sind Sie bereit zu reden?« fragte er sie.

Mit grandioser Fassung erwiderte sie: »Möchten Sie denen nicht lieber selbst erzählen, wie Sie auf mich gekommen sind, Herzchen? Genießen Sie den Applaus, solange sie Gelegenheit dazu haben. Ich bin ja ganz hingerissen von Ihrer genialen detektivischen Arbeit, aber bei den anderen weiß ich nicht so recht.«

Farr-Jones, von dieser respekteinflößenden Frau in Bann geschlagen, sagte: »Ja, Mr. Diamond, fassen Sie doch bitte einmal Ihre Ermittlungen für uns zusammen.«

»Nicht nur meine«, stellte Diamond klar. »Wir waren zu zweit. Inspector Hargreaves gebührt ein Großteil des Verdienstes. Sie sollte zur Beförderung vorgeschlagen werden.«

Julie starrte in ihre Kaffeetasse.

Diamond war weniger bescheiden. »Sie möchten also wissen, was uns hierhergeführt hat?« sagte er. »Die gute alte Methode von Beobachtung und Schlußfolgerung. Manches schien zu Beginn nicht viel zu bedeuten. Zum Beispiel, als Julie und ich zum ersten Mal hier in dieses Häuschen kamen, fiel uns eine Kindergeige in einer der Nischen im Nebenzimmer auf. Außerdem war da an der Pinnwand eine Zeichnung, ein Strichmännchen, also offensichtlich das Werk eines kleinen Kindes. Eigentlich nicht viel, aber als ich das nächste Mal herkam, war die Geige verschwunden. Wie sich herausstellte, war Miss Shorter kurz verheiratet gewesen und hatte ein Mädchen zur Welt gebracht, das im Alter von sieben Jahren starb. Ich habe nicht nachgehakt und gefragt, woran die Kleine gestorben war, und das mag Ihnen als eine Nachlässigkeit meinerseits erscheinen, aber rückblickend bezweifle ich, daß ich eine wahrheitsgetreue Antwort erhalten hätte. Ich war auf gefährliches Terrain vorgedrungen. Richtig?«

Prue Shorter nickte.

»Natürlich«, fuhr Diamond fort, »registriert man ständig irgendwelche Dinge, und neunundneunzig Prozent davon erweisen sich als irrelevant. Es war schon einige Arbeit und scharfsinniges Schlußfolgern von Julie und mir erforderlich, um herauszufinden, daß Britt Strand früher einen Wagen besessen hat, einen MGB. Nach den Computerunterlagen besitzt sie ihn noch immer. Gegen Ende des Jahres 1988 hörte sie plötzlich mit dem Autofahren auf. Schließlich fanden wir den Wagen und entdeckten daran deutliche Unfallspuren. Jake Pinkerton, ihr damaliger Freund, erlaubte ihr, den Wagen im Wald hinter seinem Aufnahmestudio bei Conkwell zu verstecken. Natürlich wurde er von uns vernommen. Britt Strand hatte ihm damals gestanden, daß sie jemanden angefahren hatte, aber ob es ein Mann oder eine Frau gewesen war, wollte sie ihm nicht sagen. Warum? fragte ich mich. Was spielte es für eine Rolle, welches Geschlecht das Opfer hatte? Sie wollte es noch nicht mal ihrem Freund erzählen, weil sie sich zu sehr schämte. Sie hatte ein Kind angefahren und noch nicht mal angehalten.«

»Hat sie mit einem Schädelbruch auf der Straße liegenlassen«, fügte Prue Shorter mit einer harten, anklagenden Stimme hinzu, die in scharfem Kontrast zu der freundlichen Person stand, als die sie sonst erschien. »Am nächsten Tag stand es in der Zeitung, und sie hat sich trotzdem nicht gemeldet.«

Tott sagte: »Erbärmlich.«

»Dennoch«, bemerkte Farr-Jones mit Blick auf Diamond, »der Zusammenhang zwischen einer Kindergeige und einem Unfall mit Fahrerflucht ist alles andere als zwingend.«

Diamond erwiderte beißend: »Es gibt noch einiges mehr.« Er war gekränkt. »Sehr viel mehr. Zum Beispiel das Trinken. Von Jake Pinkerton wußten wir, daß Britt früher Whisky trank. Nach dem Unfall machte sie radikal Schluß damit. Wurde Antialkoholikerin.«

»Eine große Hilfe, nachdem meine Kleine tot war«, zischte Prue Shorter.

»Kommen wir also zu Ihnen.« Diamond sprach sie zum ersten Mal direkt an. »Eine talentvolle Lady. Eine wahre Künstlerin im Kuchenbacken, die alle um den Finger wickelt.«

Sie lachte.

»Das ist mein Ernst«, beteuerte er. »Sie sind ein Naturtalent, wenn es darum geht, Sympathie zu wecken, wieso säßen wir sonst alle hier um Ihren Küchentisch? Sie könnten jeden betören, selbst ihren schlimmsten Feind, und genau das haben Sie getan. Aber nicht mit Kuchen. Sie hatten Berufserfahrung als Fotografin. Freiberuflich haben Sie Fotos für den ›Bath Chronicle‹ und die ›Wiltshire Times‹ gemacht, manchmal sogar an überregionale Zeitungen verkauft. Richtig gute Fotos. Daher hatten Sie leichtes Spiel, Britt ihre Arbeiten vorzulegen und sie davon zu überzeugen, lieber mit einem Talent hier aus der Gegend zusammenzuarbeiten als mit einem Starfotografen aus London. Das war Mitte 1990, nicht wahr?«

Prue Shorter nickte.

»Die Daten sind wichtig«, sagte er mit einem Blick in die Tischrunde. »Das kleine Mädchen wurde im Oktober 1988 getötet, also geht es jetzt um die Zeit mindestens anderthalb Jahre später.« Er wandte sich wieder Prue Shorter zu. »Ich weiß noch immer nicht, wie Sie herausgefunden haben, daß Britt Strand dafür verantwortlich war. Schließlich wußten Sie ja nicht, daß es den Wagen noch gab. Sie sind über einen ganz anderen Weg zur Wahrheit gelangt als wir.«

Sie sagte: »Das Wort ›verantwortlich‹ würde ich nicht im Zusammenhang mit ihr verwenden.«

»Woher wußten Sie, daß Britt es war, die Ihre Tochter getötet hatte?«

»Die Rosen«, antwortete sie mit einer Stimme, in der nichts mehr von der Munterkeit mitschwang, die sie zuvor an den Tag gelegt hatte. »Die lagen am Tag nach der Beerdigung auf dem Grab. Ein Dutzend Rosen in Klarsichtfolie verpackt. Kein Text dabei. Kein Hinweis, wer sie geschickt hatte. Ich habe wochenlang in sämtlichen Blumenläden in Bath, Bristol, Trowbridge, Westbury, Melkham nachgefragt. Ich nahm an, daß der flüchtige Fahrer sie gebracht hatte. Ich wußte es. Aber ich konnte das Geschäft nicht ausfindig machen. Sie muß sie wohl in London gekauft haben. Ich mußte ein ganzes Jahr lang warten, bis ich ihre Spur aufnehmen konnte.«

»Am Jahrestag des Unfalls?«

»Ja. Ich hätte es mir denken können und den Friedhof beobachten sollen, aber ich tat es nicht. Und dann lag wieder ein frischer Strauß da, wieder ohne jeden Hinweis auf den Überbringer. Aber diesmal habe ich nicht sämtliche Blumenläden abgeklappert, ich bin zu den Leuten gegangen, die an der Church Road wohnen, neben der Kirche, und habe gefragt, ob sie jemanden gesehen hätten. Da fahren nicht viele Autos, außer an Wochenenden und bei Beerdigungen. Tja, und einer von gegenüber hatte in der Abenddämmerung ein Taxi gesehen, aus dem eine Frau mit Kopftuch und dunklem Mantel ausgestiegen und auf den Friedhof gegangen war. Das Taxi hatte ungefähr zehn Minuten gewartet, bis sie zurückkam. Es hatte so ein beleuchtetes Schild auf dem Dach. Es war eines von den Abbey-Taxis, die in Bath fahren.«

»Aha. Sie haben den Fahrer aufgespürt?«

»Am nächsten Tag. Er erinnerte sich an sie. Sie hatte die Rosen dabei. Außerdem hatte sie einen leichten ausländischen Akzent, und er konnte mir eine gute Beschreibung geben. Das Problem war nur, daß er mir weder ihren Namen noch ihre Anschrift nennen konnte. Sie hatte das Taxi vom Bahnhof aus genommen, und dort hatte er sie auch wieder abgesetzt. Ich habe mich mehrere Nachmittage von ihm in Bath herumfahren lassen, in der Hoffnung, daß er sie entdecken würde, aber wir hatten kein Glück. Dann, einige Wochen später, rief er mich abends an und sagte, er hätte mit einem anderen Fahrer gesprochen, der glaubte, die Frau zu kennen. Er hatte sie mehrmals vom Bahnhof zu einem Haus in Larkhall gefahren, und sie war eine schwedische Journalistin.« Sie breitete die Hände aus. »Mehr hatte ich nicht, aber es reichte. Ich fragte bei der Zeitung nach. Sie arbeitete zwar nicht für das Lokalblättchen, aber man kannte sie dort. Ist schließlich ihr Geschäft, die Kollegen vor Ort zu kennen. Es war nicht gerade vielversprechend, als ich herausfand, daß diese Frau weder Auto fuhr noch Alkohol trank, aber so leicht lasse ich mich nicht entmutigen. Ich brachte alles über sie in Erfahrung, was ich nur konnte. Ich besorgte mir den Job bei ihr, arbeitete für zwei Stories mit ihr zusammen, Longleat und die Hausbesetzung auf der Trim Street.«

»Sie können so gut mit Menschen umgehen, daß es Ihnen gelang, den Haß zu unterdrücken, den Sie für die Frau empfanden, die Ihre Tochter getötet hat.«

»Nein«, fiel sie Diamond ins Wort. »Sie sehen das falsch. Ich war nicht sicher, ob sie es getan hatte. Wäre ich mir sicher gewesen, hätte ich sie schon früher umgebracht. Ich hätte nicht warten können.«

So, wie sie das sagte, klang es unheimlich.

Diamond akzeptierte die Richtigstellung mit einem Nicken. »Ich wollte sagen, daß Sie Britts Vertrauen gewannen, alle Fotos machten, die sie wollte, und noch dazu gute Fotos. Sie besuchten sie in ihrer Wohnung in Larkhall. Lernten ihren Tagesablauf kennen, ihre Freunde, ihre Vermieter, und ich bin sicher, daß das einseitig war. Sie hat Sie nicht besucht. Wieso auch? Sie waren die Fotografin, die Assistentin, also brachten Sie ihr die Abzüge zur Ansicht. Sie wußte gar nicht, daß Sie in Steeple Ashton wohnten, wo sie das Kind überfahren hatte. Sie haben eine Mobilfunknummer ohne Ortsvorwahl, und mehr als das Telefon brauchte sie nicht, um mit Ihnen in Verbindung zu bleiben.«

Er goß sich noch etwas Kaffee ein. Niemand sonst sagte etwas. Er biß ein Stück Kuchen ab. Er hatte ihre Aufmerksamkeit, solange er wollte. »Im September oder Oktober 1990 fing Britt an, Recherchen über John Mountjoys Spracheninstitut anzustellen. Wie immer erzählte sie Ihnen alles, die Hintergrundinformationen, ihren Verdacht, daß sich bei ihm Iraker anmelden konnten, die gar nicht die Absicht hatten, sein Institut zu besuchen, sondern nur die Voraussetzungen für ein Visum erfüllen wollten. Sie machten von außen ein paar Fotos von dem Institut. Und jetzt kommen wir zu dem Tag vor dem Mord, dem 17. Oktober – auf den Tag genau zwei Jahre nach dem Unfall, bei dem Ihre Tochter das Leben verlor. Das war der Tag, an dem sie den endgültigen Beweis dafür erhielten, daß Britt den Wagen gefahren hatte.«

»Die Rosen?« sagte Farr-Jones. Prue Shorter nickte.

»Sie haben sie beobachtet, wie sie sie zum Grab brachte?« sagte Diamond.

»Und da war ich endlich sicher«, sagte sie leise.

Außerdem bot sich Ihnen am nächsten Tag die Gelegenheit zu handeln. Britt hatte die Einladung zum Essen mit Mountjoy angenommen und Ihnen gesagt, daß sie ihn mit nach Hause nehmen und das Gespräch aufzeichnen würde. Sie hatte vor, ihn an jenem Abend mit den Beweisen zu konfrontieren, und sie tat es. Das gibt er zu. Aber er hat sie nicht getötet. Auch GB nicht, ihr jüngster Verehrer, der rasend eifersüchtig war und den beiden bis zum Haus folgte. Auch Billington nicht, der überraschend nach Hause kam, um seine Autoschlüssel zu holen. Der Mord geschah, nachdem diese drei Männer wieder fort waren. Sie haben Britt am späten Abend besucht, als sie allein im Haus war, gegen Mitternacht oder noch später, unter irgendeinem Vorwand, den Sie am Telefon genannt hatten – vielleicht sogar die Wahrheit, nämlich daß Sie mit Sicherheit wußten, daß sie die Unfallfahrerin war.«

Prue Shorter nickte. »Das war die einzige Möglichkeit, so spät nachts noch von ihr eingelassen zu werden.«

»Sie war einverstanden.«

»Sofort.«

»Und dann fuhren Sie mit einem Messer bewaffnet hin ...«

»Einem Küchenmesser.«

Diamond mußte kurz an das Messer denken, das sie ihm gegeben hatte, um den Kuchen zu schneiden, aber er verbannte diesen Gedanken. »Sie hat sie nach oben gebeten. Sie hatten auch die Rosen dabei, die sie auf das Grab Ihrer Tochter gelegt hatte. Sie haben auf sie eingestochen und ihr die Rosen in den Mund gestopft.«

Sie starrte ihn herausfordernd an.

»Eine Frage«, sagte er. »Bevor Sie das Haus wieder verließen, haben Sie da eine Kassette aus dem Recorder genommen?«

»Die werden Sie hier nicht finden«, sagte sie. »Ich hab sie in den Fluß geschmissen. Sie hatte fast alles aufgenommen. Das Ding hätte mich verraten können.«

Eher an die Polizisten als an sie gewandt, gab er zu: »Die Bedeutung dieser Rosen war für Inspector Hargreaves und mich ein echtes Rätsel. Wir haben sie nicht auf einem Friedhof gesehen. Nur am Tatort eines Mordes. Eine Zeitlang nahmen wir das Nächstliegende an, daß sie auf einen eifersüchtigen Liebhaber hindeuteten. Außerdem nahmen wir fälschlicherweise an, daß der Mörder die Blumen gekauft haben mußte. Eines war jedenfalls sicher: Wer auch immer sie gekauft hatte, er hatte sich große Mühe gegeben, daß wir die Spur nicht zu einem Blumenladen in Bath oder Umgebung zurückverfolgen konnten. Erst gestern abend wurde uns klar, daß sie selbst sie gekauft hatte, um sie auf das Grab des kleinen Mädchens zu legen, das sie überfahren und getötet hatte.«

Prue Shorter schlug krachend mit der Faust auf den Tisch. »Das hört sich an wie ein Akt des Mitgefühls. Aber sie hat es nur gemacht, um ihr verdammtes Gewissen zu beruhigen, dieses Miststück. Am Jahrestag von Georginas Tod lagen plötzlich diese widerlichen Rosen auf ihrem Grab, dem Grab meiner Tochter, und haben es besudelt. Die wurden nicht für meine Kleine dahin gelegt, oder um meinetwillen, o nein. Sie hat sie da abgelegt, um sich selbst, sich selbst einreden zu können, daß sie nicht roh und kaltherzig war. Aber das war sie, sonst hätte sie mein Kind nicht allein auf der Straße sterben lassen. Es war ihr egal. Ihr Leben ging ungetrübt weiter, der Klassejob, der Glamour, die Reisen, die Liebhaber. Einmal im Jahr ein Dutzend Rosen zu kaufen, war für die doch kein Opfer. Aber ich hab sie ihr zurückgegeben. Hab sie in ihr Lügenmaul gestopft, nachdem ich sie erstochen hatte. Da lagen sie auf ihrer blutigen Leiche anstatt auf dem Grab meines Kindes.« Mit rot unterlaufenen Augen blickte sie wild um sich. »Glotzt mich nicht so an mit euren frommen Mienen. Keiner von euch weiß, was ich durchgemacht habe. Ihr wißt nicht, was es heißt, ein Kind allein großzuziehen, immer bemüht, den Vater zu ersetzen, der es verlassen hat, und gleichzeitig genug verdienen zu müssen, uns beide durchzubringen. Ihr habt sie nicht gepflegt, wenn sie Asthmaanfälle hatte oder Bronchitis. Ihr habt sie nicht getröstet, als sie vor dem ersten Schultag Alpträume hatte. Und euch hat man nicht in eine Leichenhalle geführt und gebeten, ihren armen kleinen Körper zu identifizieren.« Sie schlug die Hände vors Gesicht und schluchzte.

Farr-Jones warf Julie einen Blick zu, die zu Prue Shorter ging und ihr einen Arm um die Schulter legte.

Sogleich blickte sie auf und sagte: »Meine Lieben, das wollte ich nicht. Es tut mir leid. Möchte vielleicht noch jemand Kaffee?«

Gegen Mittag rief Diamond Stephanie an und teilte ihr mit, daß er nach Hause kommen werde. »Rechtzeitig zu einem schönen Abendessen, es gibt nämlich was zu feiern«, sagte er. »Ich bringe etwas mit, das wir beide mögen. Und ein gutes Fläschchen.«

»Was feiern wir denn?« fragte sie. »Hast du diesen Häftling wieder eingefangen?«

»Ja, aber das ist noch nicht alles, Steph. Ich erzähl's dir heute abend.«

»Was ist passiert? Du klingst, als wärest du wieder ganz der alte – entsetzlich gut aufgelegt.«

»Der alte? An mir ist rein gar nichts alt, wie du bald feststellen wirst.«

Einen Augenblick herrschte Schweigen am anderen Ende der Leitung. Dann sagte sie: »Geht's dir wirklich gut? Oder hat der Bienenstich vielleicht irgendwelche Schäden hinterlassen?«

»Den hatte ich schon ganz vergessen.«

Sie fragte argwöhnisch: »Was hast du dagegen eingenommen?«

»Ich bin rundum gesund, Ehrenwort. Nur glücklich über den Abschluß.«

»Gut, da bin ich wirklich froh«, sagte sie. »Und ich habe gedacht, du müßtest jetzt völlig übermüdet sein.«

»Ganz und gar nicht«, erwiderte er. »Es war eine Herausforderung, und ich habe sie gemeistert. Und letzten Endes war es das reinste Kaffeekränzchen.« Er lachte. »Wirklich Liebes, das reinste Kaffeekränzchen.«

30

Als Diamond einen Blick in das improvisierte Büro warf, tippte Julie noch immer Zeugenaussagen ab. »Wie viele noch?« fragte er.

Sie sah auf und seufzte. »Zwei Seiten von dem hier, und dann muß ich mit meinem Bericht anfangen.«

»Papierkram«, sagte er. »Hassen Sie den auch so?« Er blätterte den Stapel Papiere durch, die er selbst in Händen hielt und die er bei Immobilienmaklern gesammelt hatte: Angebote von Häusern, die in und um Bath zum Verkauf standen. Er würde seinen Papierkram im Zug nach London erledigen.

Sie tippte einen weiteren Satz, dann sagte sie: »Wenigstens gibt sie alles zu.«

»Vier Jahre zu spät.«

»Irgendwie tat sie mir ziemlich leid, und sie ist eine Mörderin.«

Er blieb ungerührt. »Sie hat nicht sonderlich viel Mitgefühl für Mountjoy gezeigt, der die letzten vier Jahre in Albany sitzen mußte.«

»Er wird doch wohl hoffentlich schnell entlassen werden?«

»Weiß ich nicht«, sagte er. »Die Mühlen des Gesetzes mahlen langsam. Das Gericht will jedenfalls eine Eingabe beim Innenministerium machen.«

»Nachdem ich ihre Aussage aufgenommen hatte, habe ich sie nach Mountjoy gefragt«, sagte Julie. »Ob er ihr Gewissen belastete. Sie hat gesagt, nach allem, was sie in den Zeitungen über ihn gelesen hatte, wie brutal er mit Frauen umgegangen ist, sei sie überzeugt gewesen, er habe jeden Tag verdient, den er im Gefängnis säße.«

»Darum geht es nicht, Julie. Prue Shorter ist nicht das Gesetz.«

»Ich habe nicht gesagt, daß ich der gleichen Meinung bin.«

Sie fing wieder an zu tippen.

»Wir sollten was trinken gehen«, schlug er vor.

Sie sagte: »Ich möchte nicht unhöflich sein, aber ich würde hier gern fertig werden. Lassen Sie sich von mir nicht aufhalten.«

»Kann ich Ihnen noch einen Kaffee bringen, bevor ich fahre?«

»Nein, danke.«

»Kopf hoch. Es gibt schließlich auch gute Neuigkeiten«, sagte er.

»Was meinen Sie – die Aussicht, daß Sie Ihren Job wiederbekommen?« Seltsamerweise klang sie nicht sonderlich begeistert.

Er ging, um den nächsten Zug zu erwischen.

Der Autor bedankt sich bei Joseph Matthews für seine sachverständige Beratung zum Segelsport, bei Sue Dicker vom Bath City Council Property & Engineering Services dafür, daß sie ihn durch das Empire Hotel geführt und ihm umfangreiche Informationen zur Verfügung gestellt hat, bei seinem Sohn, Philip Lovesey, für die Tips zur Musikbranche und bei der Avon and Somerset Constabulary für ihren Rat in Hinblick auf »Operation Hummel«. Inhalt und Figuren dieses Buches sind frei erfunden.

Peter Lovesey

Die Frau im See

Peter Diamond – der letzte Detektiv. Aus dem Englischen von Ulrike Wasel und Klaus Timmermann. 367 Seiten. SP 5672

Peter Diamond ist über vierzig, übergewichtig, überempfindlich, sehr erfolgreich und vielen ein übergroßes Ärgernis. Er ist Leiter der Mordkommission in Bath, einem kleinen Badeort im Südwesten Englands, und er ist einer vom alten Schlag: ein echter Schnüffler, der an Intuition glaubt und Computern und Karrieristen grundsätzlich mißtraut. Eine nackte Frauenleiche wird in einem See nahe Bath gefunden, weder Spuren noch Todesursache können zweifelsfrei geklärt werden. Wochen später meldet sich der Ehemann und identifiziert die Tote als seine Frau, einst eine gefeierte Fernsehschauspielerin. Alle Indizien belasten zunächst den Ehemann, dann die alleinerziehende Dana Didrikson ... Ehe Diamond seine Ermittlungen zu Ende führen kann, quittiert er beleidigt den Job. Selbstzweifel lassen ihn auf eigene Faust weiterermitteln und feststellen, wie verlorengegangene Briefe von Jane Austen, ausgebüxte Chorknaben, Drogen und ein schwarzer Mercedes in dieses Puzzle passen.

Die Fährte des Mädchens

Peter Diamond – der letzte Detektiv. Aus dem Englischen von Ulrike Wasel und Klaus Timmermann. 342 Seiten. SP 5671

Peter Diamond, brummiger Ex-Polizist, übergewichtig und hypersensibel, verliert erneut seinen Job, diesmal als Wachmann bei Harrods in London: Er hatte beim Zusperren des Kaufhauses ein achtjähriges japanisches Mädchen nicht bemerkt. Diamond will seinen Fehler wiedergutmachen und versucht auf eigene Faust, die Identität dieses seltsamen autistischen Kindes zu ermitteln. Da wird Naomi entführt, und Diamond folgt ihrer Spur nach New York und Japan. Mit Hilfe eines berühmten Sumo-Ringers und dem New York Police Department gelingt es ihm, Licht ins dunkel zu bringen und die kriminellen Machenschaften um eine feindliche Firmenübernahme und ein Arzneimittel mit gefährlichen Nebenwirkungen aufzuklären.

Elizabeth Chaplin

Geisel des Glücks

Szenen eines Ehekrimis. Aus dem Englischen von Edith Walter. 301 Seiten. SP 5688

Wer träumt nicht von dem Millionengewinn? Als Susan Bentham, im Hauptberuf Hausfrau, fast anderthalb Millionen Pfund im Fußballtoto gewinnt, scheint für ihren Ehemann Jeff, ebenso erfolgreich als Rechtsanwalt wie als Schürzenjäger, der Traum wahr zu werden: genügend Geld, um den Rest seines Lebens in Luxus zu verbringen, einen Rolls Royce zu fahren und eine junge, attraktive Geliebte zu haben. Für seine Frau Susan dagegen bedeutet der unerwartete Geldsegen endlich Unabhängigkeit: Eine neue Welt tut sich auf, Aufmerksamkeit und neue Interessen stellen sich ein sowie ein wundervoller Liebhaber und, last but not least, die Chance, sich für eine frustrierende, demütigende Ehe zu rächen. Das Ehedrama beginnt, in dessen Verlauf nicht nur Porzellan zerdeppert wird …

Karin Fossum

Evas Auge

Roman. Aus dem Norwegischen von Gabriele Haefs. 368 Seiten. SP 2705

Könnte sie als Prostituierte ihr Geld verdienen? Für die junge, bislang erfolglose Malerin Eva Magnus stellt sich diese Frage, als sie ihrer Jugendfreundin Maja begegnet. Diese ist der lebensfrohe Beweis dafür, wie man durch Anschaffen zu viel Geld kommt. Eva beginnt ihre Lehre: Durch einen Türspalt läßt Maja sie dabei zusehen, wie sie einen Kunden empfängt. Aber es kommt zu einem Streit, und die Voyeurin im Nebenzimmer bleibt mit der Leiche der Freundin zurück. Der sympathische Kriminalkommissar Sejer, der in dem Mordfall ermittelt, ahnt, daß die junge Künstlerin mehr zu erzählen hat, als sie aussagt, und Eva muß befürchten, daß der Mörder um die Zeugin weiß.

Ein ungemein spannendes Drama um eine junge, alleinerziehende Frau.

»Mit ›Evas Auge‹ liegt weit mehr vor als ein ausgezeichneter Kriminalroman.«

Bayerischer Rundfunk